Jenni Fletcher

BLOSS NICHT MIT EINEM DUKE VERLOBT

AF186152

JENNI FLETCHER

BLOSS NICHT MIT EINEM
DUKE VERLOBT

Aus dem Englischen
von Bettina Obrecht

Penguin Random House Verlagsgruppe FSC® N001967

1. Auflage 2024
Erstmals als cbt Taschenbuch November 2024
© 2024 für die deutschsprachige Ausgabe
cbj Kinder- und Jugendbuch Verlag in der
Penguin Random House Verlagsgruppe GmbH,
Neumarkter Str. 28, 81673 München
Alle deutschsprachigen Rechte vorbehalten
© Jenni Fletcher 2023
Die Originalausgabe erschien unter dem Titel
»Two Dukes and a Debutante« bei Penguin Books, London,
in der Verlagsgruppe Penguin Random House UK.
Aus dem Englischen von Bettina Obrecht
Lektorat: Julia Przeplaska
Umschlaggestaltung: Suse Kopp, Hamburg,
basierend auf einer Vorlage von Lee Avison / Trevillion Images
kk · Herstellung: DiMo
Satz: KCFG – Medienagentur, Neuss
Druck: Nørhaven A/S, Viborg
ISBN 978-3-570-31679-5
Printed in Denmark

www.cbj-verlag.de

Für Mickey B. & Mimi

Bedenke wohl, wie du dein Herz verschenkst!

Jane Austen, Northanger Abbey

Prolog

Jeder, der Caro – Caroline Foyle – als junges Mädchen kennenlernte, erkannte eines sofort: Sie war zu Höherem bestimmt. Natürlich nicht wirklich sie selbst als Person (sie war ja schließlich nur ein Mädchen), aber sie würde auf jeden Fall die Gefährtin eines einflussreichen Ehegatten werden. Ihre Gutmütigkeit, ihre vielseitige Begabung, ihre Gefälligkeit, vor allem natürlich ihre außergewöhnliche Schönheit ließen erwarten, dass sie eine glänzende, vielleicht sogar eine grandiose Partie machen würde. Die Tatsache, dass sie offenbar kaum von klaren eigenen Meinungen oder gar von irgendwelchen persönlichen Interessen belastet war, sprach ebenfalls dafür. In anderen Worten: Kurz vor Beginn der Londoner Ballsaison war Caro eine Debütantin wie aus dem Bilderbuch.

So sicher waren sich alle in ihrem Glauben an Caros leuchtende Zukunft, dass ihr selbst niemals die geringsten Zweifel gekommen wären. Vielmehr freute sie sich jetzt schon auf jenen Tag, an dem sich das Schicksal, für das man sie erzogen hatte, vollziehen würde, an dem sie ihre Pflicht gegenüber ihrer Familie erfüllen würde, an dem alle voller Stolz auf sie blicken würden: den Tag ihrer Hochzeit. Hoffentlich würde es trotz allem eine Liebesheirat sein – im Grunde war sie ja ein romantisches Mädchen. Nicht ein einziges Mal kam ihr der Gedanke, dass Pflicht und Liebe sich womöglich in die Quere kommen konnten oder dass ihre Ahnungslosigkeit sie zur leichten Beute eines Schürzenjägers und Schurken aus den Reihen der feinen Gesellschaft machten. Sie war noch jung und unschuldig genug, zu glauben, dass trotz aller Hindernisse, die das Leben ihr möglicherweise in den Weg stellte, am Ende alles gut ausgehen würde.

Voller Zuversicht und Vorfreude auf die glücklichen Zeiten, die ihr bevorstanden, sauste Caro also am achten April frühmorgens die Treppen ihres Elternhauses hinunter. Sie war bereit, den ersten Tag ihres restlichen Lebens in Angriff zu nehmen. Der Tag, auf den sie sich praktisch die gesamten achtzehn vorausgehenden Jahre vorbereitet hatte.

»Ich kann es gar nicht glauben – endlich ist es so weit!« Sie riss die Arme hoch, als sie endlich die Eingangshalle erreicht hatte, und drehte eine Pirouette. Dafür handelte sie sich einen vorwurfsvollen Blick ihrer Mutter ein, die in einer Ecke saß, die Füße auf einen Schemel gelegt, mit leidvoller Miene.

»Junge Damen drehen keine Pirouetten, Caro.«

»Tut mir leid, Mutter, aber ich bin so aufgeregt!«

»Junge Damen sollten niemals ihre Aufregung zeigen.«

»Schon gar nicht um so eine Tageszeit.« Ihre Cousine Essie kam sehr viel langsamer die Treppe herunter. »Ich verstehe nicht, warum wir schon so früh aufbrechen müssen. Praktisch mitten in der Nacht.«

»Es ist sechs Uhr.«

»Eben.«

»Aber die Sonne geht schon bald auf.« Carol warf sich ein knöchellanges Wollcape über die Schultern und ließ ihre langen bernsteinblonden Zöpfe unter einer blauen Samtmütze verschwinden. »Ich bin sowieso viel zu aufgeregt, um noch eine Minute länger zu schlafen.«

»Oje, du hast ja Debütantinnenfieber.« Ein garstig klingendes Schnappgeräusch erklang, als Essie ein Paar Handschuhe überzog.

»Wo wir doch nach London fahren, zur Ballsaison! Wir werden in die Gesellschaft eingeführt! Ich könnte platzen, so sehr freue ich mich!«

»Und ich könnte heute einfach im Bett bleiben.«

»Selbstverständlich freut ihr euch.« Caros Mutter schniefte tragisch. »Ein ganzer Sommer voller Feste und Picknicks liegt vor euch. Ihr werdet vollkommen neu eingekleidet und trefft lauter wichtige Persönlichkeiten.« Sie schniefte noch lauter. »Andere haben nicht so viel Glück.«

»Das mit deinen Knöcheln tut mir leid, Mama.« Caro ließ pflichtschuldigst den Kopf hängen. »Es war so ein unglücklicher Sturz.«

»Das war es. Ich bin mir sicher, dass jemand den Koffer woanders hingerückt hat, als ich gerade nicht hinsah.«

»Aber wenigstens hast du keinen bleibenden Schaden erlitten, und der Arzt meint, du kannst später in der Saison nachkommen«, fuhr Caro fort. »Und zumindest haben wir noch Granny, die uns in London unter ihre Fittiche nimmt.«

»Vergiss jedenfalls nicht, mir zu schreiben und mir alles zu erzählen. Das ist natürlich nicht dasselbe, als wäre man persönlich anwesend, aber es ist besser als nichts – und achte auf jeden

Fall darauf, dass dabei die neuesten Klatschgeschichten nicht zu kurz kommen.«

»Ich werde mein Bestes geben, Mutter.«

»Ladys, Ihre Kutsche wartet!« Gerade trat Caros Vater durch die Eingangstür. Er trug bereits seinen Reisemantel und den Castorhut und war abfahrbereit. »Seid ihr so weit?«

»Aber ja.« Caro nickte begeistert.

»Dann auf nach London.«

Sie quietschte und küsste ihre Mutter auf die Wangen. »Wir sehen uns in ein paar Wochen, Mama!«

»Ich hoffe, eher früher als später. Nun, selbstverständlich muss ich dich nicht bitten, dich gut zu benehmen, Caro, aber was dich betrifft ...« Sie richtete ihren Blick anklagend auf Essie.

»›Stets ein vollkommen damenhaftes Verhalten zeigen, den Mund halten und die Familie nicht blamieren‹, ich weiß.« Essie verdrehte die Augen, dann küsste sie Caros Mutter auf die Wangen. »Du hast mir das oft genug eingetrichtert, Tante Emmeline.«

»Dann pass auf, dass du es nicht vergisst.«

»Ich kann nichts versprechen.«

»Ist bei dir alles in Ordnung?«, flüsterte Caro ihrer Cousine zu, als die beiden Mädchen die Freitreppe vor der Eingangshalle hinuntergingen. Der Himmel war immer noch dunkelblau wie Lapislazuli, aber gerade spähte im Osten die Sonne über den Horizont und reckte ihre orangefarbenen Fühler über das Parkgelände. »Ist dir in diesem Mantel warm genug? Ich könnte noch mal ins Haus laufen und dir einen Umhang holen.«

»Nein, und jetzt hör auf, so nett zu mir zu sein«, fauchte

Essie. »Das ist ja, als würde ständig ein miauendes Kätzchen vor einem stehen!«

»Das nehme ich jetzt einfach als Kompliment.« Caro kletterte in die Kutsche. »Wäre es dir lieber, ich wäre gemein?«

»Du weißt doch gar nicht, wie das geht.« Essie warf sich neben sie auf den Ledersitz und ignorierte dabei in voller Absicht zehn Jahre Benimmunterricht. »Es tut mir leid. Ich weiß, dass du dich freust. Ich bin einfach nervös wegen dieser anderen Sache, die für diese Ballsaison geplant ist.«

»Aber dein Verlobter hat bei seinem Besuch so einen netten Eindruck gemacht. Vielleicht solltest du ihm eine Chance geben?«

»Ganz bestimmt nicht! Ich habe nicht die Absicht, überhaupt jemanden zu heiraten und schon gar keinen Earl, nur weil mein Vater das für eine gute Idee hält. Ich lasse mir irgendetwas einfallen, um diese elende Verlobung aufzulösen.«

»Das glaube ich dir sofort. Wenn du dir etwas fest vorgenommen hast, setzt du es immer durch.« Caro stupste sie mit dem Ellbogen in die Seite. »Und dann bist du frei und eroberst die Welt der Theaterbühnen im Sturm.«

»Genau … und darauf freue ich mich dann!« Essie stupste ihre Cousine zurück. »Und was erwartest du dir von der Ballsaison? Und jetzt sag nicht einfach einen Ehemann.«

»Aber das stimmt doch! Ich bin nicht wie du. Ich bin weder radikal noch ehrgeizig.«

»Das vielleicht nicht, aber du wolltest doch immer reisen.«

»Als ich noch klein war.«

»Und du hast auch geschrieben.«

»Alberne Geschichten, reiner Zeitvertreib.«

»Sie waren nicht albern, sie waren gut. Du wolltest die nächste Ann Radcliffe oder Maria Edgewort werden. Du könntest es immer noch schaffen, wenn du es versuchst.«

»Ich muss mich jetzt um wichtigere Dinge kümmern. Ich bin vollkommen zufrieden damit, das zu tun, was meine Eltern von mir erwarten.«

»Zufrieden vielleicht schon, aber erfüllt es dich auch? Du bist viel talentierter, als du denkst, Caro. Und genau deswegen ist es unverantwortlich, wenn du deine ganzen Begabungen auf so etwas Langweiliges wie die Suche nach einem Ehemann verschwendest.«

»Ich habe die Regeln nicht gemacht.«

»Aber du könntest sie brechen! Oder es wenigstens versuchen!«

»Ich will die Regeln aber gar nicht brechen, und ja, es wird mich erfüllen. Auf ein Leben als Ehefrau wurden wir vorbereitet. Genau dafür haben wir so viele Unterrichtsstunden in Benimm und Konversation und Cembalo und Klavier und Sticken und Hauswirtschaft und Découpage und Malerei und Tanz absolviert, auch wenn ich die Einzige von uns beiden gewesen sein mag, die aufgepasst hat.« Sie seufzte. »Ich möchte einen Ehemann, ein Haus auf dem Land und vier – nein fünf! – Kinder.«

»Fünf?« Essie schauderte.

»Und außerdem einen Reitstall und einen Hund. Und ein paar Kätzchen.«

»Ich wünschte, ich könnte dir meinen Earl abtreten. Dann wären wir beide glücklich.« Essie schloss die Augen und gähnte äußerst undamenhaft. »Genau genommen – warum solltest du so bescheiden sein? Ich wette, du wirst zur Unvergleichlichen der Saison gewählt und eroberst die Herzen aller Männer. Es würde mich nicht überraschen, wenn du einen Duke an Land ziehen würdest. Stell dir das vor, deine Mutter wäre ja vollkommen aus dem Häuschen!«

»Das ist nicht sehr wahrscheinlich. Meine Mitgift beträgt nicht einmal ein Viertel von deiner.«

»Aber du bist zehnmal hübscher und talentierter und anständiger.« Essie legte ihren Kopf auf Caros Schulter. »Außerdem gibst du ein hervorragendes Kissen ab. Ich glaube nicht, dass es dir die geringsten Schwierigkeiten bereiten wird, dir einen Duke einzufangen.«

»Na gut, dann mache ich das ja vielleicht.« Caro legte ihre Wange auf Essies Kopf und lächelte, als ihr Vater sich auf den gegenüberliegenden Sitz niederließ. Nur allzu gern wollte sie einen intelligenten, netten und am besten auch noch gut aussehenden Ehemann finden, der ihren Eltern zusagte, aber ja – vielleicht hielt das Schicksal tatsächlich einen Duke für sie bereit.

Jedenfalls begann heute das beste Jahr ihres Lebens, da war sie sich ganz sicher.

I

Die Ballsaison

Donner grollte, Blitze durchzuckten die Luft und Jezebel galoppierte am Rand der Klippe entlang. Ihre leuchtend roten Locken wehten hinter ihr her. Sie versuchte, dem Unwetter davonzureiten.

Die dicken Festungsmauern von Burg Rabenstein ragten vor ihr auf, eingehüllt in Nebelschleier, die sich um sie herumwanden wie hungrige Schlangen auf der Suche nach Beute. Aber Jezebel weigerte sich, den abscheulichen Baron Silvestre um irgendetwas zu bitten, auch nicht um Schutz vor dem Unwetter. Dieser Mann war äußerst berüchtigt. Sein Haus aufzusuchen, bedeutete Skandal und Ruin, daran vorüberzureiten dagegen, würde unweigerlich ins Verderben führen.

Sie ruckte an den Zügeln, wollte soeben in Richtung Inland abbiegen, als ein gegabelter Blitz den Baum vor ihr traf und ihn mittendurch spaltete, sodass sich ihr Pferd vor Schreck aufbäumte. Sie hatte kaum Zeit, einen Entsetzensschrei auszustoßen, schon stürzte sie kopfüber in den gähnenden Abgrund.

O wehe ihr! O welch verhängnisvoller Tag!

Die außergewöhnlichen Abenteuer der Jezebel Joyce,
einer Lady in Gefahr

Kapitel 1

Es war der grauenerregendste Schrei, den jemals ein Mensch gehört hatte. Ein schriller, lang gezogener Schrei, der einem das Blut in den Adern gefrieren ließ, so lang gezogen, dass jeder Hund in der Umgebung des Cavendish Square zu heulen begann und ein Diener in der Küche im unteren Stockwerk eine Schüssel frisch aufgeschlagene Eier fallen ließ. Die Köchin gab daraufhin etwas sehr Unanständiges von sich und das Küchenmädchen brach in Tränen aus.

Drei Stockwerke höher saß diejenige, an die sich der besagte Schrei gerichtet hatte, am Schreibtisch in ihrem Schlafzimmer und wartete ab, bis der hysterische Anfall ihrer Mutter abklang. Als sie Schritte im Flur gehört hatte, war sie geistesgegenwärtig genug gewesen, sich vorbeugend zwei Bänder in die Ohren zu stopfen, und diese Strategie erwies sich nun als verblüffend wirksam.

»Was hast du mit deinen Haaren angestellt?« Endlich bekam ihre Mutter genügend Luft, um diese Frage zu stellen.

»Guten Morgen, Mama.« Vorsichtig entfernte Caro die Bänder aus ihren Ohren. »Mir war nach einer Veränderung.«

»Du hattest bereits eine Veränderung. Schlimm genug, dass du die Haare so kurz geschnitten hast, aber rosa?«

»Rosa«, bestätigte sie. Weiter konnte sie nichts erklären, denn die Wahrheit hätte wahrscheinlich eine neue Schreiattacke ausgelöst. Zum Glück platzten zwei Hausmädchen in den Raum, die jeweils einen Schürhaken schwangen und dadurch eine willkommene Ablenkung boten.

»Es gibt keinen Grund zur Besorgnis.« Caro hielt beschwichtigend eine Hand hoch. »Meine Mutter hat einen kleinen Schock erlitten, das ist alles.«

»Ja, Miss.« Die Mädchen senkten gleichzeitig ihre Waffen und wechselten enttäuschte und ratlose Blicke, dann wichen sie zurück und verließen den Raum.

»Aber danke, dass ihr mir zu Hilfe gekommen seid! Das ist wirklich beruhigend!«, rief Caro ihnen nach, dann schüttelte sie vorwurfsvoll den Kopf. »Mama, du solltest dich wirklich etwas mäßigen. Großmutters Dienstboten sind mit deinen Ausbrüchen nicht so vertraut wie wir.«

»Nun sind sie es.« Caros Bruder Felix schlenderte in den Raum, eine Tasse dampfenden Kaffee in der Hand.

Ihre Mutter wirbelte zu ihm herum. »Caro hat sich die Haare gefärbt!«

»Ja, tatsächlich.« Er betrachtete seine Schwester verwundert und wischte sich die eigenen sandfarbenen Ponyfransen aus der Stirn. »Rosa?«

»Ja. Eigentlich sollten sie rot werden, aber ich habe die Mischung offenbar nicht lang genug einwirken lassen.«

»Wie hast du das gemacht?«

»Ich habe das Rezept in einem Prospekt gefunden. Es ist eine

Mischung aus Lauge, Kurkuma, Safran, Johanniskraut, Zitrone und ein paar anderen Zutaten, die mir jetzt nicht einfallen.« Sie setzte sich gerader hin. »Wie findest du es?«

»Erstaunlicherweise gefällt es mir ziemlich gut. Du siehst wie eine Kirschblüte aus.«

»Sie ist eine Debütantin, keine Pflanze! Welche Debütantin hat bitte schön rosa Haare?«, explodierte ihre Mutter, dann deutete sie anklagend mit dem Finger auf Caro. »Du hast das gemacht, um mich zu ärgern, nicht wahr? Nur weil ich in London bleiben will und du nach Hause fahren möchtest. Es ist dir ganz egal, dass ich meine einzige Tochter nicht als Unvergleichliche der Saison erlebt habe. Alles habe ich verpasst.«

»Du warst rechtzeitig zu Essies Hochzeit mit dem Earl in London.«

»Das war ja nur eine einzige Feier.«

Caro warf ihrem Bruder einen kurzen schuldbewussten Blick zu. Ja, es war jammerschade, dass sich ihre Mutter einen Tag vor Caros und Essies Abreise nach London beide Knöchel verstaucht und dadurch die ersten sechs Wochen der Ballsaison verpasst hatte. Es wäre nett gewesen, den Sommer gemeinsam zu genießen, zumindest wenn man von den hysterischen Anfällen ihrer Mutter absehen konnte. Und wäre sie selbst nicht vor zwei Wochen in die Kutsche eines gewissen Gentleman eingestiegen, dann hätte noch immer die Möglichkeit dazu bestanden. Leider ließ sich die Uhr nicht zurückdrehen. Sie hatte eine Entscheidung getroffen, die sich allerdings als bodenlos schlecht erwiesen hatte, und innerhalb weniger Stunden hatte sich ihr gesamter Lebensweg verändert.

Sie wollte nicht mehr die Unvergleichliche der Ballsaison

sein. Sie wollte für eine ganz lange Zeit keinen Ballsaal mehr von innen sehen, und vor allem wollte sie mit einer Sache nichts mehr zu tun haben: dem Londoner Heiratsmarkt! Ihre Hoffnungen, ihre Träume lagen in Trümmern, und was ihr Herz betraf – es war nicht einfach nur gebrochen. Man hatte es ihr herausgerissen, war darauf herumgetrampelt, hatte es herumgekickt und es zu guter Letzt wieder in sie hineingestopft, vermutlich an der falschen Stelle. Sie wollte nur eins: nach Hause, und zwar so bald wie möglich, um ihre Gedanken zu ordnen und dann zu überlegen, was sie mit dem Rest ihres Lebens anfangen sollte.

Nichts davon konnte sie ihrer Mutter erklären.

Glücklicherweise verhielt sich das bei ihrer Großmutter anders und deswegen würden sie am folgenden Tag abreisen.

»Ich möchte dich nicht ärgern, Mama, wirklich nicht. London ist einfach nicht ganz das, was ich mir erwartet habe.«

»Bist du immer noch nicht gesund?«

»Doooch.« Sie zögerte und brachte es nicht über sich, ihre Mutter, die sie sorgenvoll ansah, zu belügen. »Das ist es nicht.«

»Aber warum …«

»Was zum Kuckuck hat dieser Krawall zu bedeuten?«, dröhnte die furchterregende Stimme der ehrwürdigen Witwe Lady Makepeace, Honoria Craven, von der Tür her. »Ich weiß ja nicht, wie du dich in Cleveland benimmst, aber das hier ist ein zivilisiertes Haus!«

»Guten Morgen, Granny.« Caro tippte sich vielsagend gegen den Kopf. »Es war mein Fehler. Ich habe Mama einen kleinen Schock versetzt.«

»Ist das so?« Die Großmutter musterte ihre Haare, ohne auch

nur zu blinzeln. »Nun gut, das erklärt die Sache, aber Mildred hat dieser Aufruhr gar nicht gutgetan. Sie kann Lärm vor dem Frühstück überhaupt nicht vertragen. Das arme Schätzchen ist ein reines Nervenbündel.«

Caro neigte den Kopf, um einen Blick auf den kleinen grauen Mops zu erhaschen, der wie ein Baby in den Armen ihrer Großmutter lag. Nie hatte ein Tier so glückselig und entspannt ausgesehen.

»Es ist nicht nur wegen der Haare«, jammerte ihre Mutter. »Es ist dieser ganze Gedanke, dass wir aus London abreisen sollen. Es ist so ungerecht. Ich bin gerade erst angekommen. Es bleibt doch auch so schon kaum mehr Zeit.«

»Du hast absolut recht, meine Liebe.«

»Was?« Caro sah erschrocken auf.

»Ich hatte genau denselben Gedanken. Es ist vollkommen albern, jetzt schon abzureisen, wo die Ballsaison doch noch vier Wochen dauert. Du musst bleiben und ich möchte kein Wort mehr über dieses Thema verlieren.«

»Aber …«

»Kein einziges Wort.« Die Augen der Witwe blitzten. »Nun, Emmeline, ich habe festgestellt, dass eine Tasse heiße Schokolade gegen jede Art von Aufregung Wunder wirken kann. Warum gehst du nicht nach unten und frühstückst? Die ganze Schreierei muss dir die Kehle ausgetrocknet haben.«

»Ja … Schokolade.« Caros Mutter humpelte in Richtung Tür und schniefte dabei in ein weißes Spitzentaschentuch.

»Felix«, fuhr die Witwe unerbittlich fort und richtete ihren Blick jetzt auf Caros Bruder, »möchtest du deine Mutter nicht begleiten? Treppenstufen können gefährlich sein und nichts können wir jetzt weniger gebrauchen als ein weiteres Unglück im Zusammenhang mit Fußknöcheln.«

»Nein.« Felix verschränkte herausfordernd die Arme. »Du willst mich loswerden, und ich gehe nirgendwohin, bevor ich nicht weiß, warum. Hier liegt etwas im Argen. Das ist mir klar, seit ich hier angekommen bin.«

»Wie aufmerksam von dir. Falls ich jemals ein männliches Wesen um seine Meinung fragen muss, bist du der Erste, an den ich mich wende. Aber jetzt gehst du erst mal, sonst kann ich nicht dafür garantieren, was Mildred tun wird.«

»Aber …« Felix' Entschlossenheit wankte bereits. Er senkte die Brauen und folgte seiner Mutter. »Aber das ist noch nicht das letzte Wort.«

»Genau, mein Lieber. Vergiss nicht, die Tür hinter dir zu schließen.«

»Granny!« Mit der Energie einer eng zusammengewundenen Feder sprang Caro in dem Moment vom Bett, in dem ihr Bruder den Raum verlassen hatte. »Wir waren uns doch einig, dass es für mich am besten ist, aus London abzureisen.«

»Waren wir.« Die Witwe kitzelte den Mops am Bauch. »Allerdings habe ich es mir anders überlegt.«

»Warum?«

»Weil man keine Probleme löst, indem man vor ihnen davonläuft.«

Caro erstarrte. »Ich laufe nicht weg!«, sagte sie gekränkt. »Ich muss von hier weg. Das ist ein Unterschied.«

»Ich bezichtige dich nicht der Feigheit, meine Liebe. Alles in allem finde ich, du hast in den vergangenen Wochen erhebliche Stärke bewiesen. Wenn du allerdings gerne deine Ruhe hättest, dann rate ich davon ab, dich vier Tage lang mit deiner Mutter in eine enge Kutsche zu quetschen, vor allem, wenn gerade ihre Pläne durchkreuzt wurden. Bis Peterborough werden Tränen fließen und danach wirst du dir Meile für Meile Vorwürfe anhören müssen.«

»Das habe ich einkalkuliert. So dringend möchte ich von hier weg.«

»Oh, na gut. Ich wollte es dir nicht sagen, aber wenn es sein muss …« Ihre Großmutter richtete ihren Blick zur Decke. »Die Wahrheit sieht folgendermaßen aus: Mir ist ein Gerücht zu Ohren gekommen, das mich sehr beunruhigt.«

Caros Magen verkrampfte sich. »Über mich?«

»Ich fürchte ja. Wir haben es zwar geschafft, deine kurze Flucht mit diesem Frauenhelden Mr Jagger geheim zu halten, aber die feine Gesellschaft hat scharfe Augen und eine sehr lebhafte Fantasie. Die Tatsache, dass du angeblich genau zu dem Zeitpunkt krank geworden bist, an dem er abreiste, betrachtet man als zu großen Zufall, als dass es nicht verdächtig wäre. Übereinstimmend wird behauptet, dass ihr beide euch bei einer Feier gestritten habt. Da sollten wir nicht noch mehr Aufmerksamkeit erregen. Wenn du jetzt aus London wegläufst, fürchte ich, dass diese Geschichte weiter ausgeschmückt wird. Wenn wir nicht aufpassen, kommt sie am Ende womöglich der Wahrheit nahe.«

»Aber es ist doch nichts passiert!« Caro spürte, wie sie vor Scham errötete. »Als mir klar wurde, dass er nicht die Absicht hatte, mich zu heiraten, habe ich seine Annäherungsversuche abgewehrt.«

»Sei doch nicht naiv, meine Liebe. Das Letzte, was Klatschgeschichten benötigen, sind Beweise, und wenn die Leute beschließen, dass du dich aufs Land zurückgezogen hast, um ein gewisses, sagen wir, interessantes Ereignis abzuwarten, dann sind deine Chancen, jemals eine anständige Partie zu machen, gleich null. Wenn du jetzt abreist, wirst du vielleicht niemals zurückkehren können.«

»Sie werden mich also auf der Grundlage von Gerüchten und Mutmaßungen verurteilen? Das ist nicht fair.«

»So ist die feine Gesellschaft. Hinterhältige Schlappschwänze und Lästermäuler, allesamt.«

»Aber … aber …« Caro ballte die Hände zu Fäusten. »Aaargh! Na gut, wenn es so ist, dann muss ich wohl damit leben. Es kümmert mich auch gar nicht mehr, ob ich jemals einen Mann finde.«

»Aber das kann sich wieder ändern, und es besteht immer die Gefahr, dass Jagger nach England zurückkehrt und redet.«

»Das wird er nicht tun. Du hast gedroht, ihn zu ruinieren, wenn er jemals wieder einen Fuß nach London setzt.«

»Ich habe ihm gedroht, der Earl of Denholm hat ihm gedroht, Essie hat weit mehr getan, als ihm nur zu drohen, aber eine Sicherheitsgarantie ist das nicht.«

»Ich lasse es darauf ankommen.«

Ihre Großmutter sah sie einen Moment lang eindringlich an. »Du vielleicht schon, aber was ist mit dem Rest deiner Familie? Ist es fair, von ihnen dasselbe zu erwarten? Ich rede nicht von mir selbst, aber denk an deine Eltern. Wenn du deinen guten Ruf einbüßen würdest, wären sie am Boden zerstört.« Sie berührte sanft Caros Wange. »Ich wünschte, es wäre nicht so, aber die Wahrheit ist, du musst heiraten, und je eher, desto besser.

Du wirst erst vor einem Skandal geschützt sein, wenn du das tust. Es dürfte nicht so schwierig sein. Du hast jede Menge Verehrer, selbst wenn man die abzieht, die du bereits abgewiesen hast. Wie viele sind das bis jetzt?«

»Drei. Der Marquess of Bazley, Mr Dormer und Mr Nightingale, aber ich bin eben in keinen von ihnen verliebt.«

»Vielleicht warst du zu sehr von Mr Jagger fasziniert, um sie wirklich in Betracht zu ziehen – jedenfalls die letzten zwei. Der Marquess of Bazley ist ja älter als ich.« Die Witwe schnalzte mit der Zunge. »Ich will damit nicht sagen, dass du einen Mann heiraten sollst, den du nicht magst, sondern nur, dass du deine Möglichkeiten ernsthaft in Erwägung ziehen solltest. Ich möchte nicht, dass du dir später Vorwürfe machst.«

»Dafür ist es zu spät.«

»Wir alle haben in unserer Jugend einmal Dummheiten gemacht.«

»Ach ja? Bist du vielleicht schon mal mit einem berüchtigten Schürzenjäger durchgebrannt und warst dann überrascht, als er dich sitzen ließ?«

»Ich habe viele dumme Sachen mit Schürzenjägern gemacht. Ich hatte nur nie das Pech, mich in einen von ihnen zu verlieben.«

»Bitte, Granny.« Caro ließ sich auf ihr Bett sinken. »Ich habe dir erzählt, wie das mit Sylvester war. Ich habe dir erzählt, wie er mich behandelt und was er gesagt hat. Ich kann nicht so weitermachen, als wäre nichts geschehen, als wäre ich noch dieselbe wie zuvor.«

»Daher die neue Frisur, ja?« Die Witwe setzte sich neben sie und hielt Mildred auf ihren Knien fest. »Ich weiß, dass du verletzt bist, aber du wirst dich davon erholen. Auch wenn es dir jetzt nicht so vorkommt, bist du stärker, als du denkst.«

»Ich weiß nicht, was ich bin. Und deswegen möchte ich nach Hause. Ein Leben lang habe ich mich darauf vorbereitet, in dieser Ballsaison einen passenden Ehemann zu finden, und jetzt ist alles kaputt. Ich habe alle enttäuscht, mich selbst eingeschlossen. Ich weiß selbst nicht mehr, wer ich bin.«

»Ach, mein Schatz«, die Witwe tätschelte ihren Arm. »Na gut, dann vergessen wir das mit der Hochzeit erst einmal. Ich bitte dich nur, noch ein bisschen in London zu bleiben, bis die feine Gesellschaft jemand anders findet, über den sie tratschen kann. Das wird nicht lange dauern, versprochen. Wir müssen nicht jeden Ball besuchen, nur ein paar ausgewählte Veranstaltungen, um deine Mutter bei Laune und die Klatschbasen im Zaum zu halten.«

»Habe ich eine Wahl?«

»Ja. Wenn du darauf bestehst, abzureisen, dann unterstütze ich dich, aber bitte denk über das nach, was ich dir gesagt habe. Du hast Schreckliches durchgemacht, aber jetzt ist nicht der Moment, in dem du schwerwiegende Entscheidungen treffen solltest. Außer was deine Haarfarbe angeht. Ich gebe Felix recht, sie steht dir gut.«

»Danke schön.« Caro seufzte schwer. »Also gut, ich denke darüber nach.«

»Gut.« Die Witwe stemmte sich auf die Füße. »Aufregende Gespräche sollte man nie vor dem Frühstück führen. Es schlägt auf den Appetit.«

🙢

Eine halbe Stunde später stieg Caro die Freitreppe vor dem großen, aus grauem Stein errichteten Stadthaus ihrer Großmutter
hinunter und wandte sich in Richtung Hyde Park. Es war noch
früh am Morgen, auf den Straßen war nichts los, aber ihre Mutter hatte darauf bestanden, dass Caro sowohl einen Diener als
auch eine Zofe mitnahm, wohl für den Fall, dass Räuberbanden
urplötzlich Mayfair erobert hätten, und das war ein absolut un-
sinniger Gedanke. Jeder anständige Straßenräuber wusste, dass
die Mitglieder der feinen Gesellschaft selten vor der Mittags-
stunde aus dem Bett kamen. Immerhin konnte sie während des
Spaziergangs ihren Gedanken freien Lauf lassen. So viel hatte
sich verändert, seit sie vor gerade einmal sechs Wochen zum
ersten Mal das Tor zum Park durchschritten hatte! Die lang erwartete Ballsaison hatte so gut angefangen. Sie war damals voller Hoffnung gewesen, hatte jede Sekunde jedes einzelnen Balls,
jeder Gartenparty und jedes Konzerts genossen. Und dann
hatte sie Sylvester Jagger kennengelernt.

Er war das hundertprozentige Gegenteil von dem, was ihre
Familie von ihrem zukünftigen Ehemann erwartete: ein Schürzenjäger, ein Charmeur, bis über die Ohren verschuldet und mit
einem schlechten Ruf, der in London seinesgleichen suchte.
Doch all dies in der Theorie zu wissen und sich dann in der
Praxis gegen seinen Charme zur Wehr zu setzen – das waren,
wie sich herausstellte, zwei völlig verschiedene Dinge. Ein paar
ihr ins Ohr geflüsterte süße Worte, und alles, was man sie über
tugendsames, damenhaftes Verhalten gelehrt hatte, war wie
weggeblasen. Ganz zu schweigen von Pflicht und Bestimmung.
Sylvesters Eindringlichkeit hatte sie einfach mitgerissen – wenn
er sie ansah, als gäbe es außer ihr niemanden auf der Welt,

schwirrten Glühwürmchen in ihrem Bauch. (Essie nannte sie Schmetterlinge, aber die von Caro waren eindeutig heißer. Sylvester hatte in ihrem Körper an Stellen, die bis dahin eine vollkommen gleichmäßige Temperatur gehalten hatten, solche Gefühle ausgelöst.)

Sie war so dumm gewesen, zu glauben, dass das, was zwischen ihnen war, ihn verändern würde, dass sie ihn ändern konnte, aber sämtliche romantischen Trugbilder waren im engen Gästezimmer eines Gasthauses auf halber Strecke nach Gretna Green zerplatzt. Wenn Essie und Aidan ihr nicht zu Hilfe gekommen wären und sie nach London zurückgeschmuggelt hätten, wäre sie für immer entehrt gewesen. Das Geheimnis ihrer Flucht mit Jagger teilten im Moment nur diese beiden, ihre Großmutter und einige zuverlässige Hausangestellte. Sie konnte nur hoffen, dass es so bleiben würde.

Ein Eichhörnchen huschte über den Weg, und sie sah zu, wie es einen Baum hochkletterte. Ihr Kopf und ihr Herz schmerzten bei der Erinnerung an Sylvester. Als sie durchgebrannt war, hatte ihre Großmutter das Gerücht in die Welt gesetzt, sie sei erkrankt. Nach ihrer Rückkehr hatte sie eine ganze Weile geglaubt, das sei wirklich der Fall – sie hatte sich in ihrem Zimmer eingeschlossen und versucht, mit der Demütigung und ihrem durch Sylvesters Verrat gebrochenen Herzen zurechtzukommen. Sie konnte nicht schlafen, weil die Erinnerung an diesen schrecklichen Tag sie immer wieder einholten: wie er nach ihr gegrapscht hatte, wie sie ihn abgewehrt hatte; all die widerlichen Dinge, die er ausgesprochen hatte, bevor er sie verließ, Beleidigungen, die sich in ihre Seele eingebrannt hatten.

Noch nie im Leben hatte sie sich so erniedrigt gefühlt. Ihr Stimmungspegel befand sich etwa auf der Höhe ihrer Fußsohlen. An manchen Tagen hatte sie gedacht, sie würde nie mehr aufhören zu weinen.

Das Einzige, was ihr geholfen hatte, war das Schreiben. Ein merkwürdiger Impuls hatte sie dazu gedrängt, Feder und Pergament zur Hand zu nehmen, und als sie einmal angefangen hatte, konnte sie nicht mehr aufhören. Die Worte hatten sie beruhigt, hatten ihr die Möglichkeit geboten, jene Gefühle zu formulieren, die sie nicht einmal Essie und ihrer Großmutter gegenüber äußern konnte. Dies war die Geburtsstunde von Jezebel Joyce, einer selbstbewussten Heldin mit leuchtend roten Haaren, die sich von keinem Mann der Welt ausnutzen ließ.

Vielleicht hatte ihre Großmutter ja recht, und alles würde hundertmal schlimmer, wenn sie aus London abreiste, aber beim Gedanken, dass sie hierbleiben musste, fühlte sich Caro wie in einem Netz verstrickt, das sich langsam, aber unerbittlich enger zuzog. Sie musste einfach weg. Sie wollte ihre Eltern nicht enttäuschen, ihrer Familie nicht schaden, aber es interessierte sie momentan einfach nicht mehr, ob sie einen Ehemann finden würde oder nicht. Wie sollte sie jemals wieder einem Mann vertrauen? Sylvester hatte ihr gezeigt, welches Bild Männer von ihr hatten: ein hübsches, dummes Mädchen, das sich leicht täuschen, ausnutzen und dann einfach wegwerfen ließ. Vielleicht würde sie all das in ein, zwei Jahren wieder anders sehen, aber in diesem Fall – und wenn die feine Gesellschaft sie zufälligerweise doch nicht verstoßen hatte –, würde sie sichergehen, dass sie ihre Entscheidung nicht mit dem Herzen, sondern mit dem Kopf traf. Sie würde jemanden wählen, der vernünftig war und nicht flatterhaft. Vor allem aber jemanden, der nicht über ein einziges Fünkchen Charme verfügte.

Außerdem war das, was sie empfand, kein reiner Liebeskummer. Nein, sie war auch wütend, und zwar nicht nur auf Sylvester, sondern auch auf diese Gesellschaft, die sie dazu erzogen hatte, so hoffnungslos unschuldig und weltfremd zu sein, dass er dermaßen leichtes Spiel mit ihr gehabt hatte. Und wenn die Wahrheit durchsickerte, dann würde sie diejenige sein, die dafür verurteilt wurde! Weil sie nämlich zugelassen hatte, dass man sie täuschte!

Nun, sie hatte ihre Lektion auf die harte Tour gelernt, aber wenigstens waren ihre Absichten vollkommen ehrenhaft gewesen. Sie hatte Sylvester geliebt – jedenfalls den Mann, für den sie ihn gehalten hatte –, und sie weigerte sich, jetzt die Schuld allein auf sich zu nehmen. Mit ihrem angestauten Zorn fühlte sie sich wie ein Vulkan … oberflächlich ganz ruhig, aber tief unten brodelte es.

Sie hielt an, bückte sich nach einem Stein und schleuderte ihn, so weit sie konnte, in den Fluss. Ihre Großmutter hatte ein paar sehr gute Argumente angeführt, aber das Risiko, das ihre Abreise mit sich brachte, musste sie einfach eingehen. Es reichte nicht aus, sich den größten Teil ihrer Haare abzuschneiden und den Rest rosa zu färben. Wenn sie blieb, bestand durchaus die Möglichkeit, dass sie einfach explodieren und dadurch noch viel tiefer in Ungnade fallen würde. Entweder das oder die ständigen Kommentare ihrer Mutter zum Thema Ehe würden sie vollkommen in den Wahnsinn treiben.

Zum ersten Mal in ihrem Leben musste sie stark sein, resolut und zielstrebig, ganz egal, ob das selbstsüchtig klang oder nicht.

Auf keinen, aber auf gar keinen Fall würde sie sich noch in dieser Ballsaison einen Ehemann suchen!

Mehr als eine Stunde später kehrte Caro endlich in das vornehme Viertel um den Cavendish Square zurück. Allerdings hatte sich dieses in der kurzen Zeit ihrer Abwesenheit so verändert, dass sie einige Sekunden lang befürchtete, sie wäre irgendwo falsch abgebogen. Die friedliche Morgenstimmung war dahin und nun herrschte eine hektische Betriebsamkeit rund um das Nachbarhaus ihrer Großmutter. Die Läden dieses benachbarten Stadthauses waren aufgerissen und gaben den Blick auf eine wahre Armee von Zimmermädchen frei, die in den Räumen herumrannten, eilig Schutzdecken herunterrissen und die Möbel polierten. Gleichzeitig trafen nacheinander mehrere Kutschen ein, die eine schier endlose Menge von Koffern und Taschen anlieferten.

Gerade erklomm Caro die Vortreppe am Haus ihrer Großmutter, als eine letzte Kutsche auf dem Platz vorfuhr. Sie war größer und prächtiger als die anderen, mit Goldlack verziert und von einem halben Dutzend Vorreitern umringt, als fürchteten auch ihre Insassen irgendwelche Räuberbanden. Fast im selben Moment stürzte ein Diener aus dem Haus, öffnete den Wagenschlag und verbeugte sich unterwürfig. Eine Dame mittleren Alters in Begleitung zweier junger Gentlemen, einer blond, einer dunkelhaarig, trat herunter aufs Pflaster. Leider erhaschte Caro nur einen flüchtigen Blick auf die Gesichter, dann verstellte einer der Vorreiter ihr die Sicht.

»Sieht so aus, als hätten wir neue Nachbarn«, sagte Caro zu

Quill, dem unfassbar gut aussehenden, kupferhaarigen Adonis von einem großmütterlichen Butler, als sie die Diele betrat.

»So ist es, Miss.« Quills Gesichtsausdruck wirkte etwas gequält. »Das hat für einige Aufregung gesorgt.«

»Warum? Wer ist …?«

»Caro!« Ihre Mutter kam die Treppe heruntergesaust, noch bevor sie die Frage beenden konnte. »Du wirst nicht glauben, was gerade passiert.«

»Hat es etwas mit den Neuankömmlingen zu tun?« Sie löste die Bänder ihrer Haube. »Die habe ich gerade gesehen.«

»Dann sind sie da!« Ihre Mutter umklammerte das Treppengeländer, als hätte ihr jemand die Beine unter dem Leib weggezogen. Ihre Augen glänzten fiebrig. »Sieht er sehr gut aus?«

»Welcher? Da waren zwei Gentlemen.«

»Nur einer ist von Interesse! Der Duke of Campion. Unser neuer, unverheirateter Nachbar!«

Caro machte den Mund auf und schloss ihn wieder. Ihr war klar, dass jede Hoffnung auf eine vorzeitige Abreise aus London aus der offenen Tür hinter ihr entwichen war.

Die Versuchung, sich umzuwenden und ihr zu folgen, war schier unwiderstehlich.

»Hilfe!«, kreischte Jezebel. Ihre Reitstiefel suchten verzweifelt nach Halt am steilen Rand der Klippe. Doch o weh, es führte zu nichts! Da war kein rettender Vorsprung und ihre ertaubenden Finger verloren bereits den Halt am nassen Fels. Eisiger Regen peitschte gegen ihre Wangen und glühende Furcht versengte ihre Lungen, denn unter ihr gähnte der schier endlose Abgrund – zerklüftete Felsen, die wie hungrige Fangzähne nur darauf warteten, sie in Stücke zu reißen.

»Nehmt meine Hand, verflucht noch mal!«

Eine tiefe Stimme durchdrang den Nebel ihrer Verzweiflung. Ein Schrei der Überraschung entrang sich ihren Lippen, als sie aufblickte und ein diabolisch gut aussehendes Gesicht erspähte, umrahmt von schneeweißem Haar und einem wie aus Granit gemeißelten Unterkiefer. Da war auch eine ausgestreckte Hand, doch es schauderte sie davor, diese zu ergreifen.

Der Baron!

Ehe Jezebel sich wehren konnte, beugte er sich herab und packte ihre Handgelenke. Dann zog er sie nach oben in seine Arme.

»Nein!« Alles in ihr erbebte, als ein Blitz den schurkenhaften Glanz in seinen smaragdgrünen Augen und dahinter die Türmchen und Zinnen seiner Burg in der Ferne sichtbar machte. Sie beschloss, beidem eisern zu widerstehen. Er mochte ja ein berüchtigter Verführer sein, sie *jedoch war eine tugendhafte Jungfer und würde alles daran setzen, dies zu bleiben.*

Von ihren Gefühlen übermannt, fiel sie in Ohnmacht.

Die außergewöhnlichen Abenteuer der Jezebel Joyce, einer Lady in Gefahr

Kapitel 2

Nicht einmal zehn Sekunden nachdem Caro endlich eingewilligt hatte, in London zu bleiben, schlug ihre Mutter schon eine Einkaufstour vor. Allerdings stimmte Caro sofort zu, denn dieser Ausflug bot ihr die Gelegenheit, ihrem Bruder zu entfliehen.

Seit ihrer Rückkehr vom Hyde Park hatten Felix' Blicke ihr eine eindeutige Botschaft vermittelt: *Wir müssen reden.* Doch sie hatte das bis jetzt einfach geflissentlich ignoriert. Er war kaum ein Jahr älter als sie, und sie hatten sich immer sehr nahegestanden, dennoch gab es Dinge, die ein Mädchen nicht mit seinem großen Bruder besprechen konnte – zum Beispiel, dass sie mit einem Schürzenjäger durchgebrannt war, der versucht hatte, sie zu verführen. Das Letzte, was sie jetzt gebrauchen konnte, war gerechter Zorn und ein Bruder, der damit drohte, ihre Ehre zu rächen. Ja, eigentlich war es eine Erleichterung, dem Haus zu entfliehen – jedenfalls bis zu dem Moment, in dem Felix in die Kutsche stieg und sich auf der gegenüberliegenden Bank niederließ, unter dem Vorwand, er wolle Modetipps abgeben und die Schachteln tragen.

Schließlich konfrontierte Felix sie in einer Ecke des Schuhgeschäfts. »Ich weiß, dass etwas nicht stimmt«, sagte er. »Du hast dich so auf die Ballsaison gefreut. Nie und nimmer würdest du früher abreisen wollen, wenn nicht irgendetwas Schlimmeres passiert wäre.«

»Ich habe keine Ahnung, wovon du redest.« Caro griff nach einem Paar weißer Seidenpumps, die mit rosa Bändern verziert waren – die Farbe passte genau zu ihrer neuen Frisur. »Was hältst du von diesen hier? Zu übertrieben?«

»Ja. Und ich weiß, dass Großmutter eingeweiht ist, worum auch immer es sich handelt. Essie wahrscheinlich ebenfalls.«

»Felix.« Sie fixierte ihn mit einem strengen Blick. »Du verdirbst mir die Freude an diesen Schuhen.«

»Du hast schon genügend Schuhe.«

»Und du hast nicht die geringste Vorstellung davon, wie das weibliche Gehirn funktioniert.«

»Das weiß ich.« Er fuchtelte verzweifelt mit den Händen. »Aber ich dachte, du wärst nach London gekommen, um dir einen Ehemann zu suchen. Granny sagt, du hast schon drei Anträge abgelehnt.«

»Weil keiner der Gentlemen passend war.« Sie stellte die Pumps ab und wandte ihre Aufmerksamkeit stattdessen braunen Lederstiefeletten zu. Alle drei Anträge waren innerhalb von zwölf Stunden, am Tag von Essies Hochzeit, gekommen, als hätte die romantische Stimmung dieses Tages die Bewerber irgendwie angestachelt. Zwei davon hatte sie leichten Herzens abgewiesen, aber der dritte, der von Francis Dormer, einem der engsten Freunde des Earl of Denholm, kam, hatte ihr doch wehgetan. Sie mochte Mr Dormer sehr, allerdings nur als Freund.

»Ich habe gehört, einer davon war ein Marquess.«

»Ein zweiundsiebzigjähriger Marquess.«

»Igitt.« Felix verzog das Gesicht. »Alles klar. Sieh mal, ich frage ja nur, weil ich dich gernhabe, auch wenn ich mir wie der größte Narr vorkomme, wenn ich das sage – vor allem an so einem Ort.«

Caro lächelte. Es rührte sie, dass ihr Bruder sich um sie sorgte. Einen sentimentalen Moment lang war sie beinahe versucht, ihm die Wahrheit zu sagen, aber dann kam sie doch zu dem Schluss, dass ihr anderes Geheimnis reichen musste. Zumindest würde es ihn ablenken.

»Ja, es gibt etwas.« Sie rückte näher an ihn heran und senkte die Stimme. »Aber du musst versprechen, dass du es keiner Menschenseele verrätst.«

»Versprochen.«

»Ich habe ein Buch geschrieben.«

»Was? Ein richtiges Buch?«

Sie runzelte die Stirn und bedachte ihn mit dem vernichtenden Blick, den er absolut verdiente.

»Entschuldigung.« Er senkte das Kinn auf die Brust. »Es ist nur – du hast dich doch bis jetzt nie fürs Schreiben interessiert. Ich dachte, du liest nicht einmal gern.«

»Ich lese sehr, sehr gern. Du hast mich nur nie dabei gesehen, weil Mama etwas gegen Romane hat.«

»Das stimmt. Wenn sie auf die Idee käme, dass du darüber hinaus auch noch geschrieben hast, nun …«

»Ja, sie würde mal wieder laut schreien – aber mir macht es Spaß.«

»Seit wann?«

»Eigentlich schon lang, aber anfangs hatte ich noch Bedenken, dass es sich für eine Lady nicht geziemt.« Sie tat so, als betrachtete sie die Schnürsenkel der Stiefeletten. »Es ist schwer zu erklären, aber eines Morgens bin ich mit einer Geschichte im Kopf aufgewacht, und plötzlich konnte ich an nichts anderes mehr denken. Und seither ist es so, dass ich schreiben muss. Wenn ich es nicht tue, fühle ich mich irgendwie verkehrt, neben der Spur.« Sie runzelte die Stirn, denn mit einem Mal wurde ihr bewusst, dass sie tatsächlich die Wahrheit sagte. Sie schrieb nicht mehr nur, um ihre Gefühle gegenüber Sylvester zu verarbeiten. Jetzt tat sie es um der Sache selbst willen.

»Und worum geht es in deinem Buch?«

»Hm?« Blinzelnd kehrte sie in die Gegenwart zurück. »Ach, es ist eine Schauergeschichte über eine junge Frau, die in die Klauen eines bösen Barons gerät.« Ihre Augen blitzten, als es um die Mundwinkel ihres Bruders belustigt zuckte. »Wage es bloß nicht, jetzt zu lachen!«

»Tue ich nicht. Darf ich es lesen?«

»Nicht, wenn du dich darüber lustig machst.«

»Das werde ich nicht. Versprochen.«

Sie biss sich auf die Unterlippe und dachte nach. Noch nie hatte sie in Erwägung gezogen, jemandem ihre Texte zu zeigen. Die Vorstellung, der Welt ihr Innerstes zu offenbaren, versetzte sie in leichte Panik, aber vielleicht war es ja auch gut, das zu tun? Vielleicht war das Schreiben ihr neuer Lebensinhalt? Neuerdings gab es viele Frauen, die Bücher schrieben – das ließ sich jedenfalls aus der Zahl der anonym veröffentlichten Werke schließen. Warum sollte sie nicht zu ihnen gehören?

Und in diesem Fall musste irgendjemand ihr erster Leser

sein. Woher sollte sie sonst wissen, ob ihre Geschichte gut war? Jetzt, wo Essie nicht greifbar war, lag es nahe, Felix darum zu bitten. Die Meinung ihrer Großmutter konnte ja gelegentlich etwas zu unverblümt sein.

»In Ordnung.« Sie nickte. »Du kannst es lesen, wenn es fertig ist, aber du musst dann freundlich reagieren.«

»Werde ich.«

»Aber trotzdem gnadenlos ehrlich.«

»Absolut.«

»Auf eine nette Art.«

»Ich werde die brutale Nettigkeit in Person sein.« Er rieb sich die Hände. »Wie lang wird es denn dauern? Ich fahre morgen zurück nach Oxford.«

»Morgen schon? Ich dachte, du fährst erst am Freitag?«

»Vater möchte schon eher losfahren. Er sagt, wenn Mama jetzt doch den Rest der Ballsaison hier verbringt, möchte er nach Hause, bevor sie ihn zu irgendeinem Ball schleift. Er wird mich übrigens in Oxford absetzen.«

»Nun, bis morgen bin ich nicht fertig. Dann musst du warten, bis wir im August beide wieder zu Hause sind.«

»Ich freue mich darauf.« Felix grinste, dann wurde seine Miene wieder nüchtern. »Und du bist dir ganz sicher, dass sonst alles in Ordnung ist?«

»Sonst ist alles bestens«, log Caro und beschloss, die Pumps mit den rosa Bändern zu kaufen. »Aber es ist nett, einen Bruder zu haben, der sich Gedanken um mein Wohlbefinden macht.«

⁂

Wenn es eine Sache gab, für die es sich lohnte, in London zu bleiben, sinnierte Caro, nachdem sie einen ganzen Tag im Gefolge ihrer Mutter jeden Schneider-, Putzmacher- und Handschuhladen der Stadt durchstöbert hatte, dann waren es Desserts. Was Kuchen, Torten und Weingelees betraf, war die Köchin ihrer Großmutter, Mrs Butterley, ein wahrhaftiges Genie. Das Trifle an diesem Abend war ein Meisterstück, ein der Schwerkraft spottender Turm aus Biskuit, Vanillecreme, Sahne und Gelee, gekrönt von einem Häufchen köstlich aussehender Erdbeeren und einer blumenförmigen Zuckerskulptur. Sie war viel zu schön, um sie aufzuessen – eine Ansicht, die unglücklicherweise auch Caros Mutter vertrat, die ihr verbot, auch nur einen Löffel voll davon zu verspeisen.

»Papa!« Hilfe suchend wandte sie sich an ihren Vater.

»Wage es nicht, Partei für sie zu ergreifen.« Ihre Mutter wandte sich in dieselbe Richtung, ihre Miene war entschlossen. »Die Ballsaison dauert nur noch einen Monat und sie muss sich von ihrer schönsten Seite zeigen.«

»Caro könnte sich von ihrer halbschönsten Seite zeigen und wäre immer noch das hübscheste Mädchen in jedem Ballsaal.« Ihr Vater lächelte liebevoll.

»Ballsäle interessieren mich überhaupt nicht mehr.« Ihre Mutter bedeutete einem der Diener, Caros Besteck abzuräumen. »Ich interessiere mich für das Haus nebenan. Wenn Essie einen Earl heiraten kann, wer sagt dann, dass unsere Tochter keinen Duke abbekommt?«

»Ich sage das.« Caro funkelte Felix an, der sich gerade eine riesige Schüssel vollschaufelte. »Ich kann das sagen, vor allem, wenn man mir verbietet, den Nachtisch zu essen.«

»Du wirst mir noch dankbar sein«, erwiderte ihre Mutter

von oben herab. »Man sagt, ihr Hauptwohnsitz befinde sich in Norfolk, er hat vierzigtausend Pfund im Jahr und noch ein Dutzend weitere Liegenschaften.«

»*Man* klingt aber sehr gut informiert.« Die Witwe schnappte sich die Zuckerblume von der Spitze des Trifleturms und brach sie in zwei Hälften.

»Ich habe mich mit einigen alten Freundinnen unterhalten, als wir einkaufen waren. Natürlich haben alle vor Neid Gift und Galle gespuckt.«

»Warum?«

»Weil wir einen Duke als Nachbarn haben.«

»Mir leuchtet nicht ein, welchen Vorteil uns das beschert, wo wir ihm noch nicht einmal vorgestellt worden sind. Das Haus stand jahrelang leer.«

»Aber du hast doch sicherlich die Mutter des Dukes kennengelernt, die derzeitige Duchess? Selbst wenn es zwanzig Jahre her ist – eine Bekanntschaft ist immer noch eine Bekanntschaft.«

»Ehrlich gesagt kann ich mich nicht erinnern. Ich glaube nicht«, sagte die Witwe. »Vor ihrer Hochzeit war sie Lady Alicia Harding, aber sie hat wohl einige Jahre vor dir debütiert. Zu jener Zeit haben dein Vater und ich überwiegend auf dem Land gewohnt.«

»Oh. Ach, ich lasse mir etwas einfallen.«

»Mama, bitte, kann ich wenigstens ein winziges bisschen …?«

»Nein, kannst du nicht.« Ihre Mutter schob mit lautem Scharren ihren Stuhl nach hinten. »Es ist wohl an der Zeit, dass wir Ladys uns in den Salon begeben.«

»Vielleicht sollte Caro noch einmal in ihr Zimmer gehen und

ihren Ärmel flicken?« Die Witwe erhob sich eher langsam. »Da ist so ein kleiner Riss an der Schulter.«

»Wirklich?« Caro verrenkte den Hals beim Versuch, gleichzeitig nach unten und in Richtung ihrer Großmutter zu sehen.

»Ja, in der Tat.« Die Witwe begegnete ihrem Blick und nickte verstohlen in Richtung Dessert. »Du wirst nicht lang brauchen. In zehn Minuten solltest du es schaffen.«

ℰ

Caro rannte die Treppe hinauf in ihr Zimmer und wartete dort auf den Diener, der ihr eine Schüssel des verbotenen Nachtischs brachte. Dann trat sie hinaus auf den engen Balkon mit Blick in den Garten. Die Sonne war bereits hinter dem Horizont versunken, und der Himmel schimmerte jetzt, wo der Abend allmählich in die Nacht überging, in einer Übergangsfarbe zwischen Blau und Schwarz, und in der noch warmen, vom betörenden Duft von Geißblatt und Rosenblüten erfüllten Luft lag ein Chor von Vogelstimmen; Zaunkönige, Grasmücken und Amseln konkurrierten um Caros Aufmerksamkeit. Es war wunderschön, wie ein Freiluftkonzert, das ganz allein für sie gegeben wurde. Hätte sie doch einfach hier im Haus ihrer Großmutter bleiben können und sich nicht woanders hinbegeben müssen, dann hätte die Vorstellung, hier in London zu bleiben, einiges an Schrecken verloren.

ℰ

Gerade hob sie zum dritten Mal den Löffel voller Vanillecreme und Gelee an den Mund, als sie hörte, wie sich mit einem leisen Klicken rechts neben ihr eine Tür öffnete. Eine zwei Meter hohe

Wand trennte das Haus ihrer Großmutter von der Villa nebenan, aber die beiden Gebäude lagen nur einen Steinwurf von-
einander entfernt, sodass sie ungehindert einen Blick auf den
benachbarten Balkon werfen konnte. Genau auf ihrer Höhe
stand jetzt ein Mann.

Sie wich zurück in den Schatten, unwillig, sich in ihrer stillen
Betrachtung stören zu lassen, und sah zu, wie der Mann erst das
eine, dann das andere Bein übers Balkongeländer schwang,
dann nach den Efeuranken griff, die über die Rückseite des
Hauses wucherten, und sich langsam daran herunterließ. In der
herabsinkenden Dunkelheit sah sie ihn nur als Schatten, aber
sie erahnte dunkles, krauses Haar, eine schlanke Gestalt und
sehr selbstsichere, sportliche Bewegungen. Diese Selbstsicher-
heit war allerdings vollkommen fehl am Platz, falls er vorhatte,
auf derselben Strecke weiter hinunterzuklettern. Wenn er seinen
Kurs änderte und den dicht vor dem Haus stehenden Apfel-
baum nutzte, um sich auf den Boden zu schwingen, musste er
niemals erfahren, dass sie da stand und ihm zusah, falls er dagegen auf die Idee kam, die Mauer zu benutzen … nun, dann
würde ihr Gewissen sie vermutlich dazu zwingen, etwas zu
unternehmen.

Er streckte einen Fuß in Richtung Mauer aus.

Ihr Gewissen zwang sie.

»Das würde ich an Ihrer Stelle nicht tun.«

Der Mann fluchte laut und riss den Fuß hoch, als sei er gerade auf eine Schlange getreten. Dabei wendete er suchend den
Kopf hin und her.

»Hier drüben!« Caro trat aus dem Schatten und wedelte mit

ihrem Löffel in der Luft, dann nahm sie wieder einen Löffel voll Trifle. »Ein schöner Abend, nicht wahr?«

»In der Tat.« Er hatte sich schon von seinem Schreck erholt und packte den Efeu etwas fester. »Was genau sollte ich denn nicht tun?«

»Ihren Fuß auf die Mauer setzen. Sie ist baufällig.«

»Ach ja?« Er sah nach unten. »Sie sieht recht stabil aus.«

»Nur weil das Geißblatt sie aufrecht hält. Ich habe gehört, wie meine Großmutter mit dem Gärtner darüber geredet hat. Sie können es gerne versuchen, aber sagen Sie dann nicht, ich hätte Sie nicht gewarnt.«

»Oh. In diesem Fall weiß ich Ihre Warnung zu schätzen, aber ließe es sich einrichten, dass Sie das nächste Mal erst einmal diskret hüsteln? Nur damit ich Peinlichkeiten vermeiden kann – zum Beispiel mir vor Schreck das Genick zu brechen?«

»Sie müssen ja nicht gleich übertreiben.« Sie verdrehte die Augen, obwohl er das in der Dunkelheit nicht sehen konnte. »Aus dieser Höhe brechen Sie sich höchstens ein Bein.«

»Sie mögen mich für exzentrisch halten, aber mir gefallen meine Beine in der Tat ganz genau so, wie sie sind.« Er griff nach einer anderen Efeuranke und schwang sich näher. Sein Tonfall war selbstsicher. »Das hier ist übrigens nicht das, wonach es aussieht.«

»Das hängt doch wohl davon ab, wonach es aussieht, oder?«

»Richtig. Was meinen Sie denn, wonach es aussieht?«

»So, als würden Sie sich vor einem wütenden Ehemann in Sicherheit bringen?«

»Großer Gott.« Er wirkte belustigt. »Was bringt man Debütantinnen denn heutzutage bei?«

»Nichts Nützliches. Sie könnten natürlich auch ein Einbrecher sein.«

»Bin ich nicht.« Er hielt eine Hand hoch. »Sehen sie – kein Sack mit entwendeten Wertgegenständen.«

»Sie könnten sich Schmuck in die Taschen gestopft haben. Oder Sie haben die Kleidung gestohlen, die Sie gerade tragen.« Sie betrachtete ihn abschätzend. Angesichts der Tatsache, dass der schwarze Mantel perfekt um seine breiten Schultern fiel, war das zugegebenermaßen unwahrscheinlich.

»Wenn Sie mich für einen Einbrecher halten, müssten Sie dann nicht um Hilfe rufen?«

»Vermutlich. Andererseits könnten Sie auch unser neuer Nachbar sein und einfach eine ungewöhnliche Art haben, Ihr Haus zu verlassen.«

»Aha! Dann ist das hier genau das, wonach es aussieht.«

»Wie enttäuschend. Kann ein Duke nicht einfach sein Treppenhaus benutzen wie ein normaler Mensch?«

»O doch, kann er auf jeden Fall, aber ich bin ja kein Duke. Jedenfalls nicht derjenige, von dem Sie reden.«

»Dann sind Sie also ein anderer Duke?«

»Sozusagen.« Kurz sah sie weiße Zähne in der Dunkelheit aufblitzen. »Marmaduke Holloway, der Bruder des Dukes, zu Ihren Diensten, Miss ...?«

»Moment!« Unfähig, ihre Neugier zu zügeln, legte sie die Arme auf ihr Balkongeländer. »Also ist Ihr Bruder der Duke und Ihr Name ist ebenfalls Duke?«

»Ich fürchte ja. Unser Vater war der Ansicht, wir sollten beide den Titel tragen.«

»Das war ja eine sehr demokratische Entscheidung.«

»Nun, sie entsprang eher seinem schrägen Sinn für Humor, fürchte ich. Nach zwanzig Jahren ist der Scherz ein bisschen abgenutzt. Ich würde Ihnen die Hand schütteln, aber ich bin mir nicht sicher, ob ich den Arm so weit ausstrecken kann.«

»Ein kurzes Winken reicht vollkommen aus. Meine Hand ist ohnehin gerade mit etwas Delikatem beschäftigt.«

»Das verstehe ich vollkommen. Ich habe ebenfalls eine große Vorliebe für Desserts.«

»Also, warum benutzen Sie nicht die Treppe?«

»Ehrlich gesagt …« Er sah sich um, als fürchtete er, er werde belauscht. »Ich gehe zu einem Boxkampf und möchte nicht, dass meine Stiefmutter das erfährt. Sie lehnt Faustkämpfe ab.«

»Sie wollen sagen, Sie schleichen sich aus dem Haus, um nicht ausgescholten zu werden?«

»Ja und nein. Ja, ich schleiche aus dem Haus, aber es hat nichts mit Schelte zu tun. Schön wär's. Sie wäre einfach nur enttäuscht, und das ist tausendmal schlimmer, glauben Sie mir. Offiziell bin ich zu Bett gegangen, und die Wahrheit lautet, ich versuche, ihrem Höllenhund zu entrinnen.«

»Ihrem was?«

»Ihrem Terrier, dem verräterischsten, heimtückischsten Schurken, der Ihnen im Leben begegnen kann. Egal wie viele Würstchen ich ihm zustecke, er meldet es trotzdem jedes Mal, wenn ich komme oder gehe. Ich schaffe es nicht einmal bis zur Hälfte des Vorraums, schon kläfft dieser hinterhältige Mistkerl wie ein Wahnsinniger.«

»Könnten Sie nicht einfach sagen, Sie gehen woanders hin?«

»Meine Stiefmutter würde es durchschauen. Sie riecht eine Lüge aus einer Meile Entfernung.«

»Das ist ja lästig.«

»Das fand ich auch schon immer.« Er hob die Schultern. »Also was bleibt einem Mann anderes übrig, als von seinem Balkon zu klettern?«

Caro spürte, wie sich ihre Mundwinkel nach oben verzogen, und zwang sie schnell wieder zurück in eine gerade Linie. Wie hatte sie sich bloß auf so ein langes Gespräch einlassen können? Es war ja schon ungehörig, sich mit einem vollkommen fremden Mann zu unterhalten, dessen Gesicht sie über die baufällige Mauer hinweg in der Dämmerung nicht einmal erkennen konnte, erschwerend kam hinzu, dass er die Situation offenbar allzu locker nahm. Vor sechs Wochen hätte sie die Szene vielleicht ganz romantisch gefunden – Essie hätte vermutlich angefangen, Romeo und Julia zu zitieren –, aber das war damals, und jetzt war alles anders. Und nun erschien er ihr viel zu freundlich und charmant – kurz, er erinnerte sie viel zu sehr an diesen einen Mann, den sie vergessen wollte.

»Wollen Sie mir nicht Ihren Namen verraten?« Außerdem war er auch noch hartnäckig.

»Warum sollte ich?« Sie kratzte den letzten Löffel Trifle zusammen.

»Weil wir Nachbarn sind.«

»Wir sollten einander dennoch richtig vorgestellt werden.«

»Und ich bin mir ganz sicher, dass dies irgendwann passieren wird. Bis dahin soll ich sie in Gedanken also wirklich das Mädchen mit dem Trifle nennen?«

»Es gibt Schlimmeres.« Sie leckte den Rücken des Löffels ab und warf ihn klappernd in die leere Schüssel. »Nennen Sie mich, wie Sie wollen, aber es wird Zeit, dass ich hineingehe.

Viel Spaß bei Ihrem Boxkampf, Mr Holloway, und vergessen Sie nicht, bei Ihrer Rückkehr den Baum zu benutzen.«

Sie konnte es nicht mit Sicherheit sagen, aber als sie sich abwandte, hatte sie den deutlichen Eindruck, dass er ihr zuzwinkerte.

Jezebel schlug die Augen auf. Sie ruhte auf einer samtenen Chaiselongue neben einem breiten steinernen Kamin und vor ihren Füßen lagen ausgestreckt zwei schlafende Irische Wolfshunde. Bleierne Dunkelheit hatte sich über den Raum gesenkt, durchbrochen nur vom flackernden Schein des Feuers. Der Baron saß ihr gegenüber, zurückgelehnt in einem Sessel, mit geschlossenen Augen, als ob auch er schliefe.

Er hatte ihr das Leben gerettet! Einen Moment lang spürte sie Dankbarkeit, die jedoch rasch einem Gefühl der Panik wich, einer tiefen Furcht. Sie erahnte das lauernde Unheil. Er war trotz allem ein Schurke, und sie war eine unschuldige Jungfer, für die es kein Entrinnen gab.

Schweißperlen traten ihr auf die Stirn, und ein kalter Schauer rann durch ihre Adern, als seltsame Laute an ihr Ohr drangen, etwas wie das Rasseln von Ketten und ein leises Stöhnen aus einem anderen Teil der Burg. Was konnte das Entsetzliches sein?

Mit pochendem Herzen erhob sich Jezebel und schlich auf Zehenspitzen bis zur Tür durch den Raum. Glücklicherweise war sie unverschlossen.

Die außergewöhnlichen Abenteuer der Jezebel Joyce, einer Lady in Gefahr

Kapitel 3

(DREI WOCHEN UND FÜNF TAGE BIS ZUM ENDE DER BALLSAISON)

Caro stand auf einem Podest und rief sich in Erinnerung, welche Worte genau ihre Großmutter vor achtundvierzig Stunden gewählt hatte, als sie ihre Enkelin als Freiwillige hierfür angemeldet hatte – für diesen zweitpeinlichsten Abend ihres ganzen Lebens. »Ein paar ausgewählte Veranstaltungen«, o ja. Wenn das hier schon »ausgewählt« war, dann mussten sie sich ernsthaft darüber unterhalten, woran solche Entscheidungen festgemacht wurden … Als sie eingewilligt hatte, in London zu bleiben, hatte sie jedenfalls nie und nimmer daran gedacht, an einem *Tableau vivant* teilzunehmen.

Sie reckte ihr Kinn in die Höhe, wie man sie angewiesen hatte, den Blick in die hintere obere Ecke des Ballsaals gerichtet, und versuchte angestrengt, zu verhindern, dass der große Goldhelm ihr seitlich vom Kopf kippte und jemandem auf die Füße knallte. Er war ihrem Kostüm in letzter Sekunde hinzugefügt worden, mit der kleinlichen Begründung, dass nur wenige griechische Frauen der Antike rosa Haare gehabt hatten, doch der Rand des Helms presste sich schmerzhaft in ihren Schädel und außerdem: Wenn es hier um die Treue zum historischen Vorbild ging, dann fand Caro es eher zweifelhaft, dass sie einen Dolch schwingen sollte. Soweit sie sich erinnerte, hatten Trojas Frauen nicht ernsthaft gekämpft, sondern sich im Großen und Ganzen auf Weinen und Klagen beschränkt, doch die Marchioness of Fairmont, deren Idee das *Tableau vivant* gewesen war, hatte beschlossen, die Mädchen wegen der dramatischeren Wirkung zu bewaffnen.

Es war ein Bild für Götter. Zwölf der letzten ungebundenen Debütantinnen der Saison, in weiße Tuniken und goldene Brustpanzer gekleidet, mit Speeren, Schwertern und Schilden gerüstet, waren kunstvoll so aufgebaut, dass die letzten verbleibenden Junggesellen der Saison sie eingehender Betrachtung unterziehen konnten. Keinen Muskel durften sie rühren – wenn es irgendwo juckte, durften sie sich auf gar keinen Fall kratzen, und wenn sie husten oder niesen oder – Gott behüte – das Hinterzimmer aufsuchen mussten, dann hatten sie sich jeglichen derartigen Drang zugunsten der höheren Kunst aus dem Kopf zu schlagen. Was ihnen im Falle des Versagens drohte, wurde nicht näher erläutert, doch es war allen klar, dass bei so einem Verhalten harte Konsequenzen drohten, vor allem angesichts der allgemeinen Bewaffnung.

Caro fand das Ganze quälend. Ihre Mütter hätten genauso gut ihre Standbilder bei Bildhauern in Auftrag geben und aufstellen können; dann hätten die Gentlemen sich eine von ihnen ausgesucht und das Ganze wäre immer noch weniger erniedrigend gewesen als das Tableau.

Vorsichtig verlagerte sie ihr Gewicht von einem Fuß auf den anderen. Die Tochter der Marchioness, Lady Frances, war die schöne Helena und genoss die privilegierte Position in der Mitte der Bühne, während Caro als nicht weiter benannte »trojanische Frau« ganz an den Rand gestellt worden war. Man hatte sie angewiesen, konzentriert in die Ferne zu starren, und das war ihr angesichts der Atmosphäre auf der Bühne ganz recht: Hier herrschte eindeutig mehr Konkurrenzkampf als Kameradschaft. Helena funkelte jeden, der womöglich leichter als sie eintausend Schiffe losschicken konnte, finster an; Hecuba und Kassandra schubsten einander mit ihren Schilden und Cressida hatte Andromache gerade einen unsanften Stoß mit ihrem Speer versetzt.

»Meine Damen und Herren!«, verkündete die Marchioness of Fairmont, als die Türen des Ballsaals endlich aufgingen. »Ich präsentiere Ihnen die Frauen von Troja!«

Auf ihr Stichwort erklang Applaus und bewunderndes Gemurmel, gefolgt vom Klirren der Weingläser und dem Klappern von Absätzen: Die versammelte feine Gesellschaft näherte sich, um das Tableau zu begutachten, persönliche Kommentare abzugeben und dann auf der Suche nach Essen und Klatschgeschichten davonzuspazieren.

Es war nur gut, sinnierte Caro, während sie einen feinen Riss in der Decke betrachtete, dass sie das Gesicht abwandte – sie wäre sonst womöglich der Versuchung erlegen, das gesamte Publikum mit Blicken zu erdolchen – allen voran die Marchioness. Die Hitze im Raum war unerträglich, das Kostüm klebte ihr am Körper, und das Gewicht des Helms hatte sich bestimmt verdoppelt, seit sie ihn aufgesetzt hatte. Und was noch schlimmer war – ohne den Beistand von Essie oder Felix fühlte sie sich mit einem Mal unerträglich einsam.

Unendlich viel später – und es war immer noch kein Ende in Sicht –, konnte sie das Schweigen nicht mehr länger ertragen.

»Wie lange müssen wir eigentlich noch hier herumstehen?«, flüsterte Caro aus dem Mundwinkel.

»Keine Ahnung«, erwiderte eine wispernde Stimme. »Aber ich hoffe, wir können demnächst damit aufhören. Mir zittern schon die Hände.«

»Was hältst du denn? Schwert oder Speer?«

»Weder noch. Ich soll nur die Hände hochhalten, als würde ich Menelaos anflehen, Helena nicht wieder mitzunehmen.«

»Pssst!« Der unverwechselbar scharfe Tonfall von Kassandra, ansonsten unter dem Namen Florentia Devereaux bekannt, mahnte sie zur Ruhe.

»Selber pssst«, wisperte die andere Stimme. »Ich wäre froh, wenn ich ein Schwert hätte. Das wäre wenigstens interessant. Ich habe noch nicht mal eine richtige Rolle. Ich bin einfach nur irgendeine griechische Frau.«

»Ich auch.«

»Könnt ihr beide mal still sein?«

»Ich bin übrigens Imogen«, sagte die Stimme. »Imogen Abernethy.«

»Caro Foyle.«

»Hier kommt gerade ein Viscount auf uns zu.«

Pflichtschuldigst schwiegen sie einen Moment lang.

»Was würde wohl passieren, wenn wir plötzlich alle ›Buh!‹ rufen?«, ließ sich eine nachdenkliche neue Stimme vernehmen, als die Schritte des Viscounts verklungen waren.

»Die Marchioness wird euch hören!«

»Ach, halt den Mund, Florentia«, antwortete Imogen. »Das hier kann dir doch nicht wirklich Spaß machen.«

»Ich dachte, das bei Almack's wäre schon der schlimmste Tag meines Lebens gewesen, aber das hier ist ein neuer Tiefpunkt.« Die andere Stimme klang niedergeschlagen.

»Was ist denn bei Almack's passiert?« Caro konnte sich die Frage nicht verkneifen.

»Ich habe einen Baron angeniest. Ich war furchtbar erkältet, aber meine Mutter hat darauf bestanden, dass ich trotzdem hingehe. Es war mein allererster Walzer, und ich hätte so dringend ein Taschentuch gebraucht, aber ich konnte ja schlecht anfangen, in meiner Handtasche zu wühlen. Ich konnte buchstäblich nichts dagegen tun. Ich habe seine Krawatte in – Feuchtigkeit getränkt.«

»Oje. Kennen wir uns?«

»Ich glaube nicht. Ich bin Lily Wyatt.«

»Ich kann deine Geschichte noch übertrumpfen.«

Alles hielt die Luft an.

»Florentia?« Caro war die Einzige, die nachzufragen wagte.

»Ja. Wollt ihr meine Geschichte nun hören oder nicht?«

»Unbedingt.«

»Es war bei einem venezianischen Picknick. Ich saß in einem Boot auf dem Fluss mit Mr Cornelius Haggard. Er war ungeheuer charmant, aber ich hatte gerade ein Cremetörtchen gegessen und von dem Geschaukel auf dem Wasser wurde mir schlecht. Ich wollte unbedingt so schnell wie möglich wieder an Land, aber er ist einfach weiter im Kreis herumgerudert. Ich dachte, gleich muss ich mich übergeben.« Ihre Stimme versagte. »Und dann musste ich.«

»Auf ihn?«

»Überwiegend über die Bootskante, aber es hat ein bisschen … gespritzt. Er war total grün im Gesicht.«

»Und was ist dann passiert?«

»Wir sind zurück an Land gerudert und haben nie mehr ein

Wort miteinander gewechselt. Jetzt ist er mit Lorelei Parker verlobt.«

»Typisch!« Caro machte sich diesmal nicht die Mühe, die Stimme zu senken. »Als Mann kannst du peinliche Geschichten einfach hinter dir lassen, aber als Dame machst du einen einzigen Fehler und wirst lebenslänglich bestraft.«

»Was weiß eine Unvergleichliche wie du schon von Fehlern?« Florentias Stimme klang jetzt wieder giftig. »Abgesehen von deiner Frisur natürlich.«

Caro seufzte innerlich, als um sie herum allgemeines Gekicher ausbrach. Einen Moment lang hatte sie geglaubt, sie seien kurz davor, eine gewisse Solidarität zu entwickeln, verbunden durch die schiere Lächerlichkeit ihrer Situation, aber dank Florentia konnte sie nun spüren, wie sich die Stimmung wieder gegen sie wandte, wie sie alle wieder zu Rivalinnen wurden. Hätten die anderen doch die Wahrheit gekannt! Caro war alles andere als perfekt. Sie hatte einen viel schlimmeren Fehler begangen, als einen Gentleman anzuniesen oder sich vor den Augen eines solchen zu übergeben. Aber wenn sie es ihnen verriet, würden sie es mit Sicherheit gegen sie verwenden.

»Mir gefallen deine Haare.« Imogen kicherte nicht. »Die Farbe steht dir.«

»Ganz meine Meinung«, mischte sich eine Männerstimme ein und löste dadurch mehrstimmiges erschrockenes Quietschen aus – den Trojanerinnen wurde bewusst, dass man sie belauscht hatte. Caro drehte den Kopf ein kleines bisschen und riskierte einen Seitenblick auf einen Mann mit kastanienbraunen, leicht welligen Haaren, der an einer der offenen Türen zum Garten lehnte. Er betrachtete sie nachdenklich, stellte sie fest, obwohl sie sich, soweit sie sich erinnern konnte, nie begegnet waren. Dennoch wirkte irgendetwas an ihm vertraut. Vor allem seine breiten Schultern und das weiße Aufblitzen seines Lächelns. Ach du Schreck. Ihr Herzschlag setzte vor Überraschung und Ärger einen Moment lang aus.

»Nicht dass ich viel von Ihren Haaren sehen könnte«, fuhr Marmaduke fort. »Nur ein paar Strähnen. Die Frauen Spartas hatten eine Schwäche für Rosa, nicht wahr? Oder waren das die Amazonen?«

»Weder noch, und ich mag es nicht, wenn man sich über mich lustig macht.« Caro biss die Zähne zusammen. Jetzt, wo sie wusste, wer er war, oder es zu wissen glaubte, wollte sie ihn so schnell wie möglich loswerden. Am helllichten Tag erinnerte sie seine lockere Art noch mehr an Sylvester.

»Ich mache mich nicht über Sie lustig.« Er legte sich die Hand aufs Herz. »Ich war immer auf der Seite der Trojaner. Ich persönlich fand auch immer, dass Helena die richtige Entscheidung getroffen hat, als sie mit Paris durchgebrannt ist. Als Ehemann war Menelaos die reinste Katastrophe.«

»Agamemnon und Odysseus auch, wenn man genauer drüber nachdenkt!«, meldete sich Imogen zu Wort. »Die ganze Sage ist eine einzige Mahnung, zum eigenen Wohl aufs Heiraten zu verzichten.«

»Und eine Warnung gegen Holzpferde«, fügte Lily hinzu. »Man sollte allgemein niemals Geschenke annehmen.«

»Stachelt ihn nicht auch noch an.« Caro wollte ihren Kopf noch weiter drehen, spürte, wie der Helm wackelte, und erstarrte wieder.

»Mr Holloway?« Lady Fairmont erschien am Rand ihres

Gesichtsfelds. »Ich hoffe doch, Sie lenken die jungen Damen nicht ab?«

»Ganz und gar nicht, Lady Fairmont. Ich bewundere lediglich Ihr Arrangement. Es ist höchst ergreifend.« Es klang, als würde er schniefen. »Ich bin tief berührt.«

»Ja ... nun ... sie dürfen nicht reden. Es beeinträchtigt die Wirkung.«

»Tatsächlich? Ich dachte immer, dass es jungen Damen erlaubt sein sollte, sich auszudrücken.«

»Das hier ist ein Tableau!«

»Dann sollte ich sie doch lieber in Ruhe lassen.« Marmaduke verbeugte sich und sein Blick wanderte zurück in Caros Richtung. »Bravo, meine Damen. Ich bin mir sicher, dass Homer stolz auf Sie wäre.«

⁂

»Wissen Sie, die Größe des Helms hat mich etwas verblüfft, aber jetzt kann ich es vollkommen nachvollziehen. Ihre Haare sind wirklich sehr rosa, nicht wahr?«

Caro blieb mitten auf einem der Kieswege, die durch den Ziergarten der Marchioness führten, stehen. Nach dreißig Minuten Posieren hatten sie und ihre trojanischen Mitstreiterinnen endlich die Waffen niederlegen und von der Bühne heruntersteigen dürfen, um sich die Beine zu vertreten, sich unter die Menge zu mischen und Komplimente entgegenzunehmen. Sie hatte sich gegen die letzten beiden Aktivitäten entschieden und spazierte stattdessen durch den Garten. Doch wie sich herausstellte, war sie hier nicht allein. Marmaduke Holloway lehnte vor ihr an einem Kastanienbaum wie der Wolf aus dem Märchen, allerdings einer, der in seiner linken Pfote einen Teller voll Kuchen hielt.

»Ja, genau.« Sie musterte ihn misstrauisch. Im hellen Tageslicht erschien ihr die Beschreibung »Wolf« durchaus passend. Er trug einen eleganten marineblauen Smoking aus Wollstoff über einer hellblauen Weste, aber seine Krawatte saß schief, und das höflichste Wort, mit dem sich seine Haare beschreiben ließen, war *zerzaust*. Sie waren außerdem etwas zu lang und berührten seine Schultern, und nach dem Zustand seines Kinns zu urteilen, hatte er sich heute Morgen auch nicht die Mühe gemacht, sich zu rasieren. Immerhin das war ein Unterschied zu Sylvester. Der hatte stets tadellos gepflegt ausgesehen. »Die Marchioness fand rosa für ihr Tableau nicht angemessen.«

»Ein Jammer. Es sieht prächtig aus. An jenem Abend dachte ich, das Mondlicht habe mir einen Streich gespielt.« Er löste sich mit einem liebenswürdigen Lächeln von seinem Baum. »Ich freue mich, Sie wiederzusehen, Mädchen mit dem Trifle.«

Caro reckte das Kinn im Versuch, das Gegenteil auszudrücken. »Wir sind einander noch nicht vorgestellt worden. Es ist ungehörig, dass wir miteinander sprechen.« Sie bedachte ihn mit ihrem hochmütigsten Gesichtsausdruck. »Das sollte ein Gentleman eigentlich wissen.«

»Leider war ich nie besonders gut darin, die Regeln zu befolgen. Außerdem – wer weiß denn schon, dass wir einander nicht vorgestellt worden sind? Wir sind Nachbarn. Es würde merkwürdig aussehen, wenn wir nicht miteinander reden würden.«

»Ich ziehe es vor, die Dinge so zu tun, wie es sich gehört.«

»Das sehe ich an ihrer Haarfarbe.«

Sie reckte ihr Kinn noch eine Stufe höher. »Ehrlich gesagt, dies ist nicht der günstigste Augenblick für ein Gespräch. Mein Kopf schmerzt, mein Arm fühlt sich an, als hätte man ihn aus der Achsel gerissen, und ich habe schrecklich schlechte Laune.«

»Wirklich? Das hätte ich gar nicht bemerkt.«

»Nun, wie würde es Ihnen gefallen, sich wie ein Objekt behandeln zu lassen?«, platzte sie heraus. »Zu posieren wie eine Schaufensterpuppe in einem Laden, die sich von den Menschen anstarren lässt? Es ist beleidigend und demütigend, und es ist dann auch nicht besonders hilfreich, wenn sogenannte Gentlemen daherkommen und uns auslachen.«

»Das war nicht meine Absicht.« Er senkte den Kopf leicht. »Ich habe mit Ihnen gelacht, nicht über Sie, aber ich entschuldige mich, falls das missverständlich war. Was alles andere angeht, haben Sie vollkommen recht. Deswegen habe ich ein bisschen Kuchen für Sie besorgt. Ich dachte mir, Sie könnten welchen vertragen.«

»Oh!« Sie sah hinunter auf den Teller. Er war beladen mit allerlei Köstlichkeiten. Ein Stück Mandel-Käsekuchen, Shortbread, eine Zitronentarte, ein überbackener Vanillepudding, ein kleiner Honigkuchen, ein Stück Pfefferkuchen und eine Erdbeere aus Marzipan. »Ist das alles für mich?«

»Ich wusste nicht, was Ihnen schmeckt, deswegen habe ich von allem etwas mitgebracht. Lady Fairmont wirkte etwas schockiert, aber dazu gehört vermutlich nicht viel.« Ihr Gegenüber hielt ihr den Teller hin. »Wählen Sie, was Ihnen schmeckt, den Rest übernehme ich.«

Sie zögerte und verzog misstrauisch den Mund. Einerseits

war das eine sehr aufmerksame Geste. Andererseits war es genau das, was ein Schürzenjäger tun würde.

Doch andererseits – das hier war richtiger Kuchen.

»Danke schön.« Sie griff nach dem Pfefferkuchen und biss herzhaft hinein.

»Gern geschehen.« Er ließ sie einen Moment lang kauen. »Sie mögen mich nicht besonders, oder?«

»Das habe ich nie gesagt.«

»Es stimmt aber.«

Caro überlegte kurz, ob sie weiter protestieren sollte, aber dann zuckte sie mit den Schultern und nahm ihm den ganzen Teller aus der Hand, setzte sich dann auf eine kleine, halb hinter einem übergroßen Lavendelbusch verborgene Steinbank. »Es ist nichts Persönliches. Sie erinnern mich nur an jemanden, das ist alles.«

»An jemanden, den sie überhaupt nicht mögen, nehme ich an?«

»Jemanden, den ich verabscheue.«

»Dann bin ich sozusagen in Sippenhaft?« Er stellte einen Fuß auf die Bank neben ihr und beugte sich vor, stützte einen Arm auf sein Knie. »Das erscheint mir ein bisschen unfair. Ich meine, ich sage ja nicht, dass wir enge Freunde werden müssen, aber es wäre doch nett, wenn wir uns vertragen. Nichts Übertriebenes. Nur ein höfliches Kopfnicken und ein kurzes Gespräch von Zeit zu Zeit.«

»Ich denke, das bekomme ich hin.« Sie verspeiste den Rest Pfefferkuchen und griff nach der Zitronentarte. »Entschuldigen Sie meinen Wutausbruch.«

»Es ist alles in Ordnung. Allerdings, auch wenn ich Gefahr

laufe, Sie erneut zu provozieren – wenn Sie das Konzept eines *Tableau vivant* so verabscheuen, warum haben Sie dann eingewilligt, daran teilzunehmen?«

»Habe ich nicht. Es war die Idee meiner Mutter und meiner Großmutter. Hätte ich die Wahl gehabt, dann hätte ich den Nachmittag lieber damit verbracht, mir Nadeln in die Augäpfel zu bohren.«

»Wie ungewöhnlich. Ich ging davon aus, dass derartige gesellschaftliche Anlässe der Traum jeder jungen Dame sind?«

»Das waren sie einmal, aber dann habe ich dazugelernt. Unglücklicherweise sitze ich jetzt hier fest.« Sie biss wütend in die Tarte und kaute heftig. »Wissen Sie, im Gegensatz zu dem, was die feine Gesellschaft denkt, ist es einer jungen Dame möglich, sich für mehr als nur den Heiratsmarkt zu interessieren. Ich persönlich habe vor, die kommenden Wochen ohne Verlobungsring durchzustehen.« Sie sah auf und funkelte ihn an. »Also, haben Sie ihre Wahl schon getroffen?«

»Entschuldigung?«

»Haben Sie eine Braut gewählt? Lady Fairmont hätte es Ihnen ja kaum einfacher machen können.«

»Großer Gott, nein.« Es klang entsetzt. »Ich interessiere mich auch nicht für den Heiratsmarkt. Ich habe vor, mir dereinst die Worte ›ewiger Junggeselle‹ in meinen Grabstein meißeln zu lassen. Am liebsten wäre ich jetzt schon hundert Meilen weit weg. Noch weiter, wenn möglich.«

»Wirklich? Auf Kavaliersreise?«

»Etwas in der Art.«

Sie musterte ihn rätselnd. »Und warum sind Sie dann hier? Sie sind ein Mann. Sie könnten gehen, wohin Sie wollten.«

»Moralische Unterstützung für meinen Bruder. Er wiederum ist auf der Suche nach einer Frau, aber jemand muss darauf achten, dass er sich nicht ausnutzen lässt.«

Sie stieß einen ungläubigen Laut aus. »Und wie sollte das genau vor sich gehen?«

»Sie bezweifeln, dass man einen Duke ausnutzen kann? Es gibt jede Menge Damen, die nur hinter seinem Geld her sind, glauben Sie mir. Mag sein, dass Frauen nach ihrem Aussehen bewertet werden, aber Männer werden nach anderen Eigenschaften beurteilt.« Er hob eine Augenbraue. »Sagen Sie es mir, wenn ich da falschliege.«

»Falsch vielleicht nicht, aber ich sehe auch nicht, dass die Männer hier auf einer Bühne herumstehen und Goldsäcke in die Luft halten, um uns zu zeigen, wer von ihnen am reichsten ist.«

»Touché.«

»Glauben Sie nicht, der Duke ist in der Lage, selbst auf sich aufzupassen?«

»Vermutlich schon, aber ich bin ein großer Bruder. Da tut man so etwas eben.«

»Großer Bruder?« Sie war so überrascht, dass sie ihre halb aufgegessene Tarte auf den Teller zurücklegte. »Das verstehe ich nicht. Wie können Sie der große Bruder sein, wenn er der Duke ist?«

»Weil wir technisch gesehen Halbbrüder sind. Ich bin einen Monat vor ihm geboren.«

»Aber Sie heißen doch beide Holloway.« Sie runzelte die Stirn. »Und Sie haben an jenem Abend Ihre Stiefmutter erwähnt, demnach haben Sie doch denselben Vater?«

»Richtig und richtig.« Er lächelte schief, als sie ihn verwirrt ansah. »Um einen Titel zu erben, muss man in der Regel ein eheliches Kind sein. Meine Eltern waren nicht verheiratet.«

»Oh.« Sie spürte, wie ihr das Blut zu Kopf stieg. »Dann sind Sie … ich meine …«

»Ja, ganz genau.« Er senkte die Stimme. »Das ist jetzt der Moment, in dem Sie mir mitteilen, Sie hätten am anderen Ende des Gartens eine Bekannte gesehen, und entsetzt davonlaufen. Nur zu, ich verstehe das.«

»Ich habe nicht die Absicht, irgendwohin zu laufen.« Caro warf den Kopf in den Nacken, obwohl ihre Wangen allmählich dieselbe rosa Farbe annahmen wie ihre Haare. »Ich bin nur überrascht.«

»So wie die meisten anderen Mitglieder der feinen Gesellschaft auch. Die haben allerdings zu große Angst davor, meinen Bruder zu verärgern, als dass sie mir offen sagen würden, was sie denken. Meine Stiefmutter sagt, ich soll in vornehmer Gesellschaft nicht über diese Dinge sprechen, aber ich ziehe es vor, ehrlich zu sein. Es erspart später peinliche Situationen.«

Er legte den Kopf zur Seite. »Ich erzähle Ihnen die ganze Geschichte, wenn Sie versprechen, nicht schockiert zu sein.«

»Versprochen.«

»Ich habe schon geahnt, dass Sie das sagen würden.« Marmaduke nahm sich von dem Shortbread und steckte sich das Gebäck ganz in den Mund. Er kaute eine Weile schweigend, als müsste er sich sammeln. »Man hat mich als Säugling auf der Türschwelle gefunden.«

»Nein!«

»Doch. Das klingt ein bisschen wie im Märchen, nicht wahr?

65

Ich stelle mir gerne vor, dass die Elfen mich da hingelegt haben.«

»Wer war Ihre Mutter?«

»Unglücklicherweise hat mein Vater mir das nie verraten. Also war er genötigt, mir seinen Namen zu geben.«

»Also sind Sie und der jetzige Duke Halbbrüder?«

»Ja, und die Witwe des Dukes ist meine Stiefmutter, und wir verstehen uns alle prächtig, ganz im Gegensatz zu dem, was andere von uns zu erwarten scheinen.«

»Was erwarten die anderen denn?«

»Vorwürfe und Missgunst natürlich.«

»Gibt es aber nicht?«

»Ganz und gar nicht. Meine Stiefmutter hat mich nie anders behandelt als einen eigenen Sohn, und was meine Missgunst gegenüber Rafe angeht – als mir klar wurde, in welchem Verhältnis wir zueinander stehen, hatten wir schon zehn Jahre lang ein Kinderzimmer geteilt, und es schien einfach ein bisschen zu spät, um darüber erbost zu sein. Auch wenn das kaum glaubhaft scheint – wir sind eine ausgesprochen glückliche kleine Familie.«

»Das scheint durchaus glaubhaft«, protestierte Caro. »Meine Cousine Essie war eine reiche Erbin und schon mit acht Jahren mit einem Earl verlobt, aber ich habe sie nie darum beneidet. Wie hätte ich meine beste Freundin beneiden können?«

»Genau.« Sein Lächeln wurde breiter – und das machte sie schon wieder ein bisschen nervös. Mit diesem Lächeln sah er viel besser aus, als gut für sie war.

»Nun, das war schrecklich interessant.« Sie stand auf und reichte ihm den Teller. »Vielen Dank für die Stärkung, aber nun muss ich dringend meine Mutter und meine Großmutter suchen.«

Er lächelte immer noch. »Ich nehme nicht an, dass Sie mir irgendeinen Hinweis auf Ihren Namen geben würden? Ich habe schon versucht, ihn zu erraten.«

»Und?«

»Etwas Homerisches? Penthesilea? Circe?« Er schnippte mit den Fingern. »Szilla? Ach bitte, sagen Sie mir, dass das richtig ist.«

»Nein, nein und nein.« Sie wollte sich abwenden, aber dann hielt sie inne. »Caro Foyle, aber das verrate ich Ihnen nur, weil Sie Kuchen für mich geholt haben.«

»Nicht weil ich Ihnen meine Lebensgeschichte erzählt habe? Sie setzen aber sehr interessante Prioritäten, Miss Foyle.« Er verbeugte sich. »Dann verabschiede ich mich, bis wir einander offiziell vorgestellt werden.«

»Guten Tag, Mr Holloway.«

Diesmal war es eindeutig – er zwinkerte ihr zu!

»Endlich!« Eine Stunde später sank Caro gegen die Lehne des Polstersitzes in der Kutsche ihrer Großmutter und stieß einen tiefen Seufzer aus. »Ich dachte, dieser Tag würde niemals enden.«

»Es waren so viele interessante Junggesellen anwesend.« Ihre Mutter lächelte verträumt. »Und du siehst wunderschön aus, Liebes, sogar mit diesen Haaren. Genau wie ich in deinem Alter. Allerdings ist es ein Jammer, dass die Marchioness dich so an den Rand der Bühne gestellt hat. Du hättest eine prächtige Helena abgegeben.«

»Genau aus diesem Grund hat die Marchioness sie an den Rand der Bühne gestellt.« Die Witwe schmunzelte. »Immerhin, der Nachmittag hat seinen Zweck erfüllt.«

»Welchen Zweck denn?« Caro betrachtete ihre Großmutter misstrauisch, ihr Magen verschlang sich zu hundert winzigen Knoten.

»Den, der feinen Gesellschaft zu signalisieren, dass du dich von deiner Krankheit erholt hast und immer noch auf dem Heiratsmarkt bist, ganz unabhängig davon, wie viele Anträge du bereits abgelehnt hast.«

»Bin ich denn wirklich noch auf dem Heiratsmarkt?« Caro schluckte und die Knoten zogen sich noch fester.

»Ja.« Der Blick ihrer Großmutter wanderte vielsagend zu Caros Mutter. »Das bist du.«

»Seid keine Närrin!« Kräftige Hände schlangen sich um Jezebels Taille, als sie den Türgriff drehte.

»Lasst mich los, Sir!« Sie schnappte nach Luft, die Haare standen ihr vor Angst zu Berge. »Ich muss von hier fort!«

»Warum?« Die Stimme des Barons war ein Knurren in ihrem Ohr, rau und tief, als sei er mehr Tier als Mann. »Was kann so viel wert sein, dass Ihr Euer Leben aufs Spiel setzt?«

»Meine Großmutter!« Sie riss sich los und taumelte rückwärts; im selben Moment krachte ein Donnerschlag über dem Schloss. »Sie ist krank, und ich bin die Einzige, die sich um sie kümmert. Aus diesem Grund ritt ich an den Klippen entlang. Ich muss ihr zu Hilfe eilen.«

»Egal.« Sein Blick hielt den ihren, bohrte sich in sie hinein. »Ich kann Euch auf keinen Fall gehen lassen, während draußen dieses Unwetter tobt.«

»Ihr habt nicht über mich zu bestimmen!«

»Ich habe eine Burg. Die Mauern sind dick und stark.«

»Tyrann!« Sie verzagte angesichts seiner Herzlosigkeit. »Ihr seid kein Gentleman, Sir.«

Seine Lippen kräuselten sich und entblößten eine Reihe schimmernder, scharfer Zähne.

»Wer hat denn jemals behauptet, ich sei einer?«

Die außergewöhnlichen Abenteuer der Jezebel Joyce,
einer Lady in Gefahr

Kapitel 4

Manchmal war es schwer, zu verstehen, warum so viel Aufhebens gemacht wurde. Ja, manchmal kam es Caro so vor, als litte die feine Gesellschaft unter einer Art kollektiver Wahnvorstellung. Eintrittskarten für den Almack's Club im Viertel St. James zu ergattern, war bekanntermaßen schwierig, aber als Caro tatsächlich ihren Fuß über die vornehme Schwelle setzen durfte, empfand sie diese Erfahrung als zutiefst ernüchternd. Die drei Räume, aus denen der gesamte Club bestand, waren klein, sparsam eingerichtet und eigentlich frei von jeglichem Charakter. Es war, als flöge man zum Mond und stellte fest, dass es dort so aussäh wie im Hyde Park.

Den Hyde Park mochte sie wenigstens.

»Ich weiß, was du denkst.« Ihre Großmutter tätschelte ihr Handgelenk mit ihrem Fächer. »Und ich gebe dir vollkommen recht.«

»Tatsächlich?« Caro zuckte zusammen, ihr Handgelenk protestierte. »Ich meine, ich möchte ja nicht undankbar erscheinen, aber …«

»Sterbenslangweilig.«

»Ich finde es sehr elegant!«, protestierte Caros Mutter ganz offensichtlich entschlossen, beeindruckt zu sein, ungeachtet der schmuddeligen, etwas abgeblätterten Realität. »Ich war nicht mehr hier, seit ich selbst Debütantin war.«

»Und da haben sie wohl auch zuletzt die Räume dekoriert«, sagte die Witwe.

»Wie bist du an die Eintrittskarten gekommen, Granny?«

»Durch eine Menge Schmeichelei und die winzigste Andeutung einer Erpressung. Jetzt wo wir nun mal hier sind, müssen wir allerdings bestes Benehmen an den Tag legen. Was deine soziale Stellung angeht, kommt es etwa auf das Gleiche heraus, ob man auf offener Straße erschossen wird oder seine Eintrittskarte für Almack's entzogen bekommt.«

»Ist das nicht ein bisschen übertrieben?« Caro seufzte innerlich. Sie hatte für diesen Abend ihr bestes Kleid angezogen, aus fliederfarbenem Crêpe über cremefarbenem Sarsenett mit einem runden Ausschnitt und Puffärmeln, und um den Saum war eine Reihe künstlicher Kornblumen geheftet. Aber heute würden mehr als nur ein paar künstliche Blumen nötig sein, um ihre Laune zu verbessern. Ihre Mutter hatte während der gesamten Kutschfahrt jeden einzelnen heiratsfähigen Junggesellen der feinen Gesellschaft genau beschrieben. Das Haarband um ihren Kopf, das sie ebenfalls mit Kornblumen geschmückt hatte, fühlte sich jetzt schon unerträglich eng an.

»Ja, vielleicht, aber es ist nun einmal die Wahrheit.« Die Witwe ließ ihren Fächer aufschnappen. »Also, drei Dinge musst du im Kopf behalten. Erstens: Freu dich nicht auf das Essen. Du bekommst höchstens Brot und Butter oder trockenen Kuchen, wenn du Glück hast. Zweitens: Lass die Finger von der Limonade. Wenn du durstig bist, bitte lieber um Tee, auch wenn du ihn nicht am Geschmack erkennen wirst. Drittens: Niemals, unter gar keinen Umständen, darfst du einwilligen, Walzer zu tanzen, bevor nicht eine der Patronessen dir die Genehmigung gegeben hat.«

»Warum?«

»Weil sie den Walzer für unmoralisch und unschicklich halten und mit Vorliebe jedem den Spaß verderben.«

»Und was muss man tun, um diese Genehmigung zu bekommen?«

»Du musst allerbeste Manieren und tadelloses Benehmen an den Tag legen, um über jeden Vorwurf erhaben zu sein.«

»Oje. Was darf ich denn überhaupt?«

»Du darfst so viele Quadrillen und Kotillons tanzen, wie dein Herz begehrt. Bis dahin setzt du ein künstliches Lächeln auf, kicherst und beißt die Zähne zusammen, vor allem in den nächsten Minuten.«

»Warum vor allem in den nächsten …?«

»Lady Makepeace!« In genau diesem Moment stürzte sich eine Frau mit grünen Katzenaugen und aufwendig hochgetürmter, mahagonifarbener Frisur auf sie und der Rest der Frage erübrigte sich. »Mit Tochter und Enkelin! Mrs Foyle, Miss Foyle, wie reizend, drei Generationen einer Familie zusammen zu sehen. Sie müssen sich sehr alt fühlen, Lady Makepeace.«

»Lady Talbot.« Die Witwe neigte den Kopf gerade so tief, dass die Pfauenfeder auf ihrer Tiara gegen den Haarturm ihres Gegenübers schlug. »Glücklicherweise erfreue ich mich bester Gesundheit und habe nicht vor, in absehbarer Zukunft das Zeitliche zu segnen.«

»Das will ich doch hoffen! Was würde die feine Gesellschaft

bloß ohne Sie tun?« Die untere Hälfte von Lady Talbots Gesicht lächelte, im Gegensatz zur oberen Hälfte. »Ich für meinen Teil fühle mich allerdings vollkommen erbärmlich. Die Vorbereitungen für Jemimas Hochzeit kosten mich so viel Kraft.« Sie legte die Hand auf die Brust, um den Grad ihrer Erschöpfung zu demonstrieren. »Es ging drunter und drüber, aber die liebe Jemima ist natürlich überglücklich. Sie und Mr Mountjoy passen wunderbar zusammen. Es überrascht mich, dass so viele Wochen der Ballsaison verstrichen sind, bis die beiden einander gefunden haben, aber immerhin haben sie es geschafft, jetzt, wo nur noch so wenig Zeit ist und so wenige Junggesellen übrig bleiben. Oh!« Sie presste die Fingerspitzen auf die Lippen. »Aber ich bin mir ganz sicher, dass auch Sie noch einen Ehemann finden werden, liebste Caro, vor allem jetzt, wo Sie sich von Ihrer kleinen Unpässlichkeit erholt haben.«

»Es geht mir schon viel besser, danke, Lady Talbot.« Caro lächelte so aufrichtig, wie sie nur konnte. Nach ihrer Ankunft in London hatte sie Jemima Talbot für eine Freundin gehalten, aber seit ihrer Krankheit hatte ihre »Freundin« mysteriöserweise durch Abwesenheit geglänzt. Sich jetzt mit ihrer Mutter zu unterhalten, war, als würde man wiederholt von einer Viper gebissen werden, während man gerade im Brennnesselgebüsch stand, vermutlich direkt neben einem Bienenstock.

»Ach, ich bin erleichtert, das zu hören.« Lady Talbot rückte dichter heran. »Ganz unter uns, ich hatte befürchtet, dass hinter dieser Geschichte noch etwas anderes steckt. Ein gebrochenes Herz vielleicht?«

»Ganz und gar nicht.« Caro ballte die Fäuste, während das besagte Organ zu rasen begann.

»Ich meine ja nur, weil Mr Jagger etwa zur selben Zeit aus London abgereist ist. So ein gut aussehender junger Mann. Es hatte den Anschein, als hätten Sie beide sich zuvor sehr gut verstanden.«

»Wenn hier jemand an gebrochenem Herzen leidet, dann ist es Mr Jagger«, unterbrach die Witwe Lady Talbots Rede barsch. »Sie haben es vielleicht nicht gehört, aber meine Enkelin hat eine ganze Reihe von Anträgen abgelehnt. Im Gegensatz zu anderen jungen Damen möchte sie keine übereilte Entscheidung treffen.«

»Würdet ihr mich entschuldigen?«, fiel ihr Caro ins Wort. Sie hatte beschlossen, die Flucht zu ergreifen, bevor Lady Talbot zurückschlagen konnte. »Ich habe gerade eine Bekannte entdeckt.«

»Aber natürlich, meine Liebe.« Ihre Großmutter lächelte wohlwollend. »Aber vergiss nicht, was ich dir gesagt habe.«

»Essen, Tee, Walzer.« Sie zählte die Punkte an ihren Fingern ab und sank dann in einen eiligen Knicks, bevor sie um den Tanzboden herumging.

Sie hatte nicht wirklich jemanden entdeckt, den sie kannte, jedenfalls niemanden, mit dem sie sich unterhalten wollte, aber in diesem Moment fiel ihr Blick auf ein vertrautes, groß gewachsenes Mädchen mit schwarzen Haaren, das steif in der Ecke stand. Sie trug ein grauenhaft altmodisches purpurrotes Kleid. Links und rechts von ihr standen zwei ältere Damen und eine von ihnen presste sich ein Hörrohr ans Ohr.

»Imogen?« Caro ging auf das Mädchen zu und winkte freundlich.

Das Mädchen riss die großen blauen Augen weit auf und sah

sich rasch in Richtung Wand um, als vermutete sie, direkt hinter ihr stünde noch jemand mit demselben Namen.

»Ich bin so froh, dich wieder zu treffen.« Caro ließ sich nicht irritieren und strahlte Imogen an. »Ich wollte mich nach dem Tableau vor ein paar Tagen schon mit dir unterhalten, aber ich bin im Garten spazieren gegangen, und als ich zurückkam, konnte ich dich nicht finden.«

»Wir sind früher gegangen.« Imogen lächelte zaghaft. »Wo hast du deinen Dolch heute?«

»Ich habe ihn an der Tür abgegeben. Wie geht es deinen Armen?«

»Die haben sich fast erholt. In den letzten Tagen habe ich versucht, die griechischen Helden so selten wie möglich anzuflehen.« Sie deutete auf die beiden älteren Damen. »Darf ich dir meine Tanten vorstellen? Miss Merle Abernethy und Miss Mona Abernethy. Tanten, das hier ist Miss Caro Foyle.«

»Es ist mir eine Ehre, Sie kennenzulernen.« Caro knickste höflich.

»Sehr erfreut«, sagte die kleinere der beiden. »Wir freuen uns sehr, dass Imogen endlich eine Freundin gefunden hat.«

»Tante Mona!« Imogens Wangen glühten vor Scham.

»Ich bin auch sehr froh, dass ich Imogen zu meinen Freundinnen zählen darf«, unterbrach Caro. »Genau genommen habe ich mich gerade gefragt, ob ich sie Ihnen wohl entführen dürfte? Es gelten ja hier so viele Regeln, was man tun darf und was nicht, aber ich glaube, wir dürfen eine Runde durch den Raum gehen?«

»Du willst mit mir herumgehen?« Die Überraschung in Imogens Gesicht wich verblüfftem Staunen.

»Ja.« Caro nickte. »Ich meine, wenn du Lust hast, natürlich.«

»Sehr gerne. Wenn ihr nichts dagegen habt?« Sie sah ihre Tanten an.

»Aber gar nicht. Merle und mir reicht es vollkommen, hier zu stehen, nicht war, Merle? Geht nur los, ihr zwei, und amüsiert euch.« Tante Mona wirkte besorgt. »Du amüsierst dich doch, oder?«

»Ich werde mein Bestes tun, Tantchen. Versprochen.«

»Dann komm mit.« Caro hakte sich bei dem anderen Mädchen unter. »Wir gehen mal los und überprüfen, ob die Limonade wirklich so schlecht ist.«

»Weißt du, ich bin daran gewöhnt, als Mauerblümchen herumzustehen«, platzte Imogen heraus, als sie loszogen. »Du brauchst kein Mitleid mit mir zu haben. Ich bin sicher, du hast jede Menge andere Freundinnen.«

»Ehrlich gesagt bin ich mir selbst da gar nicht so sicher.« Caro runzelte nachdenklich die Stirn. »Meine Cousine Essie ist meine beste Freundin, aber sie hat gerade geheiratet und ist nach Hampshire gezogen.« Sie seufzte, dann lächelte sie. »Aber selbst wenn sie noch hier wäre – es ist immer schön, neue Menschen kennenzulernen.«

»Es ist nur …« Imogens Stimme klang verlegen. »Du weißt es vielleicht nicht, aber ich bin eigentlich niemand. Der Vater meiner Mutter war ein Baron, aber das ist auch wirklich alles.«

»Du meinst, ich will mich nur mit dir anfreunden, weil ich glaube, dass du mir irgendwie von Nutzen bist?« Caro hakte sich noch enger ein. »Du hast absolut recht. Genau das glaube ich. Ich glaube, du warst der einzige Mensch, der dieses alberne Tableau mit Humor genommen hat, und ich wäre gern mit dir befreundet, damit wir uns gegenseitig helfen, während der restlichen Zeit dieser unerträglichen Ballsaison nicht den Verstand zu verlieren.«

»Das verstehe ich nicht.« Imogen starrte sie überrascht an. »Du bist die Unvergleichliche! Von der Königin persönlich erwählt! Warum macht dir die Ballsaison keinen Spaß?«

»Weil ich nicht den Wunsch habe, Teil dieses Heiratsmarkts zu sein, ganz gleich, welchen dummen Titel mir die feine Gesellschaft verpasst. Ich bin mir nicht sicher, was ich im Leben werden will, aber auf jeden Fall mehr als nur eine Braut.«

»Oh.« Imogen zögerte einen Moment, dann überzog ein verschmitztes Lächeln ihr Gesicht. »Na, in diesem Fall – ist es nicht grauenvoll hier?«

»Ganz grauenvoll!« Caro kicherte. »Ich habe nicht die geringste Ahnung, warum irgendjemand hierherkommen möchte.«

»Weil es immer noch besser ist als ein *Tableau vivant*? Wir haben nur Eintrittskarten bekommen, weil meine Tanten entfernte Cousinen einer Patronesse sind. Ich fürchte, sie haben richtig gebettelt.«

»Sie machen einen sehr netten Eindruck.«

»Sie sind nett, wenn sie gerade keine peinlichen Bemerkungen machen.« Imogen verdrehte die Augen. »Ich liebe sie heiß und innig, aber unglücklicherweise glauben sie, wenn sie mich an genügend Orte wie diesen hier schleppen, müsse sich ganz zwangsläufig irgendein Gentleman unsterblich in mich verlieben. Sie haben die absurde Vorstellung, ich wäre hübsch.«

»Aber das bist du!«, protestierte Caro. »Du hast wunderschöne Augen!«

»Diese Augen hier?« Imogen neigte den Kopf seitlich und

starrte auf ihre Nase. »Ja, stimmt, meine Augen mag ich, aber ich bin zu groß und habe riesige Füße.«

»Hast du nicht.«

»Doch habe ich.« Imogen deutete nach unten. »Sieh mal, wie weit sie unter meinem Kleid herausragen.«

»Oh … ich meine …« Caro verhaspelte sich. »Na ja, es wäre mir niemals aufgefallen, wenn du es nicht erwähnt hättest.«

»Der Punkt ist, ich bin kein Fall für die Liebe auf den ersten Blick, und was die feine Gesellschaft angeht, gehört meine Familie eigentlich gar nicht mehr dazu. Ich habe meine Tanten angefleht, kein Geld auf die Ballsaison zu verschwenden, aber sie haben darauf bestanden, dass meine Eltern genau das für mich gewollt hätten.«

»Du meinst, deine Eltern sind …?«

»Ja.« Ein Schatten glitt über Imogens Gesicht. »Sie starben, als ich erst acht Jahre alt war. Meine Tanten haben mich und meinen Bruder großgezogen. Sie haben uns alles beigebracht, was sie wissen, und das ist im Großen und Ganzen eine Kombination aus Botanik und Kräuterkunde.« Sie lachte liebevoll. »Ich beherrsche weder Hinterglasmalerei, noch kann ich Harfe spielen oder einen Gobelin sticken, aber wenn du ein Mittel gegen Frostbeulen brauchst, ist es ganz praktisch, mich in der Nähe zu haben.«

»Du redest, als wären deine Tanten Hexen.«

»Ich hoffe einfach, sie nehmen mich in ihren Hexenzirkel auf, wenn sie endlich verstanden haben, dass ich nicht die geringste Chance auf einen Ehemann habe. Außerdem klingt Hexerei sowieso viel interessanter als die Ehe.«

»Da hast du recht. O nein!« Caro bremste ruckartig ab.

»Meinst du, sie könnten einen Abwehrzauber für mich entwickeln?«

»Ähm …« Imogen wirkte jetzt wieder nervös. »Warum?«

»Weil der Marquess of Bazley da drüben steht.« Caro machte eine Kehrtwendung mit Imogen und marschierte wieder in die Gegenrichtung.

»Ist das schlimm?«

»Ja! Ich habe vor Kurzem seinen Antrag abgelehnt, aber er versteht die Bedeutung des Wörtchens *Nein* einfach nicht. Zum Glück war er nicht beim Tableau, aber ich habe ihn diese Woche zweimal im Hyde Park getroffen, und er bildet sich ein, ich sei nur schüchtern.« Wieder blieb sie ruckartig stehen. »Moment, hast du das gehört?«

»Ja.« Imogen nickte in Richtung eines gelben Samtvorhangs. »Es kommt von da hinten.«

»Es klingt, als würde jemand weinen. Hallo?« Caro hob den Vorhang und spähte dahinter. Eine weitere junge Frau saß vornübergebeugt in der Fensternische, die Arme um ihre Knie geschlungen, als versuchte sie, unsichtbar zu werden, indem sie sich möglichst klein machte.

»Oh!« Ein rotes, verquollenes Gesicht, eingerahmt von ebenso roten Locken, sah erschrocken auf und wandte sich dann schnell ab.

»Ist alles in Ordnung?« Caro zog Imogen hinter den Vorhang und ließ ihn hinter sich fallen.

»Nein!«

»Können wir irgendwas für dich tun?«

»Ihr könntet ein Loch im Boden graben«, schluchzte das Mädchen. »So tief, dass ich mich hineinstürzen kann.«

»Ich bin mir sicher, dass das nicht nötig ist.«

»Doch, ist es!« Das Mädchen sah sich vorsichtig um und entdeckte Imogen erst jetzt. »Ach, warum zieht ihr den Vorhang nicht einfach ganz auf? Ihr könntet Eintrittskarten verkaufen. Dann können sich alle ordentlich über meine Demütigung amüsieren.«

»Wir amüsieren uns nicht.« Caro setzte sich neben sie auf die Fensterbank. »Wir lassen dich allein, wenn du das wirklich willst, aber wir würden dir gerne helfen, wenn wir können. Du bist Lily, oder? Du warst vor ein paar Tagen ebenfalls am Tableau beteiligt, nicht wahr?«

»Ihr erinnert euch an mich?«

»Natürlich erinnern wir uns an dich.« Sie sah sich Hilfe suchend nach Imogen um. »Stimmt doch?«

»Hm?« Imogen spähte durch eine Lücke zwischen den Vorhängen. »Aber ja, natürlich. Du hast es geschafft, dass sich Florentia Devereaux einige Sekunden lang wie ein halbwegs anständiges menschliches Wesen benommen hat.«

»Das ist nett.« Das Mädchen lächelte zittrig. »Ich gehe immer davon aus, dass sich die Menschen nicht an mich erinnern. Ich glaube, ich habe eins von diesen Gesichtern, die sich überhaupt nicht einprägen.« Ihr Gesichtsausdruck wechselte, dann verzerrte er sich wieder. »Das war mein einziger Trost heute Abend. Ich dachte, es würde sich sowieso niemand an mich erinnern.«

»Was auch immer geschehen ist, so schlimm kann es doch gar nicht sein, oder?«

»Doch, kann es. Er hat mich eine Nervensäge genannt.«

»Wer denn?«

»Der Duke of Campion. Aber es war doch nicht meine Schuld, es war Mama! Ich wollte nicht einmal mit ihm tanzen – er wirkt so überheblich und aufgeblasen –, aber Mama hat mich ständig direkt neben ihn gezerrt. Das hat sie so oft gemacht, dass ihm am Ende gar nichts anderes übrig blieb, als mich zum Tanzen aufzufordern. Aber er hat die ganze Zeit kein Wort mit mir geredet. Er hat mich kaum angesehen. Er hat das einfach nur über sich ergehen lassen. Und danach habe ich gehört, wie er sich mit seinen Freunden unterhalten hat. Er hat gesagt, ich sei eine Nervensäge und er wünschte, ich ließe ihn in Ruhe.« Sie schluchzte wieder los und zuckte zusammen, als jemand vor dem Vorhang laut lachte. »Ich schäme mich so, dass ich sterben möchte.«

»Das ist doch überhaupt nicht dein Fehler!« Caro setzte sich gerade hin. Sie war entsetzt. »So etwas Unverschämtes habe ich noch nie gehört. Er hatte kein Recht, so unhöflich zu sein.«

»Doch, hatte er. Ich war wirklich eine Nervensäge.«

»Aber trotzdem hätte er das nicht sagen dürfen.« Sie war erfüllt von einem brennenden Gefühl des gerechten Zorns. »Ich hätte größte Lust, ihm das zu sagen.«

»Nein!« Das Mädchen packte ihre Hände. »Wirklich, das darfst du nicht! Ich könnte es nicht ertragen.«

»Aber er müsste sich entschuldigen.«

»Caro!« Imogens aufgeregtes Quietschen schreckte sie hoch. »Was ist los?«

»Wie sieht der Marquess of Bazley aus?«

»Ungefähr hundert Jahre alt. Weiße Haare, langer Schnurrbart, Froschaugen.«

»Das habe ich befürchtet. Er kommt in unsere Richtung und

wirkt sehr entschlossen. Vermutlich hat er gesehen, dass wir hierher zurückgegangen sind.«

»Ach, Mist.« Caro sprang wieder auf die Füße. »Es tut mir leid, Lily, aber ich muss verschwinden.«

»Ich bleibe hier und kümmere mich um sie.« Imogen nahm Caros Platz auf der Fensterbank ein. »Ich würde mich sowieso am liebsten weiterhin verstecken, aber wollen wir uns nicht alle drei morgen Nachmittag zum Tee treffen? Die Adresse lautet Montague Crescent 13 in Bloomsbury.«

»Woher willst du wissen, dass du keine Besucher bekommst?«, schniefte Lily.

»Weil die einzigen Männer, mit denen ich in dieser Ballsaison getanzt habe, mit mir verwandt waren. Glaubt mir, morgen können wir uns richtig unterhalten.«

»Drei Uhr.« Caro nickte, dann schlüpfte sie am hinteren Ende unter dem Vorhang hervor. Sie rannte beinahe um den Raum herum. Gab dieser Marquess denn niemals auf? Allein der Gedanke, noch einmal von ihm über den Tanzboden geschleift zu werden, war nicht zu ertragen – nicht nur, weil er alt genug war, ihr Großvater zu sein, und nach kaltem Zigarrenrauch stank. Es war vor allem sein Blick – er sah sie an, als wäre sie ein süßes Häppchen, das er gern verspeisen wollte. Selbst dass ihre Großmutter ein ernstes Wort mit ihm geredet hatte, konnte seine Begeisterung nicht dämpfen. Allerdings hatte er sich seither nicht mehr genähert, wenn sie beide zusammen waren, fiel ihr auf. Und das bedeutete, sie musste so schnell wie möglich die Witwe ausfindig machen und bei ihr Schutz suchen. Entweder das oder sich ein oder zwei Stunden in die Damentoilette zurückziehen.

»Caro?«, hörte sie die Stimme des Marquess hinter sich und beschleunigte ihre Schritte. Das war auch so eine Sache ... sie hatte ihm nie erlaubt, sie beim Vornamen zu nennen. Er ging einfach davon aus, dass er das tun durfte, wie er auch davon ausging, dass es in Ordnung war, sie zu verfolgen und zu belästigen, weil er Geld und einen Titel besaß. Sie hatte es während der ganzen Ballsaison höflich ertragen, als brave kleine Debütantin, aber irgendwann war Schluss. Wenn er sie noch einmal anfasste, wusste sie nicht, was sie tun würde – aber auf keinen Fall konnte sie weiterhin lächeln und höflich sein.

»Huch!« Caro rannte so schnell, dass sie den Mann, der ihr in den Weg trat, erst bemerkte, als es zu spät war. Sie prallte so heftig gegen seinen breitschultrigen Rücken, dass sie zurückfederte.

»Vorsicht!« Der Mann wirbelte herum, schlug die Hände um ihre Oberarme und fing sie auf, bevor sie schmachvoll auf dem Hinterteil landen konnte.

»Danke schön!« Atemlos und verwirrt sah sie auf und starrte in die karamellbraunen Augen von Mr Marmaduke Holloway, die auf sie herabfunkelten. Zum ersten Mal war sie ernsthaft erfreut, ihn zu sehen, auch wenn er so wirkte, als hätte man ihn gerade rückwärts durch eine Hecke gezerrt. Sie hätte niemals gedacht, dass jemand in schwarz-weißer Abendkleidung so unordentlich aussehen konnte, aber ihm war es gelungen.

»Miss Foyle?« Grinsend stellte er sie wieder auf die Füße. »Darf ich Sie jetzt schon so nennen oder sind wir offiziell noch immer Fremde?«

»Das ist mir gleich.« Caro sah sich rasch um. Der Marquess steuerte entschlossen auf sie zu. »Tanzen Sie mit mir.«

»Bitte?«

»Tanzen Sie mit mir. Jetzt gleich.« Sie konnte den Atem des Marquess praktisch schon im Nacken spüren. »Bitte! Dann dürfen Sie mich nennen, wie auch immer Sie wollen.«

»Na gut, wo Sie mich so … nett … darum bitten.« Marmaduke ließ ihre Arme los und verbeugte sich. »Es wäre mir eine Ehre.«

»Gut!« Sie wartete nicht ab, bis er ihr die Hand anbot, sondern packte ihn am Ellbogen und zerrte ihn in sichere Gefilde in der Mitte des Tanzbodens. Erst in diesem Moment fiel ihr auf, welche Melodie die Geigen anspielten – beim infrage kommenden Tanz handelte es sich um einen Walzer.

Ihr Entschluss kam ins Wanken, denn die Warnung ihrer Großmutter fiel ihr ein. Aber wenn sie die Wahl hatte, irgendeine alberne Regel zu brechen oder sich vom Marquess of Bazley betatschen zu lassen … Sie legte eine Hand auf die Schulter ihres Begleiters.

»Stimmt etwas nicht?« Er hob fragend eine Augenbraue, als er seine eigene Hand auf ihr Kreuz legte.

»Nein, gar nicht!« Sie setzte ein künstliches Lächeln auf und atmete erleichtert auf, als die Musik einsetzte und sie beide in die dem Marquess entgegengesetzte Richtung loswirbelten. Allerdings währte ihre Entspannung nicht lange, denn sie stellte fest, dass man sich bei diesem Tanz deutlich näher kam, als sie erwartet hatte. Angefangen damit, dass sie sehr viel dichter beieinanderstehen mussten als in einer Quadrille oder im Kotillon. So dicht, dass sie die Körperwärme ihres Partners durch den Kreppstoff ihres Kleides und den Batist seiner Weste und seines Hemds spüren konnte. Das schien einen gewaltigen Einfluss auf ihre eigene Körpertemperatur zu haben, und sie fühlte deutlich, wie ihr die Hitze zu Kopf stieg. Sie spürte auch, wie seine Schultermuskeln sich unter ihren Fingerspitzen bewegten. Der einzige Mann, der sie jemals so eng in den Armen gehalten hatte, war Sylvester.

Es ärgerte sie maßlos, dass sie immer wieder an ihn denken musste.

»Wie gefällt es Ihnen bei Almack's, Mr Holloway?« Caro zwang sich, wieder in die Gegenwart zurückzukehren. »Waren Sie schon mal hier?«

»Ach, höfliche Konversation.« Er klang amüsiert. »Nein, und ich hoffe, ich werde nie wieder hierherkommen. Tatsächlich fand ich den Abend recht langweilig, aber dann warf sich eine wunderschöne junge Frau auf mich und mit einem Mal wurde es deutlich besser.«

»Ich habe mich nicht auf Sie geworfen«, widersprach sie empört. »Das war ein Unfall.«

»Ach, dann hatten Sie nicht das brennende Verlangen nach meiner Gesellschaft? Schade. Nun, in diesem Fall wage ich als besorgter Nachbar und zufällige Bekanntschaft bescheiden zu fragen, ob Sie mir erzählen würden, was los ist?«

Sie reckte das Kinn. »Ich habe keine Ahnung, wovon Sie sprechen.«

»Sie haben mich gerade buchstäblich auf den Tanzboden gezerrt.«

»Oh. Ja, schon.« Sie warf ihm einen schuldbewussten Blick zu. »Ich gehe jemandem aus dem Weg.«

»Jemandem, den Sie noch weniger mögen als mich? Das schmeichelt mir. Kenne ich ihn?«

»Ich habe doch keine Ahnung, wen Sie kennen.« Sie warf einen Blick über seine Schulter. Der Marquess bewegte sich langsam an den Wänden des Ballsaals entlang, seine Knopfaugen auf sie gerichtet wie ein Hai, der seine Beute umkreist.

»Sie sehen so aus, als möchten Sie etwas sagen, was den Patronessen missfallen würde.« Ihr Tanzpartner beugte sich näher zu ihr herüber, hielt seinen Mund neben ihr Ohr, sodass ihr Magen einen kleinen, aber deutlichen Hüpfer machte. »Los, fluchen Sie, wenn Ihnen danach ist. Ich habe kein Problem damit.«

Sie zuckte zurück. »Wären Sie nicht schockiert?«

»Im Gegenteil. Ich würde mich freuen. Einen Moment lang hatte ich schreckliche Angst, wir würden gleich übers Wetter reden.«

»Also gut … Zum Kuckuck.«

»Ist das alles?« Er schnaubte verächtlich. »Das können Sie doch sicher besser?«

»Vielleicht hört mich jemand.«

»Dann flüstern Sie es. Sie werden sich gleich viel besser fühlen, glauben Sie mir. Ich könnte anfangen, wenn Sie es wünschen?«

Caro machte den Mund auf, und dann schloss sie ihn sofort wieder, denn sie erhaschte einen Blick auf ihre Großmutter und ihre Mutter, die in der Tür zum Nachbarzimmer standen. Natürlich kamen sie erst jetzt, wo es zu spät war, sie zu retten.

»Nein, danke«, antwortete sie steif und senkte den Blick, bevor ihre Großmutter ihr in die Augen sehen konnte. »Sie haben einen schlechten Einfluss auf mich.«

»Ich? Ich bin nicht derjenige, der von arglosen Herren einfach einen Walzer fordert, ohne auch nur Bitte zu sagen. Und das bei meinem ersten Besuch im Almack's Club. Ich fühle mich richtig verdorben.«

»Das ist übrigens mein allererster Walzer.« Sie runzelte die Stirn. »Und vermutlich mein letzter.«

»Sie klingen wie Aschenputtel. Müssen Sie vor Mitternacht zu Hause sein?«

»Das ist nicht lustig. Ich darf ohne Erlaubnis der Patronessen keinen Walzer tanzen.«

»Wirklich?«

»Ja. Das ist offenbar eine Art ungeschriebenes Gesetz.«

»Das wir gerade brechen?«

»Nicht wir. Ich. Männer sind vermutlich von den Regeln ausgenommen.« Sie atmete schneller, als ihr klar wurde, in welche Lage sie geraten war. Sie tanzte mitten im Almack's Club mit einem Mann, dem sie offiziell nie vorgestellt worden war, ohne Erlaubnis, unter den bohrenden Blicken sowohl der Patronessen als auch ihrer Großmutter, und zu allem Überfluss stand dieser abscheuliche Marquess of Bazley noch immer am Rand des rappelvollen Ballsaals und blockierte jeden Fluchtweg.

»Jetzt werden uns vermutlich die Eintrittskarten wieder entzogen, und meine Großmutter hat gesagt, das ist etwa so, als würde man auf offener Straße erschossen, und dann fängt meine Mutter wieder an zu schreien und ...«

»Miss Foyle?«, unterbrach sie Marmaduke. Das Musikstück näherte sich dem Ende und sein Blick war plötzlich sehr ernst. »Ich glaube, Sie müssen erst mal Luft holen.«

»Ja.« Da war so ein brennendes Gefühl hinter ihren Augen, als würde sie gleich in Tränen ausbrechen – der Gipfel der Peinlichkeit. »Das muss ich wohl.«

»Kommen Sie, ich stelle Sie meiner Stiefmutter vor.«

»Was?«

»Meiner Stiefmutter. Ich weiß nicht viel über Patronessen und Etikette, und all das ist mir eigentlich auch ziemlich egal, aber eines weiß ich: Für den gesellschaftlichen Status ist es immer hilfreich, eine Duchess auf seiner Seite zu haben.« Er legte ihre Hand über seinen Unterarm und führte sie an den Rand des Ballsaals. »Als ich zum letzten Mal nachgesehen habe, waren sie und mein Bruder irgendwo hier hinten.«

»Der Duke?« Sie spürte Panik in sich aufsteigen. Nach dem, was der Duke of Campion über Lily gesagt hatte, war er der letzte Mensch, dem sie in diesem Moment begegnen wollte. Jedenfalls der vorletzte. Die Liste schien immer länger zu werden.

»Ah, da ist er ja.« Ihr Begleiter lächelte. »Rafe!«

Caro erstarrte, als der Mann vor ihr sein Gespräch mit einem anderen, älteren Herrn unterbrach und sie einen Moment blendete. Er war zweifellos der bestaussehende Mann, der ihr jemals unter die Augen gekommen war, vollkommen außergewöhnlich: schlank, elegant und vornehm, mit ordentlich gestutztem goldenem Haar und dazu kontrastierenden braunen Augen – dieselbe Farbe wie die Augen seines Bruders. Sie hatte das vage Gefühl, als hätte sich ihr Unterkiefer gerade von ihrem Schädel gelöst und eine Delle in den Fußboden geschlagen. Alles an ihm war perfekt, als sei er aus Marmor gehauen und auf Hochglanz poliert worden. Ja, er schien im Kerzenlicht richtig zu schimmern.

Doch all das änderte nichts an der Tatsache, dass er ihre Freundin beleidigt hatte.

»Rafe«, wiederholte Marmaduke und schlug seinem Bruder kräftig auf die Schulter. »Ich suche eigentlich nach Mutter, aber du reichst auch aus. Hier ist jemand, den ich dir gerne vorstellen möchte. Miss Foyle, darf ich Sie mit meinem Bruder bekannt machen, dem Duke of Campion. Rafe, Miss Foyle, unsere neue Nachbarin.«

»Miss Foyle.« Der Duke verbeugte sich steif. »Eine Ehre.«

Caro rührte sich nicht. Sie steckte fest, zwischen dem Duke vor ihr und dem Marquess hinter ihr. Sie wusste, was sie eigentlich tun musste – was von ihr erwartet wurde. Sie sollte einen Knicks machen und irgendetwas Albernes plappern, dass die Ehre ganz auf ihrer Seite liege, aber beides, ihre Manieren und ihr Benehmen, schienen aus dem Gebäude entflohen zu sein. Ihre Haut fühlte sich feucht an, ein Kloß hatte sich in ihrer Kehle gebildet und ihre Zunge erschien zu groß für ihren Mund. Offensichtlich konnte sie nur eines: den Duke anstarren.

In der Zwischenzeit erwiderte der Duke ihren starren Blick, und sein höfliches Interesse wich eisiger Arroganz, gepaart mit einer gewissen Überraschung. Kein Wunder, wahrscheinlich war er noch nie zuvor einfach geschnitten worden, schon gar nicht von einer jungen Dame. Um fair zu sein: Sie hatte das bislang auch noch nie getan. Sie wusste noch nicht einmal, ob sie es richtig machte. Sie wusste überhaupt nicht, was sie da gerade machte – aber so etwas nannte man wohl eine Szene. Die Menschen um sie herum verloren allmählich das Interesse an ihren eigenen Gesprächen und beobachteten sie. Selbst Marmaduke musterte sie irritiert. Wenn sie jetzt nicht gleich etwas sagte, würde die Schockstarre sich im gesamten Saal ausbreiten.

Aber eines wusste sie: Unter ihrem Wunsch, sich umzudrehen

und vor Entsetzen über ihre eigene Dreistigkeit zu flüchten, brodelte ein glühend heißer Zorn, nicht nur auf ihn, sondern auf diese ganze feine Gesellschaft. Wie konnte der Duke es wagen, ihre neue Freundin zu beleidigen! Wie konnte der Marquess es wagen, ihr den Abend zu verderben! Wie konnten die Patronessen von Almack's es wagen, ihr vorzuschreiben, wann und wie sie tanzen durfte! Wie konnten sie alle das alles wagen!

Ein säuerlicher Geschmack füllte ihren Mund. Er war absurd, nie da gewesen, quälend, das ganz merkwürdige Gefühl, aus seinem Körper ausgetreten zu sein, als wäre sie eine zu stramm aufgezogene Spieluhr. Caro konnte förmlich spüren, wie die kleinen Rädchen sich drehten, aber solange sie nicht vollständig aufgezogen waren, hatte Caro keine Möglichkeit, irgendetwas zu tun oder zu sagen.

Und dann berührte die Hand des Marquess of Bazley ihre Schulter und irgendetwas rastete mit einem »Klick« ein. Das Gewinde drehte sich nicht mehr weiter. Jetzt konnte sich alles abspulen.

»Lassen. Sie. Mich. In. Ruhe!« Sie wirbelte herum, warf einen Arm hoch, um seine Hand abzuwehren, die Worte drangen in einer Lautstärke und Angriffslust aus ihrem Mund, die sie selbst überraschten. Dann reckte sie das Kinn, hielt sich sehr gerade und stolzierte davon, vorüber an einem Meer schockierter Gesichter, aus dem Ballsaal, aus der Vordertür und auf die Straße. Zurück blieb eine Menschenmenge, die entsetzt nach Luft rang und dann in schadenfrohes Geflüster ausbrach – zurück blieb der größte Skandal der Ballsaison.

»Das ist Irrsinn!« Jezebel packte den Baron flehend am Arm. »Ich kann nicht hierbleiben.«

»Wegen meines schlechten Rufs? Weil man von mir behauptet, ich führte ein gänzlich hemmungsloses, ausschweifendes Leben?« Sein Gelächter hallte von den Wänden. »Ihr schenkt also Gerüchten Glauben?«

Sie taumelte rückwärts, sein Spott erschütterte sie. »Möchtet Ihr behaupten, diese Geschichten entsprächen nicht der Wahrheit?«

»Nein.« Er rückte wieder näher, verringerte den Abstand zwischen ihnen beiden, seine hochgewachsene Gestalt ragte über sie hinaus. »Sie sind nur übertrieben. Ich habe viel gesündigt, aber wäre ich tatsächlich ein solcher Schurke, hätte ich Euch doch einfach in den Tod stürzen lassen, nicht wahr?«

»Ja.« Jezebel empfand einen Moment lang Scham. Seine Nähe und der würzige Weingeruch in seinem Atem verwirrten sie. »Ich müsste Euch dafür danken, dass Ihr mich gerettet habt.«

Er schob sich noch näher, seine Lippen streiften ihre Ohrmuschel. »Dankbarkeit ist nicht das, was ich mir von Euch wünsche …«

Die außergewöhnlichen Abenteuer der Jezebel Joyce, einer Lady in Gefahr.

Kapitel 5

Zum zweiten Mal innerhalb einer Woche dachte Caro darüber nach, wie viel sich in einem ganz kurzen Zeitraum verändern konnte. Gerade mal sechs Tage war es her, dass sie sich dafür eingesetzt hatte, aufs Land zurückzufahren. Und jetzt war ihre Mutter selbst entschlossen, noch vor dem Mittagessen abzureisen.

»Ich werde es nie wieder wagen, in der Gesellschaft mein Gesicht zu zeigen! Unsere Eintrittskarten zu Almack's wurden uns entzogen, und dir haben wir es zu verdanken, dass unsere gesamte Familie lebenslänglich Hausverbot hat.« Mrs Foyle warf den Brief, den sie eben erhalten hatte, auf den Frühstückstisch. »Wie konntest du nur? Es ist schlimm genug, wenn man jemanden schneidet, aber einen Duke? Du hast uns in London zu Aussätzigen gemacht, und es wird nicht lange dauern, bis die Geschichte auch in Newcastle bekannt wird. Wir werden die Lachnummer des ganzen Countys sein!« Sie presste sich die Fingerspitzen an die Stirn. »Noch nie hatte ich solche Kopfschmerzen. Ich weiß nicht, wie ich es ertragen soll. Jetzt wird niemand mehr um deine Hand anhalten.«

Ich habe dich gewarnt. Die Worte lagen Caro auf der Zunge, aber sie schluckte sie mit ihrer morgendlichen Tasse heißer Schokolade hinunter.

»Es tut mir leid, dass ich dich in Verlegenheit gebracht habe, Mama«, sagte sie stattdessen. Das stimmte wenigstens. Sie hatte wirklich ein schlechtes Gewissen, weil sie ihre Mutter beschämt hatte, aber andererseits gelang es ihr auch nicht, ihren Ausbruch ehrlich zu bereuen. Sowohl der Duke als auch der Marquess hatten es nicht besser verdient, und jetzt, wo sie ihrer Wut freien Lauf gelassen hatte, fühlte sie sich besser. Leichter. Irgendwie befreit. Und was die Eintrittskarten für Almack's anging … sie durchforschte die tiefsten Winkel ihres Herzens und konnte nicht das kleinste Fünkchen Enttäuschung finden. Felix würde ihr vermutlich dafür danken, dass sie ihm die Qual erspart hatte.

Plötzlich spürte sie einen Druck auf ihren Füßen, und als sie unter den Tisch blickte, sahen zwei schwarze Augen mitfühlend zu ihr auf. Offensichtlich hatte auch Mildred die Vorwürfe von Caros Mutter allmählich satt.

Doch Emmeline war noch nicht fertig. »Und wie kamst du dazu, mit seinem Halbbruder zu tanzen? Von wem seid ihr euch vorgestellt worden? Wer immer es war, er hätte es besser wissen müssen. Du weißt doch, dass er ein …«

»Was?« Caro setzte empört ihre Tasse ab.

»Er ist der – uneheliche Sohn des alten Herzogs«, zischte ihre Mutter entrüstet. »Das Produkt einer Affäre. Nicht wirklich feine Gesellschaft.«

»Dafür kann er nichts.«

»Und doch hast du beschlossen, mit ihm zu tanzen und nicht mit dem Marquess of Bazley. Der dich wahrscheinlich immer noch geheiratet hätte, hättest du ihn nicht angeschrien wie eine verrückte Harpyie!«

»Andernfalls hätte ich das getan«, mischte sich die Witwe

ein. »An dem Tag, an dem eine meiner Enkelinnen diesen widerlichen alten Lustmolch heiratet, falle ich tot um.«

»Danke, Großmutter.«

»Almack's ist für immer verloren. Dafür hat der Walzer gesorgt, vom Marquess gar nicht zu reden. Was den Duke angeht, könnte es aber immer noch eine Lösung geben.« Der Blick der Witwe wanderte zu Caro. »Du musst dich einfach nur entschuldigen.«

»Was?« Caro zuckte so heftig zusammen, dass ihr ein Stück Toast aus den Fingern fiel und direkt in Mildreds erwartungsvoller Schnauze landete. »Aber ich habe euch doch erzählt, was er über Lily gesagt hat.«

»Ja, und das war indiskret von ihm, aber nicht wirklich ein Grund dafür, ihn so zu schneiden. Wie viele Menschen mich schon als Nervensäge bezeichnet haben, weiß ich gar nicht mehr. Wenn ich sie alle schneiden würde, dann wäre kaum jemand übrig.«

»Aber du bist keine Debütantin! Du weißt nicht, wie es ist, jeden Tag bewertet und kritisiert zu werden!«

»Ich war auch einmal jung.« Die aristokratischen Züge ihrer Großmutter verhärteten sich. »Und ich billige keine hysterischen Anfälle in meinem Frühstücksraum. Jedenfalls nicht von euch beiden gleichzeitig.«

»Entschuldigung, Granny.«

»Quill?« Caros Mutter löste die Fingerspitzen von ihrer Stirn. »Steht die Kutsche bereit?«

»Beinahe, Mylady.«

»Gut. Unsere Taschen müssten inzwischen gepackt sein.«

»Sei nicht albern.« Die Witwe wandte sich an ihren Butler.

»Quill, sagen Sie meinem Kutscher, er möge die Kutsche wieder zurückbringen, und sagen Sie Mrs Foyles Zofe, dass sie die Taschen wieder auspacken soll. Sie dürfen zum Ausgleich für die Mühe beide den Nachmittag freinehmen.«

»Sehr gut, Mylady.«

»Aber ...«

»Es ist meine Kutsche.« Die Witwe legte beide Hände flach auf die Tischplatte. »Und du kannst nicht einfach wegfahren, bevor Caro sich entschuldigt hat.«

»Wie soll sie sich denn entschuldigen?«, protestierte ihre Mutter. »Sie werden sie niemals ins Haus lassen. Wir können nichts anderes tun, als abzureisen und zu hoffen, dass die feine Gesellschaft einen kollektiven Gedächtnisverlust erleidet.«

»Ehrlich gesagt ...« Caro wand sich ein bisschen. »Ich habe mich schon gefragt, ob wir noch ein bisschen warten können. Ich habe heute um drei eine Verabredung.«

Zwei Augenpaare wandten sich ihr zu.

»Wie bitte?«, donnerte die Witwe.

»Ich habe mich zum Tee im Haus einer Freundin verabredet.«

»Welcher Freundin?« Ihre Mutter musterte sie misstrauisch.

»Miss Imogen Abernethy.«

»Wer?«

»Ich habe sie beim *Tableau vivant* kennengelernt.«

»Dann musst du ihr eben eine Nachricht schicken und absagen.« Die Witwe wedelte mit der Hand. »So wie du dich gestern Abend benommen hast, wird deine Freundin vermutlich erleichtert sein.«

»Sie ist nicht so.«

»Meine Liebe, wenn jemand einen Duke schneidet, zieht er eine gewisse Aufmerksamkeit und Schmach auf sich. Freundin hin oder her, niemand will mit dir in Verbindung gebracht werden.«

»Imogen schon. Ihr macht die Ballsaison auch keinen Spaß und wir verstehen uns sehr gut. Es ist schön, wieder jemanden in meinem Alter zum Reden zu haben. Ich vermisse Essie.«

»Ja, es sieht so aus, als hättest du mehr mit deiner Cousine gemeinsam, als ich anfangs vermutet habe.«

»Vielleicht könnten wir Essie hierher zurückholen?«, fragte Caros Mutter hoffnungsvoll. »Es würde nicht schaden, wenn man Caro mit einer Countess sehen würde.«

»Duke schlägt Countess, meine Liebe, und du darfst nicht vergessen, dass sie noch in den Flitterwochen ist. Nein, wir müssen diese Sache allein bereinigen. Und bis dahin setzt niemand einen Fuß aus diesem Haus. Ich verbiete es ein für alle Mal.« Die Witwe hob einen warmen, gebutterten Teekuchen an den Mund. »Und das ist alles, was ich zu dieser Sache zu sagen habe.«

৬৯

Wie üblich gingen sie nach dem Frühstück getrennte Wege: Caros Mutter in den Salon, um dort leidend auf dem Sofa zu liegen, ihre Großmutter in die Bibliothek, um Briefe zu schreiben, und Caro in ihr Zimmer, ebenfalls um zu schreiben, aber etwas anderes. Glücklicherweise flossen ihr die Worte an diesem Morgen leicht aus der Feder – so leicht, dass ihr Tintenfass beinahe leer war, als sie beschloss, jetzt eine Pause einzulegen.

Sie streckte die Arme über den Kopf und trat hinaus auf den

Balkon, atmete tief die feuchte Luft ein. In den frühen Morgenstunden war ein wahrer Wolkenbruch niedergegangen und der Himmel war noch immer bedeckt ohne die geringste Spur von Sonne. Darüber hinaus war die Luft auch recht frisch, als käme der Herbst dieses Jahr besonders früh. Das ließ für die restlichen Gartenpartys nichts Gutes erahnen.

»Guten Morgen!« Eine fröhliche Männerstimme ließ sie heftig zusammenzucken.

»Mr Holloway!« Caro schlug sich eine Hand auf die Brust und versuchte, ihren rasenden Herzschlag zu beruhigen. Marmaduke saß auf seinem eigenen Balkon in einem Sessel, hatte die Füße in den Stiefeln auf das Geländer gelegt, seine Krawatte gelockert und verspeiste gerade munter einen Apfel. »Sie haben mich zu Tode erschreckt.«

»Das habe ich gemerkt. Es tut mir leid.«

»Wie lange beobachten Sie mich schon?«

»Seit Sie auf den Balkon getreten sind. Ich habe auf Sie gewartet.«

»Gewartet?« Sie runzelte die Stirn, betrachtete ihn voller Misstrauen. »Woher wussten Sie, dass ich herauskommen würde?«

»Das wusste ich nicht, aber es kam schon häufiger vor.« Er hielt seine Hände mitsamt dem Apfel abwehrend hoch. »Es ist nicht so, dass ich Ihnen nachspionieren würde. Aber wenn eine junge Dame fast jeden Morgen um die gleiche Zeit den Nachbarbalkon betritt, fällt das einem Mann eben auf. Genau genommen sind Sie heute spät dran.«

»Das Frühstück hat länger gedauert als sonst.« Sie lehnte sich mit einer Schulter gegen die Wand. »Meine Mutter hatte eine Menge zu sagen – über mein schlechtes Benehmen gestern. Sie scheint damit zu rechnen, dass die feine Gesellschaft jeden Moment Mistgabeln schwingend vor der Tür erscheint.«

»Da hat sie vielleicht nicht ganz unrecht. Auch wenn Sie die Sache wunderbar ausgeführt haben – Sie haben immerhin einen Duke beleidigt.«

»Danke, dass Sie mich daran erinnern. Und ich dachte schon, dass alle sich wegen nichts und wieder nichts so aufregen.«

»Wissen Sie, ich habe die ganze Nacht darüber nachgedacht und mich gefragt, welchen speziellen Grund eine Debütantin haben könnte, einen Duke zu beleidigen, vor allem einen, den sie nie zuvor getroffen hat, und das ausgerechnet bei Almack's, mit den unvermeidbaren Folgen. Selbst für jemanden, der nicht heiraten möchte, war das ein extremes Benehmen, das müssen Sie zugeben.«

»Ich gebe gar nichts zu. Allerdings bin ich neugierig, zu welchem Schluss Sie gekommen sind?«

»Ein kurzer Wahnsinnsanfall? Oder eine Wette. Allerdings müsste es da um sehr viel Geld gehen.«

»Dann tut es mir leid, Sie enttäuschen zu müssen, aber nichts von beidem trifft zu.« Sie sah ihn lange an, dann seufzte sie. »Es spielt sowieso keine Rolle mehr. Dieses eine Mal hat meine Mutter mit ihrem hysterischen Anfall nicht unrecht. Ich bin ruiniert.«

»Das klingt, als würden Sie klein beigeben.«

»Wie Sie schon sagten, ich habe einen Duke beleidigt. Und einen Marquess.« Sie runzelte die Stirn und legte den Kopf schief. »Warum reden Sie überhaupt noch mit mir? Der Duke ist doch Ihr Bruder.«

»Im Zweifelsfall für die Angeklagte.« Marmaduke biss ein

letztes Mal in seinen Apfel, dann warf er das Kerngehäuse in den Garten. »Es muss eine Erklärung für das geben, was passiert ist, und ich glaube, es hat etwas mit dem Grund zu tun, aus dem Sie mich zum Tanzen aufgefordert haben.«

»Vielleicht, aber wie schon gesagt – es spielt keine Rolle mehr.«

»Vielleicht doch, wenn ich helfen kann.«

»Warum sollten Sie mir helfen? Zu Ihnen war ich auch nicht besonders freundlich.«

»Weil ich zufällig daran glaube, dass jeder eine zweite Chance verdient.« Er verschränkte die Arme vor der Brust. »Warum muss es überhaupt einen Grund geben? Kann es nicht sein, dass ich einfach freundlich bin, ganz ohne Hintergedanken?«

»Ich weiß nicht – können Sie das?« Sie starrte ihn herausfordernd an, dann gab sie nach. »Ach, na gut. Wenn Sie es wissen wollen, ich habe versucht, dem Marquess of Bazley aus dem Weg zu gehen. Er lässt mich einfach nicht in Ruhe. Ich habe ihm gesagt, dass ich ihn nicht heiraten will, aber er akzeptiert einfach kein Nein. Und als er mich angefasst hat, bin ich ausgerastet.«

»Ich verstehe.« Zum ersten Mal seit ihrer ersten Begegnung machte Marmaduke ein ernstes Gesicht. »Offenbar muss ich mich bei Ihnen entschuldigen. Es tut mir leid.«

»Danke schön.« Sie blinzelte verwirrt. »In diesem Fall: Bei allem, was mir lieb ist – ich hatte überhaupt nicht die Absicht, Ihren Bruder zu beleidigen.«

»Wirklich nicht? Es sah aber ganz so aus.«

»Na ja, ich wollte und wollte auch wieder nicht. Ich war angespannt und hatte das Gefühl, ich sitze in der Falle, und ich war wütend auf ihn, weil er eine neue Freundin von mir beleidigt hat, und deswegen konnte ich nicht einfach lächeln und mit den Wimpern klimpern, als Sie uns vorgestellt haben.«

»Die meisten Debütantinnen hätten genau das getan. Nein, das nehme ich zurück. Jede andere Debütantin auf der ganzen Welt hätte das gemacht.«

»Na ja, ich konnte aber nicht. Meine Freundin war sehr unglücklich. Ich mag unhöflich gewesen sein, aber er war viel schlimmer.«

»Wie genau hat er sie denn beleidigt?«

»Er hat gesagt, sie sei eine Nervensäge. Er hat es ihr nicht ins Gesicht gesagt, aber sie stand so nah bei ihm, dass sie es hören konnte.«

»Also waren Sie wegen ihr so wütend?« Er rieb sich mit der Hand über das – auch heute unrasierte – Kinn. »Sie sind ziemlich einzigartig, wissen Sie das?«

»Weil ich jetzt in der Gesellschaft eine Aussätzige bin? Ja, das weiß ich.«

»Ach, keine Sorge.« Er winkte verächtlich ab. »Das lässt sich leicht beheben.«

»Tatsächlich?«

»Einfach so.« Er schnippte mit den Fingern. »Kommen Sie zum Tee.«

»Wie bitte?«

»Tee.« Er verzog das Gesicht und zückte eine Taschenuhr. »Ich klinge wie eine ältere Matrone. Demnächst besticke ich wahrscheinlich Spitzendeckchen. Geben Sie mir einfach zwei oder drei Stunden.«

»Sie wollen mich zum Tee einladen?«

»Ja. Ich meine immer noch, Sie sollten meine Stiefmutter kennenlernen.«

»Ist sie nicht wütend auf mich?«

»Eher etwas ratlos. Also kommen Sie und erklären Sie ihr alles. Erzählen Sie ihr, was sie mir gerade eben erzählt haben.«

»Bekommt Ihr Bruder dann nicht Ärger?«

»Sagen Sie bloß, das ist ihnen plötzlich nicht mehr egal?« Er lachte bellend. »Rafe kann auf sich selbst aufpassen, keine Sorge. Kommen Sie, was haben Sie denn zu verlieren?«

Caro biss sich auf die Unterlippe und dachte nach. Wenn sie diese Einladung ausschlug, dann würde ihrer Großmutter auf Dauer gar nichts anderes übrig bleiben, als sie in Ungnade nach Hause zu schicken, und sie wäre für immer aus der feinen Gesellschaft ausgestoßen. Wenn sie jedoch annahm und mit der Mutter des Dukes redete, dann bestand die geringe Chance, dass sie bleiben konnte, dass ihre Ehre wiederhergestellt würde und sie wieder auf dem Heiratsmarkt war. Sie war sich nicht sicher, was davon ihr lieber war, aber ihr Gewissen sagte ihr, sie schulde es ihrer Familie, wenigstens den Versuch zu unternehmen.

Zum Kuckuck.

»Na gut.« Sie nickte. »Wenn Sie wirklich glauben, dass es hilft, dann komme ich.«

»Also dann bis zwei Uhr.« Er drohte mit dem Finger. »Kommen Sie nicht zu spät!«

❦

»Ich frage dich jetzt nicht, wie es zu dieser Einladung gekommen ist.« Die Witwe stand neben Caro auf der Türschwelle zur

Residenz des Dukes. »Ich finde es ja schon ein bisschen verblüffend, angesichts der Tatsache, dass du das Haus nicht verlassen und heute Morgen keinen Brief erhalten hast, aber da es ja offenbar zu unserem Vorteil ist, werde ich darüber nichts sagen. Vorerst.«

»Danke, Großmutter.«

»Ich würde allerdings vorschlagen, dass wir uns für deine Mutter eine plausible Erklärung zurechtlegen.«

»Einverstanden. Ich weiß, ich hätte auch sie einladen müssen, aber ich kann die Vorstellung einfach nicht ertragen, wie sie sich bei der Witwe des Dukes einschleimt und sich für mich entschuldigt. Meinst du, sie wird sehr wütend, wenn sie es erfährt?«

»Zweifellos, aber zumindest können wir ehrlich sagen, dass sie geschlafen hat. Was für ein Glück, dass sie ihre Kopfschmerzen hat!«

»Stimmt, und ich hätte nie gedacht, dass ich jemals so etwas sagen würde.« Caro verschränkte nervös ihre Hände in den dünnen Handschuhen, als ihre Großmutter anklopfte. Trotz der geringen Entfernung zwischen den zwei Häusern waren sie von Kopf bis Fuß in Ausgehkleidung gehüllt, als planten sie einen ganztägigen Ausflug.

Nur wenige Sekunden vergingen, bis sich die Tür öffnete und ein Butler erschien. Er nahm ihre Karte und begleitete sie die Treppe hinauf in einen blau-weiß gestrichenen Salon. An drei Wänden reflektierten goldgerahmte Spiegel das Licht so grell, dass Caro beinahe dankbar für den bedeckten Himmel war. Die vierte Wand dominierte ein Marmorkamin, vor dem eine Gruppe mit Seide bezogener Polstermöbel aufgestellt war.

»Lady Makepeace und Miss Foyle, nehme ich an?« Eine

Dame mit silberblondem Haar und irisblauem Kleid erhob sich von einer Chaiselongue und kam auf sie zu, bevor der Butler ihre Namen verkünden konnte. Sie war in Begleitung eines weißen Plüschbällchens, das einmal am Rock der Witwe schnupperte und sich sofort über Mildreds Geruch empörte.

»Hoheit.« Die Witwe knickste, ohne das wilde Knurren dicht neben ihren Fußknöcheln zu beachten. »Wir sind äußerst dankbar für die Einladung, angesichts der Umstände.«

»Welche Umstände? Ich freue mich, Sie endlich kennenzulernen. Es ist doch lächerlich, dass wir nun schon so lange Nachbarn sind und unsere Wege sich noch nie gekreuzt haben. Es ist also höchste Zeit, auch wenn ich einräumen muss, dass die Idee zu Ihrer heutigen Einladung von meinem Stiefsohn Marmaduke stammt.« Ein warmes haselnussbraunes Augenpaar wandte sich Caro zu und verharrte einen Moment lang auf ihren rosa Haaren. »Er hat mir gesagt, dass die Ereignisse von gestern Abend wohl noch einen ganz anderen Hintergrund haben als auf den ersten Blick ersichtlich.«

»Und dennoch …« Die Witwe räusperte sich.

»Und dennoch bin ich hergekommen, um mich zu entschuldigen«, sagte Caro brav ihr Sprüchlein auf und hob dabei die Stimme, um das immer wildere Knurren und Kläffen des Terriers im Hintergrund zu übertönen. »Ich habe mich gestern Abend schlecht benommen. Es war unhöflich und sehr undamenhaft, und es tut mir leid, wenn ich damit eine peinliche Situation erzeugt habe.«

»Ach, gar nicht. Es war äußerst unterhaltsam. Ragnar, sei still.« Die Witwe erhob den Zeigefinger, und der weiße Plüschball gab ein letztes empörtes Kläffen von sich, dann ließ er sich auf den Brüsseler Webteppich fallen. »Es ist nicht der passendste Name für so einen Hund, ich weiß.« Sie lächelte liebevoll. »Er hat keine große Ähnlichkeit mit einem Wikingerkrieger, aber ich habe festgestellt, dass es männlichen Wesen oft guttut, wenn man ein bisschen an ihr Selbstbewusstsein appelliert. Und nun …«, sie gestikulierte in Richtung Sofa, »… setzen Sie sich doch. Ich habe schon um Tee und Kekse gebeten. Ich weiß ja nicht, wie es Ihnen geht, aber ich verspüre um diese Tageszeit immer Lust auf etwas Süßes.«

»Danke schön.« Caro setzte sich gehorsam. Ihr war nicht klar gewesen, was für einen Empfang man ihr bereiten würde, aber mit Tee und Keksen hatte sie nicht gerechnet.

»Das ist ein wunderschöner Raum.« Caros Großmutter nahm ihr gegenüber Platz.

»Ja, das stimmt. Wenn man bedenkt, dass wir dem armen Personal nur einen Tag vor unserer Ankunft Bescheid gegeben haben, haben sie Großartiges geleistet.« Die Duchess sah sich um, als betrachtete auch sie den Raum zum ersten Mal. »Ehrlich gesagt habe ich dieses Haus seit Jahren nicht betreten. Auf dem Land fühle ich mich viel wohler.«

»Ach, das Landleben.« Caros Großmutter schauderte. »So viele Schafe. Widerliche Tiere.«

»Ich bin auch lieber auf dem Land«, antwortete Caro rasch. »Ich kann es gar nicht erwarten, nach Hause zu kommen. Ich meine, ich bin natürlich sehr dankbar dafür, dass ich London besuchen darf, aber …«

»Aber die Ballsaison kann einen leicht überfordern.« Die Duchess nickte. »Ich weiß genau, was Sie meinen. Da herrscht ein solcher Druck, Kontakte zu knüpfen, einen guten Eindruck zu machen, sich immer von seiner besten Seite zu zeigen. Aber ich fürchte, es ist ein notwendiges Übel. Ich habe den ganzen letzten Monat damit zugebracht, mit meinem Sohn über dieses Thema zu streiten. Er zieht das Landleben ebenfalls vor, aber als Duke ohne eheliche Brüder benötigt er eine Frau.« Sie sah die Witwe an und schüttelte den Kopf. »Unglücklicherweise scheint er wie die meisten jungen Männer der Meinung zu sein, dass er seine Hochzeit unendlich lang aufschieben kann. Als ich ihn endlich überzeugt hatte, die Ballsaison in London zu verbringen, habe ich beschlossen, das Eisen zu schmieden, solange es heiß war. Daher unsere plötzliche Ankunft.« Sie wandte sich wieder an Caro. »Ich habe aber gehört, dass er Sie auf irgendeine Art gekränkt haben soll?«

»Ja, ich …« Caro registrierte einen warnenden Blick von ihrer Großmutter. »Nein, es war nichts. Ich habe überreagiert.«

»Hm, das bezweifle ich. Als junge Frau beleidigt man nicht einfach ohne guten Grund einen Duke. Sagen Sie es mir.« Die Duchess lächelte aufmunternd. »Ich verspreche, ich beiße nicht.«

»Also …« Caro knetete die Hände in den Falten ihres Kleids. »Genau genommen hat er eine Freundin gekränkt.«

»Wie denn?«

»Er hat gesagt, sie sei eine Nervensäge.«

»In Ihrer Hörweite?«

»Schlimmer noch. In Hörweite meiner Freundin. Ich hatte nicht vor, ihn damit zu konfrontieren.« Sie zögerte. »Na ja, ehrlich gesagt, ich hatte daran gedacht, aber sie bat mich, es nicht zu tun. Und dann hat Ihr Stiefsohn uns einander vorgestellt und … ich war wie erstarrt. Ich wollte ihn nicht vor den Kopf stoßen. Es ist einfach passiert.«

»Ich verstehe.« Die Duchess verschränkte ihre Finger und drückte sie einige Sekunden lang gegen ihr Kinn, dann ließ sie sie heftig in den Schoß fallen. »In diesem Fall haben Sie genau das Richtige getan. Sie haben sich für Ihre Freundin eingesetzt. Ich hoffe, ich hätte dasselbe getan, wenn ich in Ihrer Situation gewesen wäre.«

»Wirklich?«

»Natürlich. Ich liebe meinen Sohn sehr, aber er kann manchmal unerträglich arrogant sein.«

»Oh, ich bin mir sicher, er hat nicht …«

»Verteidigen Sie ihn nicht.« Die Duchess hielt abwehrend eine Hand hoch. »Ich gebe seiner Schule die Schuld. Die Vorstellungen, die man jungen Männern dort in den Kopf setzt! Fast als besäßen sie Zauberkräfte, nur weil sie einen Titel und ein bisschen Geld haben!« Sie stand auf und fing an, im Raum auf und ab zu gehen. »Keine Sorge. Ich sage Ihnen nichts, was ich nicht auch schon selbst zu ihm gesagt hätte, Miss Foyle. Im Ernst, ich freue mich, dass Sie sich so verhalten haben. Einen Duke muss man ab und zu von seinem hohen Ross herunterholen, sonst bildet er sich sonst was ein. Ich war mit dem arrogantesten aller Dukes verheiratet, also weiß ich, wovon ich rede. Ah!« Sie blieb stehen, als ein Diener mit einem Teetablett den Raum betrat. »Purvis, sind meine Söhne bereits zu Hause?«

»Ich meine wohl, Sie sind soeben aus dem Club zurückgekehrt, Hoheit.«

»Exzellent. Bitte sie … nein, befehle ihnen, dass sie sich zu uns gesellen.«

»Ähm …« Caro warf ihrer Großmutter einen ängstlichen Blick zu.

»Keine Sorge.« Die Duchess setzte sich wieder und glättete mit der Hand ihren Rock. »Ich halte es für das Beste, wenn wir alle die Situation wie erwachsene Menschen besprechen, Sie nicht? Junge Männer werden es nie lernen, wie man sich gegenüber jungen Frauen benimmt, wenn wir es ihnen nicht beibringen.«

»Hört, hört.« Ihre Großmutter bedachte Caro mit ihrem strengsten Bleib-wo-du-bist-Blick.

»Mutter? Purvis sagt, du ...« Der Duke stand mit drei Schritten mitten im Raum, dann erkannte er Caro und erstarrte. Entsetzen, Erstaunen und Zorn zeichneten sich gleichzeitig in seinem fein gemeißelten Gesicht ab.

»Ich wollte dich sehen? Ganz richtig, das will ich.« Die Duchess winkte ihn näher heran. »Komm, setz dich zu uns. Marmaduke, du auch.«

Caro wandte den Kopf und stellte fest, dass ihre Zufallsbekanntschaft, Mr Holloway, am Türrahmen lehnte und die Szene beobachtete, als wäre all das ein ausgesprochen lustiges Schauspiel. Seit heute Morgen hatte er es immerhin geschafft, seine Krawatte zu binden, obwohl es ansonsten wie immer den Anschein hatte, als hätte er seine Kleidung einfach übergeworfen und überhaupt nicht auf sein Erscheinungsbild geachtet. Ob er wohl überhaupt einen Kammerdiener hatte?

»Sehr gerne.« Er nickte ihr kurz zu, dann ließ er sich in einen Sessel fallen. »Um nichts in der Welt möchte ich das hier verpassen. Guten Tag, Miss Foyle.«

»Guten Tag, Mr Holloway.«

»Jetzt wollen wir uns bekannt machen«, fuhr die Duchess fort. »Lady Makepeace, das hier sind meine Söhne. Seine

Hoheit der Duke of Campion und Mr Marmaduke Holloway. Rafe, Marmaduke, Lady Makepeace, unsere Nachbarin. Und was Miss Foyle betrifft ...« Sie bedachte den Duke mit einem bedeutungsvollen Blick, »glaube ich, ihr beide seid Euch schon vorgestellt worden.«

»So ist es.« Einen Moment lang wirkte der sonst so eindrucksvolle Duke of Campion wie ein schmollender Schuljunge. Anders als sein Bruder war er makellos angezogen, seine Kleidung passte perfekt zusammen und nirgends war das kleinste Fältchen zu entdecken. »Allerdings muss ich davon ausgehen, dass Miss Foyle meine Anwesenheit eher abstoßend findet.«

»Abstoßend findet sie die Art, wie du ihre Freundinnen behandelst.« Die Augen der Duchess blitzten. »Wie ich hörte, hast du eine von ihnen als Nervensäge bezeichnet?«

»Das ist doch absurd.«

»Ist es nicht!« Caro setzte sich gerade hin und wieder brodelte gerechter Zorn in ihr auf. »Es ging um Lily Wyatt und sie hat es gehört.«

»Rafe?« Die Duchess reckte das Kinn sehr hoch. »Ich möchte die Wahrheit hören. Hast du eine arme Debütantin als Nervensäge bezeichnet oder nicht?«

»Es ist ... möglich.« Zwei verräterische rote Flecken erschienen auf den perfekt gemeißelten Wangenknochen des Dukes. »Jetzt, wo ich darüber nachdenke, könnte es sein, dass ich etwas in der Art gesagt habe. Aber ich hatte keine Ahnung, dass sie in Hörweite war.«

»Darum geht es aber nicht.«

»Sie war aber auch wirklich eine Nervensäge.«

»Nur weil ihre Mutter sie gezwungen hat.« Caro sprang auf die Füße. »Sie wollte doch überhaupt nicht mit Ihnen tanzen!«

»Und woher hätte ich das wissen sollen?«

»Das konnten Sie nicht wissen, aber Sie hätten ein bisschen Rücksicht auf ihre Gefühle nehmen können.« Sie biss sich auf die Lippen, denn ihr fiel auf, dass sie schrie. Sie schrie gerade einen Duke an. Schon wieder. »Aber ich bin gekommen, um mich zu entschuldigen.« Sie setzte sich und verschränkte die Arme. »Es tut mir leid.«

»So stellen Sie sich eine Entschuldigung vor?« Eine einzige herzogliche Augenbraue schnellte in die Höhe. »Soll ich ein Wörterbuch holen? Wollen wir das Wort gemeinsam nach-schlagen?«

»Ich fand das hervorragend.« Marmaduke klatschte in die Hände. »Bravo, Miss Foyle.«

»Und jetzt bist du dran.« Die Duchess sah ihren Sohn an.

»Ich?« Der Duke wirkte empört. »Warum sollte ich mich entschuldigen?«

»Dafür, dass du dich wie ein Bauer benommen und ihre Freundin beleidigt hast.«

»Ihre Freundin, nicht sie selbst.«

»Er hat ganz recht, er braucht sich nicht zu entschuldigen«, sagte Caro hastig.

»Aber ich bestehe darauf!«, antworte die Duchess gebiete-risch. »Wenn wir das nicht regeln, werden Sie von der feinen Gesellschaft für immer geächtet sein, und damit möchte ich mein Gewissen nicht belasten. Aber wenn wir alle Freunde wer-den, kommt alles in Ordnung.« Sie spreizte die Hände. »Nicht wahr, Rafe? Oder soll ich einfach jedem erzählen, wie sehr ich mich dafür schäme, dass du dich nicht wie ein Gentleman benimmst?«

»Na gut, dann … ich entschuldige mich.«

»Na also. War das so schwierig?« Die Duchess lächelte und in diesem Moment trug Purvis ein Tablett mit weiteren Tassen herein. »Nun, auf eines können wir uns doch ganz sicher einigen – Tee bringt immer alles in Ordnung. Also sollten wir uns jetzt welchen gönnen. Oh, wie schön, sehe ich da etwa Pound Cake? Lady Makepeace, darf ich Sie in Versuchung führen?«

»Sie dürfen.« Caros Großmutter war während des vorausgehenden Wortwechsels ganz untypisch still gewesen. Nun betrachtete sie die Duchess mit einem Ausdruck tiefster Hochachtung.

»Ähem?«

Sie wandte sich um, als jemand dicht neben ihrem Ohr diskret hüstelte.

»Diese andere Debütantin, Miss Lily Wyatt …« Marmaduke beugte sich über seine Sessellehne zu ihr herüber und dämpfte seine Stimme: »Warum wollte sie nicht mit ihm tanzen?«

Caro wandte den Kopf in alle Richtungen, um sicherzugehen, dass alle anderen mit ihrem Kuchen beschäftigt waren, bevor sie antwortete: »Sie hat gesagt, er sei überheblich und aufgeblasen.«

Er prustete kurz los. »Das ist perfekt!«

»Nicht verraten!«

»Es ist zu gut, um es nicht zu verraten.«

»Sie machen alles nur noch schlimmer.«

»Bitte, bitte?«

»Nein.«

»Na gut. Ich schweige wie ein Grab.«

»Danke schön.« Unwillkürlich lächelte sie ihn an. »Und danke auch für das hier.«

»Sie sind noch nicht aus dem Schneider.« Er lehnte sich zurück und schlug seine langen Beine übereinander. »Dass wir hier herumsitzen und Tee trinken, ist schon mal ganz gut, aber jetzt müssen wir dafür sorgen, dass der Rest der feinen Gesellschaft davon erfährt. Zum Glück hat mein Plan noch einen zweiten Teil, auch wenn ich schon ahne, dass er Ihnen nicht gefallen wird.« Er verzog das Gesicht. »Sie sind übrigens eine miserable Schauspielerin. Das war die unechteste Entschuldigung, die ich je gehört habe. Mein Plan birgt wahrscheinlich das Risiko, dass er nach hinten losgeht.«

»Sie machen mir allmählich Angst.«

»Sie müssen mir einfach noch einmal vertrauen.«

»Ich bin mir nicht sicher ...«

»Das nehme ich jetzt einfach als Zustimmung.« Er räusperte sich laut. »Was für ein wunderschöner Tag!«

»Ach ja?« Seine Stiefmutter warf einen Blick in Richtung Fenster. »Mir kommt er ausgesprochen grau vor. Man käme nie auf die Idee, dass wir Juni haben.«

»Grau ja, aber immerhin regnet es nicht. Dann kannst du mit deinem neuen Zweispänner ja doch noch deine Spazierfahrt durch den Hyde Park machen, Rafe.«

»Was meinst du?« Der Duke runzelte über seinen Pound Cake hinweg die Stirn.

»Du weißt doch, du hast vorhin noch davon geredet. Regelrecht gejammert.« Marmaduke wandte sich wieder an Caro. »Sie hätten ihn hören sollen. Er ist immer richtig niedergeschlagen, wenn er seine Pferde nicht wenigstens ein bisschen bewegen kann. Aber da fällt mir etwas ein!« Er schnippte mit den Fingern. »Warum nimmst du Miss Foyle nicht mit? Ich bin mir sicher, dass auch sie ein bisschen frische Luft gebrauchen könnte.«

»Weil…«

»Das ist eine hervorragende Idee!«, klinkte sich die Duchess ein. »Dann kann jeder sehen, dass ihr euch versöhnt habt.«

»Es ist noch zu früh.« Der Duke versuchte, seinen Bruder mit Blicken zu erdolchen. »Um diese Zeit ist niemand unterwegs.«

»Aber irgendjemand wird euch schon sehen, und dann spricht es sich herum und dieser ganze Skandal wird nicht mehr sein als ein Sturm in einem Wasserglas von Almack's.« Die Duchess strahlte. »Ihr könntet ein bisschen durch Mayfair fahren, um sicherzugehen.«

»Noch besser. Dann wäre das geklärt.« Marmaduke sprang auf und hastete zur Tür. »Ich werde veranlassen, dass dein Zweispänner in fünf Minuten bereitsteht.«

Caro sah von ihm zum Duke und vom Duke wieder zurück. Sie hatte nicht das geringste Bedürfnis, an dieser Spazierfahrt teilzunehmen, aber sie konnte kaum Nein sagen und der Duke, wie es schien, genauso wenig, vor allem angesichts der vereinten Kräfte seiner Mutter und Caros Großmutter, die ihn beide erwartungsvoll ansahen. Selbst Ragnar hatte ein Auge geöffnet und schien ihn zu beobachten.

»Miss Foyle?« Der Duke schien die Worte durch seine zusammengebissenen Zähne zu pressen. »Hätten Sie Lust, mich in den Hyde Park zu begleiten?«

Nein, dachte Caro. *Nicht die geringste.* Aber ihre Mutter würde sich unendlich freuen, wenn sie es erfuhr.

»Es wäre mir eine Freude.« Auch ihre Kiefer wirkten ziemlich unbeweglich.

Gerade kam Marmaduke wieder ins Zimmer. »Hervorragend!« Er griff nach einem Stück Kuchen und schwenkte es, als wollte er mit ihnen anstoßen. »Na dann los, ihr beiden. Man muss die Gelegenheit beim Schopf packen. Ihr könnt euch ja darüber austauschen, wie sehr ihr die Ballsaison genießt.«

»Ihr müsst etwas essen.« Baron Silvestre beobachtete Jezebel vom anderen Ende der langen Eichentafel aus. Ein stummer, finster wirkender Diener hatte ihr einen Teller mit Rinderbraten und Kartoffeln vorgesetzt, aber sie hatte keinen Appetit. Die Gegenwart des Barons beunruhigte sie zu sehr. Sie konnte nicht verhindern, dass er ihre Blicke immer wieder auf sich zog, dass sein dominantes, boshaftes Wesen ihre Neugier weckte und sie körperlich erregte.

Endlich gelang es ihr, den Blick abzuwenden. Nun betrachtete sie den Kamin, über dem das lebensgroße Porträt einer Frau hing. Sie war von atemberaubender Schönheit, mit glänzendem kastanienbraunem Haar und saphirblauen Augen, die sie von der Leinwand herunter durchdringend zu mustern schienen.

»Wer ist das?« Jezebel war wie hypnotisiert von diesem prüfenden Blick.

»Das ist Gregoria.« Der Baron legte Messer und Gabel beiseite und lehnte sich in seinem Stuhl nach hinten. »Die einzige Frau, die jemals mein Herz berührt hat. Zehn Jahre sind vergangen, seit ich sie zuletzt gesehen habe, und doch verfolgt sie mich bis heute ... «

Die außergewöhnlichen Abenteuer der Jezebel Joyce, einer Lady in Gefahr

Kapitel 6

»Wie gefällt Ihnen die Ballsaison, Miss Foyle?«

Caro saß angespannt im Zweispänner, der flink über die Rotten Row rollte. Um diese Tageszeit waren nur wenige andere Fahrzeuge unterwegs, und sie kamen leicht voran, zumindest geografisch gesehen, wenn auch nicht gesellschaftlich. Zuerst hatten sie eine Rundfahrt durch Mayfair gemacht, die eindrucksvollen Kulissen von Grosvenor, Hanover und Berkeley Square auf sich wirken lassen, dann hatte der Duke den Wagen nach Piccadilly hinunter und durch die Tore des Hyde Park gelenkt, und noch immer hatte keiner von ihnen ein Wort gesagt. Heimlich hatte sie schon gehofft, dass sie einfach bis zum Ende der Ausfahrt schweigen würden.

»Wir können auch auf Konversation verzichten.« Sie hielt ihren Blick starr geradeaus gerichtet. »Ich bin vollkommen zufrieden damit, hier zu sitzen und die frische Luft zu genießen.«

Einen Moment lang herrschte hörbar gekränktes Schweigen. »Es war nur eine Frage.«

»Richtig, und wenn Sie es wirklich wissen wollen, dann sage ich es Ihnen, aber wenn Sie nur höflich sind, dann können wir uns beide die Mühe sparen, finden Sie nicht?«

»Sie sind eine sehr direkte junge Dame, Miss Foyle.«

»Ja?« Sie lächelte, der Gedanke gefiel ihr unerwartet gut.

»Das war ich früher nie. Vor sieben Wochen hätte ich mich überhaupt nicht getraut, den Mund aufzumachen.«

»Und was hat sich geändert?«

»Ich habe mich verändert.«

»Gibt es dafür einen bestimmten Grund?«

»Ich bin nach London gekommen.«

»Aha.« Seine Finger umklammerten die Zügel fester. »Und das beantwortet meine Frage, wie Ihnen die Ballsaison gefällt.«

»Ja, das ist wohl die Antwort.« Sie warf ihm einen Seitenblick zu. »Das Wort Ballsaison sprechen Sie in einem Tonfall aus, als wollten Sie es in Stücke reißen. Macht es Ihnen keinen Spaß, sich eine Frau auszusuchen?«

Er runzelte die Stirn. »Wer hat Ihnen gesagt, dass ich hier bin, um mir eine Frau zu suchen?«

»Ihr Bruder.«

»Marmaduke redet zu viel. Ich bin hier, um meiner Mutter einen Gefallen zu tun.«

»Dann suchen Sie gar nicht nach einer Frau?«

»Ich bin erst vor Kurzem zwanzig geworden. Es ist viel zu früh.«

»Warum? Ich bin erst achtzehn und soll mir unbedingt einen Mann suchen.«

»Sie sind eine Dame, das ist etwas anderes.«

»Weil Männer sich angeblich erst einmal die Hörner abstoßen sollen, während junge Damen in vollkommener Keuschheit verharren müssen? Kommt Ihnen daran nicht etwas verlogen vor?«

»Großer Gott.« Er warf ihr einen entsetzten Blick zu. »Sie klingen wie eine Radikale.«

Caro überlegte. »Das bin ich vielleicht. Oder wenn ich es nicht bin, dann denke ich allmählich, ich sollte eine werden.«

Darauf hatte er wohl keine Antwort, denn er murmelte nur etwas vor sich hin, was sie nicht richtig verstehen konnte.

»Bitte?«

»Nichts.«

»Sie tun also nur so, als würden Sie sich eine Frau suchen?« Sie verzog vorwurfsvoll den Mund. »Finden Sie es nicht unfair, Ihrer Mutter etwas vorzumachen?«

»Nein, ich mache niemandem etwas vor. Ich habe ihr genau gesagt, was ich von alldem hier halte. Wenn sie nicht davon abzubringen ist, dass die Ballsaison mich vom Gegenteil überzeugen wird, dann kann ich auch nichts dafür.«

»Eigentlich …« Caro dachte einen Moment lang darüber nach. »Eigentlich haben Sie recht. Sie können nichts dafür.«

»Bitte? Kann es sein, dass Sie mir gerade recht gegeben haben?«

»Ja. Ich habe mit meiner eigenen Mutter ein ähnliches Problem.«

»Ich verstehe.« Er wandte ihr das Gesicht zu. »Warum haben Sie übrigens rosa Haare? Und ja, bevor Sie nachhaken, das interessiert mich wirklich.«

»Weil ich beim Färben einen Fehler gemacht habe. Sie sollten eigentlich rot sein.«

»Aha.«

»Sie finden es scheußlich, oder?«

»Es ist auf jeden Fall originell.«

»Und das heißt so viel wie scheußlich, nicht wahr?«

»Das heißt, dass ich nicht die Absicht habe, etwas zu sagen, wofür ich mich später womöglich entschuldigen muss«, antwortete er spitz. »Eines kann ich aber sagen: Es steht Ihnen.«

»Danke schön.«

»Gern geschehen. Jetzt sind Sie an der Reihe.«

»An der Reihe womit?«

»Etwas Versöhnliches zu sagen.« Er tippte sich an den Hut, um einen Bekannten zu grüßen, der eben vorbeiritt. »Wenn die Leute denken sollen, dass wir uns versöhnt haben, dann sollte man auch sehen, dass wir uns höflich unterhalten.«

»Oh. Ja, richtig.« Sie schnalzte mit der Zunge, während sie überlegte, was sie sagen sollte. »In diesem Fall: Die Sache hier tut mir leid. Sie hatten nicht wirklich vor, heute Nachmittag mit dem Zweispänner auszufahren, oder?«

»Ich nehme an, das ist eine rhetorische Frage?«

Sie musste unwillkürlich lachen. »Haben Sie schon Rachepläne gegen Ihren Bruder geschmiedet oder soll ich anfangen?«

»Er hat Angst vor Spinnen.« Ein Mundwinkel des Dukes zog sich nach oben. »Das könnten wir gegen ihn verwenden.«

»Spinnen ...« Caro tippte sich mit dem Finger gegen das Kinn. »Wenn wir ein Knäuel Schnur hätten oder vielleicht auch Wolle, dann könnten wir daraus eine Art riesiges Spinnennetz basteln. Wir könnten es nachts, wenn er schläft, über ihn legen.«

»Das könnte ich tun.« Er nickte grimmig.

»Oder wir könnten ein paar echte Spinnen einsammeln und sie ihm aufs Kissen legen, aber da besteht immer die Gefahr, dass sie wegkrabbeln. Was hält er von Fröschen?«

»Zu Fröschen hat er kein besonderes Verhältnis, soweit ich weiß.«

»Wahrscheinlich gibt es einfachere Möglichkeiten«, fuhr sie fort. »Salz im Tee. Eine Wasserschüssel über seiner Schlafzimmertür. Oder sie können Ragnar nachts im Garten Wache halten lassen, dann kann sich Ihr Bruder nicht davonstehlen.«

»Davonstehlen?«

»Ja, Sie wissen doch, zu …« Sie biss sich auf die Lippen. »Vielleicht wissen Sie es ja gar nicht.«

Einen Moment lang herrschte peinliches Schweigen. »Wie genau haben Sie und mein Bruder sich eigentlich kennengelernt, Miss Foyle?«, fragte der Duke dann. »Ich glaube, das hat er mir noch gar nicht erzählt.«

»Hmmm?« Sie senkte den Kopf und interessierte sich plötzlich sehr für die Stickerei auf ihrem Handschuh. »Ach, wir sind uns irgendwo vorgestellt worden, ich weiß gar nicht mehr wo.«

»Irgendwo.« Er warf ihr einen misstrauischen Blick zu und zuckte dann mit den Achseln. »Egal. Wahrscheinlich ist es sicherer, wenn ich es nicht weiß. Tatsache ist, dass wir jetzt alle miteinander bekannt sind, und die Sache mit Ihrer Freundin tut mir wirklich leid. Vorhin klang es vielleicht nicht so, aber ich meine das ernst. Ich hätte nie damit gerechnet, dass sie mich hören könnte. Zu meiner Verteidigung muss ich allerdings sagen, dass mir viel durch den Kopf geht.«

»Zum Beispiel?«

»Das Wetter, wenn Sie es genau wissen wollen. Seit Wochen hat es kaum einen sonnigen Tag gegeben.«

»Verdirbt Ihnen das den Spaß an Gartenpartys?«

»Gartenpartys sind mein geringstes Problem.« Er warf ihr

wieder einen scharfen Blick zu. »Letztes Jahr war das Wetter schon schlecht, aber wenn es wieder eine Missernte gibt, könnte das katastrophale Folgen haben.«

»Oh.« Sie wirkte ernüchtert. »Ich erinnere mich, dass mein Vater so etwas erwähnt hat, aber mir war nicht klar, dass die Situation so schlecht ist. Ich vermute, das mildert die Schwere Ihres Vergehens ein bisschen.«

»Sie sind zu freundlich.«

»Es muss eine große Belastung sein, wenn so viele Pächter von einem abhängig sind.«

»Das kann man so sagen.«

»Dann tut es mir auch leid, allerdings bin ich nicht diejenige, bei der Sie sich entschuldigen sollten.« Sie rückte auf ihrem Sitz, um ihn direkt ansehen zu können, denn gerade war ihr etwas Neues eingefallen. »Ich nehme nicht an, dass Sie sich bei Lily direkt entschuldigen würden? Sicherlich würde sie sich dann besser fühlen.«

Der Duke sah sie einen Moment lang ungläubig an, dann seufzte er. »Oh, na gut. Wenn ich Miss Wyatt nächstes Mal sehe …«

»Aber ich weiß, wo sie sich jetzt gerade aufhält. In Bloomsbury, Montague Crescent Nummer 13, mit einer Freundin. Ich war ebenfalls eingeladen, aber dann meinte Granny, ich wäre dort wahrscheinlich nicht mehr willkommen. Wenn ich aber mit einem Duke ankomme, müsste es doch in Ordnung gehen, oder?«

»Wollen Sie damit andeuten, dass ich die ganze Strecke bis Bloomsbury fahren soll, um mich noch einmal zu entschuldigen und noch mehr Tee zu trinken?«

»Ja, aber Sie müssen auch nicht unbedingt zum Tee bleiben. Sie können mich einfach dort absetzen, wenn Sie möchten. Ich komme dann schon nach Hause.«

»Ich glaube kaum, dass Ihre Großmutter einverstanden wäre, wenn ich sie einfach irgendwo aussetze.«

»Sagen Sie ihr, ich hätte darauf bestanden. Sie kann später einen Diener schicken, der mich abholt.«

»Quält sie meine Gesellschaft denn so sehr, Miss Foyle?«

»Nein, eigentlich ist es viel besser, als ich erwartet habe, aber meine andere Verabredung habe ich zuerst getroffen, deswegen …«

»Also würden Sie es vorziehen, wenn ich Sie absetze.« Der Duke verdrehte die Augen. »Wie Sie wünschen.«

❦

»Du bist ja doch gekommen!«, riefen Imogen und Lily wie aus einem Mund und sprangen von ihren Stühlen, als Caro den Salon betrat.

»Ja, bin ich.« Sie lächelte, erfreut darüber, dass sie es richtig eingeschätzt hatte: Sie war noch willkommen. Beide Freundinnen schienen sich wirklich über ihren Besuch zu freuen, als wäre sie eine lang verschollene Verwandte, die aus dem Krieg heimkehrte. »Und ich bin nicht allein.«

»Nicht? Wir dachten …« Imogen verstummte mitten im Satz, und ihr Unterkiefer klappte herunter, als sie den Duke of Campion in ihrer Salontür entdeckte. Seine blendende Erscheinung schien jede Bewegung im Raum einzufrieren, was besonders für Lily ungünstig war, denn die schenkte sich gerade eine Tasse Tee ein.

»Guten Tag, Miss Abernethy, Miss Wyatt.« Der Duke zeigte sich von ihren Reaktionen vollkommen unbeeindruckt und verbeugte sich höflich.

Lily gab einen Schreckenslaut von sich, als schwebte sie in Gefahr, und offenbar nahm sie überhaupt nicht wahr, dass die ganze Zeit bernsteinfarbene Flüssigkeit über den Tassenrand tropfte und erst die Untertasse, dann das ganze Tablett überflutete.

»Pass auf!« Caro sprang hin, übernahm die Teekanne und stellte sie auf den Tisch, bevor ihr Inhalt sich noch über den Teppich ausbreiten konnte.

»Oh!« Lily sah aus, als sei sie soeben aus einem besonders tiefen Schlaf erwacht.

»Bitte verzeihen Sie mir mein Eindringen.« Der Duke wandte den Blick von der chaotischen Szenerie ab, doch dadurch entdeckte er Imogens Tante Mona, die auf einem Sofa unter dem Fenster leise schnarchte. »Wie gesagt«, er räusperte sich, »bitte verzeihen Sie mir die Dreistigkeit, einfach hier einzudringen. Miss Foyle hat mich gebeten, sie zu begleiten, und ich wollte die Gelegenheit nutzen, um Sie zu begrüßen und Miss Wyatt für meinen Kommentar, den Sie gestern Abend gehört haben, demütigst um Entschuldigung zu bitten. Es war unter meiner Würde als Gentleman.«

»Es ist wirklich überhaupt nicht nötig, dass …«

»O doch, ist es.« Caro stupste sie mit dem Ellbogen. »Aber du würdest seine Entschuldigung doch gerne annehmen, nicht wahr, Lily?«

»Äh … ja …?«

»Danke schön. Ich habe mich auch gefragt, ob Sie mir die

Ehre erweisen würden, auf dem Ball der Osbornes am Mittwochabend den Eröffnungstanz mit mir zu tanzen? Falls Sie anwesend sind natürlich.«

»Ich werde anwesend sein, aber Sie müssen wirklich nicht ...«

»Doch, muss er.«

»Nein, ehrlich gesagt ...« Lily rang verlegen die Hände. »Ich weiß dieses Angebot sehr zu schätzen, aber ich würde es lieber nicht in Anspruch nehmen, Mylord. Es ist nämlich so, wenn ich mit Ihnen tanze, dann würde das meine Mutter noch mehr anstacheln.«

»Ah!« Es sah so aus, als nähme der Duke diese Bedrohung ernst. »Das verstehe ich vollkommen.«

»Danke schön.« Lily wirkte erleichtert. »Aber vielleicht können Sie stattdessen mit Caro und Imogen tanzen?«

»O nein, ich gehe nicht hin«, rief Imogen hastig. »Ich habe mich mit meinen Tanten darauf geeinigt, dass ich in dieser Saison sechs Bälle besuche, und die sind jetzt alle vorbei und vergessen.«

»Ich verstehe.« Der Duke wirkte allmählich verunsichert. »Darf ich fragen, welche Entschuldigung Sie zu bieten haben, Miss Foyle?«

»Nun, ich hatte eigentlich vor, mir die Haare zu waschen.« Sie unterdrückte ein Lächeln, als sie seinen Gesichtsausdruck sah. »Aber ich denke, eine von uns sollte sich Ihrer erbarmen.«

»Das ist sehr rücksichtsvoll von Ihnen.« Er schlug die Hacken zusammen und verbeugte sich noch einmal. »Nun, wenn Sie mich entschuldigen wollen, meine Damen, dann gehe ich jetzt und arbeite an anderer Stelle an meinem Selbstbewusstsein. Guten Abend!«

»Guten Abend«, antworteten sie im Chor. Sie standen nebeneinander wie drei Statuen und warteten ab, bis sie hörten, wie die Haustür ins Schloss fiel. Dann erst brachen sie in lautes Quietschen aus.

»Caro!« Imogens Stimme klang ehrfürchtig. »Was ist passiert?«

»Du warst ruiniert!«, fiel Lily ein und ließ sich atemlos auf einen Schemel fallen, als wäre sie gerade einen Marathon gelaufen. »Alle haben das gesagt, nachdem du aus Almack's weggelaufen bist. Es gab kein anderes Thema. Und dann haben wir deine Nachricht bekommen, dass du heute nicht kommen kannst, und haben angenommen, dass du aus London geflohen bist. Wir haben gerade einen Brief aufgesetzt, um dir zu sagen, wie sehr es uns leidtut.«

»Wirklich? Darf ich ihn lesen?«

»Nur wenn du uns erklärst, was da gerade passiert ist.« Imogen betrachtete sie voller Bewunderung von oben bis unten. »Du musst Zauberkräfte besitzen.«

»Dann bitte ich formell um die Erlaubnis, dem Hexenzirkel deiner Tanten beizutreten.« Caro lächelte selbstgefällig. »Ehrlich gesagt habe ich gar nichts gemacht. Das hat sich alles sein Bruder ausgedacht.«

»Also dann – wie hat er es geschafft?«

»Er hat mich eingeladen. Ich sollte seine Stiefmutter kennenlernen und den Duke verpetzen.« Sie musste lachen, weil es so kindisch klang. »Als sie erfahren hat, warum ich mich so verhalten habe, war sie ganz auf meiner – unserer – Seite und hat den Duke praktisch gezwungen, sich zu entschuldigen. Sie war wunderbar. Überhaupt nicht so, wie ich mir eine Duchess vorgestellt habe. Und jetzt ...«, sie streckte die Hand aus, »... zu eurem Brief.«

»Hier hast du ihn.« Imogen ging hinüber an einen Schreibtisch und kam mit einem Briefbogen zurück. »Es sind ja erst wenige Absätze, aber du erkennst doch, dass es von Herzen kommt?«

»Sehr!« Caro überflog den Inhalt. »Ich bin gerührt.«

»Und wir meinen jedes Wort ernst.«

»Danke schön.« Sie hob spontan die Arme und drückte beide nacheinander, sah Lily dann fragend an, als sich diese von ihr löste. »Würde deine Mutter sich wirklich Hoffnungen machen, wenn der Duke mit dir tanzen würde?«

»O ja. Ihr Ehrgeiz grenzt an Wahnsinn.« Lily verdrehte die Augen. »Noch nicht einmal, weil sie mich für besonders schön oder interessant hält. Sie glaubt einfach, dass sie jeden so lange bedrängen kann, bis er das tut, was sie will. Um ehrlich zu sein, schafft sie es auch meistens.«

»Lily!« Imogen lachte schallend.

»Ich weiß, es ist schrecklich, so etwas über die eigene Mutter zu sagen, aber es ist nur das, was alle denken. Ich wünsche mir so oft, jemand würde sich ihr widersetzen. Ich wünschte, ich selbst könnte das. Dann wäre ich schon längst glücklich verheiratet.«

»Wie meinst du das?«, fragte Caro. Der sehnsüchtige Tonfall ihrer Freundin machte sie neugierig. Er schien auf einen verborgenen Kummer hinzudeuten.

»Na ja ...« Lily senkte den Blick. »Die Wahrheit ist, ich habe gleich zu Beginn der Ballsaison einen sehr sympathischen Gentleman kennengelernt. Er war so nett. Er hat mich zum

Lachen gebracht, nicht immer mit Absicht, aber er war so freundlich.« Sie seufzte. »Leider war er meiner Mutter nicht bedeutend genug, und als er mir einen Antrag machte, hat sie mich überredet, ihn abzulehnen.«

»Und das hast du gemacht?«

»Ja. Es war erst zwei Wochen nach unserer Ankunft, und sie hat mich davon überzeugt, dass es noch zu früh war. Ich hätte nicht nachgeben dürfen. Ein großer Teil meiner Mitgift wurde mir von meiner Großmutter vererbt und meine Mutter hat keinen Zugriff darauf. Aber ich war schwach. Mir war gar nicht klar, wie stark meine Gefühle waren und wie grausam so eine Ballsaison ist. Hätte ich es gewusst, dann hätte ich Ja gesagt, ganz egal, wie viel Druck sie mir gemacht hätte. Und jetzt ist es zu spät.«

»Das tut mir leid. Ist er mit einer anderen verlobt?«

»Nein, aber wir haben seither nicht miteinander gesprochen. Immer wenn ich ihn treffe, läuft er davon, als hätte er einen Geist gesehen.« Lilys Lippen bebten. »Und jetzt werde ich nie mehr eine Schnupftabakdose ansehen können, ohne in Tränen auszubrechen.«

»Ähm … warum?«

»Weil er welche sammelt. Er hat vierundzwanzig, darunter eine in der Form eines Schuhs. Sie war so hübsch.«

»Moment mal.« Caro legte Lily eine Hand auf die Schulter. »Er heißt nicht zufällig Mr Keaton, oder?«

»Doch. Jonathan Keaton. Kennst du ihn?«

»Wir sind uns einmal bei einer Dinnereinladung begegnet, vor einigen Wochen. Ich habe nicht mit ihm geredet, aber meine Cousine Essie hat gesagt, er sei sehr nett und … interessant.«

Sie machte eine taktvolle Pause. »Aber die Saison ist noch nicht vorbei. Selbst wenn du nicht mit einem Duke tanzen willst, gibt es doch noch jede Menge andere Junggesellen.«

»Sie fürchten sich alle vor mir, wegen meiner Mutter.« Lily schniefte. »Außerdem interessiere ich mich für keinen anderen Junggesellen, sondern nur für Jonathan. Aber ich habe meine Chance vertan, und jetzt werde ich als alte Jungfer enden, als Gouvernante für die Kinder meines Bruders oder als Pflegerin meiner Mutter, und meine Entscheidungen im Leben bis ans Ende meiner Tage bereuen.« Sie schauderte.

»Du kannst jederzeit bei mir wohnen«, bot Imogen an. »Ich beabsichtige nämlich, ohne jede Reue eine alte Jungfer zu werden.«

»Danke. Vielleicht komme ich darauf zurück.«

»Wo wir schon von Reuelosigkeit reden …« Imogen griff nach einem Flugblatt und hielt es vor sich in die Höhe. »Was haltet ihr beide davon?«

»Ein Heißluftballon.« Lily rümpfte die Nase.

»Mr Phoenix Hunter versucht, einen neuen Rekord aufzustellen – eine Fahrt von London nach Paris«, las Imogen vor. »Der Start ist morgen im Green Park. Ich habe noch nie einen Heißluftballon gesehen, aber es klingt sehr spannend. Tante Mona hat fürchterliche Angst davor, und Tante Merle hat ein schlimmes Bein, aber sie hätten nichts dagegen, wenn ich mit jemand anderem hinginge. Was meint ihr?«

»Ich nicht, fürchte ich.« Lily schüttelte den Kopf. »Mama würde das niemals erlauben.«

»Ich werde kommen.« Caro griff nach dem Flugblatt. »Ich muss das auch mit meiner Mutter klären, aber ich habe den leisen Verdacht, dass wir jetzt doch noch in London bleiben werden.«

»Hurra!« Imogen klatschte in die Hände.

Caro erwiderte ihr Lächeln und stellte erstaunt fest, dass auch sie Lust hatte, in die Hände zu klatschen. Na gut, sie konnte die feine Gesellschaft noch immer nicht ausstehen, aber jetzt hatte sie wenigstens zwei Freundinnen, mit denen sie ihre Gefühle teilen konnte. Diese Erkenntnis ließ sie beinahe hoffen. Vielleicht, nur vielleicht, würde die restliche Ballsaison doch nicht so schlimm werden.

»Kein Nachtisch heute?«

Caros Lippen zuckten, als sie den Kopf in Richtung des benachbarten Balkons wendete. Es war beinahe neun Uhr, aber die Sonne deutete erst jetzt an, dass sie bald hinter dem Horizont versinken würde, sodass sie Marmaduke Holloway deutlich erkennen konnte.

»Ich hatte Erdbeeren mit Baiser nach dem Abendessen.« Sie sog die Wangen ein, um nicht zu lächeln. »Und ich müsste eigentlich böse auf Sie sein.«

»Müssten Sie?«

»Aber am Ende war es gar nicht so schlimm.«

»Ich weiß.« Er grinste. »Rafe hat dasselbe gesagt.«

»Aber Sie hätten trotzdem vorher fragen sollen, was wir von Ihrem Plan halten, bevor Sie uns auf eine Rundfahrt durch Mayfair geschickt haben.« Sie stemmte die Hände in die Hüften.

»Wenn ich gefragt hätte, dann hätten sich beide geweigert.«

»Also haben Sie beschlossen, einfach ohne unsere Erlaubnis vorzupreschen?«

»Ja.« Er nickte entschlossen. »Ich sage ja nicht, dass ich immer weiß, was am besten ist, aber in diesem besonderen Fall wusste ich es. Hier, fangen Sie auf.«

»Was?« Sie streckte die Hände aus, als ein kleines, mit rosarotem Band verschnürtes Stoffbündel durch die Luft auf sie zuflog. »Was ist das?«

»Ein Entschuldigungsgeschenk. Unser Koch macht die besten Apfel-Zimt-Plätzchen in ganz London.«

»Dann ist die Entschuldigung angenommen. Und ich vermute, ich sollte mich für das bedanken, was Sie heute getan haben.«

»Das haben Sie aber sehr schön formuliert. Wenn Sie damit sagen wollen: ›Mr Holloway, vielen Dank, dass Sie meinen guten Ruf wiederhergestellt und mich entgegen aller Wahrscheinlichkeit der Gunst der feinen Gesellschaft wieder zugeführt haben‹, dann sage ich: Gern geschehen. Es war nicht der Rede wert, in aller Bescheidenheit etc. etc.«

»Etwas in die Richtung.« Caro legte den Kopf schief, erst jetzt war ihr aufgefallen, dass er festlich gekleidet war. Er sah beinahe – beinahe – elegant aus. »Wohin gehen Sie heute Abend?«

»In die Oper. Meine Mutter ist die größte Opernfreundin aller Zeiten.«

»Heißt das, Sie werden heute die Treppe benutzen und nicht den Efeu?«

»Falls ich nicht beschließe, lieber riskant zu leben.« Seine Augenbrauen hüpften. »Was ist mit Ihnen? Wagen Sie sich schon wieder hinaus in die Gesellschaft?«

»Nein. Meine Großmutter möchte den Klatschweibern erst einmal die Gelegenheit geben, jedem zu erzählen, was für ein großes Missverständnis das Ganze war. Ich muss zu Hause bleiben und darf nichts Skandalöses tun.«

»Eine schwierige Aufgabe. Meinen Sie, es wird Ihnen gelingen?«

»Es wird sich zeigen.«

»Sie könnten sich uns anschließen, falls Ihnen der Sinn nach ein bisschen Rossini steht?«

»Mit Ihnen in die Oper?« Sie riss die Augen auf, das Angebot verblüffte sie.

»Warum nicht? Es würde der feinen Gesellschaft erst recht demonstrieren, wie gut sich unsere Familien verstehen.«

Caro befeuchtete ihre Lippen mit der Zunge. Die Versuchung war groß. Marmaduke hatte recht. Wenn man sie mit der Duchess sah, würde das die Wiederherstellung ihres guten Rufs beschleunigen, und außerdem liebte sie die Oper wirklich. Bei ihrem letzten Theaterbesuch hatte sie mit Essie und ihrer Großmutter den *Kaufmann von Brügge* gesehen, und das war jetzt schon fast einen Monat her. Es war der Abend gewesen, an dem Sylvester in ihre Loge gekommen war. Übelkeit erfasste sie.

»Nein.« Sie legte eine Hand auf ihren Bauch, in dem es plötzlich rumorte. »Ich halte mich lieber an den Plan meiner Großmutter, aber danke schön.«

»In diesem Fall – lassen Sie sich die Kekse schmecken.«

»Das werde ich – und Mr Holloway?« Sie rief ihn zurück, als er sich abwandte. »Ich danke Ihnen dafür, dass Sie meinen guten Ruf wiederhergestellt und mich der Gunst der feinen Gesellschaft wieder zugeführt haben.«

»Es ist mehr als nur gern geschehen.« Er zwinkerte ihr zu. »Heißt das jetzt, dass wir offiziell Freunde sind?«

»Freunde?« Sie testete das Wort nachdenklich. Noch nie zuvor hatte sie einen männlichen Freund gehabt – das durfte man als Dame eigentlich gar nicht –, aber sie genoss seine Gegenwart, und die Tatsache, dass er nicht am Heiraten interessiert war, verband sie beide. »Ja, Mr Holloway, ich glaube, das sind wir.«

»Gut. Ich glaube, dann ist es doch an der Zeit, dass Sie mich Marmaduke nennen.«

»Marmaduke.« Sie mochte den Klang. »Ich bin Caro.«

»Sehr erfreut, dich endlich kennenzulernen, Caro.« Ihre Blicke trafen sich und zum ersten Mal stieg ihr Stimmungspegel wieder bis auf die Höhe ihrer Knöchel.

»Gregoria und ich waren uns vor langer Zeit versprochen.« Der Blick des Barons war verschleiert. »Ich habe sie von ganzem Herzen geliebt.«

Jezebel empfand plötzlich Mitleid. »Was ist geschehen?«

»Sie starb. An der Schwindsucht. Seither bin ich nur noch ein halber Mensch.«

»Und warum benehmt Ihr Euch dann so schlecht?« Sie streckte ihm eine Hand entgegen. »Wenn Ihr doch wisst, wie sich ein gebrochenes Herz anfühlt, warum brecht Ihr dann die Herzen anderer Menschen?«

»Vielleicht sehne ich mich einfach nur danach, wieder geliebt zu werden. Vielleicht suche ich nach einer neuen Gregoria, aber keine andere Frau kommt jemals an sie heran.«

»Das ist keine Entschuldigung.«

»Dann bin ich vielleicht wirklich ein Schurke.« Sein Blick wurde wärmer. »Ihr erinnert mich mehr an sie als jede andere Frau, die ich getroffen habe. Auch sie hat mich herausgefordert …«

Die außergewöhnlichen Abenteuer der Jezebel Jones, einer Lady in Gefahr.

Kapitel 7

Am nächsten Morgen hatte sich die Stimmung am Frühstückstisch im Vergleich zum Vortag schon deutlich verbessert, allerdings noch immer mit spürbaren Untertönen von Groll, Vorwürfen und Schuldzuweisungen. Caros Mutter war einerseits überglücklich über die Versöhnung ihrer Tochter mit dem Duke, andererseits aber wütend darüber, dass sie diese Szene verpasst hatte. Der daraus entstandene Zwiespalt der Gefühle führte dazu, dass sie Expeditionen zum Heißluftballon eher abgeneigt war.

»Aber gestern Abend hast du gesagt, ich darf hingehen!«, protestierte Caro empört. »Ich habe Imogen eine Nachricht geschickt und es bestätigt. Sie wird bald hier sein.«

»Das war, bevor du mir von deinem Besuch beim Duke und im Haus der Duchess erzählt hast – also dem Besuch, zu dem ich nicht eingeladen war. Was, wenn wir Besucher haben, während du außer Haus bist?«

»Vormittags kommen nie Besucher.«

»Man weiß ja nie. Irgendjemand muss dich doch gestern mit dem Duke gesehen haben. Wahrscheinlich schwirren jetzt schon Gerüchte durch die ganze Stadt. Vielleicht möchte sich irgendjemand selbst vergewissern.«

»Also, ich bleibe nicht zu Hause, nur weil möglicherweise irgendjemand vorbeikommt. Bitte, Mama, ein Heißluftballon klingt so spannend!«

Die Witwe mischte sich ein: »Ich sehe kein Problem, solange sie Quill als Eskorte mitnimmt.«

»Danke, Granny!«

»Und vorausgesetzt, dass du zu einer angemessenen Zeit wieder zurück bist. Du musst dich noch ausruhen, wenn wir heute Abend mit der Duchess ausgehen.«

»Mit der Duchess?«, keuchte Caros Mutter.

»Ja. Sie hat uns eingeladen, sie und ihre Söhne auf eine Art Geheimexpedition zu begleiten. Offenbar macht sie Nägel mit Köpfen, wenn sie den guten Ruf einer jungen Dame wiederherstellen will.«

»Dann müssen wir annehmen!« Ihre Mutter fasste über den Tisch und packte Caros Hand. Alle Vorwürfe schienen vergessen. »Du musst einen guten Eindruck auf sie gemacht haben!«

»Caro?« Die Witwe warf ihr einen vielsagenden Blick zu.

»Ja, das klingt sehr nett.« Sie wandte sich wieder an ihre Mutter. »Und der Heißluftballon?«

»Na schön, also meinetwegen. Aber zum Mittagessen bist du zurück, und wenn Besucher da sind, achtest du darauf, dass du dich ein bisschen zurechtmachst. Ich erwarte von jetzt an vorbildliches Benehmen von dir.«

»Ich benehme mich, Mama, versprochen!« Es klopfte an der Haustür und Caro sprang von ihrem Stuhl auf. »Das muss Imogen sein. Ich hole mir schnell eine Haube.«

»Und vergiss Quill nicht!«, rief ihr die Witwe nach.

Eine Viertelstunde später saß Quill mit unbewegter Miene den beiden jungen Damen gegenüber, und die Droschke kam am Rande des Green Parks zum Stehen, in dem es bereits von Menschen wimmelte. Zuschauer und Straßenverkäufer hatten sich versammelt, um dem Ereignis beizuwohnen. Sogar eine kleine Blaskapelle spielte.

»Da ist er!« Imogen lehnte sich so weit aus dem Fenster der Droschke, dass sie Gefahr lief, hinauszufallen. »Ist er nicht fantastisch?«

»Er ist unglaublich!« Caro sah ehrfürchtig an dem großen blau-golden gestreiften Ballon hoch. »Ich hätte nie gedacht, dass er so riesig ist!«

»Sie mussten gestern schon anfangen, ihn mit Wasserstoff zu füllen, um sicherzugehen, dass er heute rechtzeitig bereit ist.«

»Und da sind so viele Leute!« Caro sah sich unsicher um.

»Ich weiß. Wir sollten uns unterhaken, damit wir nicht getrennt werden.« Imogen steckte ihre Hand unter Caros Ellbogen. »So. Wir passen aufeinander auf.«

Langsam bahnten sie sich einen Weg durch die Menge, Quill immer dicht auf ihren Fersen. Von Nahem war der Ballon noch eindrucksvoller. Er schwebte über ihnen wie eine gewaltige fliegende Qualle und zerrte an seinen Halteseilen, als versuchte er verzweifelt, zu entkommen. Unter dem Ballon war ein Weidenkorb befestigt, wie Caro feststellte. Man hatte ihn oben auf eine hölzerne Plattform gehoben, und neben ihm stand ein junger Mann mit glänzendem rötlich braunen Haar und einem gewinnenden Lächeln, der sich an der Menge ergötzte.

»Er ist so tapfer!« Imogen reckte den Hals in alle Richtungen.

»Oder verrückt.«

»Oder ein Träumer. Wäre es nicht wundervoll, einfach da oben mit den Vögeln zu fliegen?«

»Offensichtlich bist du abenteuerlustiger als ich.«

»Caro?«

Sie zuckte zusammen, als sie ihren Namen hörte. Als sie sich umsah, blickte sie in ein vertrautes Gesicht. »Marmaduke!« Sie lachte, die Aufregung der ganzen Situation war ansteckend. »Wir laufen uns offenbar immer über den Weg.«

»Aber was machst du hier?« Er schüttelte den Kopf. »Eine alberne Frage. Ich war nur ein bisschen überrascht.«

»Dann sind wir schon zwei. Das ist meine Freundin, Miss Imogen Abernethy. Sie hat mich überredet hierherzukommen. Imogen, das ist unser Nachbar, Mr Marmaduke Holloway.«

»Eine Freundin von Miss Foyle ist auch meine Freundin.« Er reichte ihr die Hand. »Sie interessieren sich für die Ballonfahrt, Miss Abernethy?«

»Sehr!« Imogen nickte begeistert. »Ich habe Mr Hunters Laufbahn mit großem Interesse verfolgt. Wussten Sie, dass er letzten Monat von Edinburgh nach London gefahren ist?«

»Sie hören sich an wie mein Bruder. Er ist der eigentliche Ballonenthusiast. Ich bin nur aus Neugier mitgekommen.« Marmaduke wandte den Kopf hin und her. »Er ist hier irgendwo.«

»Der Duke ist hier?« Imogen riss erstaunt die Augen auf, dann schüttelte sie den Kopf, als ein Mann sie anrempelte. »Ich wünschte, wir könnten hören, was Mr Hunter sagt.«

»Dann finden wir es doch heraus!« Caro packte den Arm

ihrer Freundin noch fester und schob sich vorwärts, schubste und wand sich vorwärts durch die Menge der Zuschauer.

»… bis ganz nach Paris!« Die Stimme des Mannes war immer deutlicher zu hören.

»Wie wäre es, wenn ich die Wächter ablenke, während du einfach in den Korb springst?« Caro grinste Imogen an, als sie die Absperrseile erreichten. »Dann könntest du mit nach Paris fahren.«

»Führe mich nicht in Versuchung. Ich würde es wagen, wenn ich nicht fürchten müsste, dass er mich sofort wieder hinauswirft.«

»Vielleicht tut er das ja gar nicht.« Caro stupste sie an. »Er schaut die ganze Zeit zu dir herüber.«

»Sei nicht albern.« Imogen errötete. »Männer schauen nicht zu mir.«

»Dieser hier schon. Da! Schon wieder!«

»Ach, Unsinn! Wenn er überhaupt jemanden ansieht, dann dich.«

»Was meinst du, Marmaduke?« Caro sah sich um und stellte fest, dass ihr Begleiter heftig keuchte.

»Was ich denke?« Er schien gerade erst bei ihnen angekommen zu sein. »Ich denke, dass du versuchst, mich umzubringen.«

»Was? Warum?«

»Zwei attraktive junge Damen durchzulassen, die sich in der Menge nach vorne drängeln, das ist eine Sache. Aber einen Mann … das ist etwas ganz anderes. Ich habe gerade einen Ellbogen aufs Ohr bekommen.«

»Das tut mir leid. Wo ist Quill?«

»Euer Begleiter? Er war dicht hinter mir, aber ich fürchte, ihm ist es in der Menge noch schlechter ergangen. Allerdings bin ich mir sicher, dass er uns irgendwann finden wird.«

»Egal. Aber sieh mal, meinst du nicht auch, dass Mr Hunter Imogen anschaut?«

»Der Ballonfahrer? Ja, doch, ich glaube schon.«

»Psst!« Jetzt war Imogens Gesicht puterrot. »Sonst merkt er noch, dass wir über ihn reden!«

»Über wen sollten wir denn bei diesem Anlass sonst reden?«

Und dann beobachteten sie, wie der Mann aus dem Korb kletterte und direkt auf sie zusteuerte.

»Jetzt seht mal, was ihr angestellt habt!« Imogen sah allmählich aus wie eine Rote Rübe.

Das Lächeln des Mannes wurde breiter, als er näher kam. Es war ein nettes Lächeln, dachte Caro, kokett, aber auch ehrlich. Ob es wohl möglich war, dass jemand zwar ein Charmeur, aber dennoch kein Schürzenjäger war? Zum ersten Mal kam ihr der Gedanke, dass beides nicht untrennbar miteinander verbunden sein musste.

»Phoenix Hunter.« Sein Blick ruhte unverwandt auf Imogen, als er sich vorstellte. »Es ehrt mich, dass zwei so schöne junge Damen gekommen sind, um mich zu verabschieden. Vielleicht erlauben Sie mir, Ihnen die Hand zu küssen … damit Sie mir Glück bringen?«

»Meine Hand?« Imogen sah aus, als würde sie jeden Moment im Erdboden versinken. »Ähm, ja. Viel Glück.«

»Danke schön.« Sein Blick wich nicht von ihr, während er ihre Fingerknöchel küsste. »Wie könnte jetzt noch etwas schiefgehen?«

»Oh!« Imogen atmete tief aus, als er ganz langsam ihre Hand losgelassen hatte und davonging. »Ooooh!«

»Ich werde es deinen Tanten nicht erzählen, wenn du es nicht tust«, kicherte ihr Caro ins Ohr. »Meinst du, er heißt wirklich Phoenix Hunter?«

»Das ist mir egal.«

»Meine Damen und Herren!« Der Ballonfahrer hob wieder die Stimme. »Der Moment ist gekommen, meine Haltestricke zu lösen und loszufahren. Leben Sie wohl!«

»Es geht los!« Imogen packte Caros Arm. »Ist das nicht fantastisch?«

Ja, das war es, das musste Caro zugeben. Der Ballon stieg noch schneller auf, als sie erwartet hatte; er schoss in die Höhe und flog nur wenige Sekunden später über ihren Köpfen, angefeuert von einem Chor von Begeisterungsrufen. Automatisch stellte sie sich auf die Zehenspitzen und ihr Brustkorb schien sich bei diesem Anblick zu weiten. Es war ein Gefühl der Schwerelosigkeit, als würde sie hoch in die Luft gehoben werden.

»Es ist wunderschön.« Sie legte den Kopf in den Nacken, um den Weg des Ballons weiter zu verfolgen. »Wäre das nicht das Richtige für den Beginn deiner Kavaliersreise, Marmaduke?«

Caro wandte sich um, als er nicht sofort antwortete, und zu ihrer Überraschung sah er sie bereits an. Eine Falte hatte sich auf seiner Stirn gebildet und sein Gesicht zeigte einen etwas überraschten Ausdruck.

»Ja.« Er schüttelte leicht den Kopf, als sich ihre Blicke begegneten. »Das wäre es auf jeden Fall.«

»Ich bin so froh, dass wir hergekommen sind.« Imogens

Gesicht glühte geradezu vor Aufregung. »Man bekommt so ein Gefühl, als wäre alles möglich. Dass es im Leben um viel mehr geht als um Regeln, Konventionen und Routine.«

»Ich könnte es nicht besser ausdrücken«, ertönte die gebieterische Stimme des Duke of Campion von hinten.

»Da bist du ja, Rafe.« Marmaduke rückte zur Seite, um seinem Bruder Platz zu machen. »Ich habe schon befürchtet, du wärst als blinder Passagier mitgeflogen.«

Hoch in den Lüften beugte sich Phoenix Hunter über den Rand seines Korbs und warf Imogen eine Kusshand zu. Sie errötete schon wieder.

»Ich habe mit einigen Mitgliedern von Mr Hunters Bodenteam gesprochen«, sagte der Duke, während er dem davonschwebenden Ballon nachsah.

»Denken Sie daran, selbst mit dem Ballon zu fahren?«, fragte Caro.

»Leider nicht, aber eines Tages vielleicht.«

»Wirklich?« Endlich gab Imogen es auf, in den Himmel zu starren. »Also, wenn Sie jemals eine Co-Pilotin brauchen – ich habe keinerlei Erfahrung, aber ich lerne schnell.«

Einen Moment lang blitzte in den Augen des Dukes etwas beinahe Jungenhaftes auf. »Das behalte ich im Kopf, Miss Abernethy.«

»Ich möchte schlafen gehen!« Jezebel schob ihren Stuhl vom Esstisch weg, ihre Beine gaben unter ihr nach. Das Unwetter draußen hatte nicht nachgelassen. Der Sturm heulte und polterte im Schornstein und strömender Regen peitschte gegen die Fenster. »Gibt es einen Ort, an dem ich mich ausruhen kann?«

»Jetzt schon?« Der Baron blieb sitzen. »Es ist noch nicht einmal Mitternacht.«

Wie aufs Stichwort schlug in der Ferne eine Turmuhr.

»Ich bin erschöpft und muss morgen in aller Frühe aufbrechen.« Jezebel schlang die Arme um ihre Taille, fest entschlossen, sich nicht von ihrem Ziel abbringen zu lassen. »Wenn es für mich kein Schlafzimmer gibt, dann schlafe ich auch gerne auf dem Sofa.«

»Ihr könnt im Turm übernachten.« Der Baron griff nach einer Kerze und ging in Richtung Tür, ein seltsames Glitzern lag in seinem Blick. »Folgt mir.«

Die außergewöhnlichen Abenteuer der Jezebel Joyce,
einer Lady in Gefahr

Kapitel 8

»Sehen wir nicht alle umwerfend aus?« Marmaduke war der Erste, der Caro bemerkte und ihr grüßend zulächelte, als sie im Haus ihrer Großmutter die Treppe hinunterkam. Auf Drängen ihrer Mutter trug sie ihr teuerstes Ensemble, ein saphirblaues Kleid aus Organza und Seide, darüber hellblaue Gaze, ergänzt durch zwei silberne Haarkämme und eine enge Diamantkette um den Hals.

»Sehr hübsch, meine Liebe.« Ihre Großmutter nickte beifällig.

»Blaues Kleid und rosa Haare«, murmelte ihre Mutter. »Wer hätte gedacht, dass das zusammenpasst.«

»Sie sehen ganz bezaubernd aus, Miss Foyle.« Der Duke machte einen Diener.

»Danke sehr, Hoheit.«

»So, und jetzt, wo wir alle abfahrbereit sind, möchten Sie doch bestimmt wissen, wohin es geht?« Die Duchess lächelte und machte eine dramatische Pause, bevor sie fortfuhr. »Ich habe einen Ausflug in die Gärten von Vauxhall für uns organisiert. Wir nehmen die Kutsche bis Westminster und fahren dann mit dem Boot weiter.«

Caro schwankte und musste sich am Treppengeländer festhalten. Sie war dankbar, dass ihr leiser Schreckensschrei im Begeisterungsruf ihrer Mutter unterging. Nie zuvor hatte sie Vauxhall besucht, aber allein der Name rief in ihr die Erinnerung an den Grund wach, aus dem sie nicht dort gewesen war. Es war genau der Ort, an dem sie sich hätte aufhalten sollen – in der Nacht, in der sie mit Sylvester durchgebrannt war. Ihre Stimmung, die gerade erst wieder etwas gestiegen war, stürzte erneut ab.

»Miss Foyle?« Caro sah auf, erschrocken, die Stimme so dicht neben ihrem Ohr zu hören. Sie hatte nicht gesehen, dass Marmaduke sich bewegt hatte, aber er stand bereits an ihrer Seite. »Fühlen Sie sich nicht gut?«

»Nein.« Sie setzte hastig ein Lächeln auf und wich dem Blick ihrer Großmutter aus. »Es war nur ein kurzer Schwindelanfall. Vauxhall klingt wundervoll.«

»Sind Sie sicher?« Er sah sie ungläubig an, hielt eine Hand ausgestreckt, als befürchtete er, sie würde noch einmal umfallen.

»Absolut.«

»Ihre Mutter hat mir verraten, dass Sie Vauxhall noch nie besucht haben«, erklärte der Duke. »Und wenn wir dort gemeinsam auftauchen, wird der feinen Gesellschaft gar nichts anderes übrig bleiben, als ein für alle Mal zu vergessen, was in jener Nacht passiert ist. Ich möchte denjenigen sehen, der sich danach noch traut, Sie von oben herab zu behandeln.«

»Gemeinsam ist man stark.«

»Glauben Sie mir, es wird ein wunderschöner Abend.« Die Duchess sah alle nacheinander strahlend an. »Los, brechen wir auf und sorgen für Verwirrung bei der feinen Gesellschaft!«

»Du hältst ja die Luft an«, murmelte Marmaduke, als er Caro aus dem Boot half, das sie für die Strecke von Westminster nach Süden bis Vauxhall gemietet hatten. Ein leichter Wind bewegte die Wasseroberfläche und ein zunehmender, von der untergehenden Sonne orange gefärbter Mond stand tief im Osten. Aber die Luft war mild und angenehm, und eigentlich wäre der Fransenschal, den sie sich über die Schultern geworfen hatte, gar nicht nötig gewesen. Wäre sie irgendwo anders auf der Welt gewesen, hätte sie das hier wohl für einen perfekten Abend gehalten. Aber so fürchtete sie sich vor jeder einzelnen Sekunde.

»Tue ich das?« Sie bemühte sich bewusst, normal zu atmen, aber dann fiel ihr Blick auf die Eingangstore zu Vauxhall, und sie fing an zu husten. »Da siehst du, was du angerichtet hast.«

»Es tut mir leid. Nur noch eine Sache.« Marmaduke räusperte sich. »Wenn du bitte deine Krallen ein bisschen einziehen könntest?«

»Meine was?« Sie senkte den Blick und stellte überrascht fest, dass sie gerade ihre Fingernägel in seinen Arm grub. »Oh. Entschuldigung.«

»Nicht der Rede wert. Mein Arm ist sicher gleich wieder normal durchblutet.« Er hielt sein Gesicht etwas näher, als sie die Stufen hinaufstiegen. »Du bist nicht wegen heute Abend so nervös, oder? Nach allem, was ich gehört habe, war dein Ausflug durch den Hyde Park mit meinem Bruder ein voller Erfolg.«

»Ich weiß.« Sie nickte abwesend. »Meine Großmutter hat heute Morgen sogar einige Einladungen bekommen.«

»Na bitte. Also, was ist los?«

Caro holte tief Luft, die Gefühle überwältigten sie einen Moment lang. Jetzt, wo sie tatsächlich hier war, musste sie unwillkürlich darüber nachdenken, wie ihr Leben wohl verlaufen wäre, wenn sie an jenem verhängnisvollen Abend beschlossen hätte, nicht mit Sylvester durchzubrennen. Wäre sie stattdessen hierher nach Vauxhall gekommen, hätte sie dann inzwischen einen anderen Verehrer erhört? Wäre sie vielleicht schon verheiratet? Oder wäre sie vor lauter Begeisterung über die direkte Nachbarschaft mit einem gut aussehenden Duke völlig aus dem Häuschen, genau wie ihre Mutter?

Sie schluckte und überlegte, wie sie das erklären konnte, ohne es richtig zu erklären. »Ich sollte schon einmal hierherkommen, aber dann ...« Sie befeuchtete ihre Lippen mit der Zunge, als ihr die Worte im Hals stecken blieben, »... dann wurde ich krank.«

»War es eine schlimme Krankheit?«

»Nein, nein. Ich war nicht wirklich in Gefahr. Aber seither bin ich nicht mehr ganz dieselbe.«

»Und das hier erinnert dich daran?«

»Ja, aber ich bin deiner Mutter dennoch sehr dankbar für die Einladung«, fügte sie rasch hinzu. »Bitte sag es ihr nicht. Ich möchte niemandem den Abend verderben.«

»Dann bleibt es unser Geheimnis. Und vermutlich das deiner Großmutter, wenn man nach den Blicken geht, die sie dir zuwirft.«

»Sie macht sich Sorgen um mich.«

»Ich bin auch zum ersten Mal hier.« Marmaduke sah sich interessiert um. »Es heißt, die Laternen seien fantastisch.«

»Ja. Essie hat gesagt, es war sehr romantisch.« Sie zuckte

zusammen und hätte sich am liebsten auf die Zunge gebissen. Warum in aller Welt hatte sie das gesagt? Es war vollkommen unpassend, jetzt das Wort »romantisch« zu benutzen, wo ihre Hand gerade auf seinem Arm lag. Das klang, als wollte sie etwas andeuten, und das wollte sie ganz und gar nicht! Zum Glück schien er es nicht zu bemerken.

»Essie ist deine beste Freundin und Cousine, nicht wahr? Diejenige, die vor Kurzem den Earl of Denholm geheiratet hat? Erzähl mir von ihnen. War es Liebe auf den ersten Blick?«

»Nicht im Entferntesten.« Sie lächelte bei dem Gedanken. »Sie sind einander schon im Kindesalter versprochen worden – gegen ihren Willen, muss ich dazusagen –, aber Aidans Vater brauchte Geld, und Essies Vater brauchte einen Adelstitel für seine Tochter. Sie tat, was sie konnte, um aus der Sache herauszukommen. Und dann hat sie sich trotz aller Gegenwehr in ihn verliebt.«

»Du hast recht, das klingt wirklich romantisch.« Er presste seinen Arm beinahe unmerklich etwas fester gegen ihren. »Wie ging es dir damit?«

»Mir?«

»Na ja, wo du die Ehe doch ablehnst.«

»Das betrifft nur mich selbst, nicht andere Menschen. Ich freue mich ehrlich für die beiden. Aidan ist ein guter Mann und er liebt Essie über alles. Umgekehrt ist es genauso. Erst vor ein paar Tagen habe ich einen Brief von ihr bekommen und sie klingt himmelhoch jauchzend glücklich.« So himmelhoch jauchzend, dass Caro es noch nicht geschafft hatte, eine Antwort zu formulieren, die im Vergleich dazu nicht skeptisch klang oder vor Selbstmitleid troff … und sie wollte jetzt wirklich überhaupt nicht daran denken. Möglicherweise noch nicht einmal in den nächsten Wochen. Sie senkte die Stimme, denn ihr fiel auf, dass ein Paar, das vor ihnen ging, sie anstarrte. »Wir erregen offenbar Aufmerksamkeit.«

»Das ist mir schon aufgefallen. Was meinst du, was sie sagen?«

»›Seht euch diesen armen Gentleman an, der gezwungen ist, mit dieser grässlich unhöflichen jungen Dame spazieren zu gehen‹.«

»›Diesen armen, unglaublich gut aussehenden Gentleman‹, bitte schön. Alles andere klingt überaus zutreffend.«

»Du siehst heute Abend sehr elegant aus.« Sie konnte es sich nicht verkneifen, ihn von der Seite zu betrachten. In seinen sandfarbenen Kniebundhosen, dem blütenreinen weißen Leinenhemd, dem schwarzen Frack und den glänzenden Reitstiefeln wirkte er von Kopf bis Fuß wie ein Gentleman. Außerdem waren seine Haare gekämmt, sein Kinn glatt rasiert und zwischen den raffiniert geknoteten Falten seiner Krawatte schimmerte sogar ein Rubin. Er passte zur dunkelroten Farbe seiner Brokatweste.

»Ganz anders als sonst, meinst du?« Er begegnete ihrem Blick und schmunzelte. »Ich habe beschlossen, mir mehr Mühe zu geben. Es ist schön, dass es dir auffällt.«

»Aber wirklich, Marmaduke«, mischte sich seine Stiefmutter ein. »Jedes Mal, wenn ich mich umdrehe, bist du derjenige, der sich mit Miss Foyle unterhält, nicht Rafe. Die beiden müssen von so vielen Leuten wie möglich zusammen gesehen werden.«

»Entschuldigung, Mutter.« Marmaduke führte Caros Hand an die Lippen, drückte einen federleichten Kuss auf ihre Knöchel und ließ dann ihren Arm los. »Miss Foyle, ich fürchte, heute Abend bin ich nicht gut genug für Sie. Da gibt es einen Duke, mit dem Sie sich sehen lassen sollten.«

»Ich fühle mich allmählich wie eine Requisite im Zirkus.« Rafe winkelte den Ellbogen an. »Würden Sie mir die Ehre erweisen, Miss Foyle, oder müssen Sie womöglich gerade wieder Ihre Haare waschen?«

Sie lachte. »Meine Haare und ich würden uns freuen.«

»Perfekt.« Die Duchess ging voran und steuerte auf eine mit bizarr zurechtgestutzten Sträuchern und Marmorstatuen gesprenkelte Rasenfläche zu. »Ich glaube, heute Abend gibt es ein Händel-Konzert. Sollen wir hingehen?«

»Großer Gott, nein. Ich gehe nie weiter zu Fuß als unbedingt nötig.« Die Witwe bog in Richtung des Verpflegungspavillons ab. »Ich gehe hinüber und bestelle uns ein bisschen Arrakpunsch. Für dieses Getränk habe ich eine Schwäche.«

»Dann erbarmen Sie sich vielleicht meiner?« Marmaduke machte einen eleganten Diener vor Caros Mutter. »Nur damit ich mich nicht wie das fünfte Rad am Wagen fühle.«

»Oh, ich bin sicher, das werden Sie niemals!« Caros Mutter kicherte tatsächlich, als sie seinen Arm nahm.

Sie gingen weiter, folgten den fernen Geigenklängen über den Rasen und durch einen blütenstrotzenden weiß-rosa Rosengarten.

»Wie geht es Miss Wyatt?«, erkundigte sich der Duke nach einigen Minuten des Schweigens.

»Viel besser.« Caro lächelte zu ihm auf. »Nochmals vielen Dank dafür, dass Sie mit mir hingegangen sind. Sie haben sich selbst übertroffen.«

»Sie meinen, weil meine Mutter es mir nicht befohlen hat?«
In seinen Blick trat ein amüsiertes Glitzern. »In diesem Fall
würde ich sagen, Sie schulden mir einen Gefallen, Miss Foyle.«

»Sie haben recht. Was könnte ich denn tun?«

»Im Moment habe ich keine Ahnung, aber mir wird schon
etwas einfallen.«

An einer von breitwüchsigen Zitronenbäumen gesäumten
Kiesfläche hielten sie an. Von hier aus hatte man freien Blick
auf einen Pavillon, unter dem ein fünfzigköpfiges Orchester im
Halbkreis aufgebaut war. Es spielte Händels *Wassermusik*. Die
Musik war so mitreißend, dass Caro für einen kurzen Moment
vergaß, an was und an wen sie Vauxhall erinnerte. Von all der
Pracht um sie herum traten ihr beinahe Tränen in die Augen.
Als die Musik schließlich endete, richteten die Zuschauer ihre
Blicke erwartungsvoll nach oben.

»Wahrscheinlich ist es jetzt an der Zeit für die Laternen«,
sagte der Duke. »Wenn es dämmert, werden sie angezündet.«

Nicht einmal eine Sekunde später ertönte in der Ferne ein
schriller Pfiff und emsige Geschäftigkeit brach aus: Hinter den
Bäumen und Hecken traten Dutzende Diener hervor und entzündeten die Laternen. Innerhalb weniger Augenblicke war der
ganze Park beleuchtet.

»Zauberhaft, nicht wahr?« Der Duke beugte sich über Caro,
sein Atem streifte ihren Hals.

»Und wie.« Caro schnappte nach Luft, als über ihnen eine
orangefarbene Lichterkette zum Leben erwachte und nun
leuchtete wie eine Reihe kleiner Sonnen. »Besser kann man es
nicht sagen.«

»Warum tanzt ihr beide nicht?«, ermunterte die Duchess

ihren Sohn, als das Orchester wieder einsetzte und die versammelten Zuschauer sich zu Paaren zusammenfanden.

»Weil wir die Laternen bewundern.«

»Und außerdem ist es wieder ein Walzer«, gab Caro zu bedenken. »Nach der Geschichte bei Almack's habe ich keine Ahnung, ob ich Walzer tanzen darf oder nicht.«

»Wisst ihr was? Ihr beide passt perfekt zusammen.« Marmaduke verdrehte die Augen. »Ihr seid beide fest entschlossen, euch verkrampft zu benehmen. Jetzt tanzt doch einfach. Almack's kann uns schließlich den Buckel runterrutschen.«

»Marmaduke!«, schalt die Duchess. »Achte auf deine Sprache! Inhaltlich gebe ich dir allerdings recht.«

»Ich glaube kaum, dass wir uns herausreden können.« Der Duke streckte eine Hand aus. »Sollen wir?«

»Nun gut, Hoheit.« Caro sank in einen eleganten Knicks. »Es wäre mir eine Freude.«

Der Walzer war wirklich ein schöner Tanz, stellte Caro einige Minuten später fest, als der Duke sie fest in den Armen hielt. Er sah an diesem Abend noch umwerfender aus als sonst, sein blondes Haar stand in besonders verblüffendem Kontrast zu seinem schwarzen Abendanzug, außerdem war er ein ausgezeichneter Tänzer. Seine Bewegungen waren flüssig und würdevoll und er hielt perfekt den Takt. Caro war sich der bewundernden und neidischen Blicke der Menge um sie herum bewusst. Ihr wurde klar, dass die meisten Debütantinnen sich in Stücke gerissen hätten, um jetzt an ihrer Stelle zu sein. Vor langer, langer Zeit wäre für sie selbst jetzt vielleicht ein Traum wahr geworden. Rafe war das Urbild eines attraktiven Junggesellen – alles, was sie sich vielleicht einmal von einem Ehemann erhofft hatte.

Ach, hätte sie sich doch nur wieder in die Caro zurückverwandeln können, die sie zu Beginn der Ballsaison gewesen war. Wenn sie ihn doch noch so sehen könnte, wie sie es damals getan hätte! Es hätte ihre Eltern so glücklich gemacht, ganz zu schweigen davon, wie viel einfacher ihr eigenes Leben gewesen wäre. Und doch … sie runzelte die Stirn, versuchte, sich darüber klar zu werden, was sie fühlte oder, besser gesagt, was sie nicht fühlte. Denn auch an diesem Tanz war irgendetwas merkwürdig, er hatte etwas Distanziertes, Formelles, als stünde sie neben sich und würde sich selbst beobachten. Die Wahrheit lautete: Sie spürte Rafe einfach nicht so, wie sie Marmaduke beim Walzertanzen gespürt hatte. Es war, als würde ein ganz wesentliches Element fehlen.

Unwillkürlich wanderte Caros Blick zurück zu den versammelten Zuschauern. Verwirrt stellte sie fest, dass ihre Hand an der Stelle, an der Marmaduke sie geküsst hatte, noch immer kribbelte. Die Duchess unterhielt sich mit einer Bekannten. Caros Mutter neben ihr beobachtete den Tanz so konzentriert, dass Caro geradezu hören konnte, wie sich alle Rädchen in ihrem Kopf drehten. Marmaduke dagegen stand etwas abseits, den Rücken gegen einen der Zitronenbäume gelehnt, die Beine an den Knöcheln überkreuzt und mit ausdrucksloser Miene.

Bevor sie ihn zurückdrängen konnte, schoss ihr ein Gedanke durch den Kopf: Viel lieber hätte sie jetzt mit Marmaduke getanzt.

»Würdest du mir einen Gefallen tun?«

Mitternacht war längst vorbei, als sie sich wieder auf ihrem jeweiligen Balkon begegneten. Caro lehnte sich gegen die Brüstung, während Marmaduke im Mondschein auf seinem Stuhl saß.

»Schon wieder?« Es war zu dunkel, um es mit Sicherheit sagen zu können, aber sie hatte den Eindruck, dass er eine Augenbraue hob. »Habe ich nicht gerade erst deinen guten Ruf wiederhergestellt?«

»Ja, aber dieser Gefallen jetzt ist für jemand anders. Du musst nur versprechen, dass du es niemandem erzählst.«

»Na, jetzt bin ich neugierig.« Er nahm einen Schluck aus einem Glas mit einer bernsteinfarbenen Flüssigkeit, das er in den Händen hielt. »Also los. Probier es aus.«

»Kennst du einen Jonathan Keaton?«

»Ja, allerdings. Warum?«

»Weil er vor ein paar Wochen um eine Freundin von mir angehalten hat, Lily Wyatt, aber sie hat abgelehnt.«

»Ist das etwa Tratsch? Wir tauschen jetzt also Klatschgeschichten aus?« Sein Tonfall verriet, dass die unsichtbare Augenbraue noch höher schnellte.

»Ja, aber sag das doch nicht so vorwurfsvoll. Sie hat nur Nein gesagt, weil ihre Mutter gegen die Verbindung war und es ihr eingeredet hat, aber jetzt bereut sie es bitterlich. Wenn er sie also noch einmal fragen würde …«

»Dann würde ihre Antwort wahrscheinlich anders lauten?«

»Genau.«

»Und du meinst, ich soll ihn überreden, ihr noch eine Chance zu geben?« Er stieß einen leisen Pfiff aus. »Das dürfte gar nicht so einfach sein. Viele Männer nehmen so eine Ablehnung ziemlich persönlich.«

»Aber sie hat ihn gar nicht abgelehnt, nicht von Herzen. Es klingt so, als wäre ihre Mutter eine furchtbare Tyrannin.«

»Und wie kommst du darauf, dass deine Freundin sich jetzt gegen ihre Mutter auflehnen würde?«

»Weil sie es gesagt hat. Und außerdem hat er ihr den Antrag viel zu früh in der Saison gemacht. Hätte er einfach noch eine Weile gewartet, dann hätten wir jetzt wahrscheinlich gar nicht diesen ganzen Ärger.«

»Haben wir nicht. Die beiden haben ihn. Genau genommen geht es uns gar nichts an.«

»Ja, aber sie ist meine Freundin.«

»Bist du sicher, dass sie das jetzt nicht nur sagt, weil mein Bruder sie eine Nervensäge genannt hat? Vielleicht hat sie Torschlusspanik, weil die Ballsaison bald zu Ende ist.«

»Nein, hat sie nicht. Sie mag ihn wirklich, und jeder verdient eine zweite Chance – hast du das nicht vor ein paar Tagen selbst gesagt?«

»Das war jetzt ein Schlag unter die Gürtellinie, Miss Foyle.«

»Ich weiß, aber du hast auch gesagt, dass jemand ganz ohne Hintergedanken einfach nur nett sein kann. Wenn wir die Gelegenheit haben, zwei Menschen zu ihrem Glück zu verhelfen, dann sollten wir sie doch nutzen, oder?«

»Es sieht so aus, als müsste ich in Zukunft vorsichtiger sein, wenn ich etwas zu dir sage.« Marmaduke seufzte. »Also gut, wenn es dir so viel bedeutet. Was genau soll ich denn tun?«

»Danke schön!« Caro klatschte in die Hände. »Also gut, mein Plan lautet folgendermaßen: Ich bitte meine Großmutter, eine Dinnerparty auszurichten. Natürlich laden wir dich und Mr Keaton ein, also wenn du irgendeine Möglichkeit hast, ihn vorher zu treffen und ihn ein bisschen vorzubereiten – du weißt schon, vielleicht sagst du ihm, dass du mich kennst und dass ich Lily kenne und weiß, dass sie Liebeskummer hat.«

»Das klingt wieder wie Klatsch.«

»Erzähl mir bloß nicht, dass Männer über Klatsch erhaben sind. Wofür sind eure Clubs denn sonst da?«

»Wir spielen Billard und lesen die Zeitung.«

»Und dabei herrscht eisernes Schweigen, nehme ich an? Könntest du nicht wenigstens ein paar Andeutungen fallen lassen?«

»Vielleicht. Zwei. Ganz kleine.« Er kratzte sich am Kopf. »Also, Jonathan und ich sind eingeladen, und Miss Wyatt, nehme ich an. Wer noch?«

»Meine neue Freundin Imogen, ihre Tanten, Lilys Mutter – leider, leider – und natürlich deine Familie.«

»Mein Bruder?«

»Ja. Mit ihm müsstest du auch reden.« Caro holte tief Luft. »Er müsste ganz besonders freundlich zu Mr Keaton sein.«

»Jetzt bin ich verwirrt.«

»Ich gehe davon aus, dass Lilys Mutter freundlicher zu ihm sein wird, wenn sie sieht, dass Mr Keaton mit einem Duke befreundet ist. Allerdings wird das ein bisschen knifflig. Sie soll sich ja nicht wieder Hoffnungen machen, dass dein Bruder sich für Lily interessiert. Aber solange wir dafür sorgen, dass die beiden sich nicht über den Weg laufen, müsste es funktionieren.«

»Du bist ganz schön skrupellos, weißt du das?«

»Ich lerne dazu.«

»Und wann soll dieses Dinner stattfinden?«

»Bald. Sehr bald.«

»Dann erwarte ich deine Anweisungen.« Marmaduke hob sein Glas. »Nur um das klarzustellen – du sagst, du selbst hast kein Interesse, zu heiraten, aber du freust dich für deine Cousine, und jetzt trittst du aktiv als Heiratsvermittlerin für andere Leute auf?«

»Genau.«

Er beugte sich vor. »Den Widerspruch erkennst du aber schon?«

»Ich weiß nicht, was du damit sagen willst.« Plötzlich war Caro froh, dass die Dunkelheit ihren verräterischen Gesichtsausdruck verbarg. »Man kann die Ehe als Institution doch sicher in der Theorie und für andere Menschen unterstützen und es trotzdem nicht selbst ausprobieren wollen?«

»Vermutlich ja. Es ist nur ein bisschen kurios. Es stimmt mich nachdenklich, könnte man sagen.«

»Dann denk doch einfach nicht darüber nach.«

»Wie du wünschst.«

»Die Ehe ist einfach nichts für mich persönlich.« Undeutlich wurde ihr bewusst, dass sie zu heftig und zu laut protestierte. »Das muss ja nicht gleich einen dramatischen Grund haben.«

»Das habe ich nie behauptet.« Seine Stimme klang im Gegensatz zu ihrer noch ruhiger. »Aber wenn doch und wenn du irgendwann darüber reden möchtest, dann bin ich da, und ich verurteile niemanden.«

Jezebel erklomm eine steinerne Wendeltreppe. Mindestens fünfzig Stufen führten zu einem Schlafgemach, dessen Wände mit edel gewebten Teppichen behängt waren. Dutzende Bienenwachskerzen beleuchteten ein großes, aufwendig geschnitztes Himmelbett mit purpurroten Bettvorhängen. Ihr ganzer Körper sehnte sich danach, hier zu liegen und ihrem erschöpften Geist Ruhe zu gönnen, und dennoch verharrte sie zitternd auf der Schwelle und wagte sich keinen Schritt weiter.

»Soll ich Euch eine gute Nacht wünschen?« Der Baron stellte sich hinter sie, seine Stimme drang honigsüß an ihr Ohr.

»Ja.« Sie rang nach Luft. »Gute Nacht.«

»Möchtet Ihr das wirklich so sagen?«

»Was hätte ich sonst sagen sollen?«

Hätte sie diese Worte doch nicht ausgesprochen! Starke Arme umschlangen sie, zogen sie an sich. Sie hatte kaum Atem geholt, schon lagen die Lippen des Barons auf den ihren, und ihr Widerstand schmolz dahin …

Die außergewöhnlichen Abenteuer der Jezebel Joyce, einer Lady in Gefahr

Kapitel 9

»Wir sollten eine Dinnerparty ausrichten«, verkündete Caro zwei Nachmittage später im Salon und klimperte mit den Wimpern, als sei ihr der Gedanke gerade eben gekommen.

Ihre Mutter sah begeistert von ihrem Stickrahmen auf. »Was für eine wundervolle Idee!«

»Warum um alles in der Welt?« Die Reaktion ihrer Großmutter fiel deutlich weniger begeistert aus.

»Weil es nett sein könnte, vor allem jetzt, wo das Wetter so finster ist. Wir könnten unsere neuen Nachbarn einladen, um uns für all das zu bedanken, was sie für uns getan haben, und vielleicht noch einige andere Freunde.« Sie hob die Schultern, bemüht, es mit ihrer Unschuldsmiene nicht zu übertreiben. »Was meint ihr?«

Ihre Großmutter senkte bedeutungsvoll den Blick. »Ich meine, du hast Tinte an den Fingern. Wieder einmal.«

»Oh.« Sie verschränkte die beanstandeten Glieder im Schoß. »Du weißt doch, wie gern ich Briefe schreibe.«

»Ich finde, eine Dinnerparty für den Duke wäre äußerst unterhaltsam.« Ihre Mutter lächelte strahlend. »Bitte sag Ja, Mutter.«

»Sie ist nicht für den Duke«, verbesserte Caro.

»Aber er wäre der Ehrengast.«

»Nein, er wäre einer der Gäste.«

»Die Ehre ist inbegriffen, wenn es sich um einen Duke handelt.«

»Mama, ich bin wirklich und wahrhaftig nicht an Rafe interessiert.«

»Aber ihr habt in Vauxhall so ein bildschönes Paar abgegeben. Wie kannst du nicht …?«

»Na gut«, unterbrach die Witwe, und in ihrer Miene zeichnete sich Resignation ab. »Ich nehme an, es ist nicht die allerschlechteste Idee der Welt.«

»Danke schön, Granny. Ich würde auch gerne meine Freundinnen Imogen und Lily einladen.«

»Das wäre akzeptabel.«

»Allerdings müssten wir auch noch den einen oder anderen Gentleman dazubitten, zum Ausgleich.«

»Das ist ja eine ganz originelle Idee. Denkst du an jemand Bestimmten?«

»Hm …« Sie tippte sich mit dem Zeigefinger gegen das Kinn. »Was ist mit den Keatons? Sie waren doch sehr nett, als wir vor ein paar Wochen bei ihnen zum Essen eingeladen waren. Und sie haben zwei Söhne.«

»Ja, das stimmt. Der jüngere der beiden ist ganz annehmbar.«

»Der ältere ist auch nett.«

»Schnupftabak-Keaton?«

»Ich bin sicher, er interessiert sich auch noch für andere Dinge, nicht nur für Schnupftabakdosen.«

»Da wäre ich mir nicht so sicher.«

»Essie hat gesagt, er wäre ganz liebenswürdig gewesen, als sie ihn auf ein anderes Thema gebracht hat.« Caro holte Luft. »Wie wäre es denn am Donnerstag?«

»Wunderbar!« Ihre Mutter sprang auf, ihre blonden Locken tanzten. »Ich freue mich so, dass du plötzlich doch noch Interesse an der Ballsaison beweist, mein Schatz. Ich gehe sofort zur Köchin und spreche das Menü mit ihr durch.«

»Ja, das ist tatsächlich eine erstaunliche Kehrtwendung.« Die Witwe hatte ihre Lippen zu einer dünnen Linie zusammengepresst, und ihre Finger trommelten auf die Sofakante, bis sie beide allein im Raum waren. »Na, das war aber eine gelungene Darbietung. Würde ich die Energie dafür aufbringen, könnte ich dir glatt applaudieren.«

»Ich weiß nicht, was du meinst, Granny.«

»Natürlich nicht. Aber jetzt im Moment interessiere ich mich weit mehr für die Tinte.«

»Es ist nur Tinte.«

»Verkauf mich nicht für dumm, meine Liebe. Wenn du schon mein Haus für ein heimliches romantisches Komplott nutzt, möchte ich im Gegenzug etwas Ehrlichkeit von dir einfordern.«

»Es ist kein Komplott.« Caro zögerte. »Jedenfalls kein heimliches.«

»Heimlich heißt, dass die Beteiligten keine Ahnung haben. Miss Wyatt und Mr Keaton, nehme ich an? Oder ist Miss Wyatt eingeweiht?«

»Nein …«

»Das dachte ich mir. Du spielst ein gefährliches Spiel, aber weil es auch ganz amüsant werden könnte, werde ich dich nicht daran hindern. Aber ich warne dich: Du weckst große Hoffnungen in deiner Mutter.«

»Ich weiß.« Caro unterdrückte ihre Gewissensbisse. »Aber es ist für einen höheren Zweck.«

»Na hoffentlich. Los, was ist mit der Tinte? Und wenn du jetzt noch mal über Briefe sprichst, bin ich abgrundtief gekränkt.«

»Ach, na gut.« Caro hob hilflos die Hände. »Ich schreibe an einem Roman. Es tröstet mich und es macht mir Spaß. Ich habe das Gefühl, ich muss das tun.«

»Ist das so?« Wie immer wirkte ihre Großmutter nicht im Geringsten überrascht. »Darf man fragen, worum es geht?«

»Leidenschaft, Betrug, Liebeskummer und jede Menge schlechtes Wetter. Es ist eine Schauergeschichte. Meine Heldin sitzt in einem Unwetter mit einem Schürzenjäger fest, einem bösen Baron. Er behauptet, er habe sich in sie verliebt, aber sie weigert sich, seinem Charme zu erliegen, und weist ihn ab, zum Wohle aller Frauen dieser Welt.«

»Also ein literarischer Rachefeldzug gegen Mr Jagger?«

»Nicht ganz. So hat es angefangen, aber dann wurde daraus immer mehr eine Moralgeschichte. Sie soll verhindern, dass andere junge Frauen denselben Fehler machen wie ich.«

»Rache klingt aber sehr viel interessanter. Was passiert mit dem Baron?«

»Am Ende bereut er sein Verhalten und sie lässt ihn in Tränen aufgelöst zurück.«

»Das klingt aber sehr harmlos für einen Schauerroman. Könnte er sich nicht von irgendeiner Zinne stürzen oder Gift aus einem Schädel trinken?«

»Granny!«

»Lies mal ein bisschen Webster. Wenn du schon Dampf ablassen möchtest, kannst du es auch gleich richtig tun.«

»Ich möchte nicht, dass sich irgendjemand irgendwo hinunterstürzt.« Sie verstummte einen Moment lang. »Gut, ich war versucht, es so zu schreiben, aber dann beschloss ich, ihn lieber weinen zu lassen. Als meine Heldin ihn verlässt, ist der Baron ein gebrochener, aber geläuterter Mensch.«

»Ach. Also ein Märchen.«

Caro öffnete den Mund, um zu widersprechen, aber dann vergaß sie sofort, was sie hatte sagen wollen, denn ihre Mutter kam in den Salon zurückgestürzt. Ihr Hütchen saß schief und sie zitterte praktisch vor Aufregung.

»Mama?«

»Beeil dich! Tu so, als wärst du beschäftigt! Es ist jemand für dich hier.«

»Für mich? Oder Granny?«

»Für dich! Quill bringt ihn gerade herauf.«

»Ihn? Wen denn?«

»Den Earl of Meltham!« Ihre Mutter klammerte sich an einer Stuhllehne fest, um nicht umzufallen. »Ich war gerade auf dem Weg nach unten, als ich ihn in der Vorhalle gehört habe. Er hat um ein persönliches Gespräch mit dir gebeten.«

»Ach du lieber Gott.« Die Witwe verdrehte die Augen. »Dann muss ich jetzt wohl verschwinden.«

»Ich verstehe nicht.« Caro sah verwirrt zwischen ihrer aufgewühlten Mutter und ihrer lustlosen Großmutter hin und her. »Warum sollte der Earl of Meltham um ein persönliches Gespräch mit mir bitten? Ich habe ihn noch nie gesehen, jedenfalls nicht, dass ich wüsste.«

»Sei nicht albern.« Caros Mutter rang immer noch keuchend nach Luft. »Man kann es doch nicht vergessen, wenn man einem Earl vorgestellt worden ist.«

»Doch, kann man ganz leicht, wenn es nie passiert ist.«

»Wir überlassen alles Weitere den beiden.« Die Witwe rappelte sich auf die Füße. »Komm schon, Emmeline.«

»Wohin geht ihr?« Caro sprang ebenfalls auf. »Ihr werdet mich doch sicher nicht mit ihm allein lassen?«

»Kein Grund, in Panik auszubrechen. Wir sind direkt nebenan.« Die Witwe hielt im Durchgang zum zweiten Salon an. »Tee und Kuchen verschieben wir um eine Viertelstunde, ja? Das müsste ausreichen, was meinst du?«

»Ausreichen wofür? Könnte mir vielleicht mal jemand sagen ...«

»Ähem.«

Als jemand hüstelte, wirbelte sie herum und fand sich von Angesicht zu Angesicht mit einem ihr vollkommen fremden Mann wieder. Der Earl of Meltham war groß und breitschultrig mit rauchblauen Augen, dickem schwarzem Haar, das zu einer modernen Titusfrisur geschnitten war, und der arroganten, selbstsicheren Ausstrahlung eines Manns, der weder an sich selbst noch an seinem Weltbild irgendeinen Makel feststellen konnte. Nein, sie hatte ihn definitiv nie zuvor gesehen. An den körperlichen Widerwillen, den sie sofort empfand, hätte sie sich unbedingt erinnert.

»Miss Foyle.« Er streckte einen Arm aus. »Ich bin Meltham. Sie sind sicher überrascht, mich zu sehen?«

»Das kann man wohl sagen, Mylord.« Sie knickste anstandshalber, dann setzte sie sich aufs Sofa und bedeutete ihm, sich auf dem Stuhl ihr gegenüber niederzulassen. Unglücklicherweise beachtete er ihr Zeichen nicht, sondern drängte sich direkt neben sie.

»Erlauben Sie mir, mich zu erklären, Miss Foyle. Wenn ich etwas sehe, was ich haben möchte, dann …«

»Etwas.« Sie runzelte die Stirn.

»Ja, und als ich Sie sah …«

»Moment – ich bin also das Etwas?«

»Richtig. Wenn ich es zu Ende führen dürfte?«

»Wenn Sie es für nötig halten.« Sie sah nach unten und stellte erfreut fest, dass wenigstens Mildred ihr Gefühl gegenüber dem Besucher zu teilen schien. Der Mops hatte sich immerhin so erbost, dass er sich von seinem Platz auf dem Kaminteppich erhoben hatte und die Anwesenheit des Gasts mit lautem kehligem Knurren quittierte. Ermutigt hob Caro Mildred hoch und kraulte ihr sanft und aufmunternd den Bauch.

»Also, wo war ich stehen geblieben?« Der Earl musterte Mildred voller Abscheu. »Ach ja, als ich Sie vor wenigen Tagen in Vauxhall sah, habe ich mir sofort geschworen, dass Sie die Meine werden.«

»Habe ich denn in der Angelegenheit gar nichts zu sagen?«

»Natürlich ist Ihnen klar, dass mein Rang und mein Vermögen das Ihre weit überragen, aber ich mache Ihnen da keinen Vorwurf und erwarte auch keine Entschuldigung. Vielmehr komme ich heute zu Ihnen, um meine Gefühle zu äußern, und diese sind, wie ich Ihnen versichern kann, äußerst leidenschaftlich.« Er glitt vom Sofa und auf ein Knie. »Um mich kurzzufassen: Nichts würde mich glücklicher machen, als wenn Sie einwilligen würden, meine Frau zu werden.«

»Ach du meine Güte.« Caro streichelte Mildreds Kopf. »Sind Sie fertig? Darf ich jetzt etwas sagen?«

»Sie dürfen.«

»Danke schön. Dann fürchte ich, dass ich ablehnen muss.«

»Ablehnen?« Er starrte sie an, als hätte sie ihm eben mit einem Handschuh ins Gesicht geschlagen. »Darf ich erfahren, warum?«

»Weil Sie mir bis heute noch nie unter die Augen gekommen sind und Sie mich, wie Sie gerade zugegeben haben, auch nur einmal gesehen haben. Das ist sicherlich keine stabile Grundlage für eine gute Ehe. Vielleicht können wir einander überhaupt nicht ausstehen, von gemeinsamen Interessen oder übereinstimmenden Meinungen gar nicht zu reden.«

»Nun, selbstverständlich werden sich unsere Interessen unterscheiden!« Der Earl lachte herzlich, als erklärte er einem kleinen Kind eine ganz offensichtliche Tatsache. »Zweifellos lieben Sie Stickarbeiten und Aquarellmalerei.«

»Sie dagegen haben Spaß an Pferderennen und Faustkampf, nehme ich an?«

»Ganz genau. Und was Ihre Meinung angeht, so ist diese ja gar nicht nötig. Als meine Frau würden Sie natürlich meine Ansichten teilen.«

»Das heißt, mein eigenes Gehirn bräuchte ich nie wieder zu benutzen?« Sie knirschte mit den Zähnen. »Das klingt zwar sehr erholsam, Mylord, aber ich fürchte, die Antwort ist noch immer nein. Sie haben mich ein ›Etwas‹ genannt.«

»Das habe ich nicht.«

»Irgendetwas, um genau zu sein, das Sie sich zu eigen machen wollen. Eine Art Besitz.« Caro stand auf und hob Mildred dabei hoch. »Ich bedanke mich für Ihr Angebot, Mylord, aber wenn das alles ist, dann hat Ihr Besuch an dieser Stelle wohl ein Ende.«

»Miss Foyle!« Der Gesichtsausdruck des Earls veränderte sich. Er starrte sie bösartig an, als er sich von seinem Knie hochstemmte und sie nun in seiner ganzen Körpergröße überragte. »Vielleicht ist Ihnen nicht ganz bewusst, welche Ehre ich Ihnen erweise?«

»Aufgrund meiner begrenzten weiblichen Intelligenz, meinen Sie? Im Gegenteil, ich verstehe es vollkommen. Es interessiert mich bloß nicht. Granny!«

»Schon fertig?« Die Witwe erschien im Türrahmen. »Ah, Meltham, guten Tag!«

»Ich wollte gerade gehen, Madam. Vergeben Sie mir meine Unverblümtheit, aber Ihre Enkelin ist eine Zumutung! Unhöflich, undankbar und … eigensinnig!«

»Das ist wahr. Sie ist ein richtiges Ungeheuer. Ich habe keine Ahnung, woher sie das hat.« Die Witwe nickte gelassen. »Ich gehe also davon aus, dass Sie nicht zum Tee bleiben?«

»Ich würde keine Sekunde länger in einem Raum mit ihr verbringen, selbst wenn sie die letzte Frau auf der Welt wäre!«

»Gut so, Sie sind nämlich unerträglich!«, schrie Caro ihm nach. Er rannte aus dem Raum und schlug die Tür so heftig hinter sich zu, dass die Scharniere klapperten.

»Den Eindruck hatte ich auch immer«, stimmte die Witwe zu. »Allerdings hat mich Quill darüber informiert, dass unten ein weiterer Gentleman wartet.«

»Was?«

»Genau genommen vier, und alle bitten um ein Gespräch

unter vier Augen. Kein Earl mehr, aber einer von ihnen ist ein Viscount. Deine Mutter ist völlig aus dem Häuschen vor Aufregung.«

»Vier? Aber vor ein paar Tagen war ich noch nicht einmal gesellschaftsfähig! Es kann doch nicht so viel ausmachen, dass man einmal mit einem Duke gesehen wird?«

»Ich gebe zu, das ist ziemlich verwunderlich.«

»Aber ich möchte keine Anträge mehr bekommen. Granny, ich habe dir gesagt, dass ich nicht heiraten möchte.«

»Aber der Anstand erfordert, dass du sie dir wenigstens anhörst. Allerdings würde ich dich bitten, deine Ablehnung von jetzt an etwas taktvoller zu formulieren. Für eine Ballsaison hast du eigentlich genügend Mitglieder des Adelsstandes beleidigt.« Die Witwe wandte sich zum Gehen, dann sah sie sich noch mal um. »Ich lasse dir Mildred zur Unterstützung da, aber wenn du nichts dagegen hast, würden wir jetzt mit Tee und Kuchen anfangen. Ich glaube, vor dir liegt ein langer Nachmittag. Viel Glück!«

»Lasst mich los!« Jezebel wich zurück, hob die Hand und schlug dem Baron mit der Handfläche ins Gesicht. »Wie könnt Ihr es wagen, mich so zu beleidigen!«

»Ich konnte nicht widerstehen.« Er sah auf sie herab, widersprüchliche Gefühle spiegelten sich in seiner Miene wider. »Ich glaubte, ich sei immun gegen jegliches zärtliche Gefühl, doch nun rührt mein Herz sich erneut. Nach so langer Zeit! Jezebel, ich liebe Euch!« Er packte ihre Hände, bevor sie ihn nochmals ohrfeigen konnte, und führte sie an seine Lippen. »Bleibt bei mir, verändert mich, helft mir, ein besserer Mensch zu werden!«

»Ihr solltet meiner Hilfe nicht bedürfen. Ihr solltet es selbst bewerkstelligen!«

»O ja, aber ich bin schwach. Ich brauche Euch, nur Euch. Sagt mir, dass Ihr bleiben werdet! Bleibt hier, als meine Frau!«

»Eure Frau?« Sie schnappte schon wieder nach Luft.

»Ja! Mein Herz gehört Euch! Gebt mir eine Chance, ich flehe Euch an! Ich werde alles tun …«

Die außergewöhnlichen Abenteuer der Jezebel Joyce, einer Lady in Gefahr

Kapitel 10

(Zwei Wochen und drei Tage bis zum Ende der Ballsaison)

Caro stand unschlüssig im Salon und lauschte, ob sich unten in der Eingangshalle irgendetwas rührte. Es war beinahe vier Tage her, dass sie Marmaduke zuletzt gesehen hatte, aber er würde das Abendessen doch wohl kaum vergessen? Die Duchess hatte eine Antwort auf die Einladung der Witwe geschickt und die Anwesenheit ihrer beiden Söhne bestätigt, jedoch bedauernd mitgeteilt, dass sie selbst bereits die Teilnahme an einem literarischen Salon zugesagt habe. Aber seit dem Ausflug nach Vauxhall hatte Marmaduke mysteriöserweise durch Abwesenheit geglänzt. Am Abend nach ihren fünf unerklärbaren Heiratsanträgen war er nicht auf seinem Balkon erschienen, dabei war sie mehrfach nach draußen gegangen, um das zu überprüfen. Er war am gestrigen Abend auch nicht auf dem Maskenball der Osbornes aufgetaucht – sie selbst war als Tigerkätzchen gegangen –, es sei denn, er hatte sich so gut verkleidet, dass sie ihn nicht erkannt hatte.

Hatte es gerade an der Tür geklopft?

»Die Kavallerie ist da!« Marmaduke hob grüßend die Arme, als Caro die Treppe hinunterstürmte. »Die Heiratsvermittlung möge beginnen!«

»Wo warst du denn? Ich dachte, du würdest nicht kommen!«

Sie bremste abrupt ab, als sie einen großen gelb-blauen Bluterguss auf seiner rechten Wange und um sein Auge herum entdeckte. »Marmaduke! Was ist passiert?«

»Was – das hier?« Er blies verächtlich die Backen auf. »Das ist doch nur ein Kratzer.«

»Das ist weit mehr als ein Kratzer.« Sie spürte einen plötzlichen, glücklicherweise schnell wieder unterdrückten Drang, die Hand zu heben und sein Gesicht zu berühren. »Hast du dich geprügelt?«

»Ja, aber um eine noble Sache, das kann ich beschwören. Also, wie lautet unser Plan?«

»Unser Plan?« Sie starrte ihn einige Sekunden ratlos an, noch immer von seiner Verletzung abgelenkt. »Ach so. Ja, der Plan ist, die Gäste dazu zu bringen, dass sie sich unterhalten. Im Moment sind alle für sich und Lilys Mutter feuert die ganze Zeit bitterböse Blicke in Richtung der Keatons. Ich glaube, sie wollte einfach wieder gehen, aber wegen Granny traut sie sich nicht.«

»Ach, keine Sorge, wir kommen dir ja jetzt zu Hilfe.« Marmaduke verschränkte die Finger und ließ seine Knöchel knacksen. »Los geht's, Rafe.«

»Ich?« Der Duke, der bis jetzt stumm danebengestanden und zwischen ihnen beiden hin und her geblickt hatte, schien erschrocken.

»Ja. Es hat ja keinen Sinn, wenn ich Mrs Wyatt einwickle.«

»Ich dachte, ich sollte mich mit Jonathan Keaton unterhalten? Niemand hat irgendwelche Mütter erwähnt.«

»Neuer Plan. Geh hinein und zeig ihr, wie wichtig du bist, und dann begrüßt du Jonathan wie einen alten Freund. Das wird sie zutiefst beeindrucken.«

»Und vergesst bitte beide nicht, euch für Schnupftabakdosen zu begeistern!«, fügte Caro hinzu.

»Schnupftabakdosen?« Der Duke rümpfte die Nase, als hätte man eben eine solche davorgehalten. »In Ordnung, aber jetzt schulden Sie mir schon einen doppelten Gefallen, Miss Foyle.«

»Gerne. Aber beeilen Sie sich, bevor die Situation sich noch verschlechtert.«

»Hinein in die Höhle des Löwen.« Marmaduke schmunzelte, als Rafe noch einmal seine blau-silberne Weste zurechtzupfte und dann in den Salon marschierte, ein Urbild aristokratischer Eleganz. »Und was meinst du, wie soll ich meine Begabungen am besten einsetzen?«

»Könntest du dich um meine Freundin Imogen kümmern? Ihre Tanten haben heute Abend irgendein Treffen mit der Botanischen Gesellschaft, deswegen kümmert sich meine Mutter um sie, aber ich glaube, sie ist nervös.«

»Mit Vergnügen.« Er hielt ihr den Arm hin. »Doch hätte ich zuerst die Ehre, Sie in den Salon zu führen, Miss Foyle?«

»Hätten Sie, wenn ich auch davon ausgehe, dass ich Ihnen ebenfalls einen Gefallen schulde?«

»Nein. Ich mag Jonathan Keaton sehr gerne, trotz all seiner Schnupftabaksdosen. Ich möchte, dass er glücklich wird.«

»Na, na …« Sie stieß ihn mit dem Ellbogen in die Rippen. »Wer hätte das gedacht? Du bist ja doch romantisch.«

»Vielleicht ein bisschen. Aber verrate es niemandem.«

»Dein Geheimnis ist bei mir gut aufgehoben.« Caro nickte ihm zu. Beim Betreten des Salons sah sie sich nervös nach allen Seiten um. Wie angewiesen plauderte Rafe bereits mit Mrs Wyatt, deren drachenhafte Haltung sich deutlich entspannt hatte, während Lily, Mr Wyatt und Caros Mutter offenbar gerade über ein Gemälde redeten, das in der Ecke hing. Imogen stand verlegen am Fenster, Mr Jonathan und Mr Samuel Keaton dagegen saßen zu beiden Seiten des Kamins. Auch sie sahen so aus, als fühlten sie sich unbehaglich. Ihre Eltern unterhielten sich mit der Gastgeberin.

»Imogen!« Caro führte Marmaduke in die Richtung ihrer Freundin. »Du erinnerst dich an Mr Holloway.«

»Natürlich. O nein, Ihr armes Auge!« Imogen schlug sich beim Anblick von Marmadukes Gesicht die Hand vor den Mund. »Das sieht sehr schmerzhaft aus.«

»Für jeden anderen Mann vielleicht.« Marmaduke drückte sich eine Hand auf die Brust und verbeugte sich. »Glücklicherweise bin ich unerhört tapfer.«

»Haben Sie versucht, ein rohes Steak draufzulegen?«

»Eine halbe Kuh. Sie werden es nicht glauben, aber es sieht jetzt schon viel besser aus als gestern.« Er senkte vertraulich die Stimme, ein Lächeln zuckte um seine Mundwinkel. »Ich habe gehört, dass Sie über unsere Pläne für heute Abend informiert sind.«

»Bin ich.« Auch Imogen sprach jetzt leise. »Allerdings fürchte ich, es läuft nicht besonders gut.«

»Keine Sorge. Bis zum Ende des Abends sind wir alle zur Hochzeit eingeladen, vertrauen Sie mir.«

»Im Moment wäre ich schon ganz froh, wenn Jonathan und Lily zwei Worte miteinander wechseln würden.« Caro biss sich nervös auf die Unterlippe.

»Na komm, wo bleibt dein Ehrgeiz?« Marmaduke grinste beifällig, als Rafe den Raum durchquerte und Jonathan Keaton kräftig die Hand schüttelte. Jonathan wirkte beinahe ebenso überrascht von dieser Geste wie Mrs Wyatt. »Also, Miss Abernethy, wir beide sorgen jetzt mal für die richtige Stimmung.«

»Wir beide?« Imogen warf Caro einen ängstlichen Blick zu.

»Aber ja, und wir werden uns dabei prächtig amüsieren.« Er warf den Kopf in den Nacken und lachte schallend, als hätte gerade jemand etwas zum Schreien Lustiges gesagt. »Los, wir mischen uns unter die Leute, ja?«

»Ähm … ja, gut.«

»Miss Foyle.« Er zwinkerte ihr spielerisch zu. »Sehen Sie zu und lernen Sie.«

Caro sah ihnen nach. Und zu ihrer Überraschung verspürte sie einen Stich, der auf erschreckende Weise dem Gefühl von Eifersucht ähnelte.

»Meine Güte, nein, setzen Sie sich doch, zu wem Sie wollen!« Die Witwe winkte ab, als Rafe ihr anbot, sie in den Speiseraum zu führen. »Ich kann diesen ganzen Unsinn mit den Rangordnungen nicht leiden. Ich bin mir ganz sicher, dass ein gut aussehender junger Mann wie Sie interessantere Gesellschaft am Esstisch finden kann als eine klapprige alte Frau wie mich.«

»Ganz und gar nicht, Mylady.« Der Duke senkte galant den Kopf. »Es wäre mir eine Ehre.«

»Unsinn. Außerdem geht es gar nicht. Ich habe für heute Abend meinen Arzt eingeladen, also ist der Stuhl neben mir bereits besetzt.« Die Witwe deutete mit dem Finger auf einen älteren Herrn, der gerade hereingekommen war. »Dr. Bailey und ich müssen alle meine Krankheiten besprechen, und ich glaube, wenn wir uns bestimmte Sachverhalte über den Tisch hinweg zubrüllen, vergeht allen anderen der Appetit.«

»Also, wenn wir hier schon alles revolutionieren und die Regeln brechen, dann bestimme ich jetzt die Sitzordnung, ja?« Marmaduke sah sich so schnell im Raum um, dass niemand den Mund aufmachen und schon gar nicht protestieren konnte. »Mrs Wyatt, würden Sie mir die Ehre erweisen?«

»Ich?« Mrs Wyatt starrte ihn erschrocken an.

»Dann kann Rafe Mrs Foyle begleiten, Mr Keaton nimmt Miss Foyle, Mr Wyatt begleitet Mrs Keaton, Mr Samuel Keaton übernimmt Miss Abernethy und Mr Jonathan Keaton Miss Wyatt. Dann hätten wir das. Schnell geregelt und nur ein kleines bisschen unkonventionell.«

»Ich glaube wirklich nicht …«, fing Mrs Wyatt an.

»Hervorragend!« Die Witwe bahnte sich einen Weg durch die Gäste und betrat den Speisesaal. »Dann würde ich sagen, wir essen!«

Fünf Minuten später, nachdem eine kurze Unruhe entstanden war – zwischen den Wyatts gingen einige gezischte Bemerkungen hin und her, und alle anderen Gäste taten so, als hätten sie nichts gehört –, saßen alle auf ihren Plätzen. Nach weiterer vierzig Minuten und drei Gängen hatte Caro unglücklicherweise den Eindruck, dass die körperliche Nähe die Situation noch verschlechterte. Soweit sie es beurteilen konnte, hatten weder Lily noch Jonathan bislang ein Wort gesagt. Sie waren beide gleichermaßen stumm. Zum Glück waren alle anderen in sehr höfliche Gespräche vertieft. Die fröhlichste Unterhaltung kam aus der Ecke von Marmaduke, Imogen und Mr Samuel Keaton – die drei schienen sich bestens zu amüsieren. Caro biss die

Zähne zusammen. Aus irgendeinem Grund mochte sie gar nicht hinsehen.

»Mein ältester Sohn wirkt heute Abend sehr still«, murmelte Mr Keaton Senior, der bemerkt hatte, wie sich Caro wieder Lily und Jonathan zuwandte. »Er ist von Natur aus recht schüchtern, aber normalerweise ist es nicht ganz so schlimm. Ich fürchte, es könnte an seiner Tischnachbarin liegen.«

»Miss Wyatt?« Caro tat überrascht.

»Richtig.« Mr Keaton wirkte verlegen. »Ehrlich gesagt, er war zu Beginn der Ballsaison ziemlich in Miss Wyatt verliebt. Er hat ihr sogar einen Antrag gemacht, den sie abwies. Ich war ziemlich überrascht, als ich feststellte, dass wir alle heute Abend eingeladen waren. Wenn wir das gewusst hätten …« Er räusperte sich. »Allerdings habe ich gehört, dass Miss Wyatt eine persönliche Freundin von Ihnen ist?«

»Ja, das ist sie.« Caro zögerte. Sollte sie weiterhin so tun, als wüsste sie von nichts, oder den Stier bei den Hörnern packen, wenn sich ihr gerade die Gelegenheit bot? Und da sie sich ja sowieso schon einmischte … Sie setzte sich gerade hin und wappnete sich für einen möglichen Rüffel. »Ehrlich gesagt war das heute Abend kein Zufall. Ich vermutete, dass Miss Wyatt Mr Keaton sehr gerne wiedersehen würde, und so habe ich beide zum Abendessen eingeladen.«

»Ich verstehe.« Die Miene von Mr Keaton Senior war mit einem Mal vereist. »Weil sie in dieser Saison keinen anderen Antrag ergattern konnte und nun glaubt, sie könnte sich wieder zu ihm retten?«

»Nein. Weil ihr klar geworden ist, dass sie einen Fehler gemacht hat und es nun bitter bereut«, erwiderte Caro ruhig.

»Es gibt Fehler, die sich nicht mehr beheben lassen.«

»Das stimmt, aber vielleicht war es nicht ganz ihre eigene Entscheidung?«

»Ach so?« Mr Keaton Seniors Blick flackerte zum anderen Ende der Tafel in Mrs Wyatts Richtung. »Meine Frau hat so etwas vermutet. Sie mochte das Mädchen. Doch angesichts der Tatsache, dass sich diese Situation nicht maßgeblich verändert hat …«

»Doch, hat sie!« Caro reckte das Kinn. »Jedenfalls hat Lily selbst sich verändert. Sie ist nicht mehr dieselbe wie damals im April. Es ist nicht einfach, Debütantin zu sein, und Ihr Sohn hat seinen Antrag sehr früh in der Ballsaison gemacht. Lily war nicht wirklich klar, was ihr entging, bis es zu spät war.«

»Sie reden sehr unverblümt, Miss Foyle.« Die Stirnfurchen ihres Gegenübers vertieften sich. »Und ich möchte Ihnen genauso ehrlich antworten. Ich mag es nicht, wenn man mich täuscht, auch wenn es nur um den Anlass für ein Abendessen geht.«

»Dann kann ich Sie nur um Verzeihung bitten.« Caros Mut sank. Mr Keaton war offensichtlich sehr verärgert. »Ich kann mir vorstellen, dass Sie mich für eine aufdringliche Wichtigtuerin halten, aber ich habe einfach gedacht, wenn Lily und Jonathan noch einmal die Möglichkeit hätten, miteinander zu sprechen, dann würde etwas Gutes dabei herauskommen.«

Mr Keaton Seniors Miene wurde ein bisschen sanfter. »Ich gebe zu, ich wäre froh, wenn Jonathan zur Ruhe kommen würde, aber wenn ich mir vorstelle, dass er noch einmal verletzt werden könnte …«

»Das wird er nicht«, unterbrach Caro ihn schnell. »Wenn er

nur mit ihr reden könnte … sie erklären lassen …« Sie warf einen hoffnungsvollen Blick in Richtung des Paars, aber die Chancen standen gering, wenn sie überhaupt vorhanden waren. Vier Gänge hatten sie bereits hinter sich, nur noch zwei weitere standen aus, und allmählich verlor Caro jede Hoffnung.

»Ähem.« Der Duke räusperte sich genau in diesem Moment, fing ihren Blick auf und sah dann die Tafel hinunter. »Sie sammeln also Schnupftabakdosen, wie ich höre, Keaton?«

»Ähm – ja.« Jonathan, der gerade eine Kartoffel anschneiden wollte, erstarrte.

»Dürfte ich erfahren, wie viele Sie jetzt besitzen?«

»Vierundzwanzig«, flüsterte Lily.

»Das wissen Sie noch?« Jonathan wandte ruckartig den Kopf.

»O ja.« Sämtliches Blut aus Lilys Körper schien schlagartig in ihr Gesicht zu strömen. »Sie waren einmal so freundlich, sie mir zu zeigen.«

»An diesen Moment erinnere ich mich gut.« Ein zittriges Lächeln erschien in seinem Gesicht. »Ich denke häufig daran.«

»Ich ebenso.«

»Allerdings ist meine Sammlung gewachsen. Ich besitze jetzt fünfundzwanzig.«

»Oh! Wie wunderbar!«

Einen Moment lang herrschte Totenstille. Jedes andere Gespräch war verstummt und zwölf Augenpaare wandten sich gleichzeitig in dieselbe Richtung. Es war so still, dass Caro hören konnte, wie Mrs Wyatt tief Luft holte und zum Sprechen ansetzte.

»L…«

»Ist das Wetter seit einigen Tagen nicht fürchterlich?« Caro klammerte sich an das erstbeste, zugegebenermaßen langweilige Gesprächsthema, das ihr einfiel.

»Grauenvoll«, bestätigte Marmaduke.

»Li…«

»Ganz entsetzlich«, stimmte der Duke ein.

»Lil…«

»Absolut unerträglich!« Noch nie hatte Imogen so leidenschaftlich ihre Meinung zu irgendeinem Thema geäußert.

»Lily …«

»Ich kann mich nicht erinnern, wann es zuletzt so viel geregnet hat.« Marmaduke gestikulierte in Richtung Fenster.

»Lily, ich muss unbedingt …« Mrs Wyatt war unbeirrbar.

»Ich finde den Regen eigentlich ganz schön!«, kam Mr Keaton ihnen zu Hilfe.

»Lily, komm bitte mit …«

»Mrs Wyatt?« Die Witwe durchbohrte die gesamte Runde mit einem überlegenen Blick, dann wandte sie sich betont an Lilys Mutter. »Haben Sie schon die jüngsten Neuigkeiten vom königlichen Hof gehört?«

»Ich glaube nicht, Mylady. Ich müsste nur ganz kurz ein Wort mit meiner Tochter …«

»Dann müssen Sie mir erlauben, Sie auf Stand zu bringen. Dr. Bailey, tauschen Sie bitte mit Mrs Wyatt die Plätze, damit wir vertraulicher miteinander reden können.«

So und nicht anders, dachte Caro und sah noch einmal verstohlen ans andere Ende der Tafel, wo das verliebte Paar die umgebende Welt inzwischen gar nicht mehr wahrnahm, machte man so etwas. Irgendwann in nächster Zeit musste sie ihre Großmutter unbedingt um Nachhilfestunden bitten.

»Ich finde, wir hätten eine Art Belohnung verdient, oder nicht?«
Marmaduke hob seine Teetasse und stieß damit vorsichtig
gegen Caros Tasse. »Wenigstens einen kleinen Orden.«

»Für unseren Dienst an der romantischen Liebe.« Sie wandte
sich lächelnd der Ecke im Salon zu, in der sich Lily und Jonathan jetzt glücklich verschanzt hatten und einander tief in die
Augen sahen.

Mrs Wyatt hatte noch eine Weile alles versucht, um sich von
der Witwe loszueisen, aber nun hatte sie sich offenbar doch
ihrem Schicksal ergeben und die Situation akzeptiert. Verblüf-
fenderweise bemühte sie sich sogar um ein Gespräch mit den
Keatons.

»Der größte Pokal müsste allerdings an Großmutter gehen.
Sie ist eine Naturgewalt.«

»Dann musst du das von ihr haben.«

Sie schüttelte schnell den Kopf. »Ich bin überhaupt keine
Naturgewalt. Essie ist diejenige, die Granny ähnelt.«

»Weißt du, ich habe deine Cousine ja noch nicht kennengelernt, aber wenn sie so eine gute Freundin ist, wie du immer
sagst, dann findet sie es bestimmt nicht richtig, dass du dich
immer so klein machst. Mir geht es jedenfalls so.« Marmaduke
gestikulierte in Richtung des glücklichen Paars. »Deine Großmutter hat vielleicht mitgeholfen, aber dass die beiden jetzt
wieder vereint sind, haben sie deiner umsichtigen Planung zu
verdanken.«

»Ohne deine Hilfe hätte ich es auch nicht geschafft.«

»Ich bin mir sicher, dass du eine Möglichkeit gefunden hättest, aber ich nehme das Kompliment auch gerne an. Sollen wir darauf bestehen, dass sie ihre zukünftigen Kinder nach uns benennen?«

»Das klingt nach einem berechtigten Wunsch.« Caro lachte und wandte ihm ihr Gesicht zu … im selben Moment, in dem auch er sich ihr zuwandte, sodass ihre Nase leicht gegen sein Kinn stieß. Instinktiv hielt sie die Luft an – sie spürte, wie ihr Pulsschlag aussetzte und sich dann rasend beschleunigte, als sein Blick zu ihrem Mund wanderte.

»Danke auch, dass du dich um Imogen gekümmert hast.« Nach mehreren Sekunden, in denen sie wie betäubt war, wandte sie sich wieder ab, ihr Atem ging stoßweise.

»Nichts zu danken. Ihre Gesellschaft ist sehr angenehm.« Auch seine Stimme klang ein bisschen erstickt. »Ich finde es interessant, was sie von ihren Tanten erzählt. Wusstest du, dass sie mit dem Botaniker Joseph Banks befreundet sind? Sie haben ihm sogar dabei geholfen, in den Kew Gardens einige Pflanzenarten zu katalogisieren.«

»Wirklich? Das ist ja faszinierend.« Sie nahm ein zittriges Schlückchen Tee und war sich dabei nur allzu sehr ihres Herzschlags bewusst. Ihr Herz pochte so heftig, dass sie das Echo praktisch in ihrem Kopf hören konnte. Und das war lächerlich. Er war ihr Freund, nichts weiter. Er war Marmaduke! Und doch weigerte sich ihr Körper aus irgendeinem Grund, normal zu funktionieren. Ihr war heiß, obwohl sie so weit vom Kamin entfernt saß, und ihre Lunge schien nicht mehr in der Lage, ausreichend Luft aufzunehmen.

»Das fand ich auch.« Er rieb sich das Genick. »Alles in allem würde ich sagen, dieser Abend ist ein großer Erfolg.«

»Ja, das sehe ich genauso.«

»Und gleich wird es noch besser.«

»Wie das?« Ihr Herzschlag setzte aus, als sie den Kopf wandte, diesmal ein bisschen vorsichtiger.

»Wenn ich mich nicht irre, ist das da hinten jetzt ein Kniefall.« Marmaduke hob wieder die Teetasse. »Bravo, Jonathan.«

»Hinweg, Sir!« *Jezebel musterte den Baron voller Abscheu.*
Wie oft hatte er dieselben Worte wohl schon zu anderen
armen Jungfern gesagt? Wie viele Mädchen hatte er auf
diese Weise verführt? Kaum zu glauben, dass sie seinem
bösen Charme beinahe erlegen wäre ... »Ihr müsst mich
für eine Närrin halten, die sich ganz leicht betören lässt.«

»Ihr glaubt mir nicht?« *Seine Miene verzerrte sich zu*
einer irren Fratze.

»Ich werde das Risiko nicht eingehen.« *Sie warf das*
Haar in den Nacken und es leuchtete im Kerzenlicht auf
wie Feuer. »Ich weigere mich, von Euch benutzt und weg-
geworfen zu werden wie so viele vor mir.«

»Niemals würde ich Euch wegwerfen!«

»Das sagt Ihr jetzt, aber ich werde nicht lang genug
bleiben, um herauszufinden, ob es der Wahrheit entspricht. Euch ist nicht zu trauen und ich könnte niemals
einen Schurken lieben! Ich habe etwas Besseres – etwas
viel Besseres! – verdient als Euch.«

Die außergewöhnlichen Abenteuer der Jezebel Jones,
einer Lady in Gefahr

Kapitel 11

»Und dann hat er gesagt, seit wir uns das erste Mal gesehen haben, hat er jeden Abend vor dem Einschlafen an mich gedacht.« Lily legte beide Hände aufs Herz und seufzte tief. »Wenn ich an all die Nächte denke, in denen ich von ihm geträumt habe – und er hat im selben Moment auch von mir geträumt, als würden unsere Seelen einander rufen. Jonathan sagt, das beweist, dass wir vom Schicksal füreinander bestimmt sind.«

»Mmm-hmm.« Caro, die Lily in der Kutsche gegenübersaß, lächelte ihr geduldig zu und widerstand der Versuchung, Imogen anzusehen. Aus den Augenwinkeln konnte sie erkennen, dass deren Schultern verräterisch zuckten. Nachdem sie einen Tag lang zusammen Hüte eingekauft hatten – eine Ausrede, um Lilys Mutter zu besänftigen –, wussten sie über Jonathan Keatons Gedanken und Ansichten fast bis ins Detail Bescheid. Sie mussten sich seine Schnupftabakdosensammlung nicht einmal ansehen, denn Lily hatte sich offenbar jedes einzelne Exemplar ganz genau eingeprägt, in der festen, wenn auch unerklärlichen Absicht, sie jedem, der ihr begegnete, in allen Einzelheiten zu schildern.

»Und gestern dann hat er mich zu einem Eis bei Gunters eingeladen und gesagt ...«

»Oh, sieh mal!« Caro warf einen Blick aus dem Fenster. Wenn es ihr nicht gelang, das Thema zu wechseln, war zu befürchten, dass Imogen in nicht allzu langer Zeit in Gekicher ausbrechen würde. »Piccadilly. Habt Ihr etwas dagegen, dass wir hier kurz anhalten und zu Hatchard's gehen?«

»In eine Buchhandlung?« Lily wirkte verblüfft.

»Warum nicht?«

»Mir ist es nicht erlaubt, Bücher zu lesen. Mutter sagt, man bekommt davon Falten.«

»Meine sagt das auch. Deswegen verstecke ich die Bücher unter dem Bett.«

»Meine sieht dort nach.« Lily schaute nervös nach oben, als fürchtete sie, ihre Zofe, die neben dem Kutscher auf dem Bock saß, könnte sie durch die Wand der Kutsche hindurch hören.

»Also, ich würde sehr gern bei Hatchard's vorbeischauen.« Imogen schien ihre Gesichtszüge wieder unter Kontrolle zu haben. »Aber nur unter einer Bedingung: Ihr dürft nicht zulassen, dass ich etwas kaufe.«

»Haben deine Tanten denn auch etwas gegen Bücher?«, fragte Lily mitfühlend.

»Im Gegenteil, nie sind sie glücklicher, als wenn sie ihre Köpfe in irgendein Buch stecken können, aber ich versuche, Geld zu sparen. Meine Tanten sind leider so verschwiegen, aber ich habe den Eindruck, die Ballsaison hat sie viel mehr Geld gekostet, als sie erwartet haben. Ich fühle mich schrecklich, vor allem, weil ich im Gegenzug überhaupt nichts vorzuweisen habe.«

»Außer uns«, protestierte Lily. »Wärst du nicht in dieser Saison dabei gewesen, dann hätten wir uns nicht kennengelernt und wären keine Freundinnen geworden.« Sie riss die Augen auf. »Und dann hätte Caro nicht dieses Abendessen ausgerichtet und Jonathan und ich hätten uns vielleicht nie versöhnt und …« Sie presste sich eine Hand an die Kehle. »Ich darf gar nicht darüber nachdenken.«

»Genau.« Imogen und Caro tauschten amüsierte Blicke. »Aber abgesehen davon, dass ich euch beide kennengelernt habe, war ich bei der feinen Gesellschaft kein durchschlagender Erfolg. Ich habe meinen Tanten gleich gesagt, dass ich nicht die Art Mädchen bin, die ein Gentleman gern heiraten möchte, aber sie sind viel zu voreingenommen, um das zu glauben. Und das Absurde daran ist, dass ich mich noch nicht einmal besonders dafür interessiere, ob ich einen Ehemann finde oder nicht.«

»Was?« Lily riss die Augen weit auf. »Das meinst du doch bestimmt nicht ernst?«

»Und wie ernst ich das meine. Wenn es eine Liebesheirat wäre, dann vielleicht, aber wie gut stehen denn die Chancen für so etwas? Vor allem mit meinen Füßen.«

»Du denkst wirklich viel zu oft an deine Füße.« Caro schüttelte den Kopf.

»Na ja, ich muss ja eine Ursache dafür finden, dass ich auf das andere Geschlecht offenbar nicht anziehend wirke, und da ist es mir lieber, wenn es an meinen Füßen liegt und nicht an meinem Charakter.«

»Es gibt weder an dem einen noch an dem anderen etwas auszusetzen, und wenn die Herren der feinen Gesellschaft das nicht erkennen, dann sind sie ganz schön dumm. Na ja, das sind sie im Großen und Ganzen ja auch.« Caro hob beschwichtigend die Hand und sah Lily an. »Abgesehen von deinem Mr Keaton natürlich.«

»Und was ist mit dem Duke?« Imogen lächelte schelmisch. »Beim Abendessen hat er ja ziemlich oft zu dir herübergesehen.«

»Unsinn.« Caro reckte das Kinn – aber nun, wo Imogen es erwähnte: Ihr war das auch aufgefallen. »Und selbst wenn. Ich habe doch schon gesagt, dass ich nicht daran interessiert bin, einen Ehemann zu finden.«

»Er ist gar nicht annähernd so hochnäsig, wie er mir anfangs vorkam«, meldete sich Lily zu Wort. »Auch wenn ich Jonathan natürlich immer noch vorziehe.«

»Außerdem ist er ein Duke – ganz zu schweigen davon, dass er geradezu unverschämt gut aussieht.« Imogens blaue Augen sprühten Funken. »Eine sehr gute Partie.«

»Jetzt redest du wie meine Mutter.«

»In der Regel versuche ich, mich über solche oberflächlichen Überlegungen zu stellen, aber in seinem Fall ist das unmöglich. Er sieht aus wie eine dieser griechischen Statuen aus dem Britischen Museum.«

»Wirklich?« Lily klang interessiert. »Meine Mutter erlaubt mir nicht, sie mir anzusehen. Sie sagt, sie sind unanständig.«

»Es sind Kunstwerke!«

»Sie mag keine Kunst, und sie mag es nicht, wenn ich etwas mag, das sie nicht mag. Also keine Kunst und keine Bücher.«

»Und was sagt dein Vater dazu?«

»Er sagt in der Regel gar nichts. Die meiste Zeit verbringt er in seinem Club. Genau genommen habe ich ihn seit dem Abendessen gar nicht mehr gesehen.« Lily seufzte. »Ich liebe meine Mutter ja schon, aber ehrlich gesagt, ich kann es nicht erwarten, endlich zu heiraten, auch wenn sie darauf beharrt, dass die Hochzeit nicht vor Weihnachten stattfinden kann. Ich schätze, sie hofft, dass sie mich noch einmal von meinem Entschluss abbringen kann und bis dahin einen Prinzen für mich auftreibt, aber da besteht nicht einmal der Hauch einer Chance. Jonathan ist für mich der einzige Mann auf der Welt.« Sie sah ihre Freundinnen nacheinander an. »Ihr kommt doch zu meiner Hochzeit, nicht wahr?«

»Du kannst ja mal versuchen, uns davon abzuhalten.« Imogen stupste ihre Freundin mit dem Ellbogen in die Rippen. »Und wenn du dann erst verheiratet bist, machen wir alle zusammen einen Ausflug ins Britische Museum, und deine Mutter kann nicht das Geringste dagegen sagen.«

»Das fände ich gut.«

»Wie war deine Mutter, Imogen?«, fragte Caro. »Meinst du, sie hatte etwas gegen griechische Statuen?«

»Ich glaube nicht.« Imogen überlegte. »Sie hatte große Ähnlichkeit mit dir – sie war die Unvergleichliche der Ballsaison. Eigentlich sollte sie eine großartige Partie machen, aber stattdessen verliebte sie sich in meinen Vater. Sie hat mir einmal erzählt, es sei Liebe auf den ersten Blick gewesen, sehr romantisch, wie ein Blitzschlag aus heiterem Himmel für die beiden. Leider war er nur ein Soldat, der für zwei ältere Schwestern sorgen musste. Also sind sie durchgebrannt und ihre Familie hat sie deswegen verstoßen.«

»Nein!« Beim Wort »durchgebrannt« zuckte Caro panisch zusammen. »Ich meine, das ist ja schrecklich!«

»Das finde ich auch, aber sie waren glücklich. Wenn sie sich nicht beim Regiment meines Vaters aufhielten, wohnten sie bei meinen Tanten in deren Haus in Bloomsbury. Und dann brach der Krieg aus, und meine Mutter blieb zu Hause, als er in den Kampf zog.«

»Das ist so traurig. Hast du ihn jemals wiedergesehen?«

»Ja, er hatte von Zeit zu Zeit Urlaub und kam nach Hause. Ich habe einen jüngeren Bruder, Jack. Jetzt ist er zwölf, aber als Vater starb, war er erst zwei.« In Imogens Gesicht zuckte es. »In der Schlacht von Maida wurde er verwundet. Als meine Mutter davon erfuhr, beschloss sie, zu ihm zu fahren und ihn zu pflegen. Alle rieten ihr ab, aber sie bestand darauf. Als sie dann da war, hat sie sich mit Typhus angesteckt. Die beiden sind am selben Tag gestorben.«

»Wie tragisch!« Caro legte Imogen eine Hand aufs Knie. »Das tut mir so leid, Imogen.«

»Wenigstens waren sie zusammen. Der Oberst meines Vaters hat uns geschrieben und das bestätigt. Es ist ein kleiner Trost, aber immerhin.«

»Sie haben sich über alles geliebt!« Lily schniefte. »Ganz so wie Jonathan und ich.«

»Genau.« Imogen lachte auf, aber es klang wie ein Schluchzen. »Ganz so wie Jonathan und du.« Sie wischte sich schnell mit ihrer behandschuhten Hand über die Wange. »Oje, jetzt sind wir einfach an der Buchhandlung Hatchard's vorbeigefahren.«

»Nicht schlimm. Lamberts ist nur ein paar Schritte weiter.« Caro schlug gegen das Dach der Kutsche, um dem Kutscher zu signalisieren, dass er anhalten sollte. »Da ist es ja schon. Los, kommt mit.«

Sie stiegen aus der Kutsche, gefolgt von Lilys allgegenwärtiger Zofe, und drückten die Tür zur Buchhandlung auf. Im Laden roch es köstlich, eine Mischung aus Leder und Vanille und Holzrauch mit nur einem ganz schwachen Hauch Kaffee im Hintergrund.

»Guten Tag!« Lily marschierte schnurstracks zur Ladentheke. »Haben Sie zufällig ein Buch über Schnupftabakdosen? Eine Broschüre? Oder sonst irgendetwas zum Thema Schnupftabak?«

»Im ersten Stock, Miss.« Alle Achtung! Der Buchhändler ließ sich von dieser Anfrage nicht im Geringsten irritieren.

»Danke schön.«

»Ich helfe dir suchen.« Imogen folgte Lily eine Wendeltreppe hinauf. »Dann komme ich nicht in Versuchung, selbst etwas zu kaufen.«

»Und Sie, Miss?« Der Buchhändler wandte sich fragend an Caro. Sein Gesicht war faltig und seine Haltung gebeugt, aber seine haselnussbraunen Augen leuchteten und blitzten wie die eines weit jüngeren Mannes. »Kann ich Ihnen irgendwie behilflich sein?«

»Ja, das können Sie.« Sie lächelte. »Ich hoffte, hier ein Exemplar von *Glenarvon* zu finden.«

»*Glenarvon*?« Die Augenbrauen des Manns schnellten in die Höhe. »Ich fürchte, der Inhalt ist für junge Ladys nicht geeignet. Seit der Veröffentlichung im Mai hat das Werk eine große Kontroverse ausgelöst.«

»Ich weiß. Ich habe gehört, Lady Caroline Lamb habe es geschrieben, um sich auf diese Weise an Lord Byron dafür zu rächen, dass er sie verlassen hat.«

»So ist es.« Der Buchhändler senkte vertraulich die Stimme.

»Es enthält außerdem Karikaturen von recht bekannten Persönlichkeiten.«

»Umso besser. Soweit ich weiß, hat sie bei Almack's Hausverbot, aber dafür mag ich sie noch lieber.« Caro beugte sich ebenfalls vertraulich vor. »Ich habe dort ebenfalls Hausverbot.«

»Ich verstehe.« Der Mann sah sich im Geschäft nach allen Seiten um, als müsste er sichergehen, dass niemand in der Nähe war. Dann erst trat er an ein Regal. »Zu Ihrem Glück, Miss, bin ich der Ansicht, jeder sollte lesen dürfen, was er oder sie möchte. Da ist es. Es sind drei Bände und das macht insgesamt fünfzehn Schilling.«

»Könnten Sie die Rechnung bitte an diese Adresse hier schicken?« Caro reichte ihm eine Karte. »Und hätten Sie vielleicht auch irgendwelche neuen Schauerromane?«

»Dort drüben neben der Tür, Miss. Sie sind sehr beliebt.«

»Danke schön.« Sie drehte sich um, kam dann aber noch einmal nachdenklich zurück. »Ich frage mich, ob Sie vielleicht wissen, wie es vor sich geht, dass ein Autor, der ein solches Buch schreibt, dieses auch veröffentlichen kann? Ich frage nur für … eine Freundin.«

»Nun ja, Miss.« Der Buchhändler rieb sich mit dem Handrücken das Kinn. »Schreiben ist eine schwierige Angelegenheit. Ich bin mir nicht vollkommen sicher, ob ich es empfehlen kann.«

»Oh.« Sie blinzelte enttäuscht.

»Allerdings kenne ich den einen oder anderen Verleger, der vielleicht einen Blick auf das Buch werfen würde, falls Ihre … Freundin … das wünscht?«

»Wirklich?« Sie hielt die Luft an.

»Natürlich.«

Sie nickte heftig, wobei sie versuchte, sich ihre Begeisterung nicht allzu deutlich anmerken zu lassen – und darin kläglich scheiterte. »Das ist ja fantastisch. Sie wird überaus erfreut sein, das zu hören. Soweit ich weiß, ist ihr Buch beinahe fertig.«

»Dann sagen sie ihr, sie soll hierherkommen und nach mir fragen, wenn es so weit ist.« Der Buchhändler hielt ihr ein cremefarbenes Kärtchen hin, auf das der Name Thomas Lambert aufgedruckt war. Dann tippte er sich verschwörerisch gegen die Nase. »Wir sehen uns bald wieder, Miss.«

Jezebel riss die Vorhänge auf und presste die Stirn gegen die kühle Fensterscheibe. Ihre Glieder zitterten immer noch vor Schreck. Einige fürchterliche Sekunden lang, als der Baron sie seine Geliebte genannt hatte, als er sie gebeten hatte, seine Braut zu werden, hatten die Gefühle ihren ganzen Körper geschüttelt, beinahe hätte sie nachgegeben, doch glücklicherweise hatte ihre Vernunft gesiegt.

Und doch ... ein Schluchzen stieg in ihre Kehle auf, ihr Herz trauerte um das, was vielleicht geschehen wäre, um den Mann, den sie vielleicht hätte lieben können.

Wenn sie nur ...

Jezebel war so tief in ihre Gedanken versunken, dass es einige Augenblicke dauerte, bis ihr klar wurde, dass das Unwetter dort draußen nachgelassen hatte. Der Regen hatte aufgehört und ein milder Frühlingswind drückte gegen die Fensterscheibe.

Ihr Schluchzen versiegte, als ein kleiner Lichtschimmer über dem Horizont erschien, und ihre Stimmung besserte sich. Sie spürte, wie ihr Herz heilte, wieder zu Kräften kam, wie der Sturm der Gefühle in ihrer Brust abflaute und sie aus ihrem Zustand vorübergehenden Wahnsinns befreite.

Sekunde für Sekunde, Minute für Minute verwandelte sich ihre Verzweiflung deutlicher in Freude über ihr knappes Entrinnen.

Die außergewöhnlichen Abenteuer der Jezebel Joyce,
einer Lady in Gefahr

Kapitel 12

(Eine Woche und fünf Tage bis zum Ende der Ballsaison)

»Sie haben Besuch, Miss Foyle.«

»Jetzt?« Überrascht hob Caro den Kopf. Sie lag auf dem bequemsten Sofa im Haus ihrer Großmutter, so tief und angenehm versunken in die verschlungenen Wirren und Wendungen der Geschichte zwischen der unschuldigen Calantha und dem skrupellosen Clarence de Ruthven in *Glenarvon*, dass sie Quills Anwesenheit erst wahrnahm, als er sie ansprach. Der Uhr auf dem Kaminsims zufolge war es außerdem erst elf Uhr, viel zu früh für Besucher.

»O nein.« Ihr Magen verkrampfte sich. »Doch nicht schon wieder ein Gentleman, oder?«

»Diesmal nicht. Der Karte entnehme ich, dass es sich um eine Miss Devereaux handelt.«

»Florentia?«

»Ich meine wohl. Soll ich sie heraufbitten?«

»Ja, ich bitte darum.« Caro setzte sich unwillig auf und legte das Buch zur Seite, fest entschlossen, so schnell wie möglich zu ihm zurückzukehren. »Ja, ich muss ja wissen, warum sie hier ist.«

»Sehr gut, Miss.«

»Caro, Liebste!« Florentia streckte die Arme aus, als sie den

Raum betrat, ihr Lächeln wirkte so gekünstelt wie immer. »Wir haben uns eine Ewigkeit nicht gesehen!«

»Florentia!«, erwiderte Caro, auch sie mit gekünsteltem Lächeln. Seit dem *Tableau vivant* waren genau zwei Wochen vergangen, aber wenn Florentia jetzt so tun wollte, als sei das eine Ewigkeit, dann würde sie eben mitspielen. »Was machst du hier um diese Uhrzeit?«

»Es ist ein bisschen unüblich, ich weiß, aber ich habe beim Einkaufen deine Mutter und deine Großmutter getroffen, und da dachte ich, du bist sicher ganz allein zu Hause, deswegen habe ich spontan beschlossen, dir einen Besuch abzustatten. Wie ist es dir ergangen?« Ohne eine Aufforderung abzuwarten, ließ sich Florentia mit vorbildlich sorgenvoll verzogener Miene auf einem Sessel nieder. »Nach dieser schrecklichen Sache bei Almack's? Ich habe mir solche Sorgen um dich gemacht.«

»Tatsächlich?« Caro setzte sich ihr gegenüber und strich ihre Röcke glatt, bevor sie sie fest im Schoß verschränkte. »Aber wir haben ja gar keine Besucherkarten von dir bekommen.«

»Mama hat mir verboten herzukommen.« Florentia fummelte am Saum ihres Ärmels herum. »Wenn es nach mir gegangen wäre, ich wäre in null Komma nichts da gewesen.«

Caro lockerte ihre Finger und entspannte sich ein bisschen. Vielleicht hatte sie ihr Urteil zu voreilig gefällt. Vielleicht war es zu viel verlangt, zu erwarten, dass eine andere Debütantin sie besuchen durfte. Ungnade in der feinen Gesellschaft war ansteckend. »Natürlich. Wie geht es dir?«

»Viel besser, jetzt wo ich hier bin.« Florentia hob den Blick. »Uriana redet nur noch über ihre Hochzeitspläne. Ich habe es keine Sekunde länger in ihrer Anwesenheit ausgehalten.«

Caro lächelte verständnisvoll. Florentias jüngere Schwester Uriana hatte sich kürzlich mit dem Earl of Garvale verlobt, und es hieß, ihre Hochzeitspläne seien schlichtweg spektakulär. Kein Wunder, dass Florentia etwas bedrückt war.

»In diesem Fall reden wir jetzt einfach von etwas völlig anderem. Das Wort Hochzeit ist verboten. Wie findest du …«

»Allerdings«, unterbrach Florentia ihren Redeschwall, »muss ich gestehen, dass ich dich um einen Gefallen bitten wollte.«

»Oh. Um welchen denn?«

»Ich habe gehört, was du für die arme Lily Wyatt getan hast.«

»Was ich getan habe?« Caro runzelte die Stirn. »Was habe ich denn getan?«

»Es heißt, du hättest einen Ehemann für sie gefunden.«

»Nein, ich habe ihn doch nicht gefunden.« Sie schüttelte hastig den Kopf. »Sie haben sich gegenseitig gefunden. Es gab nur ein kleines Missverständnis zwischen ihnen, und ich habe geholfen, es zu klären, nichts weiter.«

»Sei nicht so bescheiden.« Florentia lächelte immer noch, aber ein verschwörerisches Funkeln trat in ihren Blick. »Ein kleines Vögelchen hat mir erzählt, dass du ein Abendessen für sie ausgerichtet hast.«

»Ja, aber nur, damit die beiden Gelegenheit bekommen, sich auszusprechen.«

»Man nennt dich die Heiratsvermittlerin.«

Caro blinzelte. »Wer nennt mich so?«

»Na ja, alle. Es heißt, du bist so eine Art Naturtalent, wenn es ums Heiraten geht. Deswegen bekommst du auch so viele Anträge.« Florentias Nasenflügel blähten sich. »Natürlich hast du keinen davon angenommen, aber offensichtlich verstehst du etwas davon, wie man potenzielle Ehemänner anlockt. Es überrascht mich, dass die Debütantinnen noch nicht vor deiner Tür Schlange stehen und dich um Rat fragen.«

Caro warf einen ängstlichen Blick in Richtung Tür. »Ich habe das alles nur getan, um meiner Freundin zu helfen.«

»Sind wir denn keine Freundinnen?« Florentia klapperte mit den Wimpern.

»Ja, schon«, antwortete Caro zögernd. »Aber ich bin wirklich keine Heiratsvermittlerin.«

»Ich möchte mindestens einen Marquess. Ich lasse nicht zu, dass meine kleine Schwester einen höheren Rang hat als ich.«

»Das meinst du nicht ernst.«

»Wenn es um Geld geht, ich bin bereit zu zahlen.«

»Florentia!« Caro holte tief Luft. »Es hat nichts mit Geld zu tun. Du bist einfach falsch informiert. Ich bin keine Heiratsvermittlerin.«

»Entschuldigen Sie, Miss Foyle.« Quill räusperte sich in der Tür. »Aber Sie haben weitere Besucherinnen. Lady Valentine und ihre Tochter, Miss Julia Valentine.«

»Lady Valentine ist hier?«

»Mit ihrer unverheirateten Tochter.« Florentia erhob sich mit gekränkter Miene. »Vielleicht bist du ihnen ja gnädiger gestimmt als mir.«

»Du gehst schon?« Auch Caro stand auf. »Aber wir haben uns doch kaum unterhalten.«

»Ich denke, das reicht. Ich stelle fest, dass es dir wunderbar geht mit deinen Hunderten von Heiratsanträgen. Ich dachte, du hättest ein bisschen Mitgefühl für die anderen Debütantinnen, aber offenbar sind nicht alle Freundinnen besonders genug.«

Florentia warf den Kopf in den Nacken. »Entschuldige, dass ich deine Zeit verschwendet habe.«

❦

»Marmaduke!« Caro lehnte sich über die Balkonbrüstung und rief so laut, wie sie es nur wagte, aber niemand antwortete. Vor Frustration hätte sie beinahe wild geknurrt. Was sie brauchte, war ein langer Stock – eine Angel vielleicht, aber es war nicht sehr wahrscheinlich, dass ihre Großmutter so etwas besaß –, mit dem sie direkt gegen sein Fenster klopfen konnte. Oder vielleicht ein Glöckchen, das ihm ihre Anwesenheit verraten würde.

Einen Moment lang erwog sie, in den Garten hinunterzugehen und Kieselsteine gegen sein Fenster zu werfen, aber die Wahrscheinlichkeit, dabei ertappt zu werden, war zu groß. Stattdessen wühlte sie auf der Suche nach Inspiration in ihrem Pompadour: ein Geldbeutel, ein Nähset, eine Schere, mehrere Haarnadeln, eine kleine Flasche Riechsalz und … aha! … ein paar Muscheln, die sie am Strand von Cleveland gesammelt und als Erinnerung an zu Hause mitgenommen hatte. Eine davon würde den Zweck erfüllen.

Sie fischte die kleinste Muschel heraus, holte aus und warf sie quer gegen sein Fenster.

Nichts.

Verdammt! Sie wühlte nach einer größeren Muschel. Es war ihr letztes Erinnerungsstück, aber es gab wichtigere Dinge.

»Au!« Gerade in diesem Moment tauchte Marmadukes strubbeliger Kopf im Türspalt auf und die Muschel traf ihn direkt auf die Nase. »Du hast mich gerufen?«

»Oh! Entschuldigung. Aber ja! Wir haben ein Problem …«

»Ich weiß. Du bewirfst mich mit Objekten.«

»Nur weil es so dringend ist. Wir müssen reden. Oh!« Caro erstarrte, als sie wahrnahm, dass er nur einen Morgenmantel trug. »Du bist ja gar nicht angezogen.«

»Es war spät gestern Abend.« Marmaduke gähnte und reckte die Arme über den Kopf, wodurch der Morgenmantel am Hals aufklaffte. »Wir haben mit Jonathan gefeiert. Schon wieder. Er ist ein völlig anderer Mensch. Ein verkaterter Mensch vermutlich. Was gibt es denn so Dringendes?«

»Bitte?« Sie riss sich mühsam vom Anblick eines dunklen Haarbüschels auf seiner Brust los.

»Worüber musst du denn mit mir reden?«

»Ach, ich hatte gerade Besuch von Florentia Devereaux. Ich soll einen Ehemann für sie finden. Einen Marquess.«

»Ist denn überhaupt noch einer übrig?« Er wendete den Kopf nach rechts und links. »Den Leuten scheint nicht klar zu sein, dass ihre Zahl endlich ist.«

»Ach, sie würde sich auch mit einem Duke oder einem Prinzen begnügen, solange sie im Rang höher steht als ihre Schwester.« Caro warf die Hände in die Luft. »Und dann kam Lady Valentine mit ihrer Tochter, dann Mrs Armitage und ihre beiden Töchter, dann Mrs Vaughan, die eine Tochter hat, sie aber nicht mitbringen wollte, um nicht so aufzufallen. Keine von ihnen war so unverblümt wie Florentia, aber alle haben das Gleiche angedeutet. Ein Glück, dass Mama und Granny zurückgekommen sind, sonst hätte ich sie vielleicht immer noch am Hals. Angeblich nennt man mich eine Heiratsvermittlerin! Nur wegen unseres Abendessens!«

»Hm.« Marmaduke stützte sich mit den Unterarmen auf die Balkonbrüstung. »Weißt du, das ist gar keine so schlechte Idee. Warum sollten wir nicht noch ein paar weitere Menschen glücklich machen? Ich wäre natürlich dein stummer Partner.«

Sie starrte ihn ungläubig an. »Du machst Witze?«

»Nein. Ich gestehe, anfangs war ich nicht so begeistert von der Idee, aber diesen Abend neulich habe ich sehr genossen. Mir wird ganz warm ums Herz, wenn ich daran denke.«

»Mir ja auch«, gestand Caro, und sie spürte, dass sie errötete, als ihr einfiel, wie genau sie sich in dem Augenblick von Jonathans Antrag gefühlt hatte. Sie hatte sich für ihre Freundin gefreut, aber sie war auch unbestreitbar, unerwartet, äußerst … verträumt gewesen. »Aber das war eine einmalige Sache. Objektiv gesehen sind wir doch wirklich genau die Falschen für diese Aufgabe. Keiner von uns ist an einer Ehe interessiert.«

»Vielleicht sind wir deswegen ja so gut darin. Wir können das mit Abstand sehen. Praktisch.« Er verzog das Gesicht. »Allerdings bin ich mir nicht sicher, ob ich es mit meinem Gewissen vereinbaren kann, Florentia Devereaux einem männlichen Wesen auf den Hals zu hetzen. Nur wenn wir jemanden finden, der genauso von sich eingenommen ist wie sie. Weißt du zufällig, ob der Marquess of Bazley noch zur Verfügung steht?«

»Denk doch an die zukünftigen Kinder! Sie wären kleine Ungeheuer und wir wären dafür verantwortlich.« Sie biss sich auf die Zunge. »Eigentlich ist das ungerecht. Florentia kann nichts dafür, dass sie so ist, wie sie ist.«

»Warum nicht?«

»Weil die feine Gesellschaft selbst die netteste Debütantin in eine skrupellose, hinterhältige Schlange verwandeln kann.«

»Bei dir sehe ich aber keine Giftzähne.«

»Gib mir noch ein Jahr. Das hier ist ihre zweite Ballsaison.«
Caros Magen verkrampfte sich bei der Vorstellung, noch einmal hierherzukommen. »Weißt du, diese ganzen Besuche waren eigentlich ziemlich niederschmetternd.«

»Warum das?«

»Weil es nicht so sein dürfte. Es sind noch zwei Wochen bis zum Ende der Ballsaison, und die restlichen Debütantinnen versuchen verzweifelt, noch einen Ehemann zu ergattern – und wenn es ihnen nicht gelingt, fühlen sie sich wie die allergrößten Versagerinnen. Als wären sie nicht gut genug, nicht hübsch genug, nicht speziell genug – und das alles nur, weil kein Mann sie wertgeschätzt hat. Als wären Männer die Einzigen, die ein Werturteil fällen dürfen. Es ist nicht fair, Marmaduke, nicht einmal für Florentia. Frauen haben etwas Besseres verdient.«

»Ja, das stimmt.« Er nickte. »Allerdings habe ich gehört, du hast das gegenteilige Problem.«

»O Gott, erinnere mich nicht daran. Ich hatte an einem Nachmittag fünf Heiratsanträge. Es war vollkommen seltsam, als hätte jemand diese Männer dazu ermuntert. Ich habe keine Ahnung, was da passiert ist.«

»Fünf?« Er pfiff leise durch die Zähne. »Das ist eindrucksvoll.«

»Im Gegenteil. Kein einziger von ihnen hatte etwas Eindrucksvolles an sich. Ich habe noch nie eine größere Versammlung arroganter, aufgeblasener Flegel gesehen.«

»Ich gehe also davon aus, dass du noch nicht verlobt bist.« Er stieß sich von der Brüstung ab und hob eine Augenbraue. »Weißt du, was du brauchst?«

»Ein Schild, auf dem steht, dass Besucher fernbleiben sollen?«

»Außerdem.«

»Nein, was?«

»Konfekt.«

»Konfekt?«

»Oder Törtchen.« Er zog den Gürtel seines Morgenmantels zurecht. »Komm, wir gehen zu Parmentier's Emporium. Mir ist nach etwas Süßem.«

»Jetzt?«

»Es ist doch besser, als zu Hause zu bleiben und sich mit potenziellen Freiern und den Müttern von Heiratskandidatinnen herumzuschlagen, oder?«

Sie musste nicht lange nachdenken, um darauf zu antworten. »Also gut, dann komm herüber, sobald du angezogen bist. Ich sage Mama, wir hätten den Ausflug gestern geplant und ich hätte einfach vergessen, ihn zu erwähnen.«

»Verstanden. Und ich sage meiner Mutter …« Er fuhr sich mit einer Hand durch sein dickes struppiges Haar und mehrere Locken standen jetzt erst recht in die Höhe. »Genau genommen ist es vielleicht am besten, wenn ich diesen Weg hier nehme. Sie ist immer noch böse auf mich wegen des blauen Auges.« Er zwinkerte. »Versuche in der Zwischenzeit, weiteren Heiratskandidaten aus dem Weg zu gehen.«

⚘

»Also, wie haben deine Verehrer ihre Anträge gemacht?« Marmaduke rieb die Handflächen aneinander und ließ den Blick über einen Teller voller leuchtend bunter Macarons schweifen.

»Haben sie dir erklärt, dass sie rosa Haare lieben, und dir ewige Treue geschworen?«

»Nein. Niemand hat meine Haare erwähnt oder mir irgendwas geschworen, jetzt wo ich darüber nachdenke.« Caro verdrehte die Augen. »Ich hatte das deutliche Gefühl, dass sie alle Dankbarkeit von mir erwarteten.«

»Also, wie viele Anträge hast du bis jetzt insgesamt bekommen? Du verlierst bestimmt allmählich den Überblick.«

»Acht.«

»Acht! Und es war keiner dabei, der dich ein bisschen gereizt hätte?«

»In manchen Fällen war ich mir nicht einmal sicher, wer der Betreffende war.« Sie stützte sich mit den Ellbogen auf die blaue Baumwolltischdecke und lege die Wange gegen ihre Faust, auf eine Art, von der ihre Mutter augenblicklich Krämpfe bekommen hätte. »Es ist nur so absurd, dass sie alle am selben Nachmittag aufgetaucht sind, vor allem, weil ich in den letzten Wochen mein Bestes getan habe, um Gespräche mit Gentlemen zu vermeiden.«

»Sie sind es nicht gewohnt, ignoriert zu werden. Offensichtlich macht dich gerade das besonders anziehend.«

»Also, wenn ich Heiratsanträge vermeiden möchte, muss ich die Männer dazu ermuntern?«

»So in etwa.« Marmaduke griff nach einem gelben Macaron und biss hinein. »Sieh mal, du bist jung, intelligent und die schönste Frau in ganz London. Kein Wunder, dass alle von dir hingerissen sind.«

»Ich bin nicht die schönste Frau in London.« Caro spürte, wie diese Abfolge von Komplimenten sie erröten ließ. »Aber selbst wenn, wie können sie von mir hingerissen sein, wenn sie mich überhaupt nicht kennen? Wenn wir uns noch nie unterhalten haben? Ich könnte einen grässlichen Charakter haben.«

»Das stimmt ja auch.«

»Haha.« Sie wandte sich ab, ließ ihren Blick über die anderen Tische schweifen, dann sah sie ihn wieder an. »Weißt du, der einzige Mann in London, mit dem ich mich ernsthaft unterhalten habe, bist du, und du hast kein einziges Mal um meine Hand angehalten.«

»Ich mache mir nichts vor.«

»Was meinst du damit?«

»Nur dass ich weiß, dass ich nicht die geringste Chance hätte. Ich bin weder reich noch gut aussehend und ich habe keinen Titel.«

»Und du glaubst, das sind die Eigenschaften, die mir wichtig sind?« Sie zuckte zurück, als hätte er gerade ein Macaron nach ihr geworfen. »So eine schlechte Meinung hast du von mir?«

»Nein.« Er verzog das Gesicht. »Es tut mir leid, wenn das falsch angekommen ist. Es war keine Kritik an dir, aber das ist die Welt, in der wir leben. Die feine Gesellschaft. Was ich meine, ist, ich bin keine besonders gute Partie.«

»Du bist der Bruder eines Dukes.«

»Unehelicher Halbbruder, aber es war ein netter Versuch.«

»Und wer hat behauptet, dass du nicht gut aussiehst?«

»Niemand. Jedenfalls nicht dass ich wüsste. Ich meinte im Vergleich zu Rafe.«

»Du hast liebe Augen.«

»Lieb«, wiederholte er müde.

»Was ist verkehrt daran, wenn man lieb aussieht? Du hast die feine Gesellschaft gerade der Oberflächlichkeit beschuldigt.«

»Also bin ich ein Heuchler. Na gut, es ist nichts schlimm daran, wenn man lieb aussieht, im Prinzip, aber besonders schmeichelhaft ist es auch nicht. Sag mir, dass ich ein kantiges Kinn habe, wenn du willst, dass ich mich besser fühle.«

»Du hast ein kantiges Kinn.«

»Und breite Schultern?«

»Und breite Schultern.«

»Und eine Adlernase?«

»Ich weiß nicht.« Sie neigte den Kopf und betrachtete ihn rätselnd. »Was genau ist eigentlich eine Adlernase? In Romanen haben die Helden ja immer so etwas, aber ich weiß ehrlich gesagt gar nicht, was das in der Realität bedeutet.«

»Ich habe keine Ahnung. Es klingt einfach edel, als wäre es das Merkmal eines römischen Generals.«

»Na gut. Du hast von mir aus eine Adlernase, wenn wir uns darauf einigen, dass wir nicht wissen, was das ist.«

»Das würde ich akzeptieren.« Er biss noch einmal in das Macaron und lächelte vor sich hin. »Na, so etwas. Ich sehe also gut aus.«

Sie erwiderte sein Lächeln. Von allen Witzeleien abgesehen: Er sah gut aus. Nicht im klassischen Sinn oder auf den ersten Blick, aber auf jeden Fall attraktiv. Sie mochte sein Gesicht, selbst wenn er unfrisiert und unrasiert war, so wie jetzt. Kaum zu glauben, dass er sie jemals an Sylvester erinnert hatte. Er war Marmaduke, ein völlig anderer Mann. Und etwas an dieser Erkenntnis wirbelte ihre Gedanken durcheinander und ihr Herz fing wieder an, zu rasen.

»Nicht dass das Aussehen von irgendeiner Bedeutung wäre«, fügte sie schnell hinzu – ein Versuch, sich wieder in den Griff zu bekommen.

»Du musstest diesen Moment jetzt verderben, oder?«

»Ich meine einfach nur, es gibt andere, wichtigere Eigenschaften.«

»Ich weiß, aber noch nie hat mir jemand ein Kompliment für mein Aussehen gemacht.«

»Ich dagegen höre nichts anderes.« Sie blies die Backen auf. »Ich möchte jetzt nicht undankbar klingen. Natürlich ist es nett, wenn man als hübsch bezeichnet wird, aber noch besser wäre es, wenn mir ab und zu jemand ein Kompliment für meine Klugheit machen würde. Ich bin keine Gelehrte, aber ganz hohl ist mein Kopf auch nicht. Wenn ich je ein Interesse an Geologie äußern würde, würde vermutlich die gesamte feine Gesellschaft vor Schreck ohnmächtig werden.«

»Hast du denn Interesse an Geologie?«

»Das war doch nur ein Beispiel.«

»Ich verstehe. Und was ist jetzt mit den erwähnten anderen Eigenschaften von mir?«

»Nein, ich weigere mich, dein Ego weiter zu füttern. Es gibt jede Menge junge Damen, die dich gerne erobern würden. In Vauxhall habe ich einige gesehen, die mit dir geflirtet haben.«

»Ha!« Er verdrehte die Augen. »Sieh mal, das ist jetzt keine falsche Bescheidenheit. Ich sage nicht, dass ich eine ganz schlechte Partie bin. Unehelich oder nicht, du hast recht, ich bin immer noch der Halbbruder eines Dukes. Ich habe sogar mein bescheidenes Einkommen, aber trotzdem, ich bin kein Narr. Es ist nicht so leicht, an Rafe heranzukommen, wie du weißt. Also kommen sie zu mir, um über mich Zugang zu ihm zu erhalten.«

»Nein, das tun sie nicht! Das ist sehr zynisch!«

»Ich bin nur Realist.«

»Du hältst es nicht für möglich, dass eine von ihnen dich wirklich mag?«

»Nicht, wenn man ein Herzogtum danebenhält.«

»Ehrlich ...« Sie schüttelte den Kopf. »Wenn du so schlecht über junge Frauen denkst, warum bist du dann immer so freundlich und charmant?«

»Teilweise, weil es nützlich ist. Wenn ich sie näher kenne, kann ich besser unterscheiden, welche von ihnen nur hinter Rafes Vermögen her ist. Und wahrscheinlich auch teilweise, weil ich sie bemitleide. Sie tun einfach nur das, was man von ihnen verlangt, wie deine Miss Wyatt.«

»Sie ist nicht mehr meine Miss Wyatt. Sie gehört zu Mr Keaton. Und das ist unser Verdienst.« Caro knabberte nachdenklich an einem violetten Macaron. »Vielleicht hast du recht, und wir schulden es der Welt, Heiratsvermittler zu werden. Wir sind unglaublich begabt.«

»Ja, sind wir.«

»Es sei denn, wir haben einfach nur Glück gehabt. Die erste Stunde dieses Abendessens war absolut quälend. Wenn dein Bruder nicht irgendwann die Schnupftabaksdosen erwähnt hätte, wäre vielleicht alles schiefgegangen.«

»Was willst du damit sagen?«

»Ich will sagen, wenn wir es noch mal versuchen, gehen wir vielleicht ein zu hohes Risiko ein. Einmal hat es hervorragend geklappt, aber vielleicht sollten wir an dieser Stelle aufhören. Es wäre schade, wenn wir anstatt dieses warmen, kuscheligen Gefühls plötzlich ein schlechtes Gewissen haben müssten.«

»Da hast du wohl recht.« Er griff über den Tisch, legte seine Hand über die ihre und drückte sie sanft. »In diesem Fall: Es war mir eine Ehre, mit Ihnen zusammenzuarbeiten, Miss Foyle.«

»Gleichfalls, Mr Holloway.« Sie spürte einen Kloß in der Kehle, als sie den Blick senkte und ihn dann schnell wieder hob und sich ihre Blicke über ihren Fingerknöcheln trafen. In seinen Augen lag ein wehmütiger, leicht sehnsüchtiger Ausdruck. Ein Gefühl, das sie kannte, denn es versetzte eine Saite in ihrem eigenen Herzen in Schwingung.

Sie hüstelte. »Es ist ja sowieso kaum noch Zeit für eine Heiratsvermittlung. Bis zum Ende der Ballsaison bleiben nur noch knapp zwei Wochen.«

»Es ist also nicht so, als würdest du die Tage zählen.«

Ihr Brustkorb spannte sich an. Seine Stimme klang anders, heiserer als sonst, und sein Blick ruhte so intensiv auf ihrem Gesicht, dass sie einen heißen Kopf bekam. Sie spürte, wie das Blut ihr vom Brustkorb in den Hals und dann in die Wangen stieg. Noch nie hatte er so ernst ausgesehen, nicht einmal, als sie seinen Bruder beleidigt hatte. Es fühlte sich sonderbar an, dass er sich so sehr auf sie konzentrierte. Seltsam, verwirrend und auch mehr als nur ein bisschen erregend. Sie hatte das sonderbare Gefühl, als säße sie mitten in einem Wirbelsturm, einem, den offenbar sonst niemand im Raum bemerkt hatte.

»Tut mir leid.« Marmaduke zog seine Hand rasch zurück. »Aber es ist seltsam. Mir hat es in London besser gefallen als erwartet.«

»Mir auch.« Ja, wenn man bedachte, dass sie vor gerade mal

zwei Wochen unbedingt hatte abreisen wollen, hatte auch sie die Zeit sehr genossen – zu einem großen Teil seinetwegen. Jetzt fühlte sich ihre Hand dort, wo seine Finger gerade gelegen hatten, kalt an. Die Erkenntnis, dass er ihr nach ihrer Rückkehr nach Cleveland ernsthaft fehlen würde, traf sie wie ein Schlag.

»Also.« Sie räusperte sich förmlich. »Wann brichst du zu deiner Kavaliersreise auf?«

»Hm?« Er war offenbar nicht bei der Sache.

»Deine Kavaliersreise? Fährst du gleich nach der Ballsaison los?«

»Es ist keine richtige Kavaliersreise. Ich habe lediglich etwas Geschäftliches am Genfer See zu erledigen.« Er fuhr sich mit der Hand durchs Gesicht. »Und was meine Abreise angeht, Rafe hat immer noch keine Braut gewählt – zum großen Entsetzen meiner Mutter. Allerdings habe ich den Eindruck, sie arbeiten gerade an einer Art Kompromiss.«

»Das klingt ermutigend.« Caro nickte. Zum Glück hatte der Wirbelsturm nachgelassen. Allerdings fühlte sich ihr Brustkorb immer noch ungewöhnlich eng an. »Ich weiß, das geht mich nichts an, und du kannst mir das auch so sagen, wenn du willst, aber warum ist deine Mutter denn so entschlossen, dass er noch in dieser Saison heiraten muss?«

»Sie hat ihre Gründe.« Marmaduke trommelte mit den Fingern auf der Tischplatte. »Das Problem ist, beide haben ihre Gründe für das, was sie momentan wollen. Rafe sagt, er ist noch nicht reif für die Ehe, und das ist nachvollziehbar. Aber Mutter macht sich Sorgen um unser Herzogtum. Das Problem ist: Sollte ihm etwas zustoßen, dann ist sie heimatlos und alle seine

Pächter wären mit Haut und Haaren demjenigen ausgeliefert, an den der Grundbesitz fällt. Und leider handelt es sich dabei um einen Mann namens Leonard Holloway, einen Cousin von mir, der in seinem Leben noch kein einziges Kartenspiel gewonnen hat, was ihn allerdings nicht am Spielen hindert. Sollte er das Herzogtum erben, würde er das gesamte Vermögen noch vor Jahresende verlieren. Das heißt, so gerne ich meiner Mutter auch sagen würde, sie soll sich nicht in Rafes Leben einmischen, ich kann ihre Gründe verstehen.«

Caro fiel das Gespräch ein, das sie mit Rafe im Zweispänner geführt hatte. »Mir war nicht klar, wie ernst die Sache ist. Es tut mir leid.«

Marmaduke wedelte mit einer Hand, als wollte er ihr Mitleid verscheuchen. »Es ist nun einmal so, wie es ist. Leider kann ich in der Sache nichts weiter tun, als Rafe moralisch zu unterstützen.«

»Das klingt nach einer komplizierten Situation, vor allem für jemanden, der zwischen zwei Stühlen sitzt.«

»Ist es auch. Die Menschen sind kompliziert, ist dir das aufgefallen?«

»Nach und nach fällt es mir auf.«

»Also wenn ich sage, dass ich niemanden verurteile …« Er zögerte, als würde er seine Worte sorgfältig wählen, »dann meine ich das so, Caro.«

Sie setzte sich gerade hin, studierte seinen Gesichtsausdruck, ihr Herzschlag beschleunigte sich wieder. Konnte sie ihm von Sylvester erzählen? Es lag ihr schon auf der Zunge. Damit würde sie ein gewaltiges Risiko eingehen, aber sie wusste bereits, dass sie ihm vertrauen konnte. Andererseits war sie selbst noch nicht bereit, darüber zu reden, noch nicht ganz. Eine andere Sache aber wollte sie unbedingt aussprechen.

»Marmaduke?«

»Ja?«

»Danke schön.«

»Wofür?«

»Dafür, dass du nicht so bist wie die anderen.«

»Dafür, dass ich dir keinen Heiratsantrag mache, meinst du?« Sein dunkler Blick schien zu flackern.

»Dafür, dass du ein Freund bist. Die vergangenen Wochen waren schwierig … aus verschiedenen Gründen. Ich weiß nicht, was ich ohne dich angefangen hätte.«

»Na, siehst du, und darin unterscheiden wir uns.« Er verschränkte die Arme auf dem Tisch. »Ich weiß es genau. Ohne dich hätte ich mir an jenem ersten Abend schon das Bein gebrochen.«

»Das stimmt.« Sie lachte. Wenn er sie so ansah, fühlte sie sich innerlich ganz warm, als drängen tatsächlich Sonnenstrahlen aus seinen Augen. Sie hatten auf jeden Fall etwas Glühendes, durch das ihre Körpertemperatur anstieg und Teile in ihr auftauten, die lange vereist gewesen waren. Einen Moment lang schien der Rest der Welt nicht mehr zu existieren: nicht ihre Zofe, die an einem benachbarten Tisch saß, nicht die Kellner und die anderen Kunden, noch nicht einmal die Macarons selbst, die so absolut köstlich waren – und dennoch waren die Macarons nicht das, wonach sie sich im Augenblick sehnte.

Unwillkürlich beugte sie sich im selben Moment vor wie Marmaduke, als zöge eine unbekannte Kraft sie aufeinander zu, als wäre der Wirbelsturm doch nicht vorbeigezogen. Plötzlich wurde ihr klar, dass sie sich wünschte, er würde sie küssen, und das war … eine Überraschung. Nach Sylvester hatte sie geglaubt, sie würde sich nie wieder wünschen, dass ein Mann sie küsste, aber nun tat sie es – ganz wirklich und ernsthaft. Das Verlangen traf sie wie ein körperlicher Schlag, als wäre sie die ganze Zeit geschlafwandelt und sei nun mit dem Kopf gegen eine Wand gelaufen und aufgewacht. Marmaduke sah auch ganz anders aus, oder vielleicht nahm sie ihn nur anders wahr. Er wirkte gar nicht mehr zerzaust und ungepflegt und sorglos. Nein, er sah gut aus, konzentriert und unglaublich verführerisch, so sehr, dass sie offenbar nicht mehr in der Lage war, ihren Blick von ihm abzuwenden. Nicht dass sie sich besonders große Mühe gab, das zu tun. Sie fuhr sich mit der Zungenspitze über die Lippen, Spannung und Vorfreude überliefen sie wie ein Schauer … Sie würde ihn küssen. Nur noch wenige Zentimeter lagen zwischen ihren Gesichtern. Sie hatte eine sehr deutliche Vorstellung von Glühwürmchen, deren winzige Flügel in ihrem Brustkorb schlugen.

Und dann ließ ein Mann am Nachbartisch mit lautem Scheppern einen Kuchenteller auf den Boden fallen und der Augenblick war dahin.

»Es ist bestimmt schon spät.« Caro riss sich zurück, in ihrem Kopf drehte sich alles. »Wir sollten aufbrechen.«

»Du hast recht.« Marmaduke blinzelte ein paarmal, als sei er sich ebenfalls nicht sicher, was gerade geschehen war. »Na dann komm, Freundin, wir sollten nach Hause fahren.«

»*Geht nicht fort!*«

Jezebel erkletterte den Felshang, als der Baron vor seinem Schloss erschien und mit verzerrtem Gesicht und wildem Blick auf sie zurannte.

»*Meine Großmutter braucht mich.*« *Sie riss sich los, als seine Hände nach dem Saum ihres Kleides griffen.*

»*Eine alte Frau ist Euch wichtiger als ich?*« *Seine Miene veränderte sich, seine Stimme war jetzt hart vor Zorn und endlich wurde sein eigentlicher Charakter sichtbar.* »*Dann seid Ihr tatsächlich eine Närrin! Ich hätte Euch mit Edelsteinen und Reichtümern überschüttet, mit allem, was Euer Herz begehrt!*«

»*Ich mache mir nichts aus Eurem Tand.*« *Sie schwang sich auf ihr Pferd, sah verächtlich auf ihn hinunter.* »*Und aus Euch, Schurke, mache ich mir genauso wenig. Ich hoffe, Euch nie wiederzusehen.*«

Und mit diesen Abschiedsworten galoppierte sie davon, hinaus aus dem Bergfried, unter dem gewaltigen Burgtor hindurch und über die Zugbrücke. Zurück blieb der Baron, der heiße Tränen in den Staub vergoss.

Der Morgen dämmerte und sie war frei!

ENDE

Die außergewöhnlichen Abenteuer der Jezebel Joyce,
einer Lady in Gefahr

Kapitel 13

»Mama?« Caro blieb in der Tür zum Schlafzimmer ihrer Mutter stehen. Zu ihrer Verblüffung war Emmeline vor neun Uhr bereits wach. »Ist etwas passiert? Hannah sagt, du hättest sie beauftragt, unsere Sachen zu packen.«

»Ja. Danke, Elodie.« Ihre Mutter nickte der Zofe zu, die ihr gerade die Haare frisiert hatte, dann trafen sich ihre Blicke im Spiegel der Kommode. »Wir fahren nach Hause. Heute noch.«

»Was? Aber die Ballsaison dauert noch anderthalb Wochen.«

»Das stimmt, aber ich glaube, es ist an der Zeit. Einige der besten Familien sind bereits abgereist, und ich finde immer, es ist ein guter Moment, wenn die Leute der Sache noch nicht überdrüssig sind.« Ihre Mutter wandte sich auf dem Schemel zu ihr um und tätschelte ihre Löckchen. »Ich dachte, du würdest dich freuen? Vor wenigen Wochen hast du mich praktisch angefleht, gleich abzureisen.«

»Ich weiß. Ich bin nur überrascht. Ich dachte, wir hatten vor, bis zum Ende der Ballsaison zu bleiben. Wie kommt es zu dieser plötzlichen Änderung? Gestern Abend hast du noch gar nichts davon gesagt.«

»Es ist mir erst eingefallen, als ich schon im Bett war.« Ihre Mutter zuckte mit den Achseln. »Und was das Warum und

Weshalb betrifft – steht es mir denn nicht zu, deinen Vater zu vermissen?«

»Schon.« Caro zögerte. Sie wollte die Gründe ihrer Mutter nicht anzweifeln, aber das war das erste Mal seit einer Woche, dass diese ihren Ehemann erwähnte. Außerdem spielten die Gründe eigentlich keine Rolle. Sie hätte sich freuen sollen, jetzt, wo die feine Gesellschaft sie offenbar für eine Art Heiratsvermittlerin hielt. Aber stattdessen war da so ein dumpfes Gefühl der Panik in ihrem Hinterkopf.

»Außerdem verlassen unsere Nachbarn London auch schon morgen«, fuhr ihre Mutter fort. »Offenbar möchten sie Freunde in Kent besuchen, also können wir ebenso gut auch abreisen.«

»Oh.« Sie blinzelte überrascht. Sie hörte zum ersten Mal davon, dass Marmaduke aufbrechen würde. Von Kent hatte er gar nichts erzählt. »Fährt die ganze Familie?« Sie versuchte, ihre Frage beiläufig klingen zu lassen.

»Ich habe keine Ahnung, aber ich glaube, das war eine sehr kurzfristige Entscheidung. Der Duke und die Duchess sind gestern Nachmittag herübergekommen, um uns das mitzuteilen, als du noch unterwegs warst.« Ihre Mutter lächelte verschwörerisch. »Ich muss sagen, er wirkte sehr enttäuscht, als er erfuhr, dass du nicht da warst. Er wollte sich wohl sehr gerne persönlich von dir verabschieden, aber er bat mich, dir stattdessen etwas auszurichten. Etwas in die Richtung, dass du ihm einen Gefallen schuldest?« Sie stieß ein mädchenhaftes Kichern aus. »Ich frage jetzt nicht, was das zu bedeuten hat, aber ich halte es für ein sehr gutes Zeichen.«

»O nein, Mama, nein, nein, nein!« Caro winkte heftig ab. »Es ist nichts dergleichen.«

»Na, wenn du das sagst, meine Liebe. Jedenfalls hat er uns zu einem Sommerfest auf seinem Anwesen in Norfolk eingeladen, im August. Er hat in dieser Saison deine Gesellschaft ganz deutlich jener der anderen Debütantinnen vorgezogen. Ist dir das nicht aufgefallen?«

»Nein, ist es nicht. Dass wir überhaupt Zeit miteinander verbracht haben, lag nur daran, dass er mir geholfen hat, meinen guten Ruf wiederherzustellen. Mehr ist nicht dabei, Mama. Bitte glaub mir das.«

»Nun, wie dem auch sei, auf keinen Fall darf man die Einladung eines Dukes und einer Duchess ausschlagen. Also, geh jetzt nach unten und frühstücke ein bisschen. Ich möchte, dass wir um zehn abfahrbereit sind.«

»Um zehn? Aber ich muss mich doch von meinen Freunden verabschieden.«

»Schreib ihnen eine Nachricht. Quill wird dafür sorgen, dass sie zugestellt wird.«

»Mama, das muss ich persönlich machen.«

»Das ist doch albern. Es ist viel zu früh für Besuche.«

»Sie haben nichts dagegen, wenn ich ihnen den Grund dafür erkläre.«

»Aber ich habe etwas dagegen.«

»Du kannst mir nicht einfach eine Stunde vorher Bescheid sagen und dann erwarten, dass ich alles fallen lasse. Bitte lass mich gehen.«

»Also gut, meinetwegen«, gab Caros Mutter nach. »Aber nimm Hannah mit. Ich werde jemand anders suchen, der deine Taschen packt.«

»Danke schön.«

»Und in einer Stunde bist du zurück.«

»Ich tue, was ich kann.«

»In genau einer Stunde.«

∞

»Ist bei Ihnen alles in Ordnung, Miss?« Hannah sah erschrocken auf, als Caro wieder in ihr Schlafzimmer gestürzt kam.

»Nein. Doch. Ich meine, ich weiß nicht.« Sie sah in Richtung Balkontür und dann wieder weg. Ob Marmaduke überhaupt schon wach war? Egal ob er nach Kent fuhr oder nicht, er ahnte nicht, dass sie abreiste, und sie konnte nicht einfach verschwinden, ohne sich von ihm zu verabschieden. Andererseits konnte sie auch nicht einfach ins Nachbarhaus stürmen und verlangen, ihn zu sprechen. Eine Lady durfte keinen Gentleman zu Hause besuchen, schon gar nicht um neun Uhr morgens. Und sein Fenster mit Gegenständen bewerfen? Das war ausgeschlossen, solange sich die Zofe in ihrem Zimmer aufhielt.

»Entschuldigung, ich meine: doch. Alles in Ordnung.« Caro schüttelte den Kopf und versuchte, ihre durcheinanderwirbelnden Gedanken zu bändigen. »Aber ich muss ein paar Besuche machen. Würdest du mich denn begleiten?«

Fünf Minuten später waren sie schon auf den Straßen von Mayfair unterwegs. Lilys Haus lag am nächsten, nur wenige stramme Gehminuten entfernt. Allerdings dauerte es weitere zehn Minuten, bis sie den Butler überzeugt hatte, sie zu einer so unerhörten Uhrzeit einzulassen. Zum Glück wurde Lily auf den Tumult an ihrer Tür aufmerksam und kam persönlich die Treppe heruntergerannt. Als sie von Caros unmittelbar bevorstehender Abreise hörte, brach sie in Tränen aus. Sie erinnerte noch einmal an ihren Hochzeitstermin und versicherte ihrer Freundin zum hundertsten Mal, dass Jonathan und sie für immer in ihrer Schuld stünden.

Weitere zehn Minuten später war Caro wieder unterwegs, diesmal in Richtung Bloomsbury. Imogen, die selbst zur Tür gekommen war, nahm die Nachricht wesentlich gefasster auf, aber dennoch schimmerten Tränen in ihren Augen, als sie Caro fest umarmte und ihr versprach, bald zu schreiben.

Als Caro den Cavendish Square wieder erreichte, waren es nur noch drei Minuten bis zehn Uhr. Die Kutsche der Großmutter wartete bereits vor dem Haus, ein Kofferstapel war darauf festgezurrt. Schnell hastete Caro ins Haus. Bestimmt war Marmaduke inzwischen wach? Egal. Wach oder nicht, sie musste jetzt schnell eine Möglichkeit finden, ihn auf sich aufmerksam zu machen.

Sie rannte durch die Haustür. An der Schwelle begegnete ihr ein gramgebeugter, aber vertraut wirkender älterer Herr.

»Dr. Bailey?« Sie blieb ruckartig stehen. »Was tun Sie denn hier?«

»Ich mache ... einen Hausbesuch, Miss.«

»Ist Großmutter krank?«

»Nicht direkt.« Er wand sich ein bisschen. »Allerdings braucht sie möglicherweise ein bisschen Unterstützung.«

»Oh!« Caro schlüpfte schnell aus ihrer Straßenkleidung, nahm zwei Stufen auf einmal und platzte in den Salon. Dort erblickte sie die Witwe. Ihre normalerweise unerschütterliche Miene war verzerrt, sie ging auf und ab und ballte dabei unablässig die Fäuste. Einen Moment lang hatte Caro den Eindruck, sie sähe tatsächlich Dampf aus den Ohren der Großmutter steigen. »Granny?«

»Flittchen! So ein schamloses, unverschämtes Flittchen!«

»Granny!« Entsetzt wich sie ein paar Schritte zurück. »Was habe ich getan?«

»Du doch nicht.« Die Großmutter hob einen Finger und stach in Richtung Kamin. »Diese da!«

»Mildred?« Überrascht wandte sich Caro der Mopshündin zu. Sie sah aus wie immer – mit dem Bauch nach oben lag sie auf dem Kaminteppich und streckte alle viere von sich, um so viel Wärme wie möglich aufzusaugen. Der Zorn ihrer Besitzerin ließ sie offenbar völlig kalt. »Was hat sie angestellt?«

»Welpen! Sie bekommt Welpen!«

»Oooooh!« Caro sah zwischen dem Frauchen und der Hündin hin und her. Vor Erleichterung hätte sie beinahe losgekichert. »Aber wie? Sie kennt doch gar keinen anderen …« Mitten im Satz brach sie ab. »Ragnar?«

»Ragnar.« Dem eisigen Tonfall der Witwe war zu entnehmen, was sie diesem speziellen Vierbeiner gern alles angetan hätte. »Dieser Verderber der Unschuldigen! Dieser Verführer! Dieser … Schürzenjäger!«

»Er ist ein Terrier.«

»Wage es nicht, ihn in Schutz zu nehmen!«

»Das tue ich nicht, versprochen, aber wie ist das überhaupt passiert? Wann waren die beiden denn mal allein?«

»Mein Gärtner sagt, zum Ende des Gartens hin hat die Mauer eine kleine Lücke. Das ganze elende Ding müsste man eigentlich abreißen und ersetzen.«

»Hast du es der Duchess gesagt?«

»Noch nicht, das werde ich aber tun. Was soll ich in meinem Alter mit Welpen anfangen?«

»Vielleicht kannst du ja andere Besitzer für sie finden?« Sie kauerte sich neben Mildred und streichelte ihr den Bauch, um das viele Schimpfen auszugleichen. »Ich bin mir sicher, sie werden sehr süß.«

»Sie werden laut. Wie alle Babys. Sie sind laut und sie riechen. Man muss ununterbrochen auf sie aufpassen und sie hinterlassen Unaussprechliches auf dem Teppich.«

»Ich persönlich finde es romantisch.« Im selben Moment tauchte Caros Mutter in der Tür auf. Sie trug eine pelzverbrämte Haube und einen Reiseumhang. »Wir sind jetzt nicht mehr bloß Nachbarn, der Duke und die Duchess und wir. Wir sind beinahe miteinander verwandt. Das ist ein großartiges Zeichen der Verbundenheit.«

»Wovon um alles in der Welt redest du da, Emmeline?« Die Augen der Witwe blitzten. »Wenn es überhaupt ein Zeichen für irgendetwas ist, dann dafür, dass man keinem männlichen Wesen irgendeiner Spezies trauen darf. Wie ich schon immer vermutet habe.«

»Nun, dann werden wir uns darauf einigen müssen, dass wir uns nicht einig sind.« Ihre Mutter warf einen vielsagenden Blick in Caros Richtung. »Es ist zehn Uhr. Abfahrt.«

»Noch fünf Minuten, Mutter, bitte.« Sie sprang wieder auf die Füße, wieder erfasste sie ein Gefühl der Panik. »Ich bin noch nicht ganz so weit.«

»Deine Koffer sind gepackt.«

»Ich muss noch eine letzte Sache erledigen.« Sie wartete nicht auf eine Antwort, rannte bereits aus dem Salon, die zweite Treppe hinauf, durch den Korridor, in ihr Zimmer und nach draußen. Der benachbarte Balkon war leer, aber sie hatte noch immer ein

Fläschchen Riechsalz in ihrem Pompadour... Sie warf einen kurzen Blick über die Schulter, schob ihre Hand in den Beutel, packte das Fläschchen, holte mit der Hand aus, dann hielt sie inne.

Was tat sie denn da? War sie wirklich bereit, Dinge zu zerbrechen ... womöglich sogar eine Fensterscheibe ... nur um sich von Marmaduke verabschieden zu können? Warum war das denn so wichtig? Das durfte nicht so wichtig sein. Dieses Verlangen, dieser Drang war doch etwas, was eine Liebende verspüren würde, eine Freundin jedoch nicht.

Eine Liebende.

Das Hämmern ihres Herzschlags brach ab.

Langsam ließ Caro den Arm sinken und ging wieder hinein, schloss die Balkontür fest hinter sich. Sie und Marmaduke waren Freunde, nichts weiter. Caro war nicht bereit, auf irgendeine andere Weise an ihn zu denken. Ja, da war dieser Moment gewesen, bei Parmentier's, als so ein gewisses Knistern zwischen ihnen entstanden war, aber genauso gut konnte es sein, dass sie sich das Ganze nur eingebildet hatte. Entweder das, oder sie beide hatten sich von ihrem Thema, dieser Heiratsvermittlung, hinreißen lassen. Zum Glück war nichts weiter vorgefallen! Keiner von ihnen hatte Interesse am Heiraten, und das bedeutete, dass sie wirklich und wahrhaftig Freunde waren. Und von einer Freundin würde er – sollte er! – nicht erwarten, besonderen Aufwand zu betreiben, um sich verabschieden zu können.

Sie eilte wieder nach unten, bevor sie es sich anders überlegen konnte.

»Ich bin so weit.«

»Jetzt wird es aber auch Zeit.« Caros Mutter deutete ungeduldig auf die Haustür. »Komm jetzt.«

»Ja, Mama.« Sie wandte sich ihrer Großmutter zu. »Ich habe mich von Lily und Imogen verabschiedet, aber wenn da noch jemand sein sollte …« Sie zog ein lavendelfarbenes Cape und eine passende Haube an. »Irgendjemand, den ich vergessen habe … vielleicht könntest du dich dann für mich verabschieden?«

»Wenn du das möchtest.« Die Augenbrauen ihrer Großmutter hoben sich leicht. »Allerdings habe ich das Gefühl, es wird nicht das Gleiche sein, wenn es von mir kommt.«

»Ja, vielleicht.« Sie band die Bänder ihrer Haube zu einem festen Knoten. »Aber ich glaube, so ist es am besten.«

Die Witwe nickte, ihre Miene war auf einmal viel zu wissend. »Wie du möchtest.«

»Danke für alles.« Caro sprang impulsiv auf ihre Großmutter zu und schlang die Arme fest um ihre Taille. »Du wirst mir so fehlen.«

»Du mir auch.« Einen Moment lang versagte der Großmutter verdächtig die Stimme. »Insgesamt war es eine sehr interessante Ballsaison.« Sie hielt ihre Lippen näher an Caros Ohr und senkte ihre Stimme zu einem Flüstern. »Du hast dich von der feinen Gesellschaft nicht unterkriegen lassen. Ich bin stolz auf dich. Und jetzt fahr nach Hause, ruh dich aus und triff eine Weile keine Entscheidungen. Nimm dir Zeit, um herauszufinden, was du wirklich willst.«

»Das mache ich, Granny.«

Mit erhobenem Haupt ging Caro die Vordertreppe hinunter und kletterte neben ihrer Mutter in die Kutsche. Nach außen hin bewahrte sie Haltung, aber innerlich fühlte sie sich, als würde sie in zwei Teile gerissen. Sie hatte bekommen, was sie gewollt hatte – sie fuhr endlich nach Hause, und das ohne Verlobungsring –, und doch fühlte sich ihre Abreise jetzt wie eine Niederlage an. Ein leichtes Gefühl des Bedauerns übermannte sie, als wollte ein Teil von ihr doch noch bleiben. Nein, es war mehr als ein leichtes Gefühl. Es war ein Stich. Ein Schmerz. Ein ausgewachsener, tiefer Schmerz, so stark, dass sie einen Moment lang versucht war, einfach noch einmal aus der Kutsche zu springen, zum Nachbarhaus zu laufen und, ohne anzuklopfen, hineinzustürmen, Anstand hin oder her. Aber dann schlug ein Diener den Wagenschlag zu, die Räder rollten an und innerhalb weniger Minuten hatten sie Mayfair hinter sich gelassen.

Und erst in diesem Moment fiel Caro ein, dass sie noch etwas zurückließ: die Möglichkeit, ihr Buch zu veröffentlichen … und das ausgerechnet an dem Tag, an dem sie ihr Manuskript abgeschlossen hatte.

II

Das Sommerfest

Kapitel 14

Caro ging auf dem Teppich der Bibliothek auf und ab. Alle paar Minuten blieb sie stehen, wandte erwartungsvoll den Kopf und ein tiefer, frustrierter Seufzer entrang sich ihrer Brust. Indessen saß ihr Bruder gemütlich in einem Sessel am Fenster, einen Stapel Zettel auf dem Schoß verteilt.

Schließlich konnte sie nicht mehr weiter auf und ab gehen, sich umwenden und seufzen. »Also? Was meinst du?«

»Ich meine, wenn du weiter so drängelst, werde ich einfach aus Prinzip behaupten, dass ich es grässlich finde.«

»Felix!«

»Das war nur ein Scherz.« Er grinste. »Ich finde es nicht grässlich. Es ist einfach schwierig, eine Sache zu genießen, wenn man alle dreißig Sekunden zu einer Meinungsäußerung gedrängt wird.«

»Es tut mir leid, aber du weißt doch, dass wir heute Nachmittag nach Norfolk abreisen.«

»Ja, das weiß ich. Aber, Caro, du hättest nicht bis zum Abend vor unserer Abreise warten müssen, um mir das Manuskript zu geben.«

»Ich war nervös.«

»Und ich war bis morgens um zwei wach und bin eigens früh aufgestanden, um es fertig zu lesen, aber die Zahl der Wörter, die mein Gehirn pro Sekunde aufnehmen kann, ist einfach begrenzt.«

»Du hast recht. Es tut mir leid.« Sie senkte kurz den Blick, aber dann sah sie gleich wieder auf. »Also findest du es nicht furchtbar?«

»Hinaus!« Felix deutete gebieterisch in Richtung Terrassentür. »Ab nach draußen – geh jetzt zehn Minuten lang dem Gärtner auf die Nerven. Mir bleibt sowieso nur noch ein Kapitel.« Er runzelte die Stirn. »Und ich bin mir sicher, dass du das ganz genau weißt.«

»Fünf Minuten.« Caro warf den Kopf in den Nacken und spazierte auf die Terrasse hinaus. Zu ihrer Erleichterung war das Wetter wesentlich freundlicher als erwartet. Nach mehreren sehr ungemütlichen Wochen hatte der Himmel nun ein hübsches Puderblau angenommen. Er war wolkenlos bis auf ein paar dekorative weiße Wattebällchen und die Luft war regelrecht lau. Felix hatte natürlich recht. Sie hätte ihm das Manuskript schon früher geben sollen, aber nach ihrer überstürzten Abreise aus London hatte sie ihre Hoffnungen auf eine Veröffentlichung ganz tief in ihrem Bewusstsein vergraben, und dann, als sie sich etwas gesammelt hatte, war noch einige Zeit vergangen, bis sie den nötigen Mut aufgebracht hatte. Felix war ihr allererster Leser, und die Vorstellung, dass jetzt gleich jemand ihre Worte beurteilen würde, erschien ihr entsetzlicher als je zuvor.

Wieder fing sie an, auf und ab zu gehen, diesmal zwischen

den Blumenbeeten. Die meisten Sommerblüten waren dahin, aber es blieben noch einige Farbsprengsel: leuchtend blauer Rittersporn, rote Dahlien und gelbe Astern zogen die Blütezeit noch ein bisschen in die Länge. Allein ihr Anblick machte sie glücklich. Sie war jetzt seit beinahe zwei Monaten zu Hause und fühlte sich nicht mehr wie ein Vulkan kurz vor dem Ausbruch – zumindest war ihr inneres Magma auf eine erträgliche Temperatur heruntergekühlt. Cleveland hatte sich als genau das erwiesen, worauf sie gehofft hat – ein Labsal für ihre Seele. Nicht einmal eine Reihe von Besuchern und weitere Heiratsanträge, darunter erneut einer vom nashornhäutigen Marquess of Bazley, hatten das verderben können. Caro fühlte sich älter und klüger, und die emotionalen Wunden, die Sylvester hinterlassen hatte, waren mit der Zeit und der Entfernung verblasst – ebenso wie ihre Haare, die inzwischen wieder ihre natürliche blonde Farbe angenommen hatten und gerade so lang gewachsen waren, dass sie sie nach der neuesten Mode hochstecken konnte, zur Freude ihrer Mutter und zu ihrem persönlichen Leidwesen.

Was ihre Zukunft betraf, so hatte sie sich den Rat ihrer Großmutter zu Herzen genommen und ihr Schreiben hintangestellt, um erst einmal ihre eigenen verstrickten Gefühle zu entwirren und zu entscheiden, was sie mit dem Rest ihres Lebens anfangen wollte. Nicht zu schreiben, war eine solche Qual gewesen, dass dies die Frage schon beantwortete. Sie wollte keine weitere Ballsaison mitmachen. Sie wollte Schriftstellerin werden. Es war eine Entscheidung, die ihre Eltern enttäuschen würde, das war ihr klar, aber sie musste sich selbst treu bleiben, sogar auf das Risiko hin, Stoff für Klatschgeschichten und üble Nachrede zu liefern. Ihr Entschluss war gefasst. So schnell es ging, würde sie nach London zurückkehren, die Buchhandlung Lamberts besuchen und den Besitzer anflehen, ihr bei der Suche nach einem Verlag behilflich zu sein.

Sie wandte sich zum Salon um, versuchte, Felix durch das Fenster der Bibliothek zu beobachten, und zuckte dann zusammen, als sie ihn über den Rasen auf sich zukommen sah. Seine Miene war ungewöhnlich ernst.

»Bist du fertig?« Ihre Stimme klang piepsiger als sonst.

»Ja, gerade so.« Er zeigte auf den Fußweg, der zu einer efeubewachsenen Gartenlaube führte. »Gehen wir ein Stück?«

»Nein! Ich kann nicht mehr länger warten. Wenn du es furchtbar findest, dann sprich es einfach aus.«

»Jetzt warte doch mal. Ich finde es nicht furchtbar. Am Anfang fand ich es ein bisschen übertrieben, all diese Ohnmachtsanfälle und so weiter, aber als ich einmal reingekommen war, hat es mich ziemlich gefesselt. Es ist nur …« Er brach ab und schien sich die weiteren Worte zu verkneifen.

»Was denn?« Sie verschränkte die Arme und verlagerte ihr Gewicht von einem Fuß auf den anderen. »Was auch immer es ist, ich möchte es wissen.«

»Also gut, aber versteh mich jetzt nicht falsch. Es ist nur so schwer, zu glauben, dass du es geschrieben hast. Es ist so … dramatisch. Das passt gar nicht zu dir.«

»Vielleicht habe ich mich ja verändert.«

»Ja, das sehe ich.« Er musterte sie scharf. »Was ich wissen möchte, ist, warum? Dir ist in London etwas zugestoßen, nicht wahr? Etwas Schlimmes.«

Sie holte tief Luft, sah ihm direkt in die Augen und nickte. Es hatte keinen Sinn mehr, es weiterhin zu leugnen. »Es tut mir leid, dass ich es dir nicht früher erzählen konnte, aber ich wollte nicht noch mehr Menschen hineinziehen.«

»Hatte es mit einem Mann zu tun?«

»Ja. Er hat gesagt, er würde mich lieben, und ich dachte, ich liebe ihn auch, also sind wir zusammen durchgebrannt. Allerdings hat sich herausgestellt, dass er hinter etwas anderem her war als einer Hochzeit.«

»Du meinst, er hat versucht, dich zu verführen?« Innerhalb einer Sekunde verwandelte sich Felix' Miene. Sie wirkte nicht mehr schockiert, sondern wütend.

»Es ist ihm nicht gelungen, aber es hätte beinahe einen Skandal gegeben. Es hätte auf jeden Fall einen gegeben, wenn Essie und Aidan nicht gewesen wären. Sie haben mich gerade noch rechtzeitig gefunden.«

»Also deswegen hast du dich so seltsam benommen, als ich dich in London gesehen habe.«

»So kann man es auch ausdrücken.« Sie lächelte schief. »Ich hatte ein gebrochenes Herz, fühlte mich gedemütigt und wütend und extrem verunsichert.«

Felix legte ihr einen Arm um die Schultern. »Dann tut es mir leid, dass ich nicht für dich da war.«

»Das war nicht deine Schuld.« Sie ging wieder los, sein Arm lag immer noch um ihre Schulter. »Und die Arbeit an diesem Buch war mir eine große Hilfe.«

»Jezebel Joyce, das bist also du?« Er ging langsamer. »Moment mal, du bist aber nicht wirklich eine Klippe hinuntergestürzt und von einem heuchlerischen Baron in sein Schloss getragen worden, oder?«

Sie lachte. »Nein, dieser Teil war reine Erfindung. Ich bin nicht wirklich Jezebel, aber sie ist diejenige, die ich gerne gewesen wäre. Sie weiß, dass einem Frauenhelden nicht zu trauen ist. Und sie sagt dem Baron auch, was sie von ihm hält.«

»Wirst du mir den Namen dieses Schufts verraten?«

»Lieber nicht.«

»Hm. In diesem Fall denke ich, es war richtig, dass Jezebel den Baron verlassen hat. Anfangs dachte ich ja, dass sie ganz schön grausam ist.« Felix' Kiefermuskeln verspannten sich. »Und wer auch immer der echte Baron ist, ich hoffe nur, du hast ihn angemessen bestraft.«

»Ich kam gar nicht dazu. Zum Glück haben sich Essie und Aidan auch darum gekümmert.«

»Und was jetzt?« Er hob eine Augenbraue »Willst du versuchen, es drucken zu lassen? Damit andere junge Frauen daraus lernen, was sie tun müssen, wenn sie jemals einem Schürzenjäger begegnen?«

»Meinst du wirklich, es ist gut genug?«

»Jetzt haschst du aber nach Komplimenten.«

»Na ja, das eine oder andere wäre doch schön? Ich möchte es gern veröffentlichen oder es jedenfalls versuchen, aber ich weiß, dass Mama und Papa entsetzt sein werden.« Sie sah ängstlich zu ihm auf. »Was ist, wenn sie mich verstoßen?«

»Das werden sie nicht. Es kann sein, dass Mama eine Weile nicht mit dir spricht, aber sie wird sich irgendwann wieder einkriegen.«

»Trotzdem – ich hasse die Vorstellung, sie so zu enttäuschen. Sie haben gehofft, dass ich eine gute Partie mache.«

»Das kannst du ja immer noch.«

»Das bezweifle ich. Schreiben ist an sich nicht respektabel, und es passt auch nicht in die feine Gesellschaft. Wenn ich einen Earl oder einen Duke heiraten würde, wie es Mama von mir erwartet, hätte ich jede Menge andere Aufgaben. Ich möchte richtig schreiben, Felix. Ich möchte einen Beruf daraus machen. Ich plane bereits ein zweites Buch. Wie viele Gentlemen würden ihrer Ehefrau eine solche Freiheit gewähren?«

»Nicht viele«, gab er zu. »Also, wann willst du es ihnen sagen?«

»Nach diesem Sommerfest in Norfolk. Es sind nur zehn Tage und Mama hat sich so sehr darauf gefreut.« Sie seufzte. »Schlimm genug, dass ich ihre großen Hoffnungen für mich zunichtemachen werde. Ich möchte nicht auch noch alles andere ruinieren.«

»Bist du sicher, dass du das durchstehst? Denk daran, du musst nicht zustimmen, nur weil Mama vor Begeisterung ganz aus dem Häuschen ist.«

»Das halte ich noch für untertrieben. Kannst du dir vorstellen, was sie tun würde, wenn ich jetzt einen Rückzieher mache?« Caro berührte seinen Kopf mit dem ihren. »Ich wünschte nur, du würdest mitkommen. Du weißt doch, dass du mit eingeladen bist.«

»Und mich beinahe zwei Wochen lang immer nur vorbildlich benehmen? Nein, danke. Papa und ich werden uns hier viel besser amüsieren.«

»Nun, du wirst mir fehlen, aber eigentlich freue ich mich ja auch selbst darauf.«

Sie lächelte, als sie die Laube erreichten. Ja, es stimmte. Der Aufenthalt im Haus des Dukes würde ihr eine wunderbare

Gelegenheit bieten, sich von der feinen Gesellschaft zu verabschieden, bevor sie ihr neues Leben begann. Unglücklicherweise waren offenbar weder Imogen noch Lily eingeladen, aber trotzdem würde sie Freunde treffen. Marmaduke hoffentlich.

Seit ihrer Abreise aus London hatte sie versucht, nicht an ihn zu denken, aber das hatte sich als schwierig erwiesen. Sein Gesicht hatte die störende Eigenschaft entwickelt, zu den unmöglichsten Zeitpunkten vor ihrem inneren Auge aufzutauchen, und ihre Begegnung bei Parmentier's hatte schon mehrfach Eingang in ihre Träume gefunden. Jedes Mal war sie atemlos und nicht im Geringsten erholt aufgewacht. Er war der Punkt in ihrem Leben, über den ihr der räumliche und zeitliche Abstand keine Klarheit gebracht hatte. Dass sie keine Ahnung hatte, wo er sich aufhielt, war dabei auch nicht besonders förderlich. Es wäre skandalös gewesen, hätte sie einen direkten Briefwechsel mit ihm geführt. Ihre Mutter hatte zwar mehrmals Post von der Duchess bekommen, aber niemand hatte Marmaduke jemals erwähnt. Vielleicht war er jetzt schon durch halb Europa gereist – sie konnte es nicht wissen. Hoffentlich nicht. Sie wusste nicht, wie es ihr bei einem Wiedersehen ergehen würde oder ob er sich überhaupt freuen würde, sie zu sehen, aber sie musste sich noch bei ihm entschuldigen – das hatte sie den ganzen Sommer verfolgt.

»Na ja, wenn du dir ganz sicher bist.« Felix klang beruhigt. »Besser du als ich.«

»Warum?«

»Erstens: zweihundert Meilen mit Mama in einer Kutsche.« Er schnaubte. »Zweitens: Mama in der Gesellschaft eines

Dukes. Sie sabbert jedes Mal beinahe, wenn sie seinen Namen ausspricht.«

»Das ist ihr Problem.« Caro reckte das Kinn. »Ich habe ihr sehr deutlich gesagt, dass ich am Duke of Campion nicht interessiert bin.«

»Wann hat es jemals genutzt, Mama etwas zu sagen, was sie nicht hören will? Pass einfach auf, dass sie euch beide nicht in ein Zimmer einschließt, um dich zu kompromittieren. Diesmal wird Granny nicht da sein, um auf dich aufzupassen.«

»Felix!« Der bloße Gedanke schockierte sie. »Das wäre ungeheuerlich! So etwas Hinterhältiges würde Mama niemals tun!«

»Das hätte ich vor einigen Wochen auch gesagt, aber ich habe sie noch nie so besessen erlebt. Sie hat ihr ganzes Herz daran gehängt, einen Duke zum Schwiegersohn zu bekommen.«

»Oje.« Caro presste sich eine Hand auf den Bauch. Jetzt hatte sie ein richtig schlechtes Gewissen. »Dann wird sie ja völlig am Boden zerstört sein, wenn ich ihr meine Pläne verrate.«

»Na und? Was mich betrifft, je länger du deine Heirat hinauszíehst, desto besser.« Er stupste sie spielerisch in die Rippen. »So lange konzentriert sie ihren Ehrgeiz wenigstens nicht auf mich.«

»Wir sollten ihr gemeinsam Widerstand leisten.« Sie stupste zurück, ein bisschen fester. »Wir wohnen zusammen, ich schreibe Bücher und du … Ach so, was hast du eigentlich vor, wenn du dein Studium in Oxford abgeschlossen hast?«

»Ich würde gern ein bisschen reisen, jetzt, wo der Krieg zu Ende ist. Ich möchte Rom und Athen besuchen.«

»Was? Du meinst, du willst mich auch verlassen?«

»Auch?« Er warf ihr einen fragenden Blick zu. »Du meinst so wie Essie?«

»Ähm – ja.« Sie senkte schnell den Blick. »Es ist so unfair, dass Männer losziehen und Abenteuer erleben dürfen und Damen einfach nur heiraten sollen. Es gibt so viele Orte, die ich gerne besuchen würde.«

»Zum Beispiel?«

»So ganz spontan … den Genfer See.«

»Dann fahren wir vielleicht irgendwann zusammen hin. Entweder das oder ich bringe dir ein Andenken mit.« Er drückte ihre Schultern. »Außerdem verreist du ja jetzt auch.«

»Norfolk ist nicht ganz dasselbe wie Frankreich.«

»Es liegt auf halber Strecke. Behalte einfach einen kühlen Kopf, und ich bin mir sicher, du wirst dich prächtig amüsieren.«

»Keine Sorge. Ich habe die Ballsaison ohne Verlobung durchgestanden, da werde ich es wohl noch mal zehn weitere Tage schaffen.«

»Da seid ihr beide ja!« Überraschend trat ihr Vater hinter einer Hecke hervor und prallte beinahe mit ihnen zusammen. »Eure Mutter ist abfahrbereit.«

»Schon?« Caro musterte ihn verwirrt. »Ich dachte, wir warten bis nach dem Mittagessen.«

»Sie hat beschlossen, dass sie früher losfahren muss.« Er schüttelte nachsichtig den Kopf. »Offenbar hat so ein Duke eine belebende Wirkung auf sie. Allmählich frage ich mich, warum sie so einen einfachen alten Herrn wie mich geheiratet hat.«

»Weil sie dich liebt?« Caro hakte sich mit ihrem freien Arm bei ihm unter.

»Dann hat sie dich jetzt wohl zu ihrer Stellvertreterin auserkoren. Sei vorsichtig. Diesmal hast du keine Großmutter dabei, die auf dich aufpasst.«

»Genau das habe ich auch schon gesagt.« Felix bedachte sie mit einem vielsagenden Blick.

»Als müsste ich mich vor meiner eigenen Mutter beschützen lassen.« Caro zog sie beide in Richtung Haus. »Glaubt mir, das ist nur ein Urlaub. Ich habe nicht die geringste Absicht, eine Duchess zu werden.«

❦

»Angeblich besitzt Campion Place fünfundzwanzig Schlafzimmer.« Emmeline Foyle seufzte tief. »Stell dir das bloß vor.«

»Das habe ich mir schon vorgestellt.« Caro streckte die Hand aus, um die Balance zu halten, als ein Kutschenrad in ein Schlagloch geriet und sie beide heftig von einer Seite auf die andere geworfen wurden. »Du hast es mir gestern schon gesagt. Dreimal.«

»Und fünfundsiebzig Acre Land.«

»Du hattest es erwähnt.« Sie knirschte mit den Zähnen, musste sich beherrschen, um sich nicht vorzubeugen und wiederholt vor Zorn mit dem Kopf gegen die Kutschentür zu schlagen. Nach drei Tagen fragte sie sich nun doch, ob es nicht ein großer Fehler gewesen war, diese Reise anzutreten. Nichts, was Caro gesagt hatte, um die mütterlichen Erwartungen zu dämpfen, hatte auch nur das Geringste ausrichten können. Im Gegenteil, die Besessenheit ihrer Mutter schien mit jeder zurückgelegten Meile noch weiter zu wachsen.

»Ich hoffe nur, zu diesem Sommerfest sind nicht allzu viele junge Damen geladen.« Ihre Mutter streckte die Hand aus und tätschelte Caros Knie, um auf sich aufmerksam zu machen. »Ich habe es aus erster Hand, dass Seine Hoheit sich ganz besonders auf das Wiedersehen mit dir freut.«

»Aus wessen Hand genau?«

»Die Duchess selbst hat es mir geschrieben.«

»Dann schreibt sie wahrscheinlich allen dasselbe.«

»Ach, das bezweifle ich.« Ihre Mutter lächelte heiter vor sich hin, obwohl die Kutsche schon wieder wild schaukelte. »Nein, ich bin mir sicher, dass alles hervorragend klappen wird.«

Caro ächzte, schloss die Augen und wandte ihre Gedanken einem anderen Thema zu. Um genau zu sein, den weiteren Abenteuern der Jezebel Joyce. Jetzt, wo sie die Sache mit Sylvester überwunden und sich Klarheit über ihre Zukunftspläne verschafft hatte, fiel ihr ironischerweise nicht ein, wie es mit Jezebel weitergehen sollte. Vielleicht konnte Jezebel sich ja ebenfalls auf den Weg zu einem Sommerfest machen, dabei etwas Romantisches erleben – etwas mit einem Mann, der auf jeden Fall kein Duke war.

»Wir sind da!« Ihre Mutter packte sie plötzlich am Arm und stieß einen Laut aus, den man nur als Quieken bezeichnen konnte.

»Au!«, protestierte Caro und warf einen Blick aus dem Fenster. Der Anblick verschlug ihr den Atem. Sie fuhren gerade an einem See vorbei, auch wenn das Wort »See« in diesem Fall eigentlich nicht vornehm genug erschien. Es war das malerischste Gewässer, das sie jemals gesehen hatte, eine perfekt eiförmige Fläche einschließlich einer Ansammlung Schwäne, eines gemauerten Bootshauses und zweier altertümlicher Steinbrücken, eine an jedem Ende. Unter einer der Brücken befand sich sogar ein kleines Wehr, wo das Gewässer sich verengte und in einen schmalen Fluss überging, während sich am anderen Ende ein breiter Streifen makellos gepflegten Rasens zu einem riesigen Herrenhaus im klassizistischen Stil emporschwang. Das Haus besaß mehr Säulen und venezianische Fenster, als Caro jemals an einem einzigen Gebäude gesehen hatte. Alle waren perfekt angeordnet, als forderte es den Vorübergehenden geradezu auf, einen Spiegel zu zücken und die Symmetrie zu überprüfen. Ehrlich gesagt war es kaum vorstellbar, dass das Haus lediglich fünfundzwanzig Schlafzimmer besaß.

»Da sind sie!« Das aufgeregte Quieken von Caros Mutter erreichte einen neuen Höhepunkt.

»Wer?« Es dauerte ein paar Sekunden, bis Caro ihre eigene Stimme wiederfand.

»Wer denn wohl? Der Duke und seine Mutter!«

»Wo denn?« Sie wandte ihre Aufmerksamkeit von dem bedrohlich wirkenden Ziergiebel ab, der wie ein gewaltiger dreieckiger Felsbrocken über der massiven Eingangstür hing, und betrachtete stattdessen die ebenso massiven Treppenstufen – fast ein Treppenhaus – darunter. Tatsächlich warteten dort zwei Gestalten darauf, sie in Empfang zu nehmen. Nur zwei, stellte sie enttäuscht fest.

Die Kutsche ratterte über eine der Steinbrücken und fuhr dann eine Schleife, sodass der Duke und seine Mutter kurzzeitig nicht mehr zu sehen waren. Caro war dankbar für diesen kurzen Aufschub. Er bot ihr Gelegenheit, sich zu sammeln und ein gleichmütiges, kein bisschen vom Donner gerührtes Gesicht aufzusetzen. Allerdings war sie mit beidem noch nicht weit gekommen, als ihre Mutter sie schon wieder am Arm packte und auf die Füße zerrte, während die Kutsche noch ausrollte.

»Beeil dich! Du kannst ihn doch nicht warten lassen!«

»Mama ...«

»Mrs Foyle, Miss Foyle!« Der Duke persönlich öffnete den Wagenschlag. Er sah noch umwerfender aus, als sie ihn in Erinnerung hatte. Das Sonnenlicht schien sich buchstäblich an seinen wie in Stein gemeißelten Wangenknochen zu brechen und sie direkt zu blenden. »Herzlich willkommen in Campion Place. Es ist mir eine Ehre, Sie als meine Gäste zu begrüßen.«

»Die Ehre ist ganz auf unserer Seite, Hoheit.« Caros Mutter kletterte aus der Kutsche und sank in einen eleganten Knicks. Nichts an ihrem Gebaren verriet, dass sie auf dem ganzen Weg von Cleveland nach Norfolk euphorisch von Schlafzimmern und Landbesitz geschwärmt hatte.

»Emmeline und Caro, meine Lieben.« Die Duchess benahm sich weniger förmlich und küsste sie beide auf die Wangen. »Wie freue ich mich, Sie beide wiederzusehen. Ich hatte schon befürchtet, das Wetter würde Sie von der Reise abhalten. Wir hatten in letzter Zeit so viel Regen.«

»Wir ebenfalls, aber wir freuen uns sehr, hier zu sein.« Caro lächelte höflich. Na, ihre Mutter hätte sich höchstens von einem ausgewachsenen Wirbelsturm aufhalten lassen! »Ihr Zuhause ist unglaublich, Hoheit.«

»Ach, es ist geradezu lächerlich, nicht wahr?« Die Witwe verdrehte die Augen. »Mein Mann hat es vor zwanzig Jahren erbaut. Wir nutzen gerade mal ein Viertel der Räumlichkeiten, aber er war fest entschlossen, allen zu demonstrieren, wie wohlhabend er war.«

»Ähm.« Ihr Sohn räusperte sich. »Ich fürchte, die meisten Gäste sind momentan unterwegs. Sie haben sich auf einen gemeinsamen Spaziergang durch den Park begeben.«

»Ein gemeinsamer Spaziergang?« Der Tonfall von Caros Mutter ließ vermuten, dass sie noch nie so etwas Eindrucksvolles gehört hatte. »Wie spannend!«

»Wir haben ein umfangreiches Unterhaltungsprogramm geplant«, erklärte die Duchess. »Es ist eine ziemlich große Gesellschaft, aber je mehr Gäste, desto spaßiger, finde ich immer.«

»Oh!« Die Miene von Caros Mutter verdüsterte sich. »Wie schön! Wie viele sind es denn genau?«

»Um ehrlich zu sein, habe ich den Überblick verloren, aber Sie werden auf jede Menge Freunde und Bekannte treffen und sich wunderbar unterhalten.«

»Da ist ja auch schon jemand!«, rief Caro, denn gerade kam Ragnar aus der Tür gesaust und sprang mit den Vorderpfoten gegen ihre Röcke. Sie kauerte sich zu ihm hinunter, und der Hund begann, eifrig ihren Hals abzulecken.

»Er erinnert sich an Sie.« Die Duchess wirkte erfreut. »Allerdings habe ich erfahren, dass er sich in Ihrer Familie einen etwas zweifelhaften Ruf erworben hat?«

»Das hat er, aber ich bin mir sicher, dass die Welpen zuckersüß werden.« Caro lachte. »Granny sagt, wir müssen alle einen bei uns aufnehmen.«

»Das wurde mir auch schon zugetragen. Ehrlich gesagt, ich freue mich schon darauf. Mir gefällt die Vorstellung, dass ich Großmutter werde, auch wenn es nur für einen Welpen ist. Vorerst jedenfalls.« Die Duchess richtete einen sehr eindeutigen Blick auf ihren Sohn. »Jetzt wird meine Haushälterin Ihnen

Ihre Zimmer zeigen, damit Sie sich ausruhen können, bevor Sie die anderen treffen. Abendessen ist auf Punkt sechs Uhr angesetzt.«

Sie wandte sich ab, sodass Caro direkt neben dem Duke stand. »Rafe wird Euch nach drin geleiten.«

Kapitel 15

Caro stand am Fenster ihres Schlafzimmers und sah die Einfahrt zu Campion Place hinunter auf einen Monolithen, der in der Ferne von einer Bergkuppe aus in den Himmel ragte. Eine halbe Stunde nach ihrer Ankunft fühlte sie sich noch immer überwältigt von dieser wunderschönen Umgebung. Ihr Zimmer lag offenbar genau im Zentrum des Hauses und war bestimmt eines der vornehmsten: Es war mit reich verzierten Rosenholzmöbeln, einem kostbaren Axminster-Teppich und Samtvorhängen in einem markanten Mitternachtsblau ausgestattet. An den Wänden hingen mehrere große Gemälde, die Szenen aus der Artussage darstellten: zwei Ritter, eine Prinzessin, drei Einhörner und einen Drachen. Noch nie hatte sich Caro in so einem prächtigen Raum aufgehalten und doch war da so ein gewisses Gefühl der Enttäuschung. Irgendwie hatte sie auf einen Balkon gehofft.

»Caro!«

»Nein! Kein Wort mehr!« Caro wirbelte herum und hielt sich die Ohren zu, als ihre Mutter aus dem angrenzenden Schlafzimmer zu ihr hereinplatzte. »Was auch immer du mir gerade mitteilen willst, keine weiteren Begeisterungsstürme, ich flehe dich an. Es kümmert mich nicht, wenn die Möbel aus purem Gold sind. Ich kann einfach kein Wort mehr hören.«

»Ja, ist ja gut.« Ihre Mutter zog einen Schmollmund. »Aber ist das nicht umwerfend?«

»Wenn ich bejahe, hörst du dann auf, zu fragen?« Sie hob vorsichtig die Hände von den Ohren und wartete, bis ihre Mutter genickt hatte, dann erst ließ sie sie ganz sinken. »In diesem Fall: Ja, es ist sehr eindrucksvoll. Was genau hast du dir vorgestellt, bei einem Haus mit fünfundzwanzig Schlafzimmern und siebzig Acre Land?«

»Fünfundsiebzig Acre.«

Caro verdrehte die Augen, legte sich aufs Bett und starrte in den Betthimmel. Der blaue Stoff war mit winzigen Silbersternchen bestickt. »Warum ist Reisen so anstrengend, obwohl man doch die meiste Zeit nur herumsitzt?«

»Gähne jetzt nicht, sonst steckst du mich an. Siehst du, genau das meine ich.« Ihre Mutter kam näher und legte sich neben sie. »Vielleicht sollten wir vor dem Essen ein kleines Nickerchen machen?«

»Gute Idee.«

»Außerdem habe ich überlegt, dass du heute Abend dein zitronenfarbenes Musselinkleid tragen solltest, das mit den Spitzenärmeln und der Halbschleppe? Nur wenige Menschen können Zitronengelb tragen, und jetzt, wo deine Haare wieder normal sind, müsste es besonders umwerfend aussehen.«

Das war vermutlich noch untertrieben, dachte Caro und unterdrückte wieder ein Gähnen. Ihr gelbes Kleid hatte einen tiefen, breiten Ausschnitt und schmiegte sich etwas enger an ihre Kurven, als ihr lieb war, aber na gut, wenn es ihre Mutter besänftigte … Sie war ohnehin zu müde, um mit ihr zu streiten.

»Wie du meinst, Mama.«

»Du weißt schon, dass ich dich nicht zu irgendetwas drängen möchte, nicht wahr?« Ihre Mutter streckte die Hand aus und berührte sanft ihren Arm. »Es kann ja sein, dass ich manchmal ein bisschen übers Ziel hinausschieße, aber ich möchte nur dein Bestes.«

»Ich weiß, Mama.«

»Aber solche Gelegenheiten bieten sich nicht so oft, also meinst du, du könntest versuchen, den Duke zu mögen? Oder wenigstens mal darüber nachdenken, ob du ihn mögen könntest?«

Caros Bauch zog sich zusammen, wieder quälte sie ihr schlechtes Gewissen. Irgendwie war es schwieriger, ihrer Mutter Widerstand zu leisten, wenn diese so ruhig mit ihr redete, mit ihren weit aufgerissenen, flehenden blauen Augen. »Also gut, Mama. Wenn es dich glücklich macht, denke ich darüber nach, aber mehr nicht.«

»Danke schön. Und jetzt sollten wir unbedingt ein bisschen schlafen.«

Caro schloss die Augen mit dem festen Vorsatz, ein wenig wegzudämmern, aber jetzt plagten sie die Gewissensbisse zu sehr. Außerdem nahm sie eine tiefe innere Anspannung wahr, als säße sie noch immer in der Kutsche und erwartete nervös ihre Ankunft. Trotz des Empfangs durch die Duchess und den Duke hatte sie noch nicht wirklich das Gefühl, als sei sie ganz angekommen.

Schließlich gab sie auf, wartete nur noch ab, bis ihre Mutter langsamer atmete und leise zu schnarchen begann, dann wälzte sie sich vom Bett und stahl sich leise durch den Raum. Der aufwendig verzierten goldenen Uhr auf dem Kaminsims zufolge blieben noch zwei Stunden bis zum Abendessen – ausreichend Zeit für eine Erkundungstour.

Vorsichtig drehte sie den Türgriff, schlich sich hinaus in den Flur und wandte sich der Haupttreppe zu. Wie bei allem in diesem Haus hatte man ganz offensichtlich auch an dieser Stelle beim Bau keine Kosten gescheut. Die Treppe war breit und gegabelt, mit einem Plateau auf halber Höhe und einer aufwendig geschnitzten Steinbalustrade, die auf einen weißen Marmorboden hinunterführte. Dieser wirkte wie eine glatte Eisfläche.

Caro eilte nach unten, ihre Pantoffeln tappten sanft über den Marmor, dann blieb sie stehen, denn hinter einer der Türen, die von der Eingangshalle abgingen, erklang Klaviermusik. Und zwar nicht irgendwelche. Sie ähnelte keinem Stück, das sie jemals gehört hatte – tiefgründig, bittersüß und ergreifend wie ein lebendig gewordenes Gedicht. Sie ging vorsichtig näher, gefangen von der Melodie. Sie berührte irgendeine Stelle ihrer Seele und bewegte … etwas. Irgendwie führte sie dazu, dass sie gleichzeitig weinen und tanzen wollte.

»Verdammter, elender Lärm!« Ein älterer Herr tauchte plötzlich aus einer der anderen Türen auf, ein Billardqueue in der Hand. »Ich kann mich nicht auf mein Spiel konzentrieren!«

Caro erstarrte. Sie war stellvertretend für den Musiker gekränkt. »Ich finde es wunderschön.«

»Wunderschön? Es ist eine verfluchte Lärmbelästigung!«

»Das gilt auch für schimpfende Herren wie Sie.«

»Was sagt man dazu …?«

»Nichts.« Sie hielt einen Finger vor die Lippen. »Sagen Sie gar nichts, sonst hört man Sie dadrin.«

Unglücklicherweise schien derjenige, der hier musizierte, schon mitgehört zu haben. Die Musik riss ab und setzte dann wieder ein, höher, schneller und um ein Mehrfaches lauter als zuvor, als hämmerte der unsichtbare Pianist jetzt einfach nur in die Tasten. Es war das fröhlichste, nervigste Musikstück, das Caro jemals gehört hatte.

»Was sagt man dazu!«, wiederholte der Mann, und einen Moment sah es so aus, als würde er eintreten und seinem musikalischen Quälgeist gegenübertreten, aber dann überlegte er es sich und stürmte zurück in den Billardraum. Die Tür schlug er demonstrativ hinter sich zu.

Caro unterdrückte ein Lachen und wandte sich wieder der Quelle der Musik zu. Zum Glück stand die Tür einen Spalt offen, sodass sie sie sanft aufstoßen und einen Blick in den Raum werfen konnte. Ein dankbares Lächeln trat in ihr Gesicht, als Marmaduke von den Tasten aufsah und eine Augenbraue hob.

»Hat man dich geschickt, damit du um Ruhe bittest?«

»Gar nicht.« Langsam durchquerte sie den Raum. Wie erfreut und erleichtert sie war, ihn zu sehen! Sie fühlte sich beinahe schwindlig vor Glück, als würde ihr Innerstes glühen. »So eine Botschaft würde ich sowieso nicht überbringen. Das erste Stück war wunderschön. Von wem ist es denn?«

»Das hier?« Er kehrte zu der ersten Melodie zurück, seine Finger wanderten ans andere Ende der Klaviatur. »Das wäre ein Original-Holloway.«

»Du hast es selbst komponiert?« Beeindruckt beugte sie sich über das Instrument. »Es ist wunderschön.«

»Ja, mir gefällt es auch ganz gut. Spielst du auch?«

»Ja. Ich habe einmal gedacht, ich bin ganz gut, aber im Vergleich dazu …«

»Weißt du, das Problem daran, dass man sich mit anderen Menschen vergleicht, ist, dass man sich dadurch selten besser fühlt.« Er rutschte auf dem Schemel zur Seite, sah sie aber immer noch nicht richtig an. »Wie wäre es mit einem Duett? Irgendetwas, was die Ohren der anderen Gäste nicht beleidigt. Beethoven?«

»Wenn du möchtest.« Sie setzte sich neben ihn, darauf bedacht, eine Lücke zwischen ihnen zu lassen. »Darf ich denn zuerst Guten Tag sagen?«

»Ich weiß nicht?« Seine Miene wurde ein bisschen skeptisch, während seine Finger in die Sonate Nr. 12 glitten. »Kann einem jemand Guten Tag sagen, der nicht Auf Wiedersehen gesagt hat?«

Caro senkte den Blick. Ihre Kehle schnürte sich zu, als sie beobachtete, wie seine langen, schlanken Finger geschickt über die Klaviertasten flogen. Aus irgendeinem Grund überlief bei diesem Anblick ein Prickeln ihre Arme und alle kleinen Härchen stellten sich auf. »Es tut mir leid. Ich hatte keine Ahnung, dass wir an diesem Morgen abreisen würden. Ich wollte mich verabschieden, aber es ging alles so schnell und …« Sie verstummte, kratzte sich an einer eingebildeten juckenden Stelle an ihrem Handgelenk. »Aber ich hätte eine Nachricht hinterlassen sollen oder … so etwas. Ich hätte eine bessere Freundin sein sollen.«

»Na dann …« Marmaduke unterbrach sein Spiel, wandte sich ihr zu und sah ihr endlich in die Augen: »Dann also guten Tag.«

»Guten Tag.« Sie rang nach Luft. Sein Gesicht war ihr vertraut, und dennoch hatte sie das verstörende Gefühl, als sähe sie ihn zum allerersten Mal. Sie hob eine Hand an die Kehle, schob sich eine wirre Haarsträhne hinters Ohr. Wie sah sie überhaupt aus? Plötzlich war sie ganz verlegen.

Es war lange her, dass sie sich Gedanken darüber gemacht hatte, was ein Mann über ihr Aussehen dachte.

»Ich war mir nicht sicher, ob ich dich hier treffen würde. Ich dachte, du hättest England vielleicht schon verlassen.«

»Noch nicht.« Irgendetwas blitzte in den Tiefen seines Blicks auf. Sie wirkten dunkler als sonst, als seien die Pupillen angeschwollen. »Aber bald, hoffentlich.«

»Wenn du deine Pflicht erfüllt hast?«

»Meine Pflicht?« Er runzelte die Stirn.

»Deinen Bruder vor Heiratskandidatinnen zu beschützen, die nur hinter seinem Geld her sind.«

»Ach ja, das stimmt. Warte ab, bis du siehst, wen meine Mutter eingeladen hat. Er braucht mich dringender als je zuvor.«

»Jede Menge potenzielle Bräute?«

»Sie alle. Ich bezweifle, dass irgendwo anders in diesem Land noch eine ledige junge Frau übrig ist.«

»O weh. Der arme Rafe.«

»Ja, der Ärmste.« Er betrachtete ihr Gesicht. »Du siehst gut aus.«

»Ich fühle mich gut.« Sie lächelte, versuchte, sich unter seinem forschenden Blick zu entspannen.

»Dann hattest du zu Hause also eine gute Zeit?«

»Eine sehr gute.« Sie leckte sich die Lippen. »Marmaduke, sind wir denn immer noch … Freunde?«

»Aber natürlich. Um mich loszuwerden, musst du schon etwas Schlimmeres anstellen.« Sein Blick ruhte jetzt auf ihrem Haar. »Was ist aus dem Rosa geworden?«

»Es ist verblasst.«

»Schade.« Er neigte sich ein bisschen zur Seite, sodass ihre Schultern sich kurz berührten, dann ließ er seine Finger wieder auf die Tasten fallen. »Ich freue mich, dich zu sehen, Caro.«

Sie schluckte. Von der Stelle aus, an der er sie berührt hatte, strömte Wärme über ihre Haut. »Ich freue mich auch, dich zu sehen.«

৵৯

Der Salon vor dem Abendessen hatte verblüffende Ähnlichkeit mit einem Londoner Ballsaal, dachte Caro, als sie in der Tür stand und sich ratlos umsah. Er war bis zum Anschlag mit Mitgliedern der feinen Gesellschaft angefüllt, alle in ihrer besten Garderobe. Was den Raum selbst betraf, so war er wahrscheinlich wunderschön. Sie konnte erahnen, dass die Wände in einem hübschen Türkiston gestrichen waren, aber was den Rest der Ausstattung anging – abgesehen von einem großen Kristallleuchter über ihren Köpfen war alles verdeckt. Was sie sehen konnte, waren jede Menge junge Damen. Also wirklich jede Menge. Ihrer Einschätzung nach kamen etwa zwei Damen auf einen Herrn, und die meisten der Herren waren darüber hinaus Väter, die ihre Töchter betreuten.

Eines musste sie der Mutter des Dukes lassen: Wenn sie sich etwas in den Kopf gesetzt hatte, dann hatte sie es wirklich im Kopf. Der Zweck dieses Sommerfests war so offensichtlich, dass es beinahe schon lustig war. Die Gesichter der meisten Damen kannte sie von der Ballsaison her, aber es waren auch einige darunter, denen sie noch nie begegnet war. Einige sahen aus wie aufgeschreckte Rehkitze oder als kämen sie direkt aus dem Klassenzimmer. Offenbar hatte die Duchess beschlossen, eine Auswahl von Mädchen der nächsten Debütantinnengeneration einzuladen, bevor der Rest der feinen Gesellschaft sie in Augenschein nehmen konnte. Es war wie ein Heiratsmarkt im Kleinen. Die Luft summte richtiggehend vor Aufregung. Es war nicht das, was sie sich von einem Sommerfest versprochen hatte. Und jetzt bedauerte sie wirklich, nicht auf ein anderes Kleid bestanden zu haben. Ihr gelbes Musselinkleid war um einiges freizügiger, als sie in Erinnerung gehabt hatte.

»Da sind Sie ja.« Die Duchess kam wieder zu ihnen herübermarschiert, diesmal ohne den Duke. »Bitte entschuldigen Sie, dass es so voll ist. An den meisten Tagen wird es nicht ganz so schlimm sein, aber ich habe heute Abend noch einige Nachbarn eingeladen, sich uns anzuschließen. Nun, gleich wird das Abendessen serviert. Ich möchte Sie gerne einigen Leuten vorstellen.«

Bei diesen Leuten, so stellte sich heraus, handelte es sich um zwei ältere Herren: Sir Thaddeus Haddock, ein älterer Baronet, der beim Abendessen zu Caros Linker saß und ihr alles über seine Gichtanfälle erzählte, und Mr Henry Rackham, einer der hier versammelten Väter, der die meisten seiner Kommentare an diesem Abend an ihr überdeutlich sichtbares Dekolleté richtete und während der gesamten Mahlzeit durchgehend Wein zu sich nahm. Marmaduke, stellte sie fest, war ans entgegengesetzte Ende des Tischs gesetzt worden, zwischen Miss Alicia Culpepper und ein schüchtern wirkendes junges Mädchen, das jedes Mal errötete, wenn es etwas sagte. Er fing zwischen zwei

Gängen der Mahlzeit – Salat und Pickles – ihren Blick auf und zwinkerte ihr verstohlen zu, bevor er seine Aufmerksamkeit wieder seinen Tischgenossinnen zuwandte.

Der Lärmpegel der Gespräche war so hoch, dass sie ungemein erleichtert war, sich nach zwei Stunden mit den anderen Frauen im Salon zum Tee zurückziehen zu können. Die Männer blieben zurück und tranken Portwein. Caro steuerte sofort auf eine Ecke zu, um ein bisschen Ruhe zu haben, aber jemand schnitt ihr den Weg ab: die von oben bis unten mit Juwelen behangene Florentia Copperall, geborene Devereaux.

»Caro, Liebste.« Florentia beugte sich vor und küsste ihre Wange. »Ich hatte ja keine Ahnung, dass du angekommen bist! Wie wunderbar!«

»Florentia! Wie ich höre, darf man dir gratulieren!« Caro rang sich ein angespanntes Lächeln ab. Nur zu gut erinnerte sie sich an ihre letzte Begegnung mit Florentia. Aus einem Brief von Imogen hatte sie erfahren, dass diese am allerletzten Tag der Ballsaison einen Antrag bekommen hatte. Nicht gerade von dem Marquess, den sie sich eigentlich gewünscht hatte, aber von einem angesehenen Gentleman mit einem Einkommen in Höhe von fünfzehntausend Pfund pro Jahr. Es waren einige anzügliche Gerüchte darum entstanden, dass der Zeitraum zwischen der Verlobung und der Hochzeit weniger als einen Monat betragen hatte, aber Caro vermutete, dass dahinter weniger ein Skandal stand als Florentias Wunsch, ihre jüngere Schwester auf dem Weg zum Altar noch zu überholen.

»Ja, wir sind natürlich überglücklich«, seufzte Florentia. »Jetzt schäme ich mich doch ein bisschen für all den Unsinn, mit dem ich dich in London überschüttet habe.«

»Von welchem Unsinn redest du denn?« Caro riss die Augen auf. »Ich habe keine Ahnung, was du meinst. Es ist schon so lange her, ich muss es vergessen haben.«

»Danke schön. Ich muss zugeben, ich war eine Zeit lang ziemlich verärgert, aber dann habe ich mich gefragt: Warum würde eine Heiratsvermittlerin sich nicht zuallererst um ihre eigene Heirat kümmern?« Florentia zwinkerte ihr bedeutungsvoll zu. »Natürlich wird mir jetzt klar, dass du auf den Hauptpreis gewartet hast.«

»Wie bitte?«

»Den Duke. Meine höchste Anerkennung dafür, dass du die Nerven behalten hast. Es ist mir viel lieber, du schnappst ihn dir als eins dieser Küken. Ich hoffe, er macht dir bald einen Antrag.« Dieses eine Mal klang Florentia vollkommen aufrichtig. »Ah.« Sie wandte den Kopf, als die Tür zum Speisesaal aufknallte und eine Gruppe halb betrunkener Männer heraustaumelte. »Da ist ja Septimus, mein Schatz.«

»Aber …«, protestierte Caro ins Leere, denn Florentia war schon davongerauscht, um ihren Ehemann in Empfang zu nehmen.

»Du machst ein Gesicht, als hättest du gerade eine unerfreuliche Überraschung erlebt.« Marmaduke kam direkt auf sie zu, seine Miene fragend.

»Ich hatte gerade eine sehr merkwürdige Unterhaltung mit Florentia.« Caro warf einen Blick in die Ecke des Raums, in der sich Rafe mit seiner Mutter unterhielt. »Sie meint, ich habe in der vergangenen Saison nur keinen Heiratsantrag angenommen, weil ich versuche, mir deinen Bruder zu schnappen.«

»Herzlichen Glückwunsch zur Rückkehr in die Gesellschaft.

Eine Frau kann so lange behaupten, dass sie nicht heiraten will, bis sie blau anläuft, aber in den Augen dieser Leute gibt es für ein solches Verhalten nur eine einzige Erklärung.« Er zuckte mit den Schultern. »Eindeutig wartet sie noch auf etwas Besseres.«

»Also denken hier alle, ich bin so eine Art Strategin auf der sozialen Leiter?« Sie spürte, wie ihre Wangen brannten. »Ich dachte, hier handle es sich um eine freundschaftliche Hausgesellschaft, nicht um einen Wettstreit. Natürlich sehe ich jetzt, was deine Mutter hier veranstaltet – man kann es gar nicht übersehen –, aber ich wäre niemals gekommen, wenn ich geahnt hätte, dass die Leute hier die Favoritin in diesem Wettbewerb in mir sehen. Das ist so ungerecht! Wann habe ich jemals das geringste Interesse daran geäußert, deinen Bruder zu heiraten?«

»Keiner hält dich für eine Strategin, jedenfalls nicht auf diese Art.« Er verzog das Gesicht. »Falls es dich interessiert, du gehörst zu den Favoritinnen meiner Mutter.«

»Das tröstet mich nicht wirklich. Bitte sag jetzt nicht, dass dein Bruder ebenfalls denkt, ich bin aus diesem Grund hier.«

»Nein, ich vermute eher, du bist eine der wenigen anwesenden Damen, denen er zutraut, dass sie nicht mit einem Antrag von ihm rechnen.«

»Gut! Das wäre nämlich hochgradig peinlich, vor allem in diesem Kleid.«

»Was für ein Problem gibt es mit diesem Kleid?« Sein Blick glitt an ihr herab und verharrte kurz.

»Es ist zu … du weißt schon.« Sie wand sich. »Es vermittelt den Eindruck, als wollte ich auf mich aufmerksam machen.«

»Ja, es ist durchaus auffällig.« Er räusperte sich. »Auf eine gute Art, meine ich. Ich möchte damit sagen, du siehst nett aus. Attraktiv. Anders als sonst, aber …«

»Bitte sag nichts mehr.«

»Es tut mir leid. Und was den Rest angeht, auch das tut mir leid.« Man musste Marmaduke zugutehalten, dass seine Entschuldigung ernst klang. »Ich glaube, so habe ich noch nie darüber nachgedacht. Um ehrlich zu sein, es überrascht mich eher, dass Mutter ganz ohne Umschweife handelt.«

»Wusste dein Bruder, dass es so ausgehen würde?«

»Er hat dem Plan einer solchen Feier bei uns im Haus zugestimmt, um der Ballsaison früher zu entrinnen, aber ihm war nicht klar, was sie ausgeheckt hat, bis er vor einer Woche die komplette Gästeliste in den Fingern hatte. Danach haben sie drei Tage lang nicht mehr miteinander geredet. Ehrlich gesagt frage ich mich, ob ihr unverblümtes Vorgehen auch eine Taktik ist. Sie warnt ihn damit, dass alles nur noch schlimmer wird, wenn er sich nicht bald jemanden aussucht.«

»Das ist aber völlig skrupellos.«

»Niemand geht entschlossener vor als eine Mutter, die der Meinung ist, im Recht zu sein. Sie ist vielleicht sogar ein böser Geist.«

»Oje.« Caro runzelte entnervt die Stirn. »Ich hoffe nur, dass er sich bald entscheidet, damit wir anderen uns endlich ein bisschen amüsieren können.«

»Jetzt sag bloß nicht, dass du dich auch gegen Rafe stellst.« Er schüttelte mit gespieltem Ernst den Kopf. »Aber keine Sorge, morgen kannst du dem Haus entfliehen. Das Wetter sieht ganz gut aus, also werden wir die Ruinen von Schloss Campion besichtigen. Es wurde von einem unserer glorreichen Vorfahren erbaut, einem Drogo … irgendwas. Einer Familienlegende zufolge hat er in der Schlacht von Agincourt irgendetwas Besonderes geleistet, wobei die Geschichtsbücher zu diesem Thema erstaunlicherweise schweigen. Also gedenken wir seiner, indem wir über seine Ruinen hinwegtrampeln und dort ein Picknick zu uns nehmen.«

»Gut. Beides Dinge, die mir Spaß machen.«

»Allerdings – erwarte dir nicht zu viel, wenn ich ›Schloss‹ sage. Die meisten Wände sind eingestürzt und die Steine wurden im Laufe der Jahrhunderte gestohlen. Jetzt ist da eigentlich nur noch ein Hügel mit ein paar bröckeligen Mauerresten, aber der Ausblick ist sehr eindrucksvoll und unsere Köchin backt hervorragende Fleischpastetchen.«

»Ich bin dabei.« Sie lächelte ihm von der Seite her zu, dann neigte sie den Kopf und sah zu den anderen Gästen hinüber. »Moment mal, wenn deine Mutter nur ledige junge Frauen eingeladen hat, warum ist dann Florentia hier?«

»Ach, ihr frischgebackener Gatte besitzt eines der benachbarten Landgüter. Es liegt nur zwölf Meilen entfernt, aber irgendwie hat sie sich eine Einladung für die gesamten zehn Tage erschlichen. Mach dir das klar – wenn du wirklich meinen Bruder heiraten würdest, dann wärt ihr Nachbarinnen.«

»Also, damit ist die Sache endgültig erledigt.« Caro tat so, als überliefe sie ein Schauer. »Auf gar keinen Fall werde ich ihn heiraten.«

Kapitel 16

(Zweiter Tag des Sommerfests)

Nach Marmadukes nicht sonderlich vielversprechender Beschreibung hatte Caro ihre Erwartungen an Castle Campion bewusst heruntergeschraubt. Umso positiver überraschte sie die Feststellung, dass die Ruine einerseits größer, andererseits auch viel malerischer war als erhofft. Das Schloss besaß drei Wände von unterschiedlicher Höhe, die von Efeu- und Geißblattranken zusammengehalten wurden, und es krönte einen Hügel, der sich mitten aus einer Wiese erhob. Ein flacher Graben zog sich um seine Grundmauern, und dahinter war ein weiterer, tieferer Graben zu erkennen, der von einem Ring aus Ulmen gesäumt war. Die versammelten Gäste – alle zweiundvierzig – stießen zehn Minuten lang Entzückensschreie aus und waren sich einig, dass sie noch nie im Leben eine so bezaubernde Burgruine gesehen hatten. Dann erst ließen sie sich zum Picknick nieder.

Caro verweilte noch ein bisschen in den Ruinen. Sie erklomm eine kleine Treppe, die ins Leere führte, aber einen spektakulären Ausblick über die Landschaft bot: sanft gewellte Hügel, vereinzelte Dörfer und ein mäandernder Fluss, der sich wie eine Schlange durch die Landschaft wand. Während sie noch da stand und diesen herrlichen Anblick in sich aufnahm, durchbrach ein Sonnenstrahl die Wolken, und sie legte den Kopf in den Nacken, übervoll von einem tiefen Gefühl der Zufriedenheit und des Wohlbefindens. Sie ließ zu, dass die Sonne ihre Haut erwärmte, auch wenn ihre Mutter sie eindringlich vor Sommersprossen gewarnt hatte. Ganz egal, was Florentia gesagt hatte – sie genoss diese Reise. Es war gut, zu wissen, dass sie sich unter den anderen Mitgliedern der Gesellschaft wohlfühlen konnte, auch wenn sie nicht mehr unbedingt dazugehören wollte. Einen Moment lang war Caro versucht, einfach von der Befestigung herunterzuspringen – sie war nicht besonders hoch – und mit ausgebreiteten Armen den Berg hinunterzurennen, dabei in höchster Lautstärke zu jubeln, wie ein kleines Mädchen. Das war natürlich undenkbar – so ein Verhalten geziemte sich nicht für eine junge Dame –, aber allein bei der Vorstellung musste sie lächeln. Vielleicht würde sie an einem anderen Tag hierher zurückkommen und es wirklich tun, wenn gerade niemand zusah.

Sie wandte sich um und hüpfte die Stufen hinunter. Als sie aus dem Treppenhaus kam, prallte sie beinahe gegen den Duke.

»Miss Foyle, ich habe sie gerade gesucht.« Er neigte höflich den Kopf, sein blondes Haar glänzte wie ein goldener Helm im Sonnenlicht. Er hätte ein Ritter in glänzender Rüstung sein können, der gerade einer Jungfer in Not zur Rettung kam, dachte sie und erinnerte sich dabei an den Wandteppich in ihrem Schlafzimmer. Allerdings war er nicht ihr Ritter. Angefangen damit, dass sie sich überhaupt nicht retten lassen wollte.

»Hoheit.« Sie knickste. »Ich weiß, ich komme zu spät zum Picknick, aber ich habe die Aussicht genossen.«

»Das freut mich zu hören. Es ist einer der besten Aussichtspunkte auf dem ganzen Gelände. Darf ich?« Er bot ihr seinen Arm.

»Aber gerne.« Sie nahm ihn, immer noch erfüllt von dem Gefühl vollkommener Zufriedenheit. So spazierten sie den Hügel hinunter bis zu einer Ansammlung von Decken, die über das Gras verteilt waren.

»Seit Ihrer Ankunft haben wir noch kaum miteinander geredet.« Der Duke deutete auf eine Stelle am Rand des Picknickplatzes, weit genug von den anderen entfernt, um sich ungestört unterhalten zu können. Aus dem Augenwinkel sah Caro ihre Mutter – sie warf ihren Kopf in den Nacken, ihr Gesicht glühte vor Stolz.

»Ja, das ist wahr.« Sie setzte sich und zog die Beine unter sich. »Bitte machen Sie sich meinetwegen keine Gedanken. Sie haben viele Gäste, um die Sie sich kümmern müssen. Neunzehn ledige junge Frauen beim letzten Durchzählen.«

Er verdrehte die Augen und ließ sich auf dem Boden nieder, streckte dabei ein Bein vor sich aus. »Mit meiner Mutter sind die Gäule ein bisschen durchgegangen, als sie die Einladungen geschrieben hat.«

»Das habe ich gehört.« Sie warf einen Blick in die Richtung, in der Marmaduke in einem kleinen Kreis von Müttern lachte und scherzte.

»Es freut mich jedenfalls, dass Sie hergekommen sind.« Er folgte ihrem Blick, eine kleine Falte bildete sich zwischen seinen Brauen. »Ich hoffe, es hat Ihnen nicht allzu viele Umstände bereitet, mir diesen Gefallen zu erweisen?«

»Ganz und gar nicht. Eine Vergnügungsreise ist ein Gefallen, den ich gerne erweise, selbst wenn ich befürchte, Ihnen unrecht getan zu haben.«

»Warum das?«

»An jenem Tag, an dem wir zusammen im Zweispänner im Hyde Park unterwegs waren, war ich ein bisschen zu streng. Ich dachte immer, wir Debütantinnen stünden unter einem viel zu großen Druck, heiraten zu müssen. Ich wäre nie auf die Idee gekommen, dass es einem Mann genauso ergehen könnte. Wir haben viel mehr gemeinsam, als mir klar war, und ich gehe davon aus, dass die Belastung für einen Duke noch um einiges größer ist.«

»Das kann man so sagen.« Er nahm einem Diener, der eben vorüberkam, zwei Gläser Limonade ab und reichte ihr eins, dann nickte er in Richtung der anderen Gäste. »Wie hier deutlich zu sehen ist.«

»Immerhin haben Sie noch einen Vorteil. Sie dürfen wählen, im Gegensatz zu uns, die wir erwählt werden.« Sie lächelte schelmisch.

»Da bin ich mir gar nicht so sicher. Wenn ich mich nicht bald entscheide, wird meine Mutter die Sache wohl persönlich in die Hand nehmen.«

»Dann lassen Sie es nicht zu. Einige Dinge lassen sich nicht übers Knie brechen, und Sie sind doch derjenige, der den Rest seines Lebens mit derjenigen verbringen muss, die er heiratet. Sie müssen doch sicher sein, dass Sie zusammenpassen.« Sie nippte an der Limonade. »Sie verdienen eine Liebesgeschichte.«

»Ich fürchte, meine Mutter würde Sie sofort nach Hause schicken, wenn sie wüsste, dass Sie so aufrührerische Bemerkungen machen.« Rafes Lippen zuckten. »Wenn diese ganze

Situation nicht so gestellt wäre, dann wäre es vielleicht einfacher. Ich weiß, dass ich meiner Familie und dem Herzogtum gegenüber meine Pflicht erfüllen muss. Ich habe mich damit abgefunden, dass ich heiraten muss, auch wenn ich immer noch finde, dass es zu früh ist, aber …« Einer seiner Wangenmuskeln zuckte. »Manchmal beneide ich meinen Bruder um seine Freiheit. Klingt das jetzt sehr undankbar?«

»Nein. Sie möchten Ihr eigenes Leben führen, auch wenn Sie ein Duke sind. Das ist doch ganz natürlich.«

»Danke schön. Ich gestehe, ich fühle mich eher wie eine Jagdbeute. Neunzehn junge Damen, die mir die ganze Zeit das erzählen, was ich ihrer Meinung nach hören möchte, Anwesende ausgenommen. Man könnte wirklich glauben, sie hätten das auswendig gelernt.«

»Dann sollten Sie ihnen vielleicht Fragen stellen, auf die sie nicht vorbereitet sind.«

»Zum Beispiel?«

»Na ja.« Sie tippte mit den Fingernägeln gegen den Rand ihres Glases und dachte nach. »Wenn Sie jedes beliebige Tier sein könnten, was wären Sie dann gern? Oder: Wenn Sie ein Boot hätten und sich irgendein Ziel auf der Welt aussuchen könnten, wohin würden Sie fahren?«

»Und wie würden die richtigen Antworten darauf lauten?«

»Erstens, ein Eichhörnchen, und zweitens, überallhin. Aber der Punkt ist, dass es keine richtigen Antworten gibt. Es wäre einfach eine Möglichkeit für sie, Ihnen zu zeigen, wer sie wirklich sind, und nicht, wozu man sie erzogen hat.«

»Das ergibt Sinn.« Er sah ihr in die Augen. »Warum ein Eichhörnchen?«

»Hm?« Sie erwiderte seinen Blick. Einen Moment lang verschlug es ihr die Sprache. Sie hatte immer gedacht, Rafes Augen hätten dieselbe tiefe Karamellfarbe wie die von Marmaduke, aber nun stellte sie fest, dass sie ein bisschen heller waren, honigbraun mit goldenen Sternchen, wunderschön und sonderbar betörend. »Oh.« Sie zuckte leicht zusammen. »Ich mag Eichhörnchen. Sie sind so lustig und immer geschäftig. Was wären Sie gern?«

»Ich habe keine Ahnung. Vielleicht ein Hirsch. Oder ein Löwe.« Sein Blick wurde durchdringender. »Sind Sie deswegen noch nicht verheiratet? Weil Sie noch niemanden gefunden haben, der zu Ihnen passt? Ich habe gehört, dass Sie schon zahlreiche Anträge bekommen haben.«

»Das ist einer der Gründe.« Sie nippte wieder an der Limonade.

»Verzeihen Sie. Das war eine zu persönliche Frage.«

»Ich habe nichts dagegen.« Sie senkte die Stimme. »Vor allem, weil auch ich Ihnen dann eine persönliche Frage stellen kann: Haben Sie schon an einer dieser vielen jungen Damen Gefallen gefunden? Es muss doch wenigstens eine dabei sein, die Sie bewundern.«

»Keine Namen.« Er sah auf, als zwei Diener sich mit Tellern und Tabletts voller Speisen näherten. »Aber ja, eine gibt es.«

»Oh, gut.« Sie lächelte und hielt ihr Gesicht in die Sonne. »Ihre Mutter wird begeistert sein.«

୫ର

»Geht es dir gut?« Mehrere Sandwiches und ein Stück Johannisbeerkuchen später überquerte Caro den von leeren Picknickdecken übersäten Hang und kauerte sich neben Marmaduke. Er lag flach auf dem Rücken, mit einer Hand hielt er sich den Bauch. »Du siehst aus, als hättest du Schmerzen.«

»Die habe ich mir selbst zugefügt. Die Fleischpastetchen waren zu verführerisch.«

»Oje.« Sie kicherte. »Reue nach dem Festmahl?«

»Sie haben einen grausamen Humor, Miss Foyle.«

»Wie viele hast du denn gegessen?«

»Das möchte ich dir nicht sagen.« Er ächzte. »Es ist ganz schön anstrengend, charmant zu sein. Wenn diese Party noch ein paar Tage andauert, überlebe ich das wahrscheinlich nicht.«

»Du könntest versuchen, weniger Fleischpastetchen zu essen.«

»Das ist wohl kaum eine praktikable Lösung.« Er sah ihr über die Schulter. »Wo ist Rafe?«

»Er überlegt gerade, ob er lieber ein Hirsch oder ein Löwe wäre.«

»Ich bin mir sicher, das ergibt irgendeinen Sinn.«

»Außerdem hat deine Mutter ihn zu sich gerufen. Offenbar möchten einige junge Damen mehr über euren Urahnen erfahren, Drogo. Komm, wir können doch zum Haus zurückgehen.« Caro hielt ihm die Hand hin und zog ihn in Sitzposition. »Wenn wir Glück haben, kommen wir pünktlich zum Abendessen.«

»Igitt. Das war's.« Marmaduke fiel wieder nach hinten und schloss die Augen. »Lass mich hier liegen, ich bin erledigt.«

»Na gut, wenn du unbedingt so dramatisch sein musst.« Sie lachte und setzte sich neben ihn. »Das hier ist ein wunderbarer Ort.«

»Ja. Ich werde ihn vermissen.«

»Wenn du dann auf Reisen gehst, meinst du?« Sie sah auf ihn

herunter. Ein sanfter Windstoß wehte ihm eine Locke in die Stirn. Wie ihr eigenes Haar war auch das seine seit London gewachsen, und es wirkte zerzauster denn je. Sie verspürte einen deutlichen Drang, ihre Finger durch seine Haare gleiten zu lassen. »Aber du kommst doch wieder, oder?«

»Nur zu Besuch. Ich werde nicht mehr hier wohnen.« Er schlug ein Auge auf. »Wir haben hier ja kaum zu dritt Platz, und wenn dann noch eine junge Ehefrau dazukommt ...«

»Sehr witzig. Dann fährst du also direkt an den Genfer See?«

»Ja. Ich besitze dort eine Villa, auch wenn ich sie noch nie gesehen habe. Wenn ich Pech habe, ist es nur irgendeine baufällige Hütte.«

»Du hast ein Haus gekauft, das du noch nie gesehen hast?«

»Nicht ganz. Ich habe es von meiner Mutter geerbt.«

»Von deiner Mutter?« Sie setzte sich aufrechter hin. »Ich dachte, du weißt nicht, wer sie war.«

»Genau genommen habe ich gesagt, mein Vater hat mir nicht verraten, wer sie war. Meine Stiefmutter dagegen war der Ansicht, ich habe ein Recht darauf, es zu erfahren. Sie hat es mir an meinem achtzehnten Geburtstag gesagt.« Er schwieg ein paar Sekunden, dann wälzte er sich auf die Seite. »Und wirst du mich jetzt fragen?«

»Nein. Ich warte darauf, dass du es mir sagst. Aber du musst nicht.«

»Ich weiß. Deswegen möchte ich es. Sie war eine Opernsängerin, sogar eine recht erfolgreiche. Nachdem ich geboren und sicher an der Schwelle meines Vaters abgelegt worden war, hat sie England verlassen, ist nach Mailand gezogen und wurde noch erfolgreicher. Ich hoffe, sie war auch glücklich.«

»Sie wusste, dass dein Vater dich annehmen würde?«

»Vielleicht hat sie das nur gehofft. Wenn es nach ihm gegangen wäre, würde ich wahrscheinlich immer noch an dieser Schwelle herumliegen.«

»Das ist ja abscheulich.«

»Ja. Glücklicherweise war die Duchess derselben Ansicht. Als sie herausgefunden hatte, wer ich war, bestand sie darauf, mich als Familienmitglied aufzuziehen, auch wenn das ganz unglaublich klingt.«

»Hat es deswegen keine Probleme mit deinem Vater gegeben?«

»Wahrscheinlich, aber nach allem, was ich weiß, hatten sie sich zu diesem Zeitpunkt sowieso schon auseinandergelebt.«

»Oh.« Caro wandte den Kopf und sah verstohlen nach der Duchess. »Dann führten sie also keine glückliche Ehe?«

»Sie führten gar nichts. Soweit ich mich erinnere, haben sie sich selten auch nur im selben Raum aufgehalten. Die meiste Zeit ihrer Ehe hat meine Mutter damit zugebracht, an Menschen gutzumachen, was mein Vater ihnen Schlechtes angetan hat. Angefangen mit mir.«

»Und was ist mit dir? Hast du dich gut mit deinem Vater verstanden?«

Seine Miene wirkte mit einem Mal verschlossen. »Auch wir beide haben uns selten gleichzeitig im selben Raum aufgehalten.«

»Aber er hat dich Duke genannt.«

»Nur, weil er das lustig fand. Er sagte, wenn meine Stiefmutter entschlossen sei, seinen Fehler der ganzen Welt bekannt zu geben, dann könne er ihn auch gleich offiziell machen.«

»Fehler?« Sie legte ihm eine Hand auf den Arm. »Marmaduke, es tut mir leid.«

»Das muss es nicht.« Seine Muskeln spannten sich unter ihren Fingerspitzen an. »Meine wirklichen Eltern wollten mich zwar nicht haben, aber ich habe eine wunderbare Stiefmutter und den besten Halbbruder, den ich mir hätte wünschen können. Ich verdanke ihnen beiden mehr, als ich jemals zurückzahlen kann. Außerdem durfte ich hier aufwachsen. Im Vergleich zu den meisten anderen Menschen habe ich großes Glück gehabt.«

»Was ist mit deinem Vater passiert? Meine Großmutter meinte, er sei jung gestorben.«

»Ja, bei einem Reitunfall. Mit gerade elf Jahren hat Rafe den Titel geerbt. Wenn du dich also manchmal darüber wunderst, dass er so ernst wirkt, dann liegt es daran, dass er sehr schnell erwachsen werden musste.«

»Du aber auch.«

»Na ja, meine Aufgabe bestand ja lediglich darin, mich um Rafe zu kümmern. Einer von uns musste die Stimmung ein bisschen aufheitern.«

Sie lächelte. Ganz überraschend spürte sie eine Welle der Zärtlichkeit für beide Brüder. »Und was ist mit deiner leiblichen Mutter? Hast du jemals von ihr gehört?«

»Nein. Lange Zeit bin ich davon ausgegangen, dass auch sie mich als einen Fehler betrachtete. Ich habe mich sogar gefragt, ob sie mich vergessen hat.«

»Aber sie hat dir ihr Haus vermacht?«

»Ja. Vor über einem Jahr habe ich einen Brief von ihrem Anwalt bekommen. Es stellte sich heraus, dass sie nie andere Kin-

der hatte, also hat sie mir ihr gesamtes Vermögen hinterlassen.«
Er lächelte schief und ein bisschen mühsam. »Aber erzähle es
niemandem. Ich möchte nicht, dass all diese Debütantinnen ihr
Interesse plötzlich auf mich richten.«

Sie schüttelte den Kopf. »Du kannst ja witzeln, aber es zeigt
doch immerhin, dass deine Mutter sich mit dir versöhnen
wollte.«

»Vielleicht. Aber wenn sie das gewollt hätte, dann hätte sie
vielleicht auch einen Brief mit einer Erklärung hinterlassen
können, doch da war nichts.« Er holte tief Luft. »Andererseits
war sie ja eine ledige Mutter. Vielleicht dachte sie, ich würde sie
ewig an meinen Vater erinnern, oder vielleicht dachte sie, ich
würde dort, wo ich war, ein besseres Leben führen, aber letztendlich muss sie ihre Gründe gehabt haben für das, was sie tat.
Ich wünschte, ich würde die Wahrheit kennen, aber ich verurteile sie nicht.«

»Ich auch nicht.«

Er sah auf, seine Augen leuchteten. »Nein?«

»Nein. Es muss eine furchtbar schwere Entscheidung für sie
gewesen sein, aber sie hat dich an einem Ort zurückgelassen,
von dem sie wusste – oder von dem sie annahm –, dass er für
dich sicher war. Das zeigt, dass du ihr nicht gleichgültig warst,
selbst wenn sie dich nicht behalten konnte. Und die Tatsache,
dass sie dir ihr Haus hinterlassen hat ...« Ihre Stimme brach,
ihr Hals war zugeschnürt. »Das zeigt, dass sie dich niemals vergessen hat, Marmaduke.«

»Danke schön. Überflüssig zu erwähnen: Was den Rest der
Welt betrifft, ist das alles ein großes Geheimnis.«

»Ich werde kein Sterbenswörtchen verraten, versprochen.«

Sie drückte seinen Arm, dann ließ sie ihn los. »Danke, dass du es mir erzählt hast.«

»Also, das ist mein Plan.« Er wandte das Gesicht ab. »Vielleicht kann ich am Genfer See mehr über meine Mutter erfahren, oder vielleicht gefällt mir ihr Haus und ich möchte dableiben, jedenfalls ist es an der Zeit, dass ich einen Ort für mich selbst finde. Rafe und meine Stiefmutter haben mich lange genug ertragen.«

»Sag das doch nicht. Ich bin sicher, dass sie dich nicht als Belastung sehen.«

»Vielleicht nicht als Belastung, aber eigentlich hätte ich niemals hier sein dürfen. Campion Place ist zwar offiziell mein Zuhause, aber ich habe nie wirklich hierhergehört, und wenn Rafe heiratet, kann ich nichts Besseres tun, als mich zurückzuziehen.« Marmaduke sah sich um, sein Ausdruck war wieder gefasst. »Jetzt habe ich aber genug über mich geredet. Was ist mit dir? Wenn du dich überall auf der Welt niederlassen könntest, wohin würdest du gehen? Zurück nach Cleveland?«

»Vielleicht. Mir fehlt das Meer.«

»Bist du eine Meerjungfrau?«

»Offensichtlich. Wusstest du das nicht?«

»Nein, aber das erklärt so manches.« Er setzte sich ruckartig auf. »Was hältst du von einer richtigen Besichtigungstour durch die Ländereien? Ohne den ganzen Hofstaat? Wir sind hier auch gar nicht so weit vom Meer entfernt.«

»Du meinst, nur wir beide? Meine Mutter würde das niemals erlauben.«

»Wahrscheinlich nicht. Allerdings scheint sie sehr erpicht darauf zu sein, morgen am Ausflug nach King's Lynn teilzunehmen. Da wäre sie einige Stunden lang aus dem Weg, falls du beschließen würdest, dich ihr nicht anzuschließen?«

»Sie lässt mich garantiert nicht alleine hier zurück.«

»Käme das nicht darauf an, wie du dich fühlst?«

Sie sog die Backen ein. »Mr Holloway, was genau wollen Sie damit sagen?«

»Du könntest Kopfschmerzen vorschieben? Oder Erschöpfung? Das hier ist schließlich ein ziemlich steiler Berg. Manche Leute, ich natürlich nicht, aber manche könnten denken, eine junge Lady sei damit überfordert. Theoretisch könnte sie so erschöpft sein, dass sie am nächsten Morgen nicht an einem Ausflug teilnehmen kann.«

»Dieser Berg?« Sie sah sich stirnrunzelnd um. »Eigentlich ist das nur ein kleiner Hügel.«

»Willkommen in Norfolk. Mehr ist hier nicht zu holen.«

»Du meinst, ich soll so tun, als sei ich schwächlich? Genau so ein Verhalten führt dazu, dass Frauen so einen schlechten Ruf haben.«

»Möchtest du jetzt einen Tag für eine Erkundungstour freihaben oder nicht? Ich gebe hier ja schon mein Bestes.«

Sie sah ihn von oben bis unten an, ihr Unterkiefer klappte herunter. »Willst du damit sagen, du tust nur so, als hättest du Bauchschmerzen?«

»Bitte.« Er schmunzelte. »Ich kann mehr als drei Fleischpastetchen vertragen.«

»Ich hatte richtig Mitleid.«

»Hattest du nicht. Von hier unten klang es eher, als würdest du mich verspotten. Also, was meinst du?«

Caro presste die Lippen zusammen, hob eine Hand und ließ

die Bänder ihrer Haube durch die Finger gleiten. Es klang skandalös – wie eine Sache, in die sie auf gar keinen Fall einwilligen durfte, etwas, was Sylvester vielleicht vorgeschlagen hätte – aber Marmaduke war nicht Sylvester. Er war ihr Freund, ihr guter Freund, mit dem sie gern Zeit verbrachte, und außerdem klang es interessant. Es war ja auch nicht so, als würde sie irgendjemand außer ihrer Mutter vermissen. Die anderen Debütantinnen würden sicherlich hocherfreut sein, wenn sich eine heiratsfähige junge Lady weniger ihrer Gruppe anschloss.

»Kopfschmerzen.« Endlich nickte Caro. »Ich weigere mich, wegen eines Maulwurfshügels über Erschöpfung zu klagen. Aber was ist mit den Angestellten deiner Mutter? Irgendjemand beobachtet bestimmt, dass wir das Haus verlassen.«

»Wahrscheinlich.« Er legte sich hin und schob lässig einen gebeugten Arm unter den Kopf. »Glücklicherweise lieben sie mich alle. Wir treffen uns im Reitstall, sobald die anderen weg sind. Sie werden erst am späten Nachmittag zurück sein. Und mach dir keine Sorgen.« Er gähnte heftig. »Es wird nichts schiefgehen.«

»Daran habe ich gar nicht gedacht, bis du es ausgesprochen hast.«

»Vertrau mir.«

Das tat sie, stellte sie fest, und die Erkenntnis überraschte sie. Sie wusste nicht warum, aber ja, sie vertraute ihm.

Kapitel 17

»Endlich!« Marmaduke war gerade damit beschäftigt, einen Gurt an seinem Sattel festzuzurren, als Caro am nächsten Morgen den Reitstall betrat. »Ich habe allmählich schon befürchtet, du hättest deine Meinung geändert.«

»Nach dem Frühstück ist mir Lady Chapman über den Weg gelaufen.« Caro ging zu dem Pferd, das bereits für sie gesattelt war, und begrüßte es. Es war eine braune Stute mit Blesse. »Sie hat echte Kopfschmerzen und wollte mir aufzählen, welche Mittelchen sie dagegen nimmt.«

»Dann sollten wir zusehen, dass wir fortkommen. Hübscher Hut übrigens.«

Sie streckte ihm die Zunge heraus. Ungeachtet ihres Protests hatte ihre Mutter darauf bestanden, ihr vor der Abreise aus Cleveland eine modische Schutenhaube zu kaufen. Sie war lächerlich, ungefähr doppelt so groß wie ihr Kopf, aber heute Morgen war ihr der Gedanken gekommen, dass sie vielleicht von unerwartetem Nutzen sein konnte. Der breite Rand beschattete und verbarg ihr Gesicht zum größten Teil.

»Ich dachte, ich sollte mich so gut wie möglich tarnen, nur für den Fall der Fälle.«

»Dann ist dir das auf bewundernswerte Weise gelungen.« Er

reichte ihr die Zügel. »Du kannst gern eine ganz undamenhafte Gangart wählen.«

Grinsend zog sie sich in den Sattel, und in dem Moment, in dem sie den Stallhof verließen, ließ sie ihr Pferd galoppieren. Nach der engen Atmosphäre der Festgesellschaft fühlte es sich an wie ein Ausbruch aus dem Gefängnis. Das Wetter war weniger ruhig als am Tag zuvor, windiger, und am Horizont hingen einige graue Wolken, aber das kümmerte sie nicht. Sie war einfach nur froh, an der frischen Luft zu sein und nicht nur in der Stadt herumzuspazieren, um sich neue Haarbänder zu kaufen.

Sie ritten um die Vorderfront des Hauses herum, über den Rasen, an dem mehrstöckigen Springbrunnen am östlichen Ende des Sees vorbei und über eine der Brücken, hinter der das Wasser über mehrere breite Steinstufen in einen schmaleren Bach hinabstürzte, dann trabten sie einen Hügel hinauf und hielten auf den Obelisken zu, den Caro erstmals von ihrem Fenster aus entdeckt hatte.

»Ich habe mich gefragt, was das ist.« Caro reckte den Hals, als sie näher kamen. Der Obelisk schien aus Granit gehauen. Seine vier Seiten verjüngten sich zu einer scharfen Spitze. »Und jetzt, wo ich hier bin, weiß ich es noch immer nicht.«

»Es ist das Denkmal, das mein Vater sich selbst gesetzt hat.« Marmaduke beugte sich vor und rieb seinem Pferd den Hals. »Es ist wahrscheinlich am besten, nicht darüber nachzudenken, was er damit ausdrücken wollte.«

»Es ist auf jeden Fall … lang.«

»Sehr taktvoll.« Er deutete auf eine Gruppe von offenbar sehr alten Bäumen in der Ferne. »Zum Glück findet sich unter diesen Bäumen dort hinten ein weitaus imposanteres Bauwerk. Wie wäre es mit einem Wettrennen?«

»Das erscheint mir ziemlich unfair.«

»Warum?«

»Weil …« Sie presste ihre Fersen in die Steigbügel und rief über die Schulter: »… ich einen Vorsprung habe.«

ॐ

»Ehrlich gesagt, bei dem hier bin ich mir auch nicht so ganz sicher.« Caro legte den Kopf schief und musterte die merkwürdige hölzerne Vorrichtung auf der Lichtung vor ihnen. Sie sah aus wie ein Katapult – ein langer, schräg liegender Eichenbalken mit einer Lederschlinge auf einer Seite und einem größeren Sack am Ende. In der Mitte war er an einem Holzblock befestig.

»Ich setze dich davon in Kenntnis, dass es sich hier –« Marmaduke schlug mit der flachen Hand auf den Balken, »um einen Tribock handelt.«

»Um einen was?«

»Eine mittelalterliche Waffe. Rafe und ich haben ihn selbst gebaut. Hier legt man seine Geschosse ein.« Er deutete auf die Schlinge. »Und dann lädt man die Gegengewichte auf die andere Seite, zieht das leichtere Ende mit diesem Seil nach unten und los geht's.« Er stieß ein lang gezogenes Pfeifen aus. »Leider ist es heute nur noch ein altertümliches Relikt. Zuletzt verwendet in der großen Schlacht der Brüder, 1807.«

»Hat eure Mutter davon gewusst?«

»Selbstverständlich nicht.«

»Und wenn du von Geschossen redest?«

»Kastanien, meistens.«

»Und in der Zwischenzeit müssen Mädchen still im Haus herumsitzen und sticken lernen.« Caro bückte sich, denn sie hatte auf dem Boden eine wesentlich kleinere Schleuder entdeckt. »Noch eine Waffe?«

»Ja, aber die ist viel schneller und leichter zu bedienen. Hier.« Er hob eine Eichel auf und reichte sie ihr. »Probier's aus. Siehst du die Zielscheibe da hinten?« Marmaduke deutete auf einen schwachen weißen Kreis an einem Baum, der ganz offensichtlich vor vielen Jahren aufgezeichnet worden war. »Stell dir vor, es sei der Kopf des Marquess of Bazley.«

»Ich hätte gern eine größere Eichel.« Sie zog die Frucht mit dem elastischen Band nach hinten. »Außerdem würde ich auch nicht auf seinen Kopf zielen. Kann ich nicht den Tribock benutzen?«

»Fang lieber mal klein an. Hier, noch ein bisschen nach links.« Er legte seine Arme um sie und korrigierte den Winkel, in dem sie zielte.

»So?« Sie holte angestrengt Luft, versuchte sich krampfhaft zu konzentrieren, obwohl sie seine warme Brust im Rücken spürte, und ließ die Eichel fliegen. Sie schoss durch die Luft und traf mit einem lauten Plopp-Geräusch genau ins Zentrum des Kreises.

»Gut gemacht!« Marmadukes Arm drückte ein bisschen fester. »Ich bin beeindruckt.«

»Vielleicht sollte ich die behalten?« Sie wandte leicht den Kopf. Es war unmöglich, am Rand ihrer Haube vorbei Marmadukes Gesicht zu sehen, aber allein seine Nähe ließ ihr Herz fast so schnell galoppieren wie die Stute, die sie gerade geritten war.

»Für den Fall, dass ich irgendwann mal wieder auf den Marquess treffe.«

»Gute Idee.« Seine Stimme klang anders, tiefer, dann hüstelte er und wandte sich ab. »Lust auf eine Erfrischung?«

»Sag bloß, du hast schon wieder ein Picknick mitgebracht?« Sie warf einen Blick in Richtung der Pferde. Ihr waren keine Tasche und kein Korb aufgefallen.

»Leider nein. Ich dachte, das würde Fragen aufwerfen. Also habe ich mir etwas anderes ausgedacht. Gib mir ein paar Sekunden Zeit.« Er verschwand zwischen einigen Sträuchern.

»Soll ich nachkommen?«

»Nein, du bist da sicherer, wo du bist.« Das Gebüsch über seinem Kopf schwankte heftig. »Ich erhalte gerade Dolchstiche an Stellen, die ich lieber nicht näher bezeichnen sollte.«

»Dolchstiche?«

»Dornen« Er tauchte wieder aus dem Unterholz auf und umklammerte ein Taschentuch. »Es ist sauber, versprochen.« Er hielt ihr das Leinentuch hin und sie entdeckte eine Handvoll praller Blaubeeren. »Bedien dich.«

»Oooh!« Sie wählte eine der am saftigsten aussehenden Früchte. »Köstlich. Viel besser als Fleischpastetchen.«

»So weit würde ich jetzt nicht gehen.« Marmaduke steckte sich mehrere Früchte gleichzeitig in den Mund und setzte sich auf einen Baumstumpf. »Also, was meinst du, wirst du nächsten Sommer wieder nach London gehen? Wegen der Ballsaison, meine ich?«

»Nein. Meine Großmutter hat angeboten, mich noch einmal zu betreuen, aber das passt nicht mehr zu mir. Jedenfalls will ich nicht mehr jemand sein, zu dem das passt.«

Caro griff nach einer weiteren Blaubeere. »Weißt du, letztes Jahr um diese Zeit dachte ich, ich wüsste, wer ich bin. Bevor ich nach London kam, war ich mir in allem so sicher. Aber dann ...«

»Aber dann?«

Sie holte tief Luft und sah ihm direkt in die Augen. Sein Blick war so nett ... so vertrauenswürdig. Es war der Blick eines Freundes ... und doch noch viel mehr. Sie befeuchtete sich die Lippen. Sie hatte gedacht, sie würde nie jemand anderem von Sylvester erzählen können, aber irgendwie hatte sie die Sätze bereits im Kopf formuliert, nicht alle, aber so viele, dass Marmaduke verstehen konnte. Sie war bereit, es ihm zu erzählen.

»Dann bin ich ... durchgebrannt. An einem Abend, an dem ich eigentlich Vauxhall Gardens besuchen sollte, bin ich weggelaufen, nach Gretna Green.«

»Ach ja.«

»Ich kam gar nicht auf die Idee, dass irgendetwas schiefgehen könnte.« Sie schluckte, wählte ihre Worte sorgfältig. »Auch wenn ich wusste, dass er ein Schürzenjäger war und dass meine Eltern nicht einverstanden gewesen wären. Ich glaubte trotzdem, wir würden für immer glücklich zusammenleben. In meiner Jugend hat mir jeder erzählt, wie perfekt ich war, dass mein Leben perfekt sein würde, und ich war so naiv. Vielleicht habe ich mich deswegen so leicht täuschen lassen, weil ich nie irgendjemanden oder irgendetwas infrage gestellt hatte. Als ich dann erkannt habe, dass er nicht die geringste Absicht hatte, mich zu heiraten, und dass alles ein schrecklicher, dummer Fehler war, habe ich mich vollkommen verloren gefühlt. Es war, als hätte ich ein Leben lang geträumt und wäre nun aufgewacht und hätte festgestellt, dass die Welt ein ganz anderer Ort ist, als ich dachte. Meine Cousine Essie und der Earl of Denholm haben mich gerettet, und es wurde alles vertuscht, aber lange Zeit stand ich völlig neben mir. Das war, direkt bevor wir uns kennengelernt haben.«

Er nickte bedächtig. »Das erklärt so einiges.«

»Warum ich so unhöflich war, meinst du?« Sie schleifte einen Fuß durchs Unterholz. »Danach konnte ich nicht einfach wieder die Person werden, die ich vorher war, aber ich musste weiter funktionieren, dieselben Orte wieder besuchen und immer wieder die gleichen Leute treffen, nur damit niemand Verdacht schöpft. Ich wollte unbedingt aus London abreisen, nach Hause fahren, aber ich konnte meiner Mutter das nicht sagen, ohne ihr den Grund zu nennen, und es hätte ihr das Herz gebrochen. Also habe ich so getan, als sei ich immer noch jemand, der ich gar nicht mehr war.«

»Das war tapfer.«

»Es war mir eine Hilfe, einen Freund im Nachbarhaus zu haben.« Sie lächelte sanft. »Jetzt wünschte ich immer noch, ich wäre niemals durchgebrannt, aber ich weigere mich dennoch, zuzulassen, dass diese Sache mein Leben zerstört. Ich weiß, dass ich nicht perfekt bin, aber ich bin trotzdem kein Opfer. Ich bin mir nicht ganz sicher, wer ich bin, aber ich habe das Gefühl, ich komme der Erkenntnis immer näher. Ergibt das einen Sinn?«

»Das ergibt durchaus Sinn.«

»Und ich habe festgestellt, dass ich nicht mehr Teil der feinen Gesellschaft sein will. Ich möchte Schriftstellerin werden. Ich habe bereits einen Roman geschrieben, ›Die außergewöhnlichen Abenteuer der Jezebel Joyce, einer Lady in Gefahr‹, und ich bin ziemlich zufrieden damit.« Sie hob das Kinn. »Aber wenn du dich darüber lustig machen willst, nur zu.«

»Warum sollte ich mich darüber lustig machen?«

»Weil ich auf dich nicht den Eindruck mache, ich sei eine Frau, die Romane schreibt.«

»Du machst auf mich den Eindruck einer Person, die alles Mögliche schaffen kann. Genau genommen alles, was sie sich in den Kopf setzt.« Er stand auf und trat einen Schritt näher. »Was dir passiert ist, tut mir leid, Caro, aber danke, dass du es mir erzählt hast.«

»Ich hoffe … nein, ich weiß, dass ich dir vertrauen kann.«

Marmaduke griff nach einer ihrer Hände, hob sie sich an die Brust und flocht seine Finger in die ihren. »Das kannst du. Und da gibt es auch noch etwas, was ich dir sagen wollte.«

»Ja?« Sie hielt den Atem an, als er noch näher trat. Sein Körpergeruch umfing sie, eine moschusartige Kombination aus Sandelholz und Vanille und … Pferd? Aber Letzteres würde sie vielleicht einfach ignorieren.

»Weil ich über dich nachgedacht habe.« Er hielt ihrem Blick stand, sein Daumen rieb leicht über ihre Fingerknöchel – ihr Blut rauschte laut und ihr Magen hüpfte. »Sehr viel. Den ganzen Sommer lang.«

»Wirklich?« Wieder ein Hüpfer. Und dann noch einer, als würden alle ihre inneren Organe einen temperamentvollen Tanz aufführen. Einen schottischen Tanz. Einen Freudentanz. Nein, es war nicht unangenehm. Im Gegenteil. Es fühlte sich erstaunlich gut an.

»Ich weiß allerdings nicht, ob das jetzt der richtige Zeitpunkt ist?«

Ihre Zehen kräuselten sich. »Es gibt nur eine Möglichkeit, das herauszufinden.«

»Genau. Also. Es ist so, dass ich …« Er brach ab und zog die Brauen zusammen, als plötzlich Regentropfen zwischen ihnen fielen.

»Oh.« Sie sah nach oben, durch die Baumkronen. »Ich glaube, die grauen Wolken haben uns eingeholt.«

»Das ist wahrscheinlich nur ein bisschen Nieselregen.«

Kaum hatte er es ausgesprochen, wurde der Regen doppelt so heftig und die Tropfen doppelt so groß.

»Ach.« Sein Stirnrunzeln vertiefte sich. »Na ja, es wird schon nicht so viel sein.«

Fernes Donnergrollen untermalte den Regen.

»Ich glaube, du solltest besser nichts mehr zum Wetter sagen.« Sie unterdrückte ein Kichern. »Du machst es noch schlimmer.«

»Ich war noch nie so ein richtiger Naturbursche. Komm!« Er nahm ihre Hand und zog sie zu den Pferden. »Bei Gewitter sollte man nicht unbedingt unter Bäumen Schutz suchen.«

»Warte doch – was wolltest du denn sagen?«, rief sie ihm nach.

»Das verrate ich dir, wenn wir zurück im Haus sind.«

Rasch sprangen sie auf ihre Pferde und nahmen den direktesten Weg durch den Park, im Versuch, dem Unwetter davonzureiten. Beinahe hätten sie es auch geschafft. Sie erreichten den Stallhof genau in dem Moment, als der Himmel alle Schleusen öffnete und der Regen um sie herum in Sturzbächen herunterkam.

»Hier!« Marmaduke zog seinen Mantel aus und hielt ihn ihr über den Kopf, als sie ins Haus zurückrannten.

»Sei nicht albern!« Sie stieß den Mantel zurück in seine Richtung. »Du wirst dich erkälten.«

»Ich benehme mich nur ehrenhaft!« Er riss eine Terrassentür auf. »Ich möchte dich darüber in Kenntnis setzen, dass dies die ehrenhafteste Handlung meines gesamten bisherigen Lebens ist.«

»Ich merke es mir.« Sie lachte, als sie gemeinsam ins Haus stolperten, beinahe kopfüber in einen der zusätzlichen Empfangsräume. »Puh! So viel Regen habe ich noch nie gesehen!«

»Wir sind noch nicht in Sicherheit.« Er strich sich mit der Hand durch die Haare und Wasser sprühte auf die Velourstapete in seinem Rücken. »Lady Chapman ist irgendwo in der Nähe. Wir müssen dich zurück in dein Zimmer befördern, ohne uns erwischen zu lassen.«

Auf Zehenspitzen schlichen sie in die Eingangshalle, dann spurteten sie die Treppe hinauf. Als sie in Caros Flur ankamen, konnten sie sich beide vor Gekicher kaum halten.

»Psst! Da kommt jemand!« Caro schlug sich eine Hand vor den Mund, denn sie hörte den unverkennbaren Klang von Schritten hinter der nächsten Ecke. Ohne nachzudenken, öffnete sie ihre Zimmertür und schubste Marmaduke hinein.

»Au!« Er tat, als stolpere er, seine Augen glänzten vor Lachen. »Du bist ja stärker, als du aussiehst.«

»Psst!« Sie presste ihr Ohr an die Tür, wischte sich mit den Handflächen Lachtränen aus dem Gesicht. »Alles in Ordnung. Ich glaube, sie sind vorbeigegangen.«

»Das ist ja schade.« Seine Stimme klang verblüffend nah. Sie wandte sich um und ihr Kichern verstummte. Sein Blick war so durchdringend, dass ihr Brustkorb sich zusammenzog, als

wäre ihr Korsett gerade spontan um mehrere Nummern ge-
schrumpft.

»Erinnerst du dich an den Nachmittag bei Parmentier's?«
Seine Stimme klang heiser.

»Ja, ich erinnere mich.« Plötzlich fühlte sie sich gefährlich
benommen.

»Es war für mich eher ein Schock, ehrlich gesagt.«

Ihr gelang ein zittriges Lächeln. »Für mich auch.«

»Ich habe nicht damit gerechnet, aber ein Teil von mir war
auch nicht überrascht.« Marmaduke hob eine Hand, zeichnete
ihre Wangenknochen nach, dann ließ er seine Finger in ihre
Haare gleiten und nahm ihr Gesicht in die Hände. »Ist das in
Ordnung?«

»Ja.« Sie schloss die Augen. Die Zeit schien angehalten zu haben. In diesem Moment erschien ihr Schlafzimmer ganz still.
Nur ihr Atem und das rhythmische Prasseln des Regens gegen
die Fensterscheibe waren zu hören.

»Was ich dir im Wald sagen wollte …?«

»Ja?«

»Ich glaube, ich sollte es dir einfach zeigen.«

Ihre Lippen berührten sich, und sie rang nach Luft, denn ein
Stromschlag durchfuhr ihre Wirbelsäule, bis ihr ganzer Körper
kribbelte. Seine Küsse waren sanft, regenfeucht und schmeck-
ten nach Blaubeeren.

Er neigte den Kopf, ließ seine Zunge über ihre Lippen gleiten, bis sie sie öffnete. Sie reagierte, indem sie sich auf die Zehen
stellte und ihre Arme um seinen Hals legte, bis sie sich vom
Kopf bis zu den Zehen aneinanderschmiegten.

Nach einigen Sekunden riss er sich los und sah ihr so tief in die Augen, dass sie den Eindruck hatte, er versuchte, in sie hineinzublicken. Dann senkte er den Kopf wieder und küsste ihre Wangen, ihre Lider, ihren Hals, ihre Schultern.

Caro taumelte rückwärts, bis sie gegen die Tür gedrückt wurde. Unscharf war ihr bewusst, dass sie hier etwas Skandalöses taten, aber sie konnte sich nicht wehren. Sie legte den Kopf nach hinten, ein Schwarm von Schmetterlingen flatterte in ihrem Bauch. Sie fühlte sich schwerelos, als würden sich ihre Füße jeden Moment vom Boden lösen, aber ihn zu küssen, war nicht so, wie Sylvester zu küssen. Es fühlte sich natürlich an. Besser. Mehr als das. Es war so, wie Küssen mit Sicherheit sein sollte.

Und dann streichelte eine seiner Hände ihren Schenkel und alles änderte sich.

»Caro!« Marmaduke flüsterte ihren Namen, sein Mund lag auf ihrem Hals und ein Schreck durchfuhr sie. Ihr Körper verkrampfte sich, als sei sie in einen eiskalten See gestürzt. Eine Erinnerung an Sylvester durchfuhr sie. Er hatte sie auf diese Art berührt. Als er dieses Zimmer in der Postkutschenstation genommen hatte, diesen Raum mit nur einem einzigen Bett, auf das er sie gelegt hatte. Sie hatte damals nicht gewusst, wie sie reagieren sollte, aber an das Gefühl blinder Panik konnte sie sich lebhaft erinnern, diese entsetzte Erkenntnis, dass sie in der Falle saß, in einer Situation, die sie nicht erwartet hatte und für die sie nicht bereit war. Er hatte ihren Protest ignoriert, bis sie ihm das Gesicht zerkratzte, und dann hatte er sie eine Hure genannt, einen Quälgeist und eine Närrin, weil sie jemals gedacht hatte, er würde ein dummes Mädchen wie sie heiraten. Einen schrecklichen Moment lang hatte sie ernsthaft geglaubt, er würde sie schlagen, bis er dann einfach den Raum verlassen und sie irgendwo im Nirgendwo zurückgelassen hatte.

Bei dieser Erinnerung brach ihr der Schweiß aus allen Poren, eine Welle der Scham übermannte sie, wieder wurde ihr übel, wieder fürchtete sie sich. Und jetzt war es schon wieder so, erneut befand sie sich in so einer intimen Situation mit einem anderen Mann, von dem sie geglaubt hatte, sie könne ihm vertrauen, der aber, wie sich jetzt herausstellte, genau gleich war. Auch wenn das Verlangen sie wie ein Nebel umfing, waren ihr zwei Dinge noch deutlich in Erinnerung: Erstens hatte sie Marmaduke gesagt, dass sie nicht an einer Ehe interessiert war, und zweitens hatte Marmaduke dasselbe gesagt. Und noch schlimmer, er hatte kein Wort über Liebe oder eine Bindung oder irgendeine gemeinsame Zukunft geäußert. Alles, was er ihr gesagt hatte, war, dass er demnächst zum Genfer See abreisen würde, sobald sein Bruder eine Braut gefunden hatte.

Er würde weggehen.

»Lass mich los!« Sie legte ihre Handflächen auf seine Brust und schubste, so fest sie konnte.

»Caro?« Er taumelte rückwärts, diesmal verlor er wirklich beinahe das Gleichgewicht.

»Wie konntest du nur?« Sie ballte die Hände zu Fäusten. »Ich habe dir von meiner Flucht mit Sylvester erzählt, weil ich dir vertraut habe. Niemals hätte ich gedacht, dass du es ausnutzen würdest, um mich zu verführen!«

»Das tue ich nicht!« Er hielt die Hände hoch. »So ist es nicht. Ich schwöre.«

»Du bist genau wie er! Ich dachte, du wärst anders.«

»Das bin ich doch!«

»Ich dachte, wir sind Freunde!«

»Das sind wir!«

»Jetzt nicht mehr. Verschwin…« Sie brach mitten im Wort ab, wandte ruckartig den Kopf, denn im Flur vor der Tür waren Stimmen zu hören. »Meine Mutter?«

»Was?« Er wirbelte in Richtung Tür herum. »Das kann nicht sein.«

»Ist es aber. Sie müssen früher zurückgekommen sein.« Verzweifelt legte sie die Hand um ihre Kehle. Wenn ihre Mutter hereinkam und sie zusammen erwischte, konnte das nur auf eine Art ausgehen.

»Du musst dich verstecken. Schlüpf unters Bett!«

»Warte, Caro, wir müssen reden!«

»Jetzt nicht.« Sie presste seine Schultern nach unten und schob ihn praktisch unter das massive Himmelbett.

»Es ist alles in Ordnung, ich sage ihr …«

»Nein!« Sie zerrte die Vorhänge hinter ihm zu. »Du bleibst da, bis ich es dir sage, und bist still!«

ప్ర

»Mama.« Caro stand mitten im Raum, die Hände ordentlich vor sich gefaltet. »Was machst du denn schon wieder hier?«

»Das Wetter war so miserabel, dass wir beschlossen haben, früher zurückzukommen. Was macht dein Kopf?« Ihre Mutter legte ihren Pompadour ab und betrachtete Caro fassungslos von oben bis unten. »Was hast du denn angestellt? Du bist ja völlig durchnässt.«

»Hm? Ach so, ja. Ich habe mich besser gefühlt, deswegen bin ich auf die Idee gekommen, einen Spaziergang durch den Kräutergarten zu machen.« Sie hob die Schultern. »Es war der falsche Zeitpunkt.«

»Nun, dann solltest du aber schnell dieses Kleid ausziehen, bevor sich deine Kopfschmerzen noch zu einem Fieber entwickeln. Ein heißes Bad scheint mir auch angeraten. Ich werde eins bestellen.«

»Gute Idee. Ich hätte selbst daran denken können.«

Ihre Mutter marschierte bis zur Tür, dann hielt sie wieder an. »Na und?«

»Na und was?«

»Zieh dieses Kleid aus.«

»Ja, gleich.« Caro warf einen hastigen Blick in Richtung Bett. »Sofort. Ich habe nur gerade ... nachgedacht.«

»Also ehrlich, heute sind alle ein bisschen zerstreut.« Ihre Mutter verdrehte die Augen. »Selbst der Duke wirkte heute bedrückt. Miss Hamilton saß neben ihm in der Kutsche, und als sie ihn etwas fragte, stellte sich heraus, dass er nicht ein Wort mitbekommen hatte. Es war sehr peinlich für sie.«

»Die arme Miss Hamilton.«

»Um die Wahrheit zu sagen, ich glaube, er hat sich Sorgen um dich gemacht. Jedenfalls haben wir in einem bezaubernden kleinen Dorf angehalten, und ich habe ein blaues Stirnband gekauft, das du dir heute Abend ins Haar binden kannst. Du weißt doch noch, dass dir der Duke in Vauxhall Komplimente für dein blaues Kleid gemacht hat?«

»Nein.«

»Nun, hat er aber.« Ihre Mutter kicherte albern, dann verschwand sie in ihrem eigenen Zimmer. »Und jetzt läute ich nach einem Bad für dich.«

»Danke Mama, das kann ich gut gebrauchen.« Caro wartete einige Sekunden, dann riss sie die Bettvorhänge wieder auf. »Hinaus! Schnell!«

»Warte!« Marmaduke packte sie am Arm, als sie ihn zur Tür drängte. »Wir müssen immer noch reden!«

»Nein, müssen wir nicht.«

»Doch, müssen wir.« Er sah sie unglücklich an. »Es tut mir leid. Ich wollte dich nicht aufregen. So sollte es nicht ablaufen.«

»Dann tut es mir leid, dass ich deine Pläne durchkreuzt habe.« Sie öffnete die Tür einen Spalt, vergewisserte sich, dass die Luft rein war, und schubste ihn in den Flur. »Jetzt geh weg und rede nie wieder ein Wort mit mir!«

»Caro!«

Während er noch protestierte, drückte sie die Tür einfach zu, dann ließ sie sich dagegen sinken. Heiße Tränen traten ihr in die Augen. Wie hatte sie nur so dumm sein können, zweimal auf denselben Typ Mann hereinzufallen? Hatte sie aus ihren Erfahrungen mit Sylvester denn überhaupt nichts gelernt? Oder hatte sie einfach solche Anziehungskraft auf Schürzenjäger? Schon an jenem ersten Abend war ihr die Ähnlichkeit zwischen den beiden Männern aufgefallen und doch hatte sie das alles irgendwo unterwegs vergessen. Sie hatte sich schon wieder betören und manipulieren lassen! Vielleicht war sie ja wirklich so dumm, wie beide Männer glaubten.

In diesem Moment liebte sie Marmaduke überhaupt nicht mehr. Nein, sie hasste ihn aus tiefstem Herzen.

Kapitel 18

Es fiel schwer, nicht zu weinen. Wenn sie doch hätte weinen können, dachte Caro, dann hätte sie sich hundertmal besser gefühlt. Weinen oder schreien oder eine Tür zuknallen oder vielleicht sogar eine Vase zerschmettern, das wäre die beste Möglichkeit gewesen, ihrem Zorn und ihrem Schmerz Luft zu machen. Aber nun pulsierte nur eine Ader heftig in ihrem Hals, und ihre Haut fühlte sich zu eng an, als ballte sich in ihrem Bauch der Zorn zu einem Knäuel. Der Wunsch, ihrer Wut freien Lauf zu lassen, war beinahe überwältigend, aber das Schlimmste, was sie jetzt tun konnte, war, Aufmerksamkeit zu erregen, vor allem angesichts der Tatsache, wie dicht sie schon wieder vor einem neuerlichen Skandal gestanden hatte.

Stattdessen schälte sie sich aus ihrem Kleid, kletterte ins heiße Bad und versuchte zuzuhören, als ihre Mutter ihr alles über den abgebrochenen Ausflug nach King's Lynn berichtete. Infolgedessen kochte sie eine Stunde später noch immer vor Zorn. Und so beschloss sie, dass es wohl am besten sein würde, wenn sie für den Rest des Abends niemandem mehr begegnete.

»Was tust du da?« Caros Mutter sah sie fragend an, als sie unter die Bettdecke kroch.

»Ich gehe ins Bett.«

»Du gehst ins Bett?« Ihre Mutter schnalzte mit der Zunge. »Schlimm genug, dass du unseren Ausflug verpasst hast, aber ganz bestimmt bleibst du jetzt, wo wir wieder da sind, nicht in deinem Zimmer. Was soll denn der Duke davon halten?«

»Das ist mir egal.«

»Nun, mir nicht. Also zieh dich jetzt an und wir trinken zusammen im Salon Tee.«

»Ich möchte keinen Tee.«

»Aber ich möchte, dass du welchen trinkst.« Ihre Mutter tappte mit dem Fuß. Das bedeutete, dass jeder weitere Einwand zwecklos war. »Ich warte …«

»Aaargh!«

Als sie zehn Minuten später zusammen die Treppe hinuntergingen, hielt Caros Mutter plötzlich an und stieß einen kurzen, merkwürdig künstlich klingenden Schreckensruf aus. »Huch! Das habe ich ja ganz vergessen! Geh du schon mal vor. Ich habe eine Kleinigkeit mit der Mutter des Dukes zu besprechen.«

»Was?« Caro umklammerte die Schulter ihrer Mutter. Sie wollte nicht allein gelassen werden. »Hast du nicht gerade gesagt, dass wir jetzt zusammen Tee trinken?«

»Mit mir kannst du jederzeit Tee trinken. Geh schon und misch dich unter die Leute. Los!« Ihre Mutter wedelte mit den Händen in Richtung Salon. »Es dauert nicht lang.«

»Mama …«

»Geh da jetzt rein!«

»Ja, ja, gut.« Caro schleppte sich gehorsam davon und betrat den Raum, in dem Miss Hamilton gerade eine Art Klagelied auf dem Pianoforte zum Besten gab. Als sie die obligatorische Tasse Tee annahm und sich auf dem letzten freien Platz auf dem Sofa niederließ, stellte sie fest, dass es die perfekte Begleitmusik für ihre Stimmung war. Noch eine Woche lang würde das Sommerfest dauern! Die Zeit lag vor ihr wie ein unüberwindlicher Berg.

Heimlich sah sie sich im Raum um, aber von Marmaduke fehlte jede Spur. Gott sei Dank. Sie fragte sich, wie er sich verhalten würde, wenn sie ihn wiedersah. Wenn er lächelte und ihr zuzwinkerte und sich so benahm, als könnte er mit seinem Charme das, was zwischen ihnen geschehen war, wieder ausbügeln, dann würde sie keine Verantwortung für ihre Reaktion übernehmen. Ihre Freundschaft war gründlich und wahrhaftig vorbei. Allerdings hatte sie gar nicht vor, ihn überhaupt zur Kenntnis zu nehmen. Dies war endgültig das letzte Mal, dass sie sich von einem Mann hatte demütigen lassen. Niemals wieder würde sie zulassen, dass man ihr Herz in Versuchung führte! Nein, von heute an würde sie sich in ihren Emotionen nur noch von der reinen Vernunft leiten lassen. Sie würde sich ruhig, besonnen und distanziert verhalten. Es war der einzig sichere Weg. Sie nahm einen großen Schluck Tee und starrte wütend und entschlossen vor sich hin.

»Bedrückt Sie irgendetwas, Miss Foyle?«

Caro sah sich um und blickte in zwei besorgte grüne Augen. Miss Lucy Percival saß neben ihr.

»Oh … nein.« Sie blinzelte einen Moment lang irritiert, dann zwang sie sich zu einem Lächeln. »Entschuldigung. Ich war so in die Musik versunken.«

»Das Lied ist schon seit einigen Minuten zu Ende.« Miss Percival legte eine Hand auf ihre. »Aber ich verstehe das schon. Wir empfinden ja alle das Gleiche.«

»Ja?«

»Natürlich. Sehen Sie.« Miss Percival deutete mit dem Kinn in den Raum hinein, der Caro jetzt, wo ihr Gegenüber es erwähnt hatte, tatsächlich ziemlich düster wirkte. Sämtliche Debütantinnen, von ihren Müttern ganz zu schweigen, wirkten trübsinnig. Einige sahen sogar aus, als würden sie jeden Moment in Tränen ausbrechen.

»Was um alles in der Welt ist denn passiert?«, fragte Caro überrascht. »Ist irgendetwas vorgefallen?«

»Nichts Besonderes, aber es läuft nicht wirklich gut, oder?«

»Sie meinen den Ausflug nach King's Lynn?«

»Zum Teil, aber dieses ganze Sommerfest. Die Mutter des Dukes hat meiner Mutter so gut wie versprochen, dass ihr Sohn eine von uns zur Braut wählen würde, aber er macht so einen mürrischen Eindruck, besonders heute. Als würde er uns gar nicht hierhaben wollen.«

»Vielleicht möchte er noch gar nicht heiraten.«

»Aber das kann doch nicht sein!« Miss Percivals Augen weiteten sich. »Warum sollte uns seine Mutter denn dann alle einladen? Diese ganze Veranstaltung wäre doch vollkommene Zeitverschwendung.«

»Vielleicht hat er sich bereits für eine von uns entschieden.« Miss Wilhelmina Nixon, die direkt hinter Miss Percival saß, beugte sich herüber. »Meine Mutter geht davon aus, aber sie meint, er hielte es für unhöflich, es vor dem Ende des Sommerfests bekannt zu geben. Deswegen wartet er noch ab. Um unsere Gefühle zu schonen.«

»Ich nehme an, dass das möglich wäre.« Miss Percival wirkte nachdenklich. »Aber ehrlich gesagt, wäre es mir lieber, wenn er sich jetzt beeilen und uns seine Entscheidung mitteilen würde. Ich möchte lieber enttäuscht werden, als von meiner Mutter noch ein einziges Mal zu hören, dass ich unbedingt lächeln soll.«

Das Gespräch zog sich auf ähnliche Weise weiter hin, aber Caro bekam nichts mehr davon mit. Sie war viel zu sehr abgelenkt von dem heftigen Pulsieren ihres Herzschlags, denn Marmaduke war hereingekommen. Ebenso wie sie hatte er die nasse Kleidung gewechselt und sah in seinem weißen Leinenhemd und der karamellfarbenen Weste, den engen dunklen Kniebundhosen und den aus der Stirn gebürsteten Haaren leider ausgesprochen gut aus. Hätte ihr Herz nicht schon vor Zorn so heftig gepocht, dann hätte es das vielleicht jetzt aus einem anderen Grund getan.

Er fing ihren Blick auf und sie sah schnell wieder weg. Er sollte sie bloß in Ruhe lassen! Leider schien das keinerlei Effekt zu haben. Sie konnte buchstäblich spüren, wie er sich näherte.

»Florentia!« Sie sprang auf die Füße, kalter Schweiß rann zwischen ihren Schultern herab, als die angesprochene junge Frau sich aus ihrem Sessel erhob. »Wie geht es dir?«

»Ähm … ganz gut.« Florentia wirkte ein bisschen erschrocken. »Ich wollte gerade in mein Zimmer gehen und ein bisschen Korrespondenz erledigen.«

»Dann gehe ich mit dir nach oben. Ich brauche etwas aus meinem Schlafzimmer.« Sie hakte ihren Arm bei Florentia unter, erleichtert, etwas zum Festhalten zu haben, denn ihre Knie fühlten sich ein bisschen wackelig an. »Unterwegs können wir ein paar Neuigkeiten austauschen.«

»Miss Foyle?« Marmaduke stellte sich ihr direkt in den Weg. »Darf ich Sie kurz sprechen?«

»Nein.« Sie hob das Kinn, leider spürte sie, dass ihre Stimme bebte. »Wir sind beschäftigt.«

»Lass dich nicht von mir aufhalten.« Florentia sah neugierig zwischen den beiden hin und her. »Wir können auch später miteinander reden, Caro, ganz bestimmt.«

»Ja, aber ich muss doch unbedingt dieses … etwas … aus meinem Zimmer holen.«

Sie wartete nicht auf Marmadukes Antwort, sondern schob sich an ihm vorbei, ging weiter und sah dabei nur einmal kurz über die Schulter, als sie durch die Tür in die Eingangshalle traten. Glücklicherweise schien er ihr nicht zu folgen. Unglücklicherweise achtete sie nicht darauf, wohin sie trat. Sie hatte nur eine Sekunde, um sich zu fragen, warum Florentia ihr zurief, sie solle aufpassen, als sie schon mit jemandem zusammenstieß.

»Miss Foyle?«

Sie wich schnell zurück und verkniff sich einen frustrierten Aufschrei. Es war der Duke, und er wirkte ernster und nüchterner, als sie ihn jemals erlebt hatte. Wo zum Kuckuck war er denn so plötzlich hergekommen? Im Salon war er definitiv nicht gewesen. Das hatte sie genau überprüft, als die anderen Debütantinnen angefangen hatten, über ihn zu reden.

»Hoheit?« Sie sank in einen Knicks und wünschte, der Boden würde sich auftun und sie einfach verschlingen. »Verzeihen Sie mir.«

»Es gibt nichts zu verzeihen. Genau genommen bin ich gekommen, um nach Ihnen zu sehen.« Er grüßte Florentia mit einem kurzen Nicken. »Wären Sie denn wohl so gütig, einen

Moment lang in mein Studierzimmer zu kommen? Es gibt da eine persönliche Sache, die ich gern mit Ihnen besprechen möchte. Wenn der Zeitpunkt nicht gerade ungünstig für Sie ist?«

»Durchaus nicht.« Sie lächelte mit zusammengebissenen Zähnen. Immerhin war er ihr Gastgeber. Es wäre der Gipfel des schlechten Benehmens, ihn abzuweisen, auch wenn sie sich noch so sehr wünschte, sie könnte sich für den Rest des Tages unter der Bettdecke verstecken. Und wenn sie ihn in sein Studierzimmer begleitete, war sie wenigstens vor Marmaduke sicher. Er würde nie auf die Idee kommen, sie dort zu suchen.

»Wir sehen uns beim Abendessen.« Sie hakte sich von Florentia los und war überrascht, als deren Lippen lautlos die Worte »Viel Glück!« formten, als sie davonging.

»Es ist gleich hier.« Der Herzog streckte den Arm aus und signalisierte ihr, vor ihm in einen Raum zu gehen, den sie noch nie betreten hatte.

»Oh!« Auch wenn sie lieber geflüchtet wäre, war es unmöglich, von der Ausstattung dieses Raums nicht beeindruckt zu sein. Es sah aus, als habe jemand einfach einen riesigen Baumstamm mitten ins Haus gesetzt und von innen her ein Studierzimmer daraus geschnitzt. Alles schien aus Eiche zu sein: die Sessel, die Bücherregale, der riesige Schreibtisch gegenüber des Kamins. Selbst der Boden war größtenteils unbedeckt.

»Das ist ja ein wunderschöner Raum, Hoheit.« Sie drehte sich staunend um sich selbst.

»Rafe.« Er bot ihr einen Stuhl an, dann setzte er sich hinter seinen Schreibtisch. »Ich würde mich freuen, wenn Sie mich beim Vornamen nennen würden, wenn Sie nichts dagegen einzuwenden haben.«

»Wie Sie wünschen.«

»Dann darf ich Sie vielleicht auch Caroline nennen?«

»Caro«, verbesserte sie. »Seit ich zehn Jahre alt war, hat mich niemand mehr Caroline genannt, und auch damals nur, wenn ich Ärger hatte.« Und das war nicht häufig vorgekommen, jetzt wo sie darüber nachdachte. Sie war ein ganz unnatürlich braves Kind gewesen. Vielleicht hatte sie deswegen jetzt etwas nachzuholen.

»Caro.« Er nickte, ohne eine Miene zu verziehen.

»Worüber wollten Sie denn mit mir sprechen?«, hakte Caro nach. Sie glättete ihr Kleid mit den Händen und versuchte, nicht zu zappeln. Was auch immer er besprechen wollte, sie konnte nur hoffen, dass es schnell ging, damit sie in ihr Zimmer zurückkehren und alle mütterlichen Versuche, sie noch einmal herauszuholen, ignorieren konnte. Außerdem hoffte sie, der Duke – Rafe – würde leise sprechen. Er hatte die Tür zu seinem Studierzimmer offen gelassen, wie es der Anstand verlangte, aber was, wenn Marmaduke sie hörte und auf die Idee kam, draußen auf sie zu warten? Vielleicht konnte sie den Duke – Rafe! – nachher bitten, sie zu ihrem Zimmer zu begleiten, wenn das nicht allzu merkwürdig ankam.

»Es ist eine Sache, die ich schon seit Längerem gern mit Ihnen bereden möchte.« Er rutschte auf seinem Stuhl hin und her.

»Ja?« Sie hörte das Knarren einer Diele im Flur und wandte halb den Kopf.

»Ja, aber es war nicht so leicht, die richtigen Worte zu finden. Ich bin kein besonders redegewandter Mann.«

»Ach, das würde ich so nicht sagen.« Sie dreht sich wieder in seine Richtung und lächelte aufmunternd. »Außerdem kümmert es niemanden, wie wortgewandt ein Duke ist. Alles, was ein Duke sagt, ist genau das Richtige im genau richtigen Moment.«

»Es freut mich, dass Sie so denken.« Er zögerte, dann fuhr er fort: »Denn ich möchte Ihnen sagen, wie sehr ich Sie bewundere.«

Sie blinzelte: »Verzeihung?«

»Ich bewundere Sie«, wiederholte er diesmal etwas nachdrücklicher. »Und darüber hinaus bin ich der Ansicht, dass wir sehr viel gemeinsam haben. Die enge Verbindung zu unseren Familien, unsere Abneigung gegen die feine Gesellschaft, unsere Verachtung für den ganzen verdammten Heiratsmarkt. Kurz, ich bin der Ansicht, dass wir gut zusammenpassen, und daher …« Er stand auf und verschränkte die Hände hinter dem Rücken, »möchte ich fragen, ob Sie mir die unendliche Ehre erweisen würden, meine Duchess zu werden?«

Ein lautes Brausen erfüllte ihre Ohren, als hätte ihr gerade jemand einen großen Eimer Wasser über den Kopf geschüttet. Oder vielleicht ein ganzes Fass, denn es schien überhaupt nicht mehr aufhören zu wollen. Jedenfalls erschien ihr das sehr viel realistischer als die Worte, die sie soeben gehört zu haben glaubte. Ganz bestimmt hatte sie sich verhört, denn andernfalls würde sich dieser Tag als der verwirrendste und emotional strapaziöseste ihres ganzen bisherigen Lebens erweisen. Es ergab keinen Sinn. Sie hatte den Duke noch nie als einen Verehrer wahrgenommen und er hatte sie nie wie eine potenzielle Braut behandelt. Sie hatten während der Ballsaison so gut wie keine Zeit miteinander verbracht, und während dieses Sommerfests auch nicht. Sie war viel zu sehr mit Marmaduke beschäftigt gewesen.

Rafe sah ihr direkt in die Augen. In seiner Miene lag ein Anflug von Nervosität, den sie noch nie darin wahrgenommen hatte. Das rührte sie ein bisschen, aber das bedeutete nicht, dass es richtig war, ihn zu heiraten. Ja, sie fand ihn sehr gut aussehend, aber sie kannte ihn kaum. Sie wollte Schriftstellerin werden, nicht Duchess. Ganz zu schweigen von der Tatsache, dass sie gerade eben seinen Bruder geküsst hatte.

»Ich … ich hatte keine Ahnung, dass Sie so über mich denken.« Mehr konnte sie nicht sagen.

»Ich gestehe, das tat ich auch nicht. Jedenfalls nicht von Anfang an.« Er nickte. »Aber erinnern Sie sich an das, was mein Bruder in Vauxhall Gardens zu uns sagte? Dass wir perfekt zueinanderpassen würden? Je mehr ich darüber nachdachte, desto mehr kam ich zu dem Schluss, dass er recht haben könnte.«

»Das hat Marmaduke gesagt?« Ihr Atem stockte, wenn sie nur seinen Namen aussprach.

»Ja. Natürlich war es nur ein Scherz von ihm, aber in seinen Worten steckte ein Körnchen Wahrheit. Außer Ihnen habe ich keine Debütantin getroffen, die gar kein Interesse hatte, Duchess zu werden. Das ist erfrischend. Außerdem sind Sie schön und gebildet, und zweifellos hat Ihre Mutter Sie darin unterwiesen, wie man einen Haushalt führt. Ich meine, Sie wären perfekt für diese Aufgabe.«

»Also, nur um das klarzustellen, es ist nicht so, dass Sie … mich lieben?«

Rafes Augenbrauen zogen sich zusammen. »Caro, ich mag und respektiere Sie sehr. Ich kann Ihnen ein Leben in Wohlstand und Sicherheit bieten, und ich glaube daran, dass im Laufe der Zeit eine Verbindung wachsen kann. Aber Liebe wäre nicht mein erstrangiges Motiv, nein.«

Sie starrte ihn an. In seinen Worten lag nicht die geringste Spur von Leidenschaft und dennoch verschafften sie ihr auf merkwürdige Art Erleichterung. Es war nicht romantisch, denn anders als sein Bruder versuchte er nicht, sie zu verführen. Er war vollkommen ehrlich, was seine Absichten betraf, die wiederum vollkommen ehrenhaft waren.

»Ich habe Sie schockiert!« Rafe kam hinter seinem Schreibtisch hervor und stellte sich vor sie.

»Nein! Ich ... na ja. Es kommt so ... plötzlich.« Sie presste die Handflächen aneinander und spürte, wie ihr inneres Gleichgewicht sich allmählich wieder ausbalancierte. Vielleicht war das ja eine fantastische Gelegenheit? Sie hatte geglaubt, sie könne Marmaduke vertrauen, aber offenbar mangelte es ihr an Urteilsvermögen. Wenn Sie sich also in ihm getäuscht hatte und wenn Sie sich auch über die Einstellung des Dukes zu ihr getäuscht hatte, in welchem Punkt lag sie womöglich noch ganz falsch? Vielleicht machte sie sich nur etwas vor, wenn sie glaubte, sie könne eine erfolgreiche Schriftstellerin werden. Und ihre Eltern würden am Boden zerstört sein, wenn sie ihre Zukunft wegen so einer unsinnigen Idee leichtfertig verspielte, aus der doch niemals etwas werden konnte. Wenn Sie dagegen Rafe heiratete ... dann konnte in ihrem Leben wieder etwas richtig sein. Sie konnte die perfekte Tochter sein, mit dem perfekten Leben, das ihre Mutter sich für sie gewünscht hatte. Sie würde das Schicksal erfüllen, für das man sie erzogen hatte, ihrer Familie gegenüber ihre Pflicht tun, sie stolz machen ... und noch mehr! Auf Höherrangiges als einen Duke hätte sie niemals hoffen können!

»Es tut mir leid, Hoh… Rafe. Es kommt einfach so unerwartet. Wie können Sie denn sicher sein, dass wir zusammenpassen? Es gibt Dinge, die Sie über mich nicht wissen.«

»Das gilt für beide Seiten, aber wir würden mit der Zeit mehr übereinander erfahren.«

»Und wenn Ihnen nicht gefällt, was Sie da erfahren?«

»Das kann ich mir kaum vorstellen.«

Sie senkte den Blick und unterdrückte ihre Gewissensbisse. Es war nicht hundertprozentig ehrlich, aber er bot ihr eine Ausrede, um ihm nichts über ihre Vergangenheit erzählen zu müssen – von ihrer Gegenwart ganz zu schweigen. Ein Gefühl der Ruhe überkam sie, als stünde sie plötzlich wieder am Beginn der Ballsaison, hätte weder Sylvester noch Marmaduke geküsst und hätte nie all diesen Kummer, all diese Seelenqual erlebt. Rafe bot ihr eine Möglichkeit, all das hinter sich zu lassen, ihren zweifachen Fehler zu vergessen, sicherzugehen, dass sie sich niemals wieder auf so etwas Dummes einlassen würde. Ihn zu heiraten, war eine vernünftige Entscheidung. Vielleicht das Vernünftigste, was sie überhaupt tun konnte. Und er war ja schließlich nicht der Marquess of Bazley. Er war jung und gut aussehend und intelligent und ehrenhaft … ein guter Sohn, ein guter Bruder, ein guter Duke. Alles sprach dafür, dass er sich auch als guter Ehemann erweisen würde.

»Die anderen …« Ihre Stimme klang merkwürdig, gar nicht wie ihre eigene. »Die anderen Damen, meine ich, glauben, Sie warten bis zum Ende des Sommerfests, um dann Ihre Entscheidung zu verkünden.«

»Ich glaube, meine Mutter hat angedeutet, dass so etwas der Fall sein wird. Ich ziehe es jedoch vor, diese Angelegenheit schnell zu regeln. Das heißt nicht, dass ich Sie drängen möchte. Sie müssen sich so viel Zeit nehmen, wie Sie brauchen.«

»Danke schön.«

»Es sei denn, Sie haben jetzt schon eine Antwort für mich?«

Sie schluckte. Hatte sie eine Antwort? Sie hatte das äußerst deutliche Bild vor Augen, sie stünde an einer Weggabelung. Einer der beiden Wege war nicht gerade leuchtend hell, aber auch nicht verregnet, während der andere trüb, von einem Nebelschleier verdunkelt war. Weiter vorne mochte das Wetter über diesem zweiten Weg strahlend schön sein oder auch stürmisch. Blitz und Donner und Hagel konnten sie dort erwarten. Es fühlte sich an, als sei sie diesen Weg schon ein Stück weit gegangen, aber es war noch nicht zu spät, um ihre Meinung zu ändern. Sie musste nur einen Schritt zurückgehen und ihren Fuß auf den anderen Weg setzen, dann war sie in Sicherheit. Ihre Mutter würde völlig aus dem Häuschen sein. Seine Mutter ebenfalls. Es würde dem guten Ende eines Märchens gleichen, auch wenn es sich nicht so anfühlte.

Marmadukes Bild blitzte in ihren Gedanken auf.

»Nein. Ich brauche keine Bedenkzeit.« Sie erhob sich. »Ich werde Sie heiraten. Ich werde Ihre Duchess sein.«

»Sind Sie sicher?« Ihre Miene schien etwas auszudrücken, was ihn nicht überzeugte, denn er hob eine Augenbraue.

»Ja.« Seine Reaktion ärgerte sie ein kleines bisschen. »Das habe ich doch gesagt.«

»Dann machen Sie mich zum glücklichsten Mann auf der Welt.«

Rafe beugte sich vor, und Caro fühlte, wie sie sich verspannte – er hatte vor, sie zu küssen. Keine Schmetterlinge flatterten in ihrem Bauch, nicht einmal der allerkleinste. Und wenn da noch einer wohnte, dann ruhte er zusammengerollt und im Tiefschlaf in seinem Kokon. Vielleicht im Winterschlaf? Die ganze Szene wirkte seltsam formell, sogar falsch, aber sie konnte jetzt schlecht zurückweichen. Stattdessen wandte sie den Kopf und gestattete, dass seine Lippen statt ihres Mundes ihre Wange streiften. Und genau diese Kopfbewegung hatte zur Folge, dass sie gerade in Richtung Tür sah, als diese aufflog und ihre beiden Mütter in den Raum stürmten.

Rein zufällig war das auch genau der Moment, in dem sie ihre Meinung änderte.

Kapitel 19

Rückblickend war Caro klar, dass sie es hätte wissen müssen. Selbstverständlich hatten die beiden Mütter gelauscht. Selbstverständlich waren sie darüber informiert, dass Rafe um ein persönliches Gespräch mit ihr gebeten hatte. Vermutlich hatte sie es, schon wenige Sekunden nachdem sie den Raum betreten hatte, gewusst. Entweder von Florentia oder von jenem Diener, der ganz unauffällig in einer Ecke der Eingangshalle herumgestanden hatte. Und jetzt, wo sie darüber nachdachte, hatten in den letzten Tagen ziemlich viele unauffällige Diener in irgendwelchen Ecken herumgestanden, noch weit mehr, als man normalerweise erwarten durfte, vor allem jeweils in der Nähe des Orts, an dem sich der Duke gerade aufhielt. Vermutlich hatte die Mutter des Dukes Spione angeheuert, die ihm überallhin folgten. Vielleicht hatten sie heute Morgen bemerkt, wie nachdenklich er war, und seine Absichten erraten. Caro dachte, dass es sie sehr überraschen würde, wenn ihre eigene Mutter nicht dazu beigetragen hatte, genau diese Wendung herbeizuführen.

Es hatte nicht lange gedauert, bis die Situation vollkommen außer Kontrolle geraten war. Ihre Mütter hatten nach den ersten Glückwünschen für ihren Nachwuchs kaum Luft geholt, da befanden sie sich bereits mitten in der Hochzeitsplanung. Ihre Gespräche bewegten sich in Windeseile von einer Bekanntgabe beim Abendessen über einen spontanen Freudenball am nächsten Tag bis zur Möglichkeit einer Hochzeit im Herbst in der St-George's-Kirche am Londoner Hanover Square. Im Laufe einer halben Stunde war schon alles organisiert, oder so gut wie, und der hohe Kragen von Caros Tageskleid fühlte sich immer enger an. In all der Zeit schien Rafe die Ruhe selbst zu sein. Vielleicht warf er ihr bei der einen oder anderen etwas gewagteren Idee der Mütter einen verschwörerischen Blick zu, aber er hatte sich nicht eingemischt. Im Gegenteil. Er schien vollkommen damit einverstanden zu sein, dass ihre Mütter die Führung übernahmen.

Die Aufregung, hörte Caro ihre Mutter sagen, als sie sich entschuldigt hatte und aus dem Studierzimmer geflüchtet war. *Verständlich,* hatte Rafes Mutter erwidert. *Vielleicht ein Schluck Brandy?*, hatte ihr Verlobter – *Verlobter!* – vorgeschlagen.

Was hatte sie getan? Die Panik schnürte Caro den Hals zu, als sie die Treppe hinauffloh, in der verzweifelten Hoffnung, nicht noch jemandem zu begegnen. Hatte sie vollständig den Verstand verloren? Sie wollte den Duke nicht heiraten! Nicht einen Moment lang hatte sie jemals daran gedacht. Bis vor einer halben Stunde hätte sie sich über jeden lustig gemacht, der vermutet hätte, dass das jemals ihr Wunsch sein könnte. Und dennoch hatte eine Person mit ihrer Stimme, jemand, der ihren Körper bewohnte, Ja gesagt. Sie war die zukünftige Duchess of Campion. Die zukünftige Duchess mit einer skandalösen heimlichen Vorgeschichte, die gerade erst ihren zukünftigen Schwager geküsst hatte.

Sie würde sich gleich übergeben.

Caro presste sich eine Hand auf den Bauch und rannte den Korridor entlang auf ihr Schlafzimmer zu. Sie konnte das nicht durchziehen. Sie hatte zu viele Geheimnisse – Dinge, die zu erfahren Rafe ein Recht hatte, und Dinge, die sie ihm niemals erzählen durfte, die sie aber auch nicht vor ihm verbergen wollte. Einen Moment lang hatte sie die verrückte Idee, einfach so zu tun, als habe er ihre Antwort falsch gehört oder missverstanden, aber das war lächerlich, und sie konnte auch nicht einfach sagen, dass sie es sich anders überlegt hatte. Es war zu spät. Sie hatte ihr Wort gegeben. Termine und Orte wurden bereits festgelegt. Jede Sekunde, die verging, machte die Entscheidung noch unumkehrbarer. Schon in diesem Moment flogen wahrscheinlich Gerüchte durchs ganze Haus. Bald würde jeder es wissen – vielleicht war es jetzt schon so weit.

Jeder.

»Caro?« Sie hatte ihre Tür fast erreicht, als sie eine Hand auf dem Arm spürte. Sie musste nicht aufsehen, um zu wissen, wem sie gehörte.

»Lass mich in Ruhe!« Sie wirbelte herum, funkelte Marmaduke wütend an. Er war außer Atem, als sei er gerade hinter ihr die Treppe hochgerannt. »Ich habe doch gesagt, ich möchte nicht mit dir reden!«

»Bitte. Gib mir nur eine Minute!« Er ließ sie los und sah sich hastig im Korridor um. »Mehr verlange ich gar nicht.«

Sie schüttelte den Kopf, schon wieder den Tränen nah. Seinem Gesichtsausdruck zufolge hatte er noch nicht von ihrer Verlobung gehört, und so feige es auch klang: Sie wollte nicht diejenige sein, die es ihm sagte.

»Also gut, du musst nichts sagen, nur zuhören.« Er stellte einen Fuß in die Tür, als sie diese hinter sich schließen wollte. »Es tut mir leid wegen vorhin. Meine Absichten waren ehrenhaft. Ich schwöre. Ich habe dir das einfach nicht richtig vermittelt. Hier.« Er griff in seine Jackentasche und zog ein kleines Lederetui heraus, das er ihr hinhielt. »Das hier wollte ich eigentlich sagen.«

»Was ist das?« Sie erstarrte, ein Kribbeln wanderte ihr Genick empor.

»Mach es auf und sieh selbst.«

Sie nahm es. Ihre Finger zitterten, als sie den Deckel hob. Im Etui befand sich ein Ring, ein schmaler Goldreif mit einem quadratischen rosaroten Stein. Er war klein, aber wunderschön, genau die Art von Ring, die sie sich selbst ausgesucht hätte.

»Es ist ein rosa Saphir«, murmelte Marmaduke schüchtern. »Ich trage den Ring seit zwei Tagen mit mir herum und versuche, den geeigneten Moment zu finden, ihn dir zu geben.«

»Ich verstehe nicht …« Ihre Worte schienen an der Innenseite ihres Mundes zu schaben.

»Dann bin ich wohl wirklich ziemlich ungeschickt bei so etwas.« Marmaduke hakte einen Finger unter seinen Kragen und zerrte daran. »Ich wollte dich im Wald schon fragen, aber dann hat es geregnet, und als wir dann in deinem Zimmer waren, habe ich mich … ablenken lassen.« Er lächelte schief. »Es ist ziemlich schön, dich zu küssen, weißt du das?«

»Das ist … ich brauche …« Sie schmeckte Galle in ihrer Kehle und presste eine Hand auf den Mund. Übelkeit dehnte sich in ihr aus, Säure blubberte in ihrem Magen und verlangte nach einem Ausweg. Die ganze Situation war wie eine merkwürdige Verbindung aus einem wunderschönen Traum und einem grauenhaften Albtraum. Marmaduke machte ihr einen Heiratsantrag. Und das bedeutete, er hatte keine heimliche, verborgene Affäre im Sinn gehabt, als er sie geküsst hatte. Er hatte auch nicht ihr Vertrauen ausgenutzt. Seine Absichten waren ehrenhaft gewesen. Letztendlich war er eben doch nicht Sylvester. Und wenn er sie nur wenige Stunden früher gefragt hätte, dann hätte sie …

Ja, sie würde sich jetzt gleich übergeben.

»Caro?« Marmaduke betrachtete sie erschrocken. »Ist alles in Ordnung?«

»Ich muss mich übergeben.«

»Hier.« Er schnappte eine Vase von der Kommode und zerrte die Blumen heraus, gerade noch so rechtzeitig, dass sie den Kopf hineinstecken und würgen konnte.

»Entweder habe ich ein unglaubliches Talent, den falschen Zeitpunkt zu wählen, oder das ist ein endgültiges Nein.« Er legte seine Hände auf ihre Schultern und rieb sie sanft.

»Du hast gesagt, du willst niemals heiraten.« Nach einigen Augenblicken gelang es ihr, zu sprechen. »Als wir uns kennengelernt haben, hast du genau das gesagt.«

»Das dachte ich ja auch. Aber seit wir uns kennen, habe ich meine Meinung zu allen möglichen Dingen geändert. Was glaubst du denn, warum ich meine Reise nach Europa verschoben habe und dieses Sommerfest über mich ergehen lasse?«

»Um deinen Bruder moralisch zu unterstützen?«

»So ein guter Mensch bin ich nun auch wieder nicht.« Er blinzelte verschwörerisch, dann trug er die Vase hinüber ins Zimmer ihrer Mutter und kam mit leeren Händen zurück.

»So, das ist die Rache dafür, dass sie uns vorhin unterbrochen hat.«

»Marmaduke …«

»Warte.« Er kniete vor ihr nieder. »Bitte, lass mich das sagen. Ich habe immer gedacht, ich bin dazu bestimmt, allein zu bleiben. Als ich alt genug war, um die Sache mit meinen Eltern zu verstehen, habe ich mir gesagt, ich würde nie wieder das Risiko eingehen, zurückgewiesen zu werden, aber es hat sich herausgestellt, dass ich mich nicht dagegen wehren kann. Ich kann dir nicht fernbleiben, Caro. Ich liebe dich. Was ich dir also sagen will, ist, dass ich meine Meinung zur Ehe geändert habe und ich hoffe, du denkst inzwischen vielleicht auch anders.«

Sie verkreuzte die Arme vor der Brust, in der panischen Angst, sie würde noch einmal würgen. »Meinst du das ernst?«

»Ich habe noch nie in meinem ganzen Leben etwas so ernst gemeint. Heirate mich und wir reisen zusammen an den Genfer See. Ich werde komponieren, und du kannst so viele Schauerromane schreiben, wie du möchtest.«

Ihr stockte der Atem. »Du hättest nichts dagegen, dass ich schreibe?«

»Warum sollte ich? Ich möchte doch einfach nur mit dir zusammen sein.« Er zögerte. »Aber wenn ich mich jetzt hier völlig zum Narren mache, dann sage es mir.«

»Ich bin diejenige, die sich gerade übergeben hat.«

»Ich weiß. Ich glaube, ich habe dich noch nie schöner gesehen.«

»Sei nicht albern.«

»Das bin ich nicht. Jeder andere sieht die perfekte Caro, die Unvergleichliche, aber ich darf dich sehen, wie du wirklich bist, die Caro hinter Caro. Und sie ist noch besser.« Er lächelte. »Selbst mit dem Kopf in einer Vase.«

»Marmaduke …« Sie streckte ihm den Ring wieder hin. Sie konnte es nicht länger ertragen. »Ich kann nicht.«

Er stand wieder auf. »Wenn du noch nicht so weit bist, verstehe ich das. Ich warte. Sag mir einfach nur, dass Hoffnung besteht, dann warte ich so lange, wie du brauchst.«

»Das ist es nicht.« Sie wandte sich ab. »Das Gegenteil ist der Fall. Du kommst zu spät. Ich bin … ich bin schon verlobt.«

»Was? Mit wem?«

Sie sah ihn wieder an. Ihr Herz krampfte sich so sehr zusammen, dass es schmerzte. »Du weißt mit wem.«

Seine Miene wurde ausdruckslos, als verwandelte er sich vor ihren Augen in eine Wachsfigur. Es dauerte einen Moment, bevor er etwas sagte. »Ich muss es von dir hören.«

»Mit deinem Bruder.«

Einige Sekunden lang war die Stille vollständig, betäubend, dann legte er den Kopf in den Nacken und lachte.

Caro wich einen Schritt zurück. »Was ist daran so lustig?«

»Alles.« Seine Finger verkrampften sich um das Etui. »Du bist wirklich ganz besonders schlau, das muss ich dir lassen. Auf die Idee wäre ich nie gekommen. Was Pläne zur Eroberung eines Dukes angeht, ist dieser hier genial. Tu so, als würdest du Männer verabscheuen, tu so, als wolltest du niemals heiraten, tu so, als würde es dich überhaupt nicht interessieren, freunde dich mit seinem Bruder an und vermittle ihm den Eindruck, als laufe er hinter dir her.«

»So ist es nicht!«

»Aber warum hast du mich geküsst?« Marmaduke rieb sich

mit der Hand übers Kinn, als versuchte er ernsthaft, die Antwort zu finden. »Hast du dir einfach einen Spaß daraus gemacht? Oder war das so eine Art Strategie, um ihn eifersüchtig zu machen?«

»Natürlich nicht.«

»Dann verstehe ich es nicht.« Seine Stimme wurde wieder härter. »Erkläre es mir. Warum hast du mich heute Morgen geküsst und dich dann heute Nachmittag mit meinem Bruder verlobt – ausgerechnet mit meinem Bruder?«

»Ich weiß nicht. Ich konnte nicht klar denken. Als wir uns geküsst haben, bin ich in Panik geraten. Ich habe gedacht …«

»Das Schlimmste? Dass ich mir nur ein bisschen Spaß mit dir erlaube? Dass ich gewohnheitsmäßig unsere Hausgäste verführe?« Seine Nasenflügel bebten. »Vertrau mir, du warst die Einzige.« Marmaduke wandte sich zum Gehen, dann wirbelte er noch einmal herum, in seinem Blick lag ein anklagendes Funkeln. »Es ist wegen ihm, nicht wahr? Wegen des Mannes, mit dem du durchgebrannt bist. Du hast gesagt, seine Absichten waren unehrenhaft. Du hast gedacht, meine wären es auch.«

Sie schluchzte beinahe. »Das war nicht fair, aber …«

»Hältst du wirklich so wenig von mir?« Ein Muskel in seiner Wange zuckte. »Du hast gedacht, ich meine es nicht ernst.« Es war keine Frage.

»Ja.« Sie antwortete dennoch.

»Du hast mir keine Gelegenheit gegeben, dir einen Antrag zu machen. Und jetzt kann ich dich nicht einmal fragen, was du gesagt hättest. Ich kann dich überhaupt nichts mehr fragen. Weil du mit einem der Menschen verlobt bist, die ich am meisten auf der Welt liebe.«

»Marmaduke …«

»Nicht.« Er funkelte sie zornig an. »Sag einfach, du hättest Nein gesagt.«

»Was?«

»Sag, dass das, was zwischen uns geschehen ist, dir nichts bedeutet hat.« Er lachte bitter. »Sag mir einfach, dass du dir auf diese Art die Zeit bis zu Rafes Antrag ein bisschen vertrieben hast.«

Sie schluckte, ihre Kehle war zugeschnürt. Das konnte sie nicht sagen. »Es tut mir leid. Ich wollte das alles nicht.«

Wieder lachte er. »Du wolltest mich also gar nicht küssen, bevor du dich mit meinem Bruder verlobst? Dich so benehmen, als würdest du dasselbe für mich empfinden wie ich für …« Er brach ab. »Es spielt jetzt auch keine Rolle mehr. Du hattest vollkommen recht. Es gibt nichts mehr, worüber wir noch reden könnten. Jetzt nicht mehr.«

III

Die Hochzeit

Jezebel ritt los, ins Moor hinein …
Jezebel stieg auf ihr Pferd …
Jezebel … tu etwas!

Die weiteren Abenteuer der Jezebel Joyce,
einer Lady in Gefahr (erneut)

Kapitel 20

OKTOBER 1816

DREISSIG MEILEN NÖRDLICH VON LONDON

(EINE WOCHE VOR DER HOCHZEIT VON MISS CAROLINE FOYLE UND
DEM DUKE OF CAMPION)

»Beeil dich, schnell! Die Kutsche wartet!«

Caro legte die Feder zur Seite, stieß sich mit den Ellbogen
von der Tischplatte ab und verstaute ihre Schreibsachen in
einem hölzernen Kästchen, und schon kam ihre Mutter in den
kleinen privaten Aufenthaltsraum gestürzt, in den sich Caro
zurückgezogen hatte – angeblich um Briefe zu schreiben. Sie
war in der ersten Morgendämmerung aufgewacht, verwirrt von
den zahlreichen und ganz unterschiedlichen Geräuschen eines
Gasthauses, das gerade zum Leben erwachte, und dann früh
aufgestanden, weil sie versuchen wollte, ein bisschen zu schreiben. Aber sie hätte genauso gut im Bett bleiben können.

Es war nicht erforderlich, das Papier vor ihrer Mutter zu verstecken, denn sie tat ja nichts besonders Unangemessenes. Allerdings war sie trotzdem versucht, es zusammenzuknüllen und
ins Feuer zu werfen. Offensichtlich hatte sie nichts Bedeutendes
mehr zu sagen und ihre Heldin ebenso wenig. Egal wie sehr sie
versuchte, sich zu konzentrieren, die Worte kehrten einfach
nicht zurück. Warum mühte sie sich überhaupt noch damit ab?

Schließlich würde es einer Duchess niemals gestattet sein, Schauerromane zu schreiben – sie hatte sich nicht einmal die Mühe gemacht, ihr erstes Manuskript nach London mitzubringen, um es Mr Lambert zu zeigen –, aber der Drang, zu schreiben, war noch immer vorhanden, selbst wenn das Talent sie im Stich gelassen hatte. Von ihrem zweiten Roman existierte nicht mehr als eine vage Idee. Jezebel Joyce steckte fest.

»Hast du nicht gefrühstückt?« Ihre Mutter schüttelte den Kopf, als ihr Blick auf den unberührten Teller mit den gebratenen Eiern fiel.

»Ich habe keinen Hunger.«

»Sei nicht albern! Du brauchst all deine Kraft für die Hochzeit. Aber jetzt ist es wohl zu spät. Komm mit, bevor dein Vater einen Suchtrupp losschickt.«

Caro erhob sich gehorsam und nahm den umständlichen Prozess des Ankleidens in Angriff – sie fügte der Kleidung, die sie bereits trug, zwei Schichten Reisekleidung hinzu und griff zuletzt noch nach ihrer Wollmütze, einem dicken karierten Schal und einem Paar übergroßer Handschuhe. Nunmehr passend angezogen, folgte sie ihrer Mutter aus dem Aufenthaltsraum die Treppe des Gasthauses hinunter, durch den Schankraum hinaus in den Hof, wo ihr Vater und der Kutscher schon ungeduldig bibberten. Sie waren nur noch dreißig Meilen von London entfernt, aber die Tage wurden kürzer, und sie durften so selten wie möglich anhalten, wenn sie das Haus ihrer Großmutter noch vor Einbruch der Dunkelheit erreichen wollten.

»Das wird aber auch Zeit!« Ihr Vater riss den Wagenschlag praktisch auf. »Beeilt euch. Ich habe heiße Ziegelsteine für eure Füße bestellt und sie kühlen schon wieder ab.«

»Ach, was für ein Glück!« Ihre Mutter stieg ein. »Gestern war es grauenhaft.«

»Kein Wunder. Nur Verrückte fahren um diese Jahreszeit durchs ganze Land.«

»Es ist erst Oktober!« Ihre Mutter steckte noch einmal den Kopf aus der Kutsche. »Und es ist für einen guten Zweck.«

»Gut oder nicht gut, warum muss diese Hochzeit in London stattfinden?«

»Weil niemand, der irgendetwas auf sich hält, im Herbst die lange Fahrt nach Cleveland unternehmen möchte, nicht einmal für einen Duke.«

»Und warum dann nicht Norfolk?« Ihr Vater ließ Caro einsteigen, dann folgte er ihr und schlug mit der Handfläche gegen das Kutschendach, um dem Kutscher zu signalisieren, dass er losfahren konnte. »Da wären wir schon längst.«

»Weil St George's in London ist.« Ihre Mutter schniefte. »Außerdem müssen wir noch Caros Aussteuer abholen. Ganz zu schweigen von ihrem Brautkleid.«

»Die Schneider in Newcastle sind also nicht fein genug, nehme ich an?«

»Das habe ich nie gesagt, aber Newcastle liegt sehr weit von Paris entfernt. Dort wird man die neueste Mode nicht kennen.«

»Warum hast du die Aussteuer nicht einfach zu uns schicken lassen?«

»Weil vielleicht noch Anpassungen vorgenommen werden müssen. Deswegen reisen wir auch ein paar Tage vor dem Duke an.« Caros Mutter reckte das Kinn, als der Wagen ruckelnd anfuhr. »Im Ernst, das habe ich dir alles schon erklärt.«

»Nun, ich meine immer noch, dass es lächerlich ist. Ich

musste den Kutscher schon bestechen, damit er uns nicht kündigt. Wir hätten die Hochzeit vor dem Kälteeinbruch hinter uns bringen sollen. Entweder das oder bis zum Frühling warten.« Er sah Caro an und sein Tonfall wurde sanfter. »Wenn du nichts dagegen gehabt hättest, natürlich.«

»Hinter uns bringen?« Ihre Mutter klang erzürnt. »Wie redest du denn über die Hochzeit mit einem Duke.«

Caro schmiegte sich in eine Ecke der Sitzbank und versuchte, die Streitereien ihrer Eltern zu überhören. Wenigstens redeten sie jetzt einmal nicht darüber, wie unglaublich stolz sie auf sie waren. Die Diskussion über die Reise hatte sie jetzt jedoch beinahe eine ganze Woche lang in zahlreichen Variationen gehört und längst jede Einmischung aufgegeben. Sie für ihren Teil war ja der Ansicht, dass ihr Vater recht hatte. Es war Wahnsinn, eine solche Fahrt bei dermaßen unberechenbarem Wetter anzutreten: eine Minute strömender Regen, gleich darauf Graupelschauer und dann kurze Zeit später wieder strahlender Sonnenschein. Keine dieser Phasen schien länger zu dauern als ein paar Minuten. Die Leute sagten, so ein Jahr wie dieses hätten sie noch nie erlebt. Die Straßen bestanden nur noch aus Schlamm und Schlaglöchern, ausgefahrenen Spuren und Pfützen. Bis zum Frühling warten oder die Hochzeit hinter sich bringen? Sie konnte nicht sagen, was ihr lieber gewesen wäre, aber momentan waren all ihre Gefühle wie betäubt, und sie schien nicht mehr in der Lage zu sein, irgendwelche Entscheidungen zu treffen. Das war ja auch nicht nötig, denn ihre Mutter übernahm das nur zu gern für sie. Ihr Leben war jetzt genau wie diese Kutsche, die langsam, aber stetig vorwärtsrollte, vollkommen ohne ihr Zutun.

Sie wandte den Kopf und sah durch das Fenster auf die leeren Felder. Sie konnte sich genau daran erinnern, wann dieses Gefühl der Taubheit eingesetzt hatte – etwa zwei Stunden nach Marmadukes Antrag. Sie hatte zugesehen, wie er davonstürmte, unfähig, irgendetwas zu tun oder zu sagen, was die Situation irgendwie verbessert hätte, dann hatte sie sich in ihrem Schlafzimmer verschanzt, sich auf ihrem Bett zusammengerollt. Ihr Kopf versuchte, mit viel zu viel gleichzeitig fertigzuwerden, ihre Gefühle schleuderten von einer Richtung in die andere wie ein vom Sturm herumgestoßenes Schiff, bis genau zu dem Moment, in dem ihre Mutter hereingekommen war, um sie nach unten zu holen – zur großen Bekanntgabe. In diesem Moment hatte sie keine andere Möglichkeit gehabt, als aufzustehen, ihre Gefühle in eine kleine Kiste zu zwängen und den Deckel zu schließen.

An den Rest des Sommerfests konnte sie sich nur noch verschwommen erinnern. Sie hatte nicht mehr mit Marmaduke geredet – lediglich seine formellen, steif formulierten Glückwünsche entgegengenommen – und ihre gesammelten Kräfte dann darauf konzentriert, sich wie die Verlobte eines Dukes zu benehmen. Sie hatte geredet und gelächelt und alles getan, was von ihr erwartet wurde, sich dabei aber vollkommen von sich selbst losgelöst gefühlt, als würde sie zusehen, wie jemand anders ihr Leben führte.

Und dann hatte sie die Kiste einfach nie wieder geöffnet.

꽃

»Willkommen! Schön, dass ihr wieder da seid!« Die Witwe Makepeace wartete am Fuß der großen Treppe, als sie am

Cavendish Square durch die Haustür traten, und betrachtete sie durch ihre übliche Lorgnette.

»Granny.« Caro erreichte sie als Erste. »Ich freue mich, wieder hier zu sein.«

»Natürlich tust du das, aber du siehst ja ganz blass und dünn aus.« Die Witwe nahm das Gesicht ihrer Enkelin in die Hände und betrachtete sie sorgfältig. »Und wieder blond, wie ich sehe. Schade, ich hatte mich an das Rosa gewöhnt. Egal. Kommt mit in den Salon und trinkt eine Tasse Tee. Ihr seid sicher erschöpft.«

»Und wie.« Ihre Mutter war die Nächste, die die Treppe heraufkam, dicht gefolgt von Caros Vater. »Es war eine grauenhafte Reise.«

»Was erwartest du denn, wenn du darauf bestehst, bei diesem Wetter quer durchs ganze Land zu ziehen?«

»Genau das habe ich auch gesagt.« Caros Vater klang triumphierend.

»Und ich habe gesagt …«

»Welpen!«, unterbrach Caro und blieb an der Tür zum Salon ruckartig stehen. Mildred lag an ihrem Stammplatz am Feuer, um zwei kleine grau-weiße Wesen gekringelt. »Das hatte ich ganz vergessen!«

»Tristan und Isolde!« Die Stimme der Witwe war jetzt von mütterlichem Stolz erfüllt. »Ich hatte fest vor, sie wegzugeben, aber sie sind überraschend niedlich. Nicht halb so störend wie erwartet.«

»Ach, ihr Süßen.« Caro kniete sich nieder und kraulte Mildred anerkennend das Kinn. »Sie sind wundervoll, Granny, bist du dir sicher, dass du sie beide …«

»Absolut.« Die Witwe setzte sich aufs Sofa und tätschelte den Platz neben sich. »Komm, setz dich und erzähl mir, wie weit die Hochzeitspläne gediehen sind.«

»Alles ist bereits geklärt«, antwortete Caros Mutter anstelle ihrer Tochter. »Ich habe fast alle Kleider vorbestellt, sodass bis Donnerstag nur noch ein paar Änderungen vorzunehmen sind. Schade, dass um diese Jahreszeit nicht mehr Gäste kommen, aber andererseits sind Herbsthochzeiten so romantisch, findest du nicht?«

»Ich kann nicht erkennen, was die Jahreszeit damit zu tun hat.« Die Witwe wandte sich wieder an Caro. »Und wann kommt der Duke hier an?«

»Dienstag.« Sie atmete erleichtert auf, als ein Diener den Raum betrat, der hinter einem riesigen Teetablett kaum zu erkennen war. Der forschende Blick ihrer Großmutter war ein bisschen zu wissend.

»Dann habe ich dich die nächsten vier Tage ganz für mich?«

»Ja.«

»Gut.« Die Witwe griff nach der Teekanne. »Wir müssen nämlich reden.«

❧

Nach dem Tee ging Caro nach oben in dasselbe lavendelfarben gestrichene Schlafzimmer, das sie während der Ballsaison bewohnt hatte, und legte sich aufs Bett. Es fühlte sich merkwürdig an, wieder hier zu sein; noch merkwürdiger war, dass es sich nur merkwürdig anfühlte. Das war der Raum, in dem sie sich zwei Wochen lang von Sylvesters Verrat erholt hatte, wo sie sich ihrem gebrochenen Herzen und ihrer Enttäuschung gestellt hatte, der Raum, in dem sie angefangen hatte zu schreiben. Sie hätte doch sicher ein bisschen mehr empfinden müssen? Aber das schien alles so ewig lang her zu sein, wie in einem anderen Leben. Selbst Sylvester ... Sie ließ sich sein Bild mehrfach durch den Kopf gehen, betrachtete es aus jedem Blickwinkel, aber es geschah immer noch nichts.

Ihr Blick schweifte in Richtung Balkon. Vielleicht wenn sie nach draußen ging? Vorsichtig stand Caro auf und bewegte sich zur Tür. Die Welt da draußen wurde bereits dämmrig, verfärbte sich von Blaugrau über Pflaumenfarben bis Indigo. Sie holte tief Luft und drehte am Griff, drückte die Tür auf und wich überrascht zurück, als ein kalter Windstoß sie sofort wieder zuschlug. Aber vielleicht war es so am besten, beschloss sie. Vielleicht wollte das Wetter ihr etwas sagen. Ein einziger kurzer Blick hatte ihr gezeigt, dass die Gartenmauer vollständig erneuert worden war, und der benachbarte Balkon war leer. Natürlich war er leer. Und selbst wenn da jemand gewesen wäre ... derjenige hätte sie sowieso nicht sehen wollen. Wahrscheinlich hasste er jeden Gedanken an sie.

Sie trat zurück, schloss den Vorhang vor der Glasscheibe. Der Schmerz in ihrer Brust mahnte sie, dass es am besten war, nicht noch einmal hinzusehen.

Kapitel 21

(Drei Tage vor der Hochzeit)

Heute würde ein besserer Tag werden, beschloss Caro, als sie vier Tage später an einem Morgen erwachte, der strahlende goldene Oktobersonne versprach. Seit ihrer Ankunft hatte sie zahllose Stunden damit verbracht, jede Modistin, Putzmacherin und jeden Strumpfhändler in London aufzusuchen, und das bedeutete – ganz bestimmt –, dass sie heute tun und lassen konnte, was sie wollte. Jedenfalls würde sie ihrer Mutter ihre Abwesenheit später genau so erklären.

Sie zog ihr liebstes rosafarbenes Musselintageskleid an, ein passendes rosé-pinkfarbenes Cape und die mit rosa Bändern verzierten Pumps, die sie während der Saison mit Felix eingekauft hatte, dann sah sie kurz bei ihrer Großmutter vorbei. Diese willigte ein, unter der Bedingung, dass sie eine Zofe mitnahm. Und so eilte Caro zu einer ganz und gar unüblichen Uhrzeit – gerade mal kurz nach neun Uhr morgens – durch die Straßen von Mayfair.

Bis Bloomsbury waren es zehn Gehminuten, und sie nutzte die Zeit, um sich all die positiven Dinge in ihrem Leben vor Augen zu führen: Sie war nicht nur zurück in London bei ihrer Großmutter – darüber hinaus würden Essie und Aidan aus Hampshire zur Hochzeit kommen und bald eintreffen. Gerade hatte sie ein köstliches Frühstück zu sich genommen (auch wenn das Essen nicht mehr so schmecken wollte wie früher), die Sonne schien, die Vögel sangen, und sie war unterwegs, um eine gute Freundin zu besuchen. Und, ach ja, sie war mit einem Duke verlobt. Einem intelligenten, gut aussehenden, edelmütigen Duke, der sie nicht liebte, aber davon ausging, dass die Zuneigung mit der Zeit wachsen würde. Jede andere junge Frau in London beneidete sie.

Sie hätte vor Freude außer sich sein sollen.

Sie war tiefunglücklich.

»Caro!« Imogen machte die Tür des Hauses ihrer Tanten persönlich auf und quietschte vor Begeisterung, als sie Caro erblickte. »Was für eine großartige Überraschung!«

»Ich wäre schon früher gekommen, aber meine Mutter hat mich gefangen gehalten.« Caro umarmte ihre Freundin liebevoll. »Ich konnte erst heute Morgen fliehen.«

»Dann komm lieber rein und versteck dich, bevor sie die Polizei hinter dir herschickt!« Imogen tat so, als sehe sie sich besorgt nach allen Seiten um, bevor sie Caro hereinließ und in den Salon führte. »Schade, dass Lily noch nicht wieder in der Stadt ist, aber zur Hochzeit wird sie pünktlich ankommen, keine Sorge.« Imogen deutete auf einen Sessel vor dem Kamin. »Und jetzt erzähl mir alles! Ich platze schon vor Neugierde. Wie hat er dir seinen Antrag gemacht?«

»Wer?« Caro verspannte sich sofort.

»Der Duke natürlich!« Imogen schmunzelte. »Von wem sollte ich sonst reden?«

»Oh.« Sie atmete zittrig aus. »Entschuldige. Ich habe mich noch nicht ganz von der Anreise erholt.«

»War es sehr romantisch?«

»Nicht … so richtig. Er hat mich einfach eines Nachmittags in sein Studierzimmer gebeten und gesagt, er sei der Meinung, wir würden gut zueinanderpassen. Ehrlich gesagt war es sehr förmlich.«

Imogens Schultern sanken, aber dann wurde sie gleich wieder fröhlich. »Na ja, trotzdem herzlichen Glückwunsch. Du hast wahrscheinlich einen neuen Trend ausgelöst. Die nächsten Debütantinnen werden alle glauben, wenn man das Herz eines Gentlemans erobern möchte, muss man ihn erst einmal wie Luft behandeln.«

»Oje.« Caro lachte halbherzig. »Hoffentlich nicht.«

»Caro …« Ihre Freundin beugte sich vor und diesmal wirkte ihre Miene ernsthaft besorgt. »Geht es dir gut? Du scheinst dich gar nicht zu freuen.«

»Doch, tue ich, ich bin nur …« Sie spreizte hilflos die Hände. »Um ehrlich zu sein, es ist alles ein bisschen viel. Es ist jetzt zwei Monate her, aber ich kann immer noch nicht glauben, dass ich tatsächlich verlobt bin.«

»Das kann ich verstehen.« Imogen lächelte freundlich. »Du hast uns alle völlig überrascht. Wenn du mir nicht selbst geschrieben hättest, hätte ich es niemals geglaubt. Du hast den Eindruck gemacht, als seist du fest entschlossen, nicht zu heiraten, und ich habe immer gedacht …« Sie brach mitten im Satz ab und biss sich auf die Unterlippe.

»Was denn?«

»Nichts. Es spielt keine Rolle.«

»Doch, tut es. Was hast du gedacht?«

»Na ja.« Zögernd fuhr Imogen fort. »Ich glaube, ich habe

einfach gedacht, wenn du überhaupt jemanden heiraten würdest, dann seinen Bruder. Halbbruder, meine ich. Marmaduke. Es sah immer so aus, als würdet ihr beide euch so gut verstehen. Außerdem war ja da dieser Vorfall, bei dem er deine Ehre verteidigt hat.«

Caro blinzelte. »Was hat er?«

»Erinnerst du dich nicht, da war doch diese grässliche Wette und er …« Imogen brach erneut ab. »Wusstest du das nicht?«

»Nein. Ich höre zum ersten Mal von einer Wette.«

»Ach du liebe Zeit!« Imogen errötete. »Bitte reg dich nicht auf, aber ich habe es von Lily gehört, und die weiß es von Jonathan. Im Sommer gab es in einem dieser Herrenclubs eine Wette. Bei Boodles, soviel ich weiß. Der Auslöser war, dass du dir den Ruf eingehandelt hattest, jeden Antrag abzulehnen. Offenbar war ein Preisgeld für den ersten Mann ausgesetzt, der dich überzeugen konnte, Ja zu sagen. Fünfhundert Pfund.«

»Fünfhundert Pfund?« Caro sprang auf wie von der Tarantel gestochen. »Das ist ja widerlich!«

»Ja, es ist scheußlich. Jedenfalls hat sich Mr Holloway gewaltig aufgeregt, als er davon erfuhr, und dann haben sie ihn aus dem Club geworfen, weil er eine Schlägerei angefangen hat.« Imogen schnaubte verächtlich. »Aber erst, nachdem er demjenigen, der damit angefangen hatte, eine ordentliche Tracht Prügel verpasst hatte, wie man sagt.«

Caro ächzte. »Ich weiß noch, dass er ein blaues Auge hatte, aber er hat mir nie anvertraut, wie es passiert ist.« Sie presste eine Hand auf die Stirn und rief sich die unerklärliche Parade von Heiratsbewerbern in Erinnerung, die sich eines Nachmittags die Klinke in die Hand gegeben hatten. Jetzt kannte sie zumindest die Erklärung für dieses Rätsel – aber warum hatte Marmaduke es ihr nicht erzählt?

»Ich dachte nur, dass man so etwas eigentlich nur tut, wenn einem etwas an der Betroffenen liegt«, sagte Imogen nachdenklich, aber dann zuckte sie ein bisschen zusammen. »Aber ich bin mir sicher, der Duke hätte dasselbe getan, wenn er dabei gewesen wäre.«

»Weißt du, dass er nicht dabei war?«

»Ähm, nein … ich bin nur davon ausgegangen …« Imogen wirkte verlegen. »Du ärgerst dich jetzt nicht, oder? Ich meine, das ist Monate her und du hast am Ende auf jeden Fall triumphiert.«

»Nein.« Caro ließ sich wieder in ihren Sessel fallen. »Ich ärgere mich nicht, jedenfalls nicht über dich. Genau genommen erklärt das eine ganze Menge.«

»Und ich wollte damit bestimmt nicht andeuten, dass zwischen dir und Mr Holloway irgendetwas war«, fuhr Imogen fort und klang jetzt wie ein Mensch, der sich bemüht, aus einem tückischen Graben herauszuklettern, und dabei immer tiefer einsinkt. »Ich habe die Situation falsch eingeschätzt, sonst nichts, und ich bin gar nicht auf die Idee gekommen, dass du dem Duke irgendwie … verbunden warst, weil … na ja, eigentlich habe ich euch beide nie zusammen gesehen, und er ist mehr der starke, stille, umwerfend gut aussehende Typ.«

»Ja.« Caro versuchte, eine Spur von Enthusiasmus in ihre Stimme zu legen. »Rafe ist all das.«

Aber sosehr sie sich auch mühte, es gelang ihr nicht, das kleinste bisschen für ihn zu empfinden. Stundenlang hatte sie das kleine Porträt angestarrt, das seine Mutter ihr vor ihrer

Abreise aus Norfolk geschenkt hatte, in der verzweifelten Hoffnung, irgendeinen Funken in ihrem Inneren anzufachen, aber entweder war ihre Zunderkiste leer, oder ihr Kienspan war feucht.

»Ihr beide zusammen werdet ein geradezu lächerlich gut aussehendes Paar abgeben. Es ist uns anderen gegenüber eigentlich unfair.« Imogen lachte. »Aber jetzt gehe ich mal los und mache Tee und sehe nach, ob ich zur Feier des Tages ein bisschen Kuchen auftreibe. Leider mussten wir Kitty, unser Hausmädchen, entlassen. Aber ich bin gleich wieder da.«

»Oje, steht es so schlecht?«

»Ja, aber wir kommen schon zurecht, keine Sorge. Bleib hier sitzen und mach es dir gemütlich. Ach ja …« Sie ging zu einem Schrank und entnahm ihm einen kleinen roten Lederband. »Wirf mal einen Blick hier hinein. Lily hat mir aus Surrey eine Kopie geschickt. Sie hat endlich ein geeignetes Versteck für ihre Bücher gefunden und verschlingt seither alle, die sie findet. Ich habe gestern Abend angefangen und es noch vor dem Frühstück zu Ende gelesen. Ich habe mich sehr dafür geschämt, dass ich eine Kerze verschwendet habe, aber ich konnte es einfach nicht aus der Hand legen. Es wurde erst vor drei Wochen veröffentlicht und sie drucken bereits eine neue Auflage. Alle lesen es, und niemand weiß, wer die Autorin ist. Das ist alles sehr geheimnisvoll.«

»Das klingt spannend.« Caro nahm das Buch und schlug es auf. Imogen verließ den Raum, und in dem Moment, in dem sie allein war, legte Caro das Buch ungelesen zur Seite und den Kopf in den Nacken. Einen Moment lang war sie versucht gewesen, Imogen alles über Rafe und Marmaduke zu erzählen.

Dass sie fürchtete, einen furchtbaren Fehler zu machen. Aber wie konnte sie sich darüber beklagen, mit einem Duke verlobt zu sein, wo ihre Freundin offenbar in solchen finanziellen Schwierigkeiten steckte? Imogen würde nicht missbilligen, nicht verurteilen, das wusste sie, aber es würde sich undankbar anfühlen. Vielleicht sogar noch schlimmer – überheblich.

»Warte, ich helfe dir.« Sie sprang auf, als Imogen wieder hereinkam, nahm ihrer Freundin das Tablett aus den Händen und stellte es auf einen niedrigen Tisch. »Aber jetzt erzähl mir, was es bei dir Neues gibt. Wie geht es deinen Tanten?«

»Es geht ihnen gut, danke schön. Sie sind heute Morgen in die Bibliothek gegangen, aber sie freuen sich unbändig auf die Hochzeit. Es war so nett von dir, sie einzuladen.«

»Ganz und gar nicht, ich freue mich, wenn …«

Caros Stimme brach, als ihr Blick auf den Rücken des Buchs fiel, das sie eben auf ihrer Sessellehne abgelegt hatte. Da stand der Titel, in großen goldenen Lettern, wie ein glitzerndes Banner.

»Jezebel Joyce …« Vor dem Brausen in ihren Ohren klang ihre Stimme ganz leise.

Imogen betrachtete sie verwirrt. »Du kannst es gern ausleihen, wenn du möchtest?«

»Ich bin mir nicht sicher …« Caro nahm das Buch wieder zur Hand und blätterte die Seiten bis zum Ende durch. Wie vermutet gab es für sie keinen Grund, es auszuleihen. Jedes Wort, jeder Satz, jedes Satzzeichen war ihr vollkommen vertraut.

Sie atmete wieder durch. Eine Mischung aus Entsetzen, Stolz und völliger Verwirrung übermannte sie.

Sie hielt ihr eigenes Buch in Händen.

»Ich fahre nach Oxford!« Eine Stunde später platzte Caro in den Salon ihrer Großmutter, mit geballten Fäusten und hochgerecktem Kinn.

»Dämpfe deine Stimme, meine Liebe.« Die Witwe sah von ihrer Korrespondenz auf. »Die Welpen schlafen.«

»Oh … Entschuldigung.« Sie redete jetzt leiser und warf Mildred einen entschuldigenden Blick zu. Der Mops funkelte sie zornig an. »Ich fahre nach Oxford«, flüsterte sie. »Darf ich bitte deine Kutsche benutzen?«

»Es kommt darauf an. Was genau hast du in Oxford vor?«

»Meinen Bruder in Stücke reißen.«

»Ach so. Dann weißt du also von dem Buch?« Die Witwe legte ihren Brief beiseite und erhob sich. »Ich wollte es dir eigentlich schon früher sagen, aber deine Mutter hatte dich ja ständig in Beschlag. Wie hast du es herausgefunden?«

»Wie *ich* es herausgefunden habe?« Caro starrte ihre Großmutter fassungslos an. »Granny, woher weißt du denn von meinem Buch?«

»Du hast mir damals im Juni selbst davon erzählt. Und ich bin diejenige, die dafür verantwortlich ist, dass es veröffentlicht wurde, also wenn du irgendjemanden in Stücke reißen möchtest, dann wende dich bitte an mich.« Sie richtete sich zu ihrer vollen Höhe auf. »Du kannst es gern versuchen.«

»Aber wie? Ich habe es dir doch nicht einmal gezeigt.«

»Richtig. Ich gestehe, in dieser Beziehung war ich etwas hinterhältig.«

Caro runzelte die Stirn. »Inwiefern hinterhältig?«

»Ich habe es aus deinem Zimmer geholt, als du spazieren gegangen bist. Es war sehr ungehörig und übergriffig von mir, aber zu meiner Verteidigung sei gesagt, dass ich mir Sorgen um dich gemacht habe, vor allem nach dem Vorfall bei Almack's. Zuerst dachte ich, dass es einen Einblick in dein Verhältnis zu Mr Jagger bieten würde, aber dann war ich beeindruckt. Du bist eine begabte Autorin, Caro, wenn auch ein bisschen überdramatisch. Ich mochte Miss Joyce, trotz ihrer unbestechlichen Tugendhaftigkeit.«

»Aber wie konntest du es an einen Verleger schicken, wo ich es doch nach Cleveland mitgenommen habe? Du hast doch bestimmt nicht alles aus dem Gedächtnis aufgeschrieben.«

»Liebe Güte, nein. Ich habe meinen Sekretär gebeten, es zu kopieren. Am Ende wurde es ein bisschen hektisch, als deine Mutter plötzlich beschloss, so überraschend abzureisen, aber er hat es gerade noch geschafft. Übrigens hat er sich sehr anerkennend über deinen Schreibstil geäußert.«

»Du hast ohne meine Erlaubnis eine Kopie angefertigt?« Caro sank aufs Sofa und vergrub das Gesicht in den Händen. »Granny, wie konntest du nur?«

»Da du zu diesem Zeitpunkt darauf beharrt hast, unverheiratet nach Hause zu fahren, dachte ich, es würde nicht schaden, sich um andere Perspektiven zu kümmern. Ich habe es an einen Verleger aus meinem Bekanntenkreis geschickt, ohne es dir zu sagen, damit du dich nicht verletzt fühlst, wenn er ablehnt, aber er war ebenso beeindruckt wie ich.«

»Und warum hast du es dann nicht mit mir abgesprochen?«

»Weil er ganz schnell eine Antwort haben wollte. Daher habe ich es auf mich genommen, die Verkaufsbedingungen auszuhandeln, die übrigens recht günstig für dich sind. Du hast eine ansehnliche Summe verdient.«

Caro spähte zwischen ihren Fingern hindurch. »Wie ansehnlich?«

»Einhundert Pfund. Ich wollte es dir gerade schreiben, als ich die Nachricht von deiner Verlobung mit dem Duke erhielt. Ich kam auf den Gedanken, dass die Veröffentlichung eines Schauerromans unter deinem Namen für Komplikationen sorgen könnte, aber zu diesem Zeitpunkt war es zu spät, um die Sache aufzuhalten. Deshalb habe ich ein Pseudonym für dich gewählt, Rosabelle Capulet, und beschlossen, abzuwarten und es dir persönlich mitzuteilen. So hast du die Möglichkeit, das Buch anzuerkennen oder zu verleugnen, wie es dir passt.«

»Rosabelle Capulet?«

»Ja. Rosa mit einer Andeutung von Balkon. Ich dachte, es passt ganz gut zu dir, da du für beides eine Vorliebe hast.«

»Ich weiß nicht, was du meinst.« Ihr Puls beschleunigte sich heftig.

»Tu nicht so, meine Liebe. In meinem Haus gehen nur wenige Dinge vor sich, über die ich nicht Bescheid weiß. Wenn eine junge Dame einmal durchgebrannt ist, erscheint es ratsam, ein Auge auf sie zu haben, vor allem im Hinblick auf junge Herren.«

»Du meinst, du hast hinter mir herspioniert?«

»Ich nenne es lieber aufpassen.«

»Es ist nichts Ungehöriges vorgefallen.«

»Dessen bin ich mir vollkommen bewusst. Wie dem auch sei, das Buch ist ein großer Erfolg. Eine Sensation. Dieser Tage kann man kaum einen Salon betreten, ohne über eine Ausgabe zu stolpern. Der Verleger wünscht so schnell wie möglich eine Fortsetzung.«

»Nein.« Caro schüttelte hastig den Kopf. »Es wird kein weiteres Buch geben.«

»Nein?« Ihre Großmutter sah sie scharf an. »Das ist aber bedauerlich. Ich hasse es, wenn Talent vergeudet wird. Und dabei hast du deine Schreibsachen mitgebracht. Ja, ich habe nachgesehen.«

»Nur aus Gewohnheit. Ich habe sie seit meiner Ankunft nicht angefasst.«

»Du hast doch gesagt, es tut dir gut, zu schreiben.«

»Tat es auch.«

»Du hast gesagt, es wäre ein Drang?«

»War es, aber die Worte kommen nicht mehr. Es hat aufgehört.«

»Ich verstehe.« Die Witwe griff nach unten und nahm einen Welpen auf den Arm. »Gibt es dafür einen besonderen Grund?«

»Ich weiß nicht.« Caro dachte nach. »Vielleicht habe ich nur geschrieben, um meine Gefühle für Sylvester zu verarbeiten. Jetzt, wo sich das alles aufgelöst hat, habe ich nichts mehr zu sagen. Vielleicht hatte ich ja nur diese eine Geschichte in mir.«

»Ich verstehe.« Die Großmutter strich mit der Hand über das Köpfchen des Welpen. »Aber ich hatte den deutlichen Eindruck, als hättest du eine leuchtende Zukunft für Jezebel vorgesehen – sie hat den Schürzenjäger abgeschüttelt und ist nun bereit, sich auf einen Mann einzulassen, der ihrer Liebe würdig ist. Das war ziemlich romantisch, sogar für eine alte Zynikerin wie mich. Da hätte man doch annehmen können, dass eine Verlobung im echten Leben inspirierend wirkt. Der Duke gibt immerhin einen ziemlich hinreißenden romantischen Helden ab.«

»So ist es aber nicht. Rafe entspricht nicht meiner Vorstellung von …« Sie biss sich auf die Unterlippe.

»Ich verstehe.« Ihre Großmutter wirkte nun sehr überlegen.

»Und außerdem spielt es gar keine Rolle, wie ich mir einen Helden vorstelle. Nichts spielt mehr eine Rolle. Eine Duchess schreibt keine Bücher. Sie ist viel zu beschäftigt mit all ihren Duchess-Pflichten.«

»Ich würde sagen, das hängt von ihrem jeweiligen Duke ab. Hast du versucht, deinem zu erzählen, dass du schreibst?«

»Nein.«

»Dann solltest du das vielleicht tun. Er könnte dich ja überraschen.«

»Oder er könnte sich fragen, wer denn dieser Baron Silvestre ist.«

»Ah. Von Jagger hast du ihm also auch nichts erzählt?«

»Nein.« Sie warf einen sehnsüchtigen Blick in Richtung Tür. Wie gern wäre sie geflohen! Aber ihre Glieder fühlten sich so schwer an, dass sie sich nicht bewegen konnte, als wären sie mit bleiernen Gewichten beschwert. »Sein Antrag hat mich vollkommen überrascht. Ich hatte kaum Zeit zum Nachdenken, und dann wusste ich nicht, wie ich das erklären sollte, aber wenn wir erst einmal verheiratet sind, dürfte das auch keinen Unterschied mehr machen. Ich werde eine gute Ehefrau sein und die Vergangenheit ist einfach vergangen.« Sie zuckte zusammen, als der Welpe den Kopf wandte und ihr einen Blick zuwarf, den sie als sehr skeptisch empfand. »Meinst du, das ist falsch? Meinst du, ich sollte ihm alles sagen?«

»Meine Güte, nein. Ich glaube an Loyalität in einer Ehe, aber vollkommene Ehrlichkeit, das geht zu weit. Glaubst du denn, dass ein Mann seiner Frau von all seinen dummen Fehlern in der Vergangenheit erzählt? Es ist passiert, bevor du überhaupt von seiner Existenz wusstest, daher hat es gar nichts mit ihm zu tun. Aber nur so aus Interesse – hast du noch jemandem anvertraut, dass du durchgebrannt bist?«

Sie fühlte, wie sich ihr Puls wieder beschleunigte. »Ja, schon.«

»Und darf ich annehmen, dass wir hier weder über Imogen noch über Lily reden?«

»Ja.«

»Also dem anderen Mr Holloway. Befürchtest du nicht, er könnte es seinem Bruder erzählen?«

»Nein.« Ihre Schultern sackten nach unten. Der Gedanke war ihr kurz gekommen, aber sie hatte ihn sofort verworfen. Marmaduke war nicht die Art von Mensch, die fremde Geheimnisse verriet, egal, wie schlecht man ihn behandelt hatte.

»Granny, warum fragst du mich das alles?« Sie fuhr sich mit der Hand durch die Haare. »Du warst doch diejenige, die gesagt hat, dass ich einen Ehemann brauche, um abgesichert zu sein. Also gut, ich habe einen gefunden. Einen Duke! Ich dachte, du würdest dich freuen.«

»Ich würde mich freuen, wenn ich glauben würde, dass du den Mann heiratest, den du wirklich liebst. Aber leider habe ich seit deiner Ankunft den Eindruck, dass du unglücklich bist.« Ihre Großmutter setzte sich neben sie. »Zugegebenermaßen habe ich mir im Sommer Sorgen um dich gemacht, aber ich war auch beeindruckt davon, welche Stärke du bewiesen hast. Du hast etwas richtig Schlimmes durchgemacht und bist gestärkt daraus hervorgegangen. Mir hat die neue Caro ziemlich gut gefallen, einschließlich der rosa Haare und allem. Und jetzt habe ich den Eindruck, dass du dich zurückentwickelt hast und das tust, von dem du denkst, du müsstest es tun. Nicht das, was du wirklich willst.«

»Du meinst also, ich sollte lieber selbstsüchtig sein.«

»Nein, meine Liebe, ich meine, du solltest du selbst sein. Der Duke ist ein guter Mann, aber du kannst nicht mit ihm reden, kannst ihm nicht einmal erzählen, dass du schreibst. Das heißt, ihr beide kennt euch überhaupt nicht wirklich. Wen heiratet er denn? Dich oder nur eine Person, die so aussieht wie du?«

»Ich habe keine Ahnung.« Sie sah zu, wie der Welpe vom Schoß ihrer Großmutter auf ihren krabbelte. »Ich mag Rafe, wirklich. Er ist alles, was ich an einem Ehemann schätzen sollte.«

»Aber du willst ihn nicht heiraten.«

»Nein.«

»Warum um alles in der Welt hast du dann den Antrag angenommen?«

»Weil ich in Panik war.« Die Worte sprudelten aus ihr heraus. »Marmaduke und ich haben uns bei diesem Sommerfest so gut verstanden, aber dann hat er mich … geküsst, und ich habe das Schlechteste über ihn angenommen. Ich dachte, ich mache den gleichen Fehler ein zweites Mal.«

»Das ist verständlich, meine Liebe, besonders nach allem, was du durchgemacht hast.«

»Aber darum habe ich Rafes Antrag angenommen. Weil ich dachte, es wäre vernünftig, das zu tun, nicht nur für mich, sondern für unsere ganze Familie. Ich wusste, es würde meine Eltern glücklich machen. Und dann, eine Stunde später, hat

Marmaduke mir einen Antrag gemacht. Er hat gesagt, wir könnten zusammen reisen, er würde komponieren und ich könnte Bücher schreiben.« Ihre Worte verwandelten sich in ein Schluchzen. »Und dann habe ich gesagt, ich wäre schon mit seinem Bruder verlobt, und er hat mich angesehen, als hätte ich ihm gerade ein Messer ins Herz gestoßen.«

Caros Großmutter legte eine Hand auf die ihre. »Und was ist dann passiert?«

»Wir sind uns für den Rest des Sommerfests aus dem Weg gegangen. Seither haben wir kaum ein Wort gewechselt.«

»Ist er schon ins Ausland abgereist?«

»Nein. Er wird bei der Hochzeit anwesend sein. Ich weiß nicht, wie ich das aushalten soll.«

»Dann habe ich noch eine letzte Frage, die du mir beantworten solltest. Liebst du Marmaduke?«

»Ich weiß nicht. Seit Rafe unsere Verlobung bekannt gegeben hat, kann ich nicht mehr klar denken. Ich weiß nicht mehr, was ich fühle.«

Ihre Großmutter schnalzte mit der Zunge. »Meine Liebe, es ist eine Sache, dir über deine Gefühle nicht im Klaren zu sein. Aber sie zu verleugnen, ist noch mal etwas anderes.«

Caro zog den Welpen näher an sich heran und vergrub ihr Gesicht in seinem Nacken. Sie spürte bereits, wie die Betäubung sich von ihr zurückzog wie ein Schleier, der sich ganz langsam vor ihren Augen zur Seite schob. Ein Teil von ihr wollte ihn schnell wieder vorziehen und sich verbergen, aber ein größerer Teil wusste, es war Zeit, sich der Wahrheit zu stellen. Ihre Großmutter hatte recht, sie wusste, wie Caro sich fühlte. Sie hatte es die ganze Zeit gewusst.

»Was spielt das jetzt für eine Rolle. Es ist zu spät, um die Hochzeit noch abzusagen.«

»Lass dir eins von einer alten Frau gesagt sein: Es ist niemals zu spät. Es gibt immer eine Möglichkeit, wenn du sie unbedingt willst.«

»Mama wäre am Boden zerstört.«

»Eine Weile, ja, aber es ist dein Leben, nicht ihres. Das würde ihr irgendwann klar werden. Sie hat zwar ihre Macken, aber sie liebt dich sehr.«

»Ähem.« Quill erschien in der Tür. »Der Earl und die Countess of Denholm, Mylady.«

»Essie?« Innerhalb eines Sekundenbruchteils stand Caro auf den Füßen, den Welpen an die Brust gedrückt.

»Ich bin wieder da!« Ihre Cousine platzte in den Raum, die Arme weit ausgebreitet, als beträte sie eine Bühne.

Caro warf einen Blick auf ihre beste Freundin, dann brach sie spontan in Tränen aus.

Jezebel war eine Hochstaplerin. Sie hätte keine einzige Zeile anständige Prosa schreiben können, wenn ihr Leben davon abhing.

Die unglücklichen Abenteuer der Jezebel Joyce,
einer Lady voller Verzweiflung

Kapitel 22

»Ich finde es genial!« Mitternacht war vorbei, und Essie lag bäuchlings quer auf dem Bett, die Knöchel hinter sich in der Luft überkreuzt. »Absolut genial.«

»Es ist nicht genial.« Caro saß neben ihr, lehnte sich gegen einen Eckpfeiler und betupfte ihre vom Weinen immer noch roten und geschwollenen Wangen mit einem feuchten Tuch.

»Na ja, ich finde es großartig, und ich bin eine Countess. Das heißt, dass meine Meinung natürlich etwas wert ist. Warum hast du mir nicht erzählt, dass du wieder schreibst?«

»Weil ich nicht unbedingt geplant habe, es zu veröffentlichen. Ich wusste nicht, ob es gut genug ist, und davon abgesehen fühlte es sich zu persönlich an. Die Geschichte ist mir nach dem Vorfall mit Sylvester so eingefallen. Die erste Hälfte habe ich in einer Art Wahn während der zwei Wochen geschrieben, in denen ich angeblich krank war, und zu dem Zeitpunkt habe ich nichts gesagt, weil du mit deiner Hochzeit beschäftigt warst. Es ist schwer zu erklären, aber es hat mir geholfen, das zu verarbeiten, was geschehen war.«

»Dann war es eine Art Medizin.«

»Ja, so etwas Ähnliches.«

»Und jetzt bist du vollständig genesen.«

»Von Sylvester? Ich glaube schon.«

»Das hast du also geschrieben, als du Marmaduke kennengelernt hast?«

»Ja.«

»Und du hast dich in ihn verliebt?«

Sie nickte. »Ich weiß nicht, wie das passiert ist. Als Sylvester mich verlassen hat, war es, als hätte er einen Teil von mir mitgenommen. Den unschuldigen, hoffnungsvollen Teil, der an die Liebe geglaubt hat. Ich war wie betäubt. Ich habe mich nicht für die Ballsaison interessiert und wollte auch keinen Ehemann mehr finden. Und dann habe ich Marmaduke kennengelernt und wir sind Freunde geworden. Gute Freunde. Die Liebe hat sich irgendwie eingeschlichen.«

»Das kommt vor.« Essie nickte wissend.

»Du hättest mich vorwarnen sollen! Ich hatte solche Angst vor meinen Gefühlen, dass ich in Panik geraten bin.«

»Das tut mir leid.« Essie wälzte sich auf den Rücken. »Weißt du, ich habe das Gefühl, deinen Marmaduke ein bisschen zu kennen. Aidan hat mir erzählt, dass es Gerüchte darüber gibt, was bei Boodles passiert ist, über diese widerliche Wette. Da bin ich natürlich positiv voreingenommen, was ihn angeht.«

»Du würdest ihn mögen. Er ist lustig und aufmerksam und loyal und er komponiert wunderschöne Musik.« Sie schlang sich die Arme um die Taille. »Er fehlt mir so.«

»Aber du hast dich mit seinem Halbbruder verlobt?«

»Ja. Es ist alles ein solches Durcheinander.«

Essie stieß einen lang gezogenen Pfiff aus. »Und alle glauben, du seist die Gute.«

»Essie!«

»Tut mir leid, aber ich konnte nicht widerstehen. Es ist so eine erfrischende Abwechslung, einmal im Leben die tugendhafte Cousine zu sein.« Sie flatterte mit den Augenlidern. »Keine Sorge, ich werde deiner Mutter nichts sagen.«

»Das ist zu freundlich.« Caro bewarf sie mit dem feuchten Tuch. »Hat Aidan wohl etwas dagegen, wenn du heute Nacht hierbleibst?«

»Das wäre mir doch egal«, antwortete Essie entrüstet. »Momentan bist du viel zu wichtig. Ehrlich gesagt, ich glaube, er war ganz froh, dass er von hier entkommen konnte. Mit Tränen kann er nicht gut umgehen.«

»Du wirkst glücklich.« Caro lächelte schwach. »Vor allem für jemanden, der alles Mögliche angestellt hat, um aus der eigenen Verlobung zu entkommen.«

»Ich bin glücklich.« Essie machte ein ungewöhnlich verschämtes Gesicht. »Ich liebe Aidan, und was die Ehe angeht, hat sie ja doch einige Aspekte, die sehr erfreulich sind.«

»Aspekte?«

»Im Schlafzimmer. Aber mehr darf ich dir nicht sagen. Aidan würde mich umbringen.«

»Ich kann mir nicht vorstellen, dass da etwas Erfreuliches vor sich geht. Nicht nach Sylvester.«

»Mit jemandem, den du liebst, ist es anders. Ehrlich.«

»Aber ich liebe Rafe nicht.« Caro warf den Kopf in den Nacken, sodass er gegen den Bettpfosten schlug. »Nach dem, was mit Marmaduke passiert war, hätte ich seinen Antrag niemals annehmen dürfen. Es war gegenüber keinem von beiden fair, aber ich weiß auch nicht, wie ich aus dieser Sache wieder herauskommen soll. Wenn ich mich jetzt so kurz vor der Hochzeit herausziehe, bin ich diejenige, die sich wie Sylvester benimmt.«

»Entschuldige mal, aber vergleich dich niemals mit diesem skrupellosen Mistkerl.«

»Warum nicht? Ich bin ein schrecklicher Mensch.«

»Bist du nicht, und jeder, der das behauptet, kriegt es mit mir zu tun.« Essie legte ihr den Arm um die Schultern. »Das alles ist immer noch Sylvesters Schuld. Ohne ihn wärst du niemals in Panik geraten. Ich wünschte, ich könnte ihn noch einmal so richtig heftig treten.«

»Erzähl mir die Geschichte noch mal.«

»Du meinst die, als er so lässig auf mich zustolziert kam und ich ihn in die Eier getreten habe? Zweimal?«

»Genau die.« Caro lachte und schluchzte gleichzeitig. »Was meinst du denn, was ich tun soll? Ganz ehrlich? Denn selbst wenn ich die Hochzeit absage, kann ich auf keinen Fall mit Marmaduke zusammen sein, nicht, nachdem ich mit Rafe verlobt war. Was auch immer zwischen uns war – es ist vorbei.« Sie biss die Zähne zusammen. »Vielleicht sollte ich das Ganze einfach durchziehen.«

»Schaffst du es wirklich, den Rest deines Lebens so zu tun, als wäre dir Marmaduke vollkommen gleichgültig?«, fragte Essie und musterte ihre Cousine voller Zweifel. »Selbst wenn zwischen euch alles aus ist, wärst du immer noch Teil der gleichen Familie. Du wirst wohl gezwungen sein, Zeit mit ihm zu verbringen, ob es dir gefällt oder nicht. Bist du dir denn sicher, dass du damit umgehen kannst?«

»Nein«, wimmerte Caro. »Du bist die Schauspielerin, nicht ich.«

»Und was ist, wenn Rafe die Wahrheit später herausfindet? Das wäre tausendmal schlimmer.«

»Aber was kann ich denn sagen? Wenn ich unsere Verlobung auflöse, wird Rafe wissen wollen, was der Grund ist, und wenn ich es ihm sage, dann gibt er vielleicht Marmaduke die Schuld. Und dann entsteht am Ende ein Bruch zwischen den beiden, und ihre Mutter wird gezwungen sein, für einen der beiden Partei zu ergreifen, und dann hat Marmaduke keine Familie mehr, und es ist alles meine Schuld.«

»Dann erfinde eine Ausrede.« Essie schnippte mit den Fingern. »Sag ihm, es gibt einen anderen.«

»Das wird er mir nicht glauben. Es gibt nur einen Mann, mit dem er mich jemals gesehen hat, und das war Marmaduke. Und er weiß, dass Mama mich zu Hause bewacht wie ein Schießhund.«

»Dann sag ihm, du hättest beschlossen, ledig zu bleiben und Schriftstellerin zu werden. Du musst nämlich auf jeden Fall weiterschreiben. Ich muss unbedingt wissen, was Jezebel als Nächstes erlebt. Du bist zu gut, um das aufzugeben.«

»Möchte ich auch nicht, aber ich kann nicht mehr schreiben. Seit ich mich verlobt habe, stecken irgendwie alle Wörter in meinem Kopf fest.«

»Und du glaubst, das hat nichts zu bedeuten?«

»Granny hat auch so etwas angedeutet.«

»Sie ist ziemlich klug«, bestätigte Essie. »Verrate ihr nur nicht, dass ich das gesagt habe.«

»Warte mal.« Plötzlich wandte Caro ruckartig den Kopf. »Ich kann doch etwas tun, um die Verlobung zu beenden.«

»Jetzt klingst du wie ich. Was denn?«

»Ich fasse es nicht – warum habe ich nicht früher daran gedacht?« Sie verzog das Gesicht. »Na ja, ich fasse es schon – es ist so furchtbar, darüber zu reden, aber ich habe es doch schon die ganze Zeit direkt vor der Nase! Granny hat gesagt, in einer Ehe vollkommen ehrlich zu sein, geht ein bisschen zu weit. Also muss ich einfach so weit gehen.«

»Ich kann dir nicht folgen.«

»Ich muss Rafe von Sylvester erzählen. Er wird entsetzt sein und das alles sehr missbilligen und dann werde ich ihn edelmütig aus seiner Verpflichtung entlassen. Das ist perfekt!«

»Es ist ziemlich drastisch.« Essie runzelte sorgenvoll die Stirn. »Kannst du dich auch mit Sicherheit darauf verlassen, dass er keine Gerüchte verbreitet?«

»Ich glaube schon, aber ich bin mir gar nicht mehr sicher, ob ich das so schlimm fände.« Sie sprang auf ihre Cousine zu und umklammerte eine ihrer Hände. »Ich bin so froh, dass du hier bist, Essie. Ich habe dich so vermisst.«

»Ich habe dich auch vermisst.«

»Versprichst du mir, dass du mir nicht aus dem Weg gehen wirst, wenn ich von der Gesellschaft verstoßen werde?«

»Niemals. Cousinen sind wichtiger als alles andere.« Essie küsste sie auf die Wange und legte sich zurück in die Kissen. »Aber jetzt sollten wir uns doch ein bisschen Schlaf gönnen. Ich habe so ein Gefühl, dass du ihn noch brauchen wirst.«

༄

»Was meinst du mit verspätet?«

Caro stand in ihrem scharlachroten Reitanzug in der Eingangshalle und starrte den Boten entsetzt an. Nach einem morgendlichen Galopp durch den Hyde Park mit Essie und Aidan hatte sie sich gerade wieder etwas optimistischer gefühlt. Ihr Kopf war wieder klarer als in den letzten Wochen. Sie hatte einen Plan. Sie würde Rafe eine Nachricht senden, sobald er ankam, und ihn um ein Gespräch unter vier Augen bitten. Dabei würde sie ihm dann von ihrer Flucht mit Sylvester erzählen. Dann blieb ihm ein ganzer Tag Zeit, um diese Neuigkeit zu verdauen, und ihnen beiden, um einen Vorwand zu finden, unter dem sie ihre Verlobung auflösen konnten. Es würde zweifellos einen kleinen Skandal geben, aber am Ende würde er froh sein, im letzten Moment davongekommen zu sein, und wenn die nächste Ballsaison kam, war ihre Verlobung schon Schnee von gestern. Rafe würde sich eine neue Braut suchen und sie selbst – na gut, sie hatte keine Ahnung, was sie selbst tun würde, aber wenigstens hätte sie sich richtig verhalten.

Und jetzt war dieser Plan hinfällig.

»Es tut mir leid, Miss.« Der Bote wirkte etwas eingeschüchtert von ihrer heftigen Reaktion. »Der Duke sagte, es sei eine dringende geschäftliche Angelegenheit.«

»Er hat doch schon gesagt, es geht nur um einen Tag«, mischte sich ihre Mutter ein. »Er wird am 19. hier sein.«

»Aber am 20. ist die Hochzeit.«

»Dann passt es doch perfekt.«

»Nein! Ich brauche mehr Zeit!«

»Warum? Es ist alles organisiert. Der Duke wird pünktlich zum Verlobungsdinner hier sein und am nächsten Morgen werdet ihr heiraten.«

Caro wandte ihrer Mutter langsam den Kopf zu und durchbohrte sie mit Blicken. »Welches Verlobungsdinner denn?«

»Ach so. Ich dachte, es wäre schön, wenn wir am Abend vorher alle zusammen essen würden. Beide Seiten der Familie am selben Tisch. Das wird doch wunderschön, oder?«

»Ja.« Caro und Essie tauschten entsetzte Blicke. »Wunderschön.«

Kapitel 23

(Weniger als vierundzwanzig Stunden bis zur Hochzeit)

»Na, das ist doch sehr nett, oder?« Die Witwe sah sich in ihrem stillen Salon um, als forderte sie die Mitglieder ihrer Familie heraus, ihr zu widersprechen.

»Wunderbar«, stimmte Essie zu.

»Bezaubernd«, bestätigte Aidan.

»Wirklich?« Felix, der nachmittags mit der Postkutsche eingetroffen war, sah sie an, als hätten sie beide den Verstand verloren.

Caro funkelte ihren Bruder an. Sie ballte die Fäuste so heftig, dass ihre Knöchel jeden Moment durch die Haut zu platzen drohten. Als ihre Mutter die Idee eines Verlobungsdinners zum ersten Mal erwähnt hatte, hatte sie sich noch keine konkrete Vorstellung davon gemacht, wie grauenhaft es sein würde. Na gut, hatte sie doch, aber sie hatte versucht, es zu verdrängen. Und was hätte sie schon tun können, um es zu verhindern – ohne es ihrer Mutter ins Gesicht zu sagen? Und nun konnte sie noch nicht einmal auf ein überraschendes Unwetter hoffen, denn Quill hatte sie informiert, dass die Kutsche der Holloways etwa vor zwei Stunden im Nachbarhaus angekommen war, was wiederum bedeutete, dass sie sich in nicht einmal einer Stunde alle zum Essen treffen würden. So wie sie sich im Moment fühlte, würde sie nicht fähig sein, auch nur einen Bissen zu sich zu nehmen oder ein Gespräch zu führen.

Also wie um alles in der Welt sollte sie eine Möglichkeit finden, ihre Verlobung aufzulösen?

»Ehrlich, mein Schatz, Nervosität ist eine Sache, aber der Duke wird glauben, dass du ihn gar nicht sehen willst, wenn du so ein Gesicht machst.« Selbst ihrer normalerweise vollkommen unerschütterlichen Mutter war ihre bedrückte Stimmung aufgefallen. »Hier handelt es sich doch um ein Freudenfest!«

»Ja, Mama.« Caro lächelte gehorsam, entkrampfte ihre Fäuste und glättete die Vorderseite ihres Kleides mit den Handflächen. Es war aus durchsichtigem weißem Organza mit rosa Bändern unter der Korsage, die sich wie eine eiserne Fessel anfühlte.

Schließlich betrat Quill den Raum und räusperte sich betont, bevor er den Duke und seine Mutter ankündigte.

»Caro, meine Liebe!« Rafes Mutter rauschte in einer Wolke Rosenwasser in den Raum und nahm sie sofort in die Arme. »Du siehst schöner aus als je zuvor.«

»Hoheit.« Sie warf einen kurzen Blick in Richtung Tür. Hatte Quill vergessen, Marmaduke anzukündigen? Aber von ihm war keine Spur zu sehen. Da war nur Rafe.

»Hatten Sie eine gute Reise, Hoheit?« Ihre Mutter stellte die Frage, die eigentlich Caro hätte aussprechen müssen.

»Nicht gar zu schlecht für die Jahreszeit. Holprig natürlich, aber das hat uns nichts ausgemacht angesichts des Anlasses.«

»Wird Ihr anderer Sohn uns nicht Gesellschaft leisten?« Die Witwe hatte Erbarmen mit Caro.

»Ich fürchte nein. Marmaduke hat Kopfschmerzen. Er lässt sich entschuldigen.«

»Das ist aber schade.«

»Ja.« Caro wandte dem Duke nervös das Gesicht zu. Rafe sah so eindrucksvoll und so makellos gekleidet aus wie immer. Seine dunklen Augen betrachteten sie mit einem leicht beunruhigten, fragenden Ausdruck. Einen Moment lang verließ sie der Mut. Wie konnte sie ihn jemals beiseitenehmen und ihm von ihrer gescheiterten Flucht mit Sylvester erzählen? Es war zu spät. Es war der Abend vor ihrer Hochzeit. Es waren nur noch fünfzehn Stunden bis dahin. Sie konnte es nicht tun. Aber sie musste. Sie brauchte jetzt einfach stählerne Nerven.

Irgendwoher.

»Rafe.« Sie knickste.

»Caro.« Er nahm eine ihrer Hände und ließ seine Lippen über ihre Knöchel gleiten. »Geht es dir gut? Du siehst blass aus.«

»Ja, es ist nur … merkwürdig, dich wiederzusehen. Es ist schon so lange her.«

»Nicht zu lange, hoffentlich?« Hinter dieser Frage schien noch eine andere Frage zu stehen.

»Trennung bringt die Herzen näher zusammen, nicht wahr?« Caros Mutter drängte sich zwischen sie beide und deutete auf Essie und Aidan. »Hoheit, dürfte ich Ihnen den Earl und die Countess of Denholm vorstellen? Essie ist meine Nichte. Sie und Caro sind zusammen aufgewachsen.«

»Lady Denholm, Lord Denholm. Eine Ehre.« Rafe verbeugte sich galant. »Ich habe schon viel von Ihnen beiden gehört.«

»Glauben Sie nichts davon.« Essie lächelte. Sie spielte die Rolle derjenigen, die keine Ahnung hatte, was hier vor sich ging, perfekt.

»Nun! Jetzt, wo wir uns alle kennengelernt haben, ist es wohl Zeit zum Essen.« Die Witwe erhob sich.

»Nun, eigentlich …« Caro rückte ihre Schultern gerade. Jetzt oder nie. »Ich brauche einen Moment mit Rafe unter vier Augen.«

»Ähem.« Quill war wieder im Türrahmen erschienen.

»Ja?« Die Großmutter hob die Lorgnette.

»Da ist ein … eine Person an der Tür, Mylady.«

»Jetzt? Welche Art von Person denn?«

»Ein … Bekannter, Mylady. Ein Mann.«

»Tatsächlich? In diesem Fall bitten Sie ihn, an einem anderen Tag wiederzukommen. Nach der Hochzeit.«

»Ich fürchte, er sagt, die Angelegenheit sei von höchster Dringlichkeit.«

»Ach so?« Die Augen der Witwe feuerten Blitze ab. »Nun, wenn er so dringend eine Audienz bei mir benötigt, dann soll er sie haben.«

»Ähm … er möchte allerdings nicht mit Ihnen sprechen, Mylady.« Quill lächelte gequält. »Sondern mit Miss Foyle.«

»Mit mir?« Caros Unterkiefer klappte herunter.

»Absurd!« Ihre Mutter schlug sich mit der Hand auf die Brust.

»Vielleicht sollte ich hingehen und mit dieser Person sprechen, egal wer es ist.« Caros Vater wandte sich in Richtung Tür.

»Nein!« Die Großmutter packte Caros Hand. »Dieses Rätsel werden wir selbst lösen. Vermutlich ist es ein verschmähter Verehrer, der versucht, meine Enkelin im letzten Moment dazu zu bewegen, ihre Meinung zu ändern. Es wird nicht lange dauern, da bin ich mir sicher. Bitte entschuldigt uns.«

»Soll ich dich begleiten?« Der Duke hob eine Augenbraue, als Caro an ihm vorbeiging.

»Nein, danke.« Sie schüttelte den Kopf, halb erleichtert, halb erbost darüber, dass sich ihre eigenen Pläne so hinauszögerten. »Wie Granny schon sagt, wir kümmern uns selbst darum.«

»Wer ist es, Quill?« Die Stimme der Witwe klang schärfer, sobald sie sich außer Hörweite des Salons befanden.

»Sylvester Jagger, Mylady.« Quill sah nervös in Caros Richtung. »Ich habe ihn in die Bibliothek gebeten.«

»Das habe ich schon vermutet.« Die Witwe stürmte die Treppe hinunter. »Wie kann er es wagen, noch einmal seinen Fuß in mein Haus zu setzen!«

»Warte!« Caro rannte hinter ihr her und erreichte die Tür zur Bibliothek als Erste. »Ich werde selbst mit ihm reden.«

»Sei nicht albern.«

»Bin ich nicht, Granny. Es wird Zeit, dass ich meine eigenen Kämpfe ausfechte. Das sind die Dinge, welche die neue Caro tun muss, und du magst sie doch, erinnerst du dich?«

»Es heißt aber auch, man soll seine Schlachten weise auswählen.«

»Das tue ich. Und ich habe mich die fünf letzten Monate auf diese hier vorbereitet.«

Die Witwe hob das Kinn und presste sekundenlang die Lippen aufeinander. Dann gab sie nach. »Also gut, aber ich bleibe hier stehen und warte. Ruf mich, wenn du mich brauchst.«

»Danke schön. Das tue ich, versprochen.« Caro legte eine Hand auf den Türknauf, holte tief Luft und trat ein.

Sylvester stand scheinbar vollkommen entspannt neben dem Kamin, einen Arm lässig über das Sims gelegt, in der anderen

Hand hielt er ein Glas mit etwas, das wie Brandy aussah. Caro blieb stehen, sobald sie den Raum betreten hatte, und betrachtete ihn schweigend. Sie hatte oft darüber nachgedacht, wie sie wohl reagieren würde, sollte sie ihm noch einmal begegnen, aber nun spürte sie nur die vollkommene Abwesenheit jeglichen Gefühls. Diesmal war es keine Betäubung. Es war einfach nur Gleichgültigkeit. Keine Liebe, kein Hass, überhaupt nichts. Ihr Kopf allerdings funktionierte perfekt.

»Caro.« Er nahm sie aus dem Augenwinkel wahr und wandte sich um, lächelte sie an, als seien sie alte Freunde. »Ich hoffe, es stört dich nicht, dass ich mir einen Drink genehmigt habe.«

»Keineswegs.« Sie rückte ihre Wirbelsäule gerade und ging ein paar Schritte auf ihn zu. »Was führt dich wieder nach England?«

»Es könnte doch sein, dass du mir einfach gefehlt hast?« Sein Lächeln wurde so breit, dass es eine Reihe scharfer, glänzender Zähne in der Farbe seiner perfekt frisierten platinblonden Haare entblößte. »Genau genommen habe ich geerbt, von einem uralten Onkel, von dessen Existenz ich gar nichts wusste. Es war nicht gerade ein Vermögen, aber ausreichend, um meine Schulden zu begleichen.«

»Schön für dich.«

»Und das bedeutet natürlich, dass die Drohung deiner Cousine, mich sofort zu ruinieren, falls ich noch einmal einen Fuß nach England setze, nicht mehr dieselbe Wirkung hat wie zuvor.«

»Nein, sicher nicht. Das muss eine ungeheure Erleichterung für dich sein.«

»O ja. Ehrlich gesagt, hatte ich auch eigentlich gar nicht die Absicht, nach Hause zu kommen. Paris passt ganz gut zu mir, aber ein alter Freund hat mich dort besucht und mir die wunderbare Nachricht von deiner Verlobung überbracht.«

»Da hast du natürlich beschlossen, hierherzukommen und mir persönlich zu gratulieren?« Sie setzte ein gekünsteltes Lächeln auf. »Das ist aber sehr aufmerksam.«

»Ja, das dachte ich auch, und jetzt, wo ich schon einmal hier bin, habe ich beschlossen, noch eine Weile zu bleiben.«

»Was für eine wunderbare Idee.«

Er warf ihr einen unsicheren Blick zu, als wüsste er nicht genau, wie er nun fortfahren sollte. »Allerdings ...«

»Darf ich?« Sie unterbrach ihn. »Allerdings ist London so eine schrecklich teure Stadt, dass du schon wieder knapp bei Kasse bist, und angesichts unserer Vorgeschichte und meiner anstehenden Hochzeit hast du gedacht, du kommst am Abend vor meiner Hochzeit mal vorbei, um mich zu erpressen – Geld im Gegenzug für dein Schweigen? Kommt das in etwa hin?«

Seine Miene wurde ein bisschen unschlüssig. »Ja, aber es gibt keinen Grund, das so grob auszudrücken. Erpressen ist so ein hässliches Wort.«

»Und doch so passend.«

»Mein Gewissen drückt mich, weißt du.« Er trank den letzten Schluck Brandy aus und setzte das Glas heftig auf dem Kaminsims ab. »Eigentlich hat dein Verlobter ein Recht darauf, von uns zu erfahren.«

»Woher weißt du denn, dass ich es ihm nicht schon erzählt habe?«

»Das weiß ich nicht.« Er näherte sich ihr langsam, wie eine Katze, die mit einer Maus spielt. »Ich habe nur so einen Verdacht.«

Sie rührte sich nicht. Sie würde sich nicht von ihm einschüchtern lassen, auch nicht jetzt, wo er direkt vor ihr stand, höchstens eine halbe Armlänge entfernt. »Was meinst du denn? Welche Summe wäre ausreichend, um dein Gewissen zu beruhigen?«

»Ganz spontan? Fünftausend Pfund.«

Sie lachte verächtlich. »Glaubst du denn wirklich, ich habe so viel Geld?«

»Nein, aber ich glaube, deine Familie sehr wohl, und ich bin mir ganz sicher, dass sie diese Hochzeit nicht platzen lassen will … wegen etwas Unerfreulichem, nennen wir es so?«

»Nein, das wollen sie nicht.« Sie musterte ihn von oben bis unten. »Aber woher sollte ich wissen, dass das eine einmalige Zahlung ist? Was würde dich daran hindern, in Zukunft weitere Forderungen zu stellen?«

»So misstrauisch!« Er schnalzte tadelnd mit der Zunge. »Das klingt ja, als würdest du mir nicht trauen.«

»Warum bloß?«

»Na komm schon, ich bin ein vernünftiger Mann.« Er breitete die Arme aus, als wollte er sie umarmen. »Ich bin mir sicher, dass wir zu einer Einigung kommen.«

»Du hast vollkommen recht. Wir sollten zu einer Einigung kommen.« Sie schwieg einen Moment lang dramatisch, dann breitete auch sie die Arme aus und lächelte einladend. »Bleibst du zum Essen?«

Er runzelte die Stirn. »Wie bitte?«

»Bleib zum Essen, dann können wir uns alle zusammensetzen und das besprechen. Oben haben sich schon alle versammelt, auch Essie und Aidan. Bis auf Granny natürlich. Sie wartet vor der Tür auf dich.«

»Caro.« Sein Blick schweifte in Richtung Tür. »Ich glaube, du hast nicht ganz verstanden, was ich dir sage.«

»O doch, habe ich. Du versuchst, mich zu erpressen, und es ist mir egal. Also können wir beide nach oben gehen und allen die Wahrheit sagen, oder ich mache es gleich selbst.« Sie lachte. »Weißt du, es ist wirklich lustig. Ich wollte es Rafe heute Abend selbst erzählen und habe mich richtig davor gefürchtet. Aber bei dem Gedanken, dass ich damit deine Pläne durchkreuze, fühle ich mich gleich deutlich besser. Genau genommen hast du mir einen Gefallen getan.«

»Das glaube ich dir nicht.« Sein Blick wurde drohend. »Du kannst nicht ernsthaft bereit sein, deine Verlobung aufs Spiel zu setzen?«

»Kann ich nicht?« Sie betrachtete ihn beinahe mitleidig, dann warf sie den Kopf in den Nacken und rief, so laut sie konnte: »Quill!«

»Ja, Mylady?« Der Butler erschien so blitzartig, dass er nur direkt hinter der offenen Tür gestanden haben konnte.

»Würdest du bitte so gut sein, den Duke einzuladen, sich zu uns zu gesellen? Diese … Person … möchte ihm gegenüber sein Gewissen erleichtern.«

»Selbstverständlich, Mylady.«

»Was zur Hölle tust du?« Sylvester fing an, in Richtung Tür zu rücken. »Er wird dich nicht heiraten, wenn er die Wahrheit erfährt.«

»Nein, aber wir können hoffentlich Freunde bleiben. Anders als wir beide, aber der Unterschied liegt eben darin, dass Rafe ein echter Gentleman ist. Tatsächlich fürchte ich, es wird ihm gar nicht gefallen, wenn ich ihm von deinem früheren Verhalten erzähle, ganz zu schweigen von diesem Gespräch heute Abend.« Sie tippte mit einer Fingerspitze gegen ihr Kinn. »Und natürlich hat die Meinung eines Dukes ziemlich viel Einfluss in der feinen Gesellschaft. Ich bin mir sicher, dass er dich sehr leicht zur Persona non grata machen kann.«

»Du bist verrückt.«

»Im Gegenteil. Ich bin vollkommen bei Verstand.« Sie verfolgte ihn zur Tür. »Und ich lasse mich von niemandem erpressen, schon gar nicht von dir. Los doch, ruiniere mich, wenn du willst, aber sei dir im Klaren darüber, dass ich dafür sorgen werde, dass es auch dir schlecht ergeht. Ich glaube, das ist das Mindeste, was du mir schuldest.«

»Du kleine Hure!« Seine Stimme verhärtete sich. »Ich weiß nicht, was ich jemals in dir gesehen habe.«

»Genau dasselbe habe ich auch gerade gedacht.« Sie musterte ihn voller Verachtung. »Und jetzt würde ich sagen, du hast etwa dreißig Sekunden, um von hier zu verschwinden, bevor mein Verlobter eintrifft. Vergiss nicht, dich auf dem Weg nach draußen von Granny zu verabschieden.«

Kapitel 24

Sylvester war schon aus dem Raum verschwunden, bevor Caro zu Ende geredet hatte. Eine interessante Abfolge von Klängen und Geräuschen aus der Eingangshalle folgte: ein kurzer, hitziger Wortwechsel mit Caros Großmutter, eilige Schritte und schließlich eine heftig zugeschlagene Eingangstür. Sie lauschte amüsiert, erleichtert, begeistert, stolz auf sich selbst, alles zugleich – Gefühle, die schlagartig erloschen, als Rafe in der Tür erschien. Er wirkte noch missmutiger als am Abend seines Antrags, und das wollte etwas heißen. Ihr fiel auf, dass sie ihn noch nie richtig lächeln gesehen hatte.

»Du wolltest mich sprechen?«

»Ja. Bitte komm herein.« Sie winkte ihn in den Raum. »Es gibt etwas, das ich dir sagen muss.«

»Etwas Schlechtes, nehme ich an?« Er verschränkte die Hände hinter dem Rücken. »Als ich heute Abend hier ankam, hast du dich weit mehr für die Tür als für mich interessiert. Das erschien mir als kein besonders gutes Zeichen.«

»Nein.« Sie errötete, peinlich berührt, dass sie so leicht zu durchschauen gewesen war. »Rafe, es tut mir leid.«

»Hat es etwas mit dem Mann zu tun, der gerade gegangen ist?«

»Ja.« Sie verschränkte die Hände und nahm allen Mut zusammen. »Er heißt Sylvester Jagger. Vor etwa fünf Monaten bin ich mit ihm nach Gretna Green durchgebrannt, allerdings sind wir natürlich nicht weit gekommen. Das alles wurde so erfolgreich vertuscht, dass nicht einmal meine Eltern davon wissen. Nur meine Großmutter, Felix, Essie und Aidan und ... noch ein Freund.«

»Ich verstehe.« Der Duke ging quer durch den Raum bis zu einem Fenster, zog den Vorhang zurück und sah hinaus in die Dunkelheit.

»Ich hätte es dir sagen sollen, als du mir den Antrag gemacht hast, aber da ging alles so schnell.« Sie verzog das Gesicht. »Aber keine Ausreden. Ich hätte es dir sofort sagen müssen.«

»Ja, hättest du.« Er sah immer noch hinaus, seine Schultern bewegten sich nicht. »Ich gestehe, das überrascht mich.«

»Ist das alles?« Sie blinzelte. Sie hatte sich für Zorn, Vorwürfe und Beleidigungen gewappnet, aber er wirkte vollkommen ruhig. »Du musst jetzt nicht wie ein Gentleman damit umgehen.«

»Nein?« Rafe ließ den Vorhang fallen und wandte sich langsam mit unlesbarer Miene um. »Was war der Zweck von Mr Jaggers heutigem Besuch?«

»Erpressung. Er wollte fünftausend Pfund. Ich habe ihm gesagt, dass ich dir dann lieber persönlich alles erzähle. Auch wenn du es nicht glauben wirst, aber das war der Grund, warum ich vorhin schon unter vier Augen mit dir sprechen wollte. Genau genommen hatte ich schon vor einigen Tagen beschlossen, es dir zu sagen, aber dann hat sich deine Ankunft verzögert und ... na ja, es war niemals meine Absicht, es so lange aufzuschieben.«

»Na gut.« Er fuhr sich mit der Hand über die Stirn. »Besitzt er irgendwelche Beweise für eure Beziehung? Briefe? Erinnerungsstücke?«

»Nein, nichts dergleichen, aber er könnte dennoch Gerüchte streuen.«

»Das könnte er versuchen, aber ohne Beweise würde sein Wort gegen deines stehen.«

»Aber Gerüchte können dennoch Schaden anrichten.« Sie straffte ihre Schultern. »Und deswegen habe ich Verständnis, wenn du die Hochzeit absagen willst.«

»Nein.« Der Duke schüttelte den Kopf, als lehnte er lediglich eine Tasse Tee ab. »Es wäre sehr unehrenhaft, so kurz vor dem Termin abzusagen.«

»Aber unter den Umständen willst du doch sicher …«

»Umstände, die ich sicherlich nicht öffentlich bekannt gebe. Das wäre noch mehr als unehrenhaft.«

»Dann sage ich die Hochzeit ab. Wir können uns eine Ausrede einfallen lassen. Du kannst das nicht durchziehen, nur um dich ehrenhaft zu benehmen.«

»Das tue ich nicht. Jedenfalls nicht ausschließlich. Tatsache ist, ich brauche immer noch eine Frau, und ich habe nicht den Wunsch, das ganze Theater noch einmal von vorne mitzumachen, wenn meine Mutter eine neue Braut für mich sucht.«

»Du meinst …« Sie starrte ihn ungläubig an. »Du willst mich immer noch heiraten?«

»Ja. Ich kann nicht behaupten, ich wäre nicht enttäuscht, aber ich schätze Ehrlichkeit. Vor allem die Tatsache, dass du es mir vor der Hochzeit gesagt hast. Wir machen alle Fehler, Caro.«

Caro senkte den Blick, als sich seine Haltung leicht entspannte. Das Wort »Ehrlichkeit« war schlimm genug, aber seine Reaktion war noch schlimmer. Sie hatte sich vorgestellt, er würde sofort davonstürmen. Sie hatte sich gewünscht, er würde davonstürmen. Sie ballte ihre Hände zu Fäusten. Verzweiflung übermannte sie. »In diesem Fall – da ist noch eine Sache.«

»Ja?« Sein Blick wurde wieder misstrauisch.

»Ja. Ich habe ein Buch geschrieben. *Die außergewöhnlichen Abenteuer der Jezebel Joyce, einer Lady in Gefahr.* Es ist ziemlich erfolgreich.«

»Davon habe ich gehört.« Er runzelte die Stirn. »Du hast es geschrieben? Es ist recht sensationsheischend, nicht wahr?«

»Ja.« Sein missbilligender Tonfall traf sie. »Aber vielen Leuten scheint es zu gefallen.«

»Du hast es doch sicherlich nicht unter deinem richtigen Namen veröffentlicht?«

»Nein. Meine Großmutter hat ein Pseudonym für mich gewählt.«

»Nun denn ... wenn du nicht vorhast, noch weitere zu veröffentlichen?« Er machte eine bedeutungsvolle Pause.

»Ich weiß nicht.« Auch sie machte eine Pause, eine ebenso bedeutungsvolle. »Wäre das sehr schlimm?«

»Es wäre vielleicht nicht ... ganz passend, für eine Duchess.« Eine weitere, noch längere Pause entstand.

»Nun, dann wäre das geklärt?« Der Duke hielt ihr einen Arm hin. »Sollen wir uns nun zu den anderen begeben? Unsere Mütter haben inzwischen wahrscheinlich schon gewaltig Herzklopfen.«

Sprachlos nahm Caro seinen Arm. Sie konnte ihm nicht einmal sagen, dass sie weiter schreiben wollte, denn offenbar war sie gar nicht mehr dazu in der Lage. Sie war sich so sicher gewesen, dass er ihre Verlobung auflösen würde, und jetzt gab es nichts mehr, was sie sagen konnte, ohne Marmaduke hineinzuziehen. Und das bedeutete, sie hatte keine Ausrede mehr, um die Hochzeit aufzuhalten. Sie musste die Sache durchziehen.

Die neue Caro war für immer verloren. Sie würde Duchess of Campion werden.

$$\mathcal{G}\mathfrak{D}$$

»Caro?«

Sie wusste, dass er da war, noch bevor sie seine Stimme hörte. Sie war nach dem Abendessen direkt auf den Balkon gekommen, vor Kälte zitternd starrte sie ins Mondlicht, und doch – in dem Augenblick, in dem sie seine Anwesenheit spürte, hatte sie den Eindruck einer plötzlich auflodernden Flamme, als hätte ein Blitz in den Garten eingeschlagen, die Luft um sie herum versengt. Ihr Körper war noch immer davon geflutet und kribbelte, als er ihren Namen aussprach.

»Marmaduke.« Sie flüsterte seinen Namen. Nicht sehr originell, aber mehr schaffte sie einfach nicht. Sie wagte es noch nicht einmal, den Kopf zu wenden, sondern hielt ihren Blick auf den schattigen Umriss eines Baums am hinteren Ende des Gartens geheftet, halb befürchtend, dass sie sich etwas einbildete. Wenn sie sich umdrehte, würde er sich vielleicht in der Nacht auflösen.

»Wie geht es dir?« Seine Stimme klang gequält.

»Sehr gut, danke schön.« Sie antwortete rein mechanisch, wand ihre Finger ums Balkongeländer, als ihre Knie unter ihr weich wurden. »Und du? Deine Mutter sagte, du hast Kopf-schmerzen.«

Einen Moment lang war es still. »Nein. Es erschien mir zu diesem Zeitpunkt nur die beste Ausrede zu sein. Leider hatte ich keine Fleischpastetchen zur Hand, auf die ich die Schuld hätte schieben können.«

»Ach so.« Sie lachte leise.

»Ich hatte gehofft, dass du hier herauskommen würdest«, fuhr Marmaduke fort. »Ich wollte die Gelegenheit haben, vor dem morgigen Tag mit dir zu sprechen.«

»Wirklich?« Caros Herz wurde leichter.

»Ja. Ich wollte dir Glück wünschen.«

»Oh.« Ihr Herz wurde wieder schwer.

»Und … ich bin Trauzeuge. Ich wusste nicht, ob Rafe dir das gesagt hat. Ich habe versucht, das abzulehnen, aber er sagte, es gebe niemanden, den er lieber an seiner Seite haben wollte.« Er hüstelte leise. »Ich dachte, du solltest es wissen, damit es morgen in der Kirche keine Überraschung ist.«

»Ach so. Danke.«

»Außerdem habe ich dein Buch gelesen. Meine Mutter hat eine Ausgabe gekauft und der Titel ist mir aufgefallen. Jezebel Joyce ist ja kein Name, den man leicht vergisst.«

»Nein, vermutlich nicht.«

»Es hat mich nachdenklich gemacht.« Er hüstelte wieder. »Ich hatte in den vergangenen Monaten viel Zeit zum Nach-denken und mir ist etwas klar geworden.« Sie nahm aus dem Augenwinkel eine leichte Bewegung wahr, als hätte er sich um-gewandt und würde sie ansehen. »Als du mir von deiner Flucht mit diesem Mann erzählt hast, hat ein Teil der Geschichte gefehlt. Du hast gesagt, auf dem Weg nach Gretna Green wäre dir klar geworden, dass die Absichten dieses Kerls nicht ehrenhaft waren, aber du hast nicht gesagt, woran du es gemerkt hast. Plötzlich wusste ich, dass etwas Spezielles geschehen sein musste. Und dann fiel mir ein, dass du ein Gasthaus erwähnt hast, und ich glaube, den Rest kann ich mir zusammenreimen … Caro?« Jetzt sprach er ihren Namen noch sanfter aus. »Irre ich mich?«

»Nein.« Sie biss die Zähne zusammen. »Er hat nicht … ich habe ihn abgewehrt.«

»Ich habe in diesem Moment nicht daran gedacht, ehrlich. Und deswegen habe ich überhaupt nicht damit gerechnet, wie das bei dir ankommen würde, wenn wir …« Seine Stimme brach. »Aber der Punkt ist, ich hätte daran denken müssen. Ich hätte dir von Anfang an sagen müssen, was ich fühle, dann hättest du gewusst, dass ich es ernst meine. Ich hasse den Gedanken, dass ich dich an ihn erinnert habe, dass ich dir Angst gemacht habe. Also, das alles tut mir leid, auch das, was ich danach gesagt habe. Diese ganze Situation ist meine Schuld.«

»Nein.« Caro senkte den Kopf. »Ich hätte nie das Schlimmste von dir annehmen dürfen. Ich hätte es besser wissen müssen. Du warst mein Freund, aber ich habe dich wie einen Feind behandelt.«

»Vielleicht haben wir beide Fehler gemacht?«

»Ja.« Sie presste die Lippen zusammen, schluckte all die Worte hinunter, die sie nicht sagen durfte, die sie niemals aussprechen durfte. Dass sie wünschte, es hätte an jenem Tag im Wald nicht geregnet, dass sie wünschte, ihre Mutter wäre nicht früher aus King's Lynn zurückgekommen, sodass Marmaduke ihr erst noch einen Antrag hätte machen können, dass sie ihn liebte, ihn wahrscheinlich immer lieben würde … Sie löste ihre Finger vom Balkongeländer. Sie waren völlig taub.

»Ich habe Rafe erzählt, dass ich durchgebrannt bin.« Die Worte schabten an dem Kloß in ihrer Kehle. »Heute Abend habe ich es ihm gesagt.«

Einen Moment lang war es still. »Wie hat er reagiert?«

»Überraschend gut. Er meinte, dass jeder einmal einen Fehler macht.« Sie wandte den Kopf, als er nicht reagierte. »Marmaduke?«

»Ich bin hier. Er ist ein guter Mensch.«

»Ein besserer, als ich verdiene.«

»Sag das nicht. Du verdienst nur Gutes, Caro.«

»Marmaduke …« Endlich wandte sie sich um, sie konnte nicht länger widerstehen. Er sah so aus wie damals, als sie ihn zum ersten Mal gesehen hatte, ein schattiger Umriss vor der Häuserfassade. »… was wird aus uns?«

»Wir werden wieder Freunde sein.« Sie nahm wahr, dass er vom Geländer zurücktrat, sich von ihr entfernte.

Sie kniff die Augen zu, erinnerte sich an das letzte Mal, als er ihr seine Freundschaft angeboten hatte. Sie hatte genau an derselben Stelle gestanden. Damals war es ein ehrliches Angebot gewesen, aber nun wussten sie beide, dass sie sich nur etwas vormachten, eine Möglichkeit suchten, den nächsten Tag zu überstehen. Wie konnten sie die Uhr jemals zurückdrehen?

»Fährst du gleich nach der Hochzeit nach Frankreich?«

»Ja. Ich habe es lang genug aufgeschoben.«

»Dann wünsche auch ich dir Glück. Ich hoffe, du findest, was du suchst.«

»Danke.« Seine Stimme klang brüchig. »Werde glücklich, Caro.«

Sie machte die Augen wieder auf, aber er war schon verschwunden.

Kapitel 25

Caro erwachte früh am nächsten Morgen. Sie fühlte sich, als
spannten sich mehrere Hände, vielleicht sogar Klauen, dicht
um ihren Schädel. Versuchsweise quälte sie sich in Sitzposition
und zog die Knie an die Brust, wiegte sich ein paarmal auf und
ab, bevor sie aus dem Bett kroch, ein bisschen Wasser über Gesicht und Hals spritzte, sich die Zähne putzte und dann selbst
ihr Hochzeitskleid anzog. Nachdem sie diese Pflichten erfüllt
hatte, setzte sie sich neben den gerade erst entzündeten Kamin
und wartete auf die Ankunft der Zofe ihrer Mutter, die ihr die
Haare frisieren sollte.

»Warum bist du denn schon aufgestanden?« Irgendwann
später tauchte Essie auf. Sie trug eine Kerze und ein Tablett mit
zwei Tassen heißer Schokolade und einem Teller voller frisch
gebackener Muffins. »Ich dachte, du wärst noch im Bett. Ich
wollte die Erste sein, die dir hilft, dich fertig zu machen.« Sie
verstummte und betrachtete ihre Cousine. »Du siehst wunderschön aus.«

»Danke.« Caro sah kurz an ihrem Kleid herunter. Es war irr-
sinnig teuer, ein Kunstwerk aus cremefarbener Seide und auf-
wendiger weißer Spitze mit einem bescheidenen Ausschnitt

und langen Ärmeln, ergänzt durch einen Diamantanhänger an ihrer Kehle. Letzterer war eine Leihgabe von Rafes Mutter, ein schimmerndes Leuchtfeuer, das umwerfend schön aussah und sich anfühlte wie ein Eissplitter.

»Frühstück?« Essie hielt ihr das Tablett hin.

»Nein. Ich kriege keinen Bissen hinunter.«

»Das ist wahrscheinlich auch besser so, in diesem Kleid.«

»Alles andere ist schon eingepackt.«

»Ach so.« Essie stelle das Tablett auf einen Tisch und kauerte sich neben ihre Cousine. »Wie fühlst du dich?«

Caro schüttelte einfach den Kopf, warf einen kurzen Blick auf die Uhr auf dem Kaminsims. Es waren noch drei Stunden bis zur Zeremonie, vorausgesetzt, diese würde pünktlich beginnen, und das würde sie, denn das hier war die feine Gesellschaft, und wenn diese wünschte, dass etwas so und nicht anders ablaufen sollte, dann geschah es auch. Bei diesem Gedanken überlief sie ein Schauer.

»Caro?« Essie legte ihr eine Hand auf die Schulter. »Ich weiß, dass ich das vermutlich nicht sagen sollte, aber du hast immer noch Zeit, deine Meinung zu ändern. Du könntest mit Aidan und mir nach Hampshire zurückfahren und wir …«

»Nein.« Sie schüttelte ein zweites Mal den Kopf. »Ich laufe jetzt nicht weg. Rafe ist ein anständiger Mensch und ich tue ihm das nicht an. Ich muss nur einen Moment lang allein sein.« Sie lächelte, um ihre Worte zu entschärfen. »Wir treffen uns unten, wenn es so weit ist.«

»Alles in Ordnung, aber du weißt ja, dass deine Mutter bald hier sein wird.« Essie musterte sie mit durchdringendem Blick. »Bist du dir deiner Sache ganz sicher?«

»Ja. Danke.« Sie beugte sich vor und gab ihrer Cousine einen Kuss auf die Wange. Ihr gezwungenes Lächeln hielt sie aufrecht, bis sie wieder alleine war.

Und was jetzt? Jetzt gar nichts, mahnte sie sich. Es war zu spät für Zweifel und Tränen oder Was-wäre-wenn. Während dieser letzten – wieder ein Blick auf die Uhr – zwei Stunden und zweiundfünfzig Minuten musste sie einfach nur tief einatmen, langsam ausatmen und Ruhe bewahren. Während der Hochzeit würden sich die Ereignisse überschlagen – eine Zeremonie, das Frühstück, Glückwunschreden, Ansprachen. Sie musste dafür Kraft schöpfen.

Nach einigen Minuten erregten plötzliche Aktivitäten vor dem Haus ihre Aufmerksamkeit. Sie stand auf und ging näher zum Fenster. Die Dämmerung hatte eingesetzt, und es regnete wieder, so wie an jenem Tag in Campion Place. Merkwürdig, dass manchmal ein paar Regentropfen alles verändern konnten.

»Herein.« Sie warf einen Blick über die Schulter, als es an der Tür klopfte, und rechnete damit, Essie wiederzusehen. Ihre Mutter würde sich nicht die Mühe machen, erst anzuklopfen.

»Caro?«

»Rafe!« Sie wandte sich überrascht vom Fenster ab. »Was machst du hier?«

»Wir müssen reden.«

»In meinem Schlafzimmer?« Sie sah sich zögernd um. Es war nicht so furchtbar skandalös angesichts der Tatsache, dass sie in zwei Stunden und sechsundvierzig Minuten heiraten würden, aber ihre Mutter würde trotzdem einen hysterischen Anfall erleiden, wenn sie es erfuhr.

»Ja, aber es dauert nicht lang.« Er machte die Tür hinter sich zu. »Meine Mutter wollte mit deiner Großmutter noch einmal kurz über den Ablauf reden und da habe ich sie begleitet. Sie denkt, ich warte unten auf sie, aber ich bin deiner Cousine in die Arme gelaufen, und sie hat mir gesagt, wo ich dich finde.«

»Was ist los?«

»Es geht um Marmaduke. Er ist weg.«

»Was?« Ihr Atem stockte. »Wohin weg?«

»Dover. Er hat mich heute ganz früh geweckt, um es mir zu sagen.«

»Aber … ich dachte, er wäre dein Trauzeuge?«

»War er.«

»Oh.« Sie starrte ausdruckslos gegen die Wand neben seinem Kopf. Die Vorstellung, »Ich will« sagen zu müssen, während Marmaduke neben Rafe stand, war grauenhaft gewesen, aber nun, wo er abgereist war, ohne sich auch nur zu verabschieden, hatte sie das Gefühl, man habe ihr gerade das Herz aus der Brust gerissen.

»Natürlich war ich zuerst wütend auf ihn.« Rafe ging einfach an ihr vorbei. »Auf den ersten Blick war es eine Sache, die einem der eigene Bruder eigentlich nicht antun dürfte – an meinem Hochzeitstag, abgesehen davon, dass er damit sein Wort gebrochen hat.« Er erreichte die gegenüberliegende Wand und drehte sich um. »Und genau das hat mir die Augen geöffnet, nehme ich an. Er ist immer für mich da gewesen, mein ganzes Leben lang. Wir haben über alles miteinander geredet – jedenfalls dachte ich das. Ich weiß, er würde mir das nicht antun, wenn es keinen Grund dafür gäbe, einen guten Grund, aber er wollte ihn mir nicht nennen. Er sagte einfach nur immer wieder, er müsse gehen, er habe keine Wahl.«

»Das ist …« Nur mit Mühe konnte sie gefasst reden. »… sehr traurig.«

»Sehr traurig.« Er wiederholte ihre Worte laut, dann blieb er stehen und sah ihr in die Augen. »Caro, ich muss gestehen, dass ich kein besonders aufmerksamer Mensch bin. Ich bemerke vieles nicht, was für andere auf der Hand liegt. Aber schließlich ist mir die Wahrheit doch noch gedämmert.«

»Welche denn?« Ihre Stimme klang plötzlich piepsig.

»Marmaduke liebt dich.« Die Muskeln in Rafes Hals verspannten sich sichtbar. »Ich habe es anfangs nicht geglaubt, weil er immer so gegen die Ehe war, aber je mehr ich darüber nachgedacht habe, desto mehr Sinn ergab es. Und dann, als mir einfiel, dass ihr beide immer zusammen wart und wie ihr euch dann benommen habt, da wurde mir klar, dass es die einzige Erklärung ist. Er liebt dich.« Ein Glitzern lag in seinem Blick. »Und du liebst ihn auch.«

»Rafe …«

»Liebst du ihn?«

Sie holte tief Luft, dann atmete sie aus. »Ja.«

»Ich verstehe.« Er sah zu Boden. »Da drängt sich aber doch die Frage auf, warum du mich heiratest?«

»Weil ich einen Fehler gemacht habe. Ich habe ihn falsch eingeschätzt. Ich dachte, ihm läge nicht wirklich etwas an mir. Ich dachte sogar …« Die Worte blieben ihr im Hals stecken. »… noch Schlimmeres. Und dann hast du mir einen Antrag gemacht, und ich dachte, dich zu heiraten, wäre eine vernünftige Entscheidung. Ich wusste, dass du mich nicht liebst, aber ich habe gehört, was du über Bewunderung und Respekt gesagt hast, und meinte, das alles wäre vielleicht ausreichend.«

»Es könnte immer noch ausreichen, wenn du das möchtest. Ich werde nicht der Nächste sein, der dich sitzen lässt.«

»Nein?« Sie starrte ihn verblüfft an.

»Nein.« Er hob den Blick wieder. »Mir scheint, es gibt für uns zwei Möglichkeiten. Meine Kutsche wartet vor dem Haus. Wir können vergessen, dass dieses Gespräch jemals stattgefunden hat, und heute trotzdem heiraten, oder aber mein Kutscher bringt dich nach Dover. Marmaduke hat einen beträchtlichen Vorsprung, aber wenn du Glück hast, kannst du ihn noch einholen.«

Sie spürte ihr Herz hoffnungsvoll flattern. »Das würdest du für mich tun?«

»Ja. Ich mag dich sehr, Caro, aber meinen Bruder liebe ich. Ich möchte, dass er glücklich ist.« Der Duke verzog das Gesicht. »Ich möchte, dass ihr beide glücklich seid. Kurz, ihr habt meinen Segen. Vergiss nicht, ihm das zu sagen.«

»Meinst du, er will mich überhaupt noch?«

»Ich meine, das kann nur er selbst beantworten.«

»Natürlich. Entschuldige. Aber können wir nach alldem immer noch Schwester und Bruder sein?«

»Ich kann das, wenn du es kannst.«

»Und was ist mit all den Hochzeitsgästen?«

»Darum kümmere ich mich. Ich habe keine Ahnung, wie ich das machen soll, aber mir fällt schon etwas ein.«

Caro sprang impulsiv vor und schlang ihm die Arme um den Hals. »Du bist ein guter Mann, Rafe Holloway, weißt du das?«

»Das entspricht nicht ganz dem, was du bei unserer ersten Begegnung über mich gesagt hast.«

»Es passiert mir öfter, dass ich mich in Männern täusche.«

Caro griff nach hinten und löste die Diamantkette. »Die solltest du jemandem geben, der dir wirklich etwas bedeutet. Deine Mutter wird sich nicht dafür bedanken, dass ich dir das sage, aber begnüge dich nicht mit jemandem, den du nur magst.«

»Ich denke darüber nach.« Der Duke ließ die Kette in seine Jackentasche gleiten und zog dafür einen gefalteten Bogen Pergamentpapier heraus. »Wenn du Marmaduke siehst, gib ihm das.«

»Das werde ich tun.« Sie nahm den Bogen feierlich entgegen. Er sah wie ein Brief aus. »Versprochen.«

»Dann würde ich sagen, wir haben alles besprochen.« Ein bittersüßer Ausdruck trat in sein Gesicht. »Also los, du musst eine Kutsche einholen und ich muss zwei Mütter besänftigen.«

»Oh …« Sie riss die Augen auf. »O nein!«

»Keine Sorge. Ich habe so ein Gefühl, als würde deine Großmutter mich unterstützen.« Er verdrehte die Augen. »Wir werden sie brauchen.«

»Ich verstehe kein Wort.« In der Miene von Rafes Mutter stand blankes Entsetzen.

»Ich erkläre es dir später, Mutter.« Rafe redete vollkommen sachlich. »Momentan soll es genügen, dass Miss Foyle und ich unsere Gefühle füreinander doch anders einschätzen und beschlossen haben, die Hochzeit nicht stattfinden zu lassen.«

»Unsinn! Das ist doch nur die Nervosität im letzten Moment!«

»Nein, wirklich nicht.« Caro reckte den Hals und warf einen Blick in den Empfangsraum. Ihre eigene Mutter, noch immer im Morgenmantel, lag ausgestreckt auf der Chaiselongue. Zur allgemeinen Überraschung hatte es von Emmelines Seite keine hysterischen Anfälle gegeben, sondern nur einen einzigen Aufschrei, nach dem sie sofort ohnmächtig geworden war. Glücklicherweise hatten Essie und Aidan so dicht bei ihr gestanden, dass sie sie auffangen konnten.

»Ich glaube das einfach nicht. Was ist passiert?«

»Ich liebe Ihren Sohn.« Caro hob entschuldigend die Achseln. Rafes Mutter wirkte jetzt erst recht verwirrt. »Also, Ihren anderen Sohn.«

»Marmaduke?«

»Ja. Und es tut mir leid. Es gibt absolut keine Entschuldigung für mein Verhalten, aber bitte glauben Sie mir, dass es nicht meine Absicht war, irgendjemanden zu kränken.«

»Es gibt vielleicht keine Entschuldigung dafür, aber einen guten Grund.« Der Duke stellte sich neben seine Mutter. »Und den habe ich akzeptiert. Aber wir haben jetzt nicht die Zeit, alles genau zu erklären. Miss Foyle muss sich auf den Weg machen.«

»Miss Foyle geht nirgendwohin.« Caros Vater machte einen Schritt zur Seite und versperrte den Weg zur Tür. »Nicht, bevor sie mir erklärt hat, was genau hier vorgeht.«

»Es tut mir leid, Papa, aber es ist eine lange Geschichte und ich muss mich wirklich beeilen.«

»Lass sie gehen, Charles.« Caros Großmutter wedelte mit den Fingern. »Ich erkläre alles, wenn Emmeline aufwacht.«

»Nein.« Ihr Vater verschränkte die Arme. »Du bist zwar ihre Großmutter und ehrlich gesagt die furchteinflößendste Schwiegermutter in ganz England, aber Caro ist meine Tochter, und ich bestehe auf ein paar Antworten.«

»Du hast recht.« Caro legte ihrer Großmutter beschwichtigend eine Hand auf die Schulter. »Die Wahrheit ist, Papa, im Mai bin ich mit einem Mann durchgebrannt, von dem ich gedacht habe, ich würde ihn lieben, und dann habe ich festgestellt, dass er ein Schwindler war. Also bin ich nach London zurückgekommen und wollte von der Ehe überhaupt nichts mehr wissen. Aber dann habe ich mich in Marmaduke verliebt, nur war mir das gar nicht klar, und als ich es dann doch begriffen habe, geriet ich in Panik und nahm stattdessen Rafes Antrag an. Aber dann hat Marmaduke mir einen Antrag gemacht und mich gebeten, mit ihm ins Ausland zu gehen. Er wusste ja nicht, dass ich schon mit seinem Bruder verlobt war. Und dann … na ja, ich habe ein völliges Chaos angerichtet. Ich dachte, ich müsste die Hochzeit durchziehen, aber dann hat Rafe gemerkt, dass etwas nicht stimmt, und ist heute Morgen zu mir gekommen, um mit mir zu reden. Allerdings ist Marmaduke schon nach Dover abgereist und jetzt stehen wir hier.« Sie holte noch einmal tief Luft. »Und ich habe ein Buch geschrieben. Einen Roman.«

»Ich verstehe.« Einen schrecklichen Moment lang dachte Caro, auch ihr Vater würde jeden Moment in Ohnmacht fallen. »Du fährst jetzt also diesem … Marmaduke… hinterher? Dem ich übrigens noch nie begegnet bin.«

»Ja.«

»Mit welcher Absicht, wenn ich fragen darf?«

»Um ihm zu sagen, dass ich mich geirrt habe, und ihn zu fragen, ob er mich immer noch heiraten will. Oder ich mache ihm einfach einen Antrag.«

»Großartige Idee.« Felix schlug ihr auf die Schulter.

»Was?« Ihr Vater sah sie an wie vom Donner gerührt. »Nichts dergleichen wirst du tun! Felix, ermuntere sie nicht auch noch!«

»Warum denn nicht? Man kann doch nicht von dem armen Kerl erwarten, dass er noch einmal einen Antrag macht. Nicht nachdem sie ihn schon abgewiesen hat. Ich finde es nur fair, wenn sie das diesmal übernimmt.«

»Fair oder unfair, habt ihr mal aus dem Fenster gesehen? Es regnet in Strömen.«

»Mit ein bisschen Glück verschafft ihr das einen Vorteil. Das Wetter ist vielleicht zu schlecht für die Überfahrt.«

»Der Regen kommt aus dem Norden. Er hat Dover wahrscheinlich noch nicht erreicht.« Ihr Vater wandte sich an Rafe. »Wann ist Ihr Bruder denn losgefahren?«

»Vor Tagesanbruch.«

»Na siehst du. Es ist zu spät.«

»Ich muss es wenigstens versuchen.« Caro reckte das Kinn. »Felix begleitet mich. Nicht wahr?«

»Das möchte ich um nichts in der Welt versäumen.«

»Und wenn ich es verbiete?«, fragte ihr Vater.

»Dann fahre ich trotzdem. Es tut mir leid, Papa, aber ich liebe ihn. Er mag kein Duke sein, und das ist vielleicht nicht das Leben, das du dir für mich gewünscht hast, aber ich weiß, dass Marmaduke mich glücklich machen wird.«

Ihr Vater zögerte, sah in die Richtung von Caros Mutter und dann wieder zu ihr. »Bist du dir damit ganz sicher?«

»Voll und ganz.«

»In diesem Fall …« Er hob die Schultern, dann nickte er. »… solltest du dich lieber auf den Weg machen. Aber wenn er sich nicht gut um dich kümmert …«

»Das wird er.«

»Das bestätige ich«, warf Rafe ein. »Ich bürge für meinen Bruder.«

»Und kannst du mir verzeihen, dass ich dich enttäuscht habe?« Caro sah ihrem Vater nervös in die Augen.

»Du enttäuschst niemanden.« Er berührte ihre Wangen mit der Hand, seine Stimme klang heiser. »Das könntest du niemals, Caro.«

»Danke, Papa.«

»Aber dieses Gespräch hat nie stattgefunden, und was euch alle hier betrifft, ich habe nichts unversucht gelassen, um Caros Abreise zu verhindern.« Ihr Vater sah sich im Raum um, sein Blick verharrte auf Caros Großmutter. »Es geht um Leben oder Tod.«

»Mein liebster Charles, ich hätte es selbst nicht besser formulieren können.« Die Witwe nickte anerkennend. »Allerdings werden wir uns später noch über das unterhalten müssen, was du über deine Schwiegermutter gesagt hast.«

Kapitel 26

Caro streckte den Kopf aus dem Kutschenfenster. »Warum halten wir an?«, rief sie dem Kutscher zu. Sie waren von der Landstraße abgebogen und in den Hof eines geschäftigen Gasthauses eingefahren.

»Das Wetter wird immer schlechter, Miss«, antwortete der Mann. »Wir müssen anhalten und warten, bis es vorbeigezogen ist.«

Sie sah nach hinten und spürte eine Welle der Panik. Anhalten und abwarten waren die beiden letzten Dinge, die sie jetzt tun wollte, aber der Kutscher hatte recht. Hinter ihnen war die Straße kaum noch zu sehen. Schwarze Wolken wälzten sich auf sie zu wie eine hohe und noch weiter ansteigende Flutwelle. Nicht mehr lange, dann würden sie davon verschlungen werden.

»Mach das Fenster zu.« Felix zog sie zurück auf die Bank. »Ich kann mein Gesicht kaum noch spüren.«

»In einer Minute kannst du dich aufwärmen. Wir müssen anhalten.« Sie ächzte, als der Kutscher in sein Horn stieß, um ihre Ankunft anzukündigen. »Das ist eine Katastrophe.«

»Nicht unbedingt. Wenn wir festsitzen, geht es Marmaduke wahrscheinlich genauso.«

»Er hat doch einen Vorsprung!«

»Aber irgendwann holt ihn das Unwetter ein. Er kann Dover unmöglich noch heute Abend erreichen. Es ist zu weit und es wird bald dunkel.«

»Von Minute zu Minute entfernt er sich weiter von mir. Was ist, wenn sein Schiff nach Frankreich ausläuft, bevor ich ihn erreiche?«

»Dann müssen wir aufgeben und nach Hause fahren«, antwortete Felix unverblümt. »Aber es ist ja nicht so, als würde er untertauchen. Irgendwann wird er seiner Familie schreiben und ihr mitteilen, wo er sich befindet. Allerdings wäre es vielleicht besser, den Duke nicht danach zu fragen. Seine Mutter auch nicht, wenn ich genauer darüber nachdenke.«

»Ich weiß. Sie konnte mich kaum ansehen, als ich aus dem Haus ging.«

»Sie stand unter Schock. Alle standen unter Schock, außer Granny.« Er rieb sich nachdenklich mit den Fingerknöcheln das Kinn. »Ich kann mir nicht einmal vorstellen, wie das aussehen würde.«

»Ich vermute, das werden wir niemals erfahren.« Sie klappte die Kapuze hoch, kletterte aus der Kutsche und rannte schnell unter das Dach des Gasthauses.

»Außerdem weiß ich ja schon, wohin Marmaduke fährt«, nahm Caro das Gespräch einige Minuten später wieder auf, als sie an einem kleinen runden Tisch am Fenster saßen. Von hier aus konnte sie das Wetter im Blick behalten.

»Wohin denn?«

»An den Genfer See. Dort hat er eine Villa.«

»Wirklich? Plötzlich ist er mir viel sympathischer.«

»Sehr witzig, Felix.« Sie kaute an ihrer Unterlippe. »Was meinst du, wie ging es Rafe, als wir losgefahren sind? Es war ja keine Liebesheirat geplant, aber ich glaube, er mochte mich schon ein bisschen. Ich hoffe, ich habe ihn nicht allzu sehr verletzt.«

»Na ja, es ist natürlich schon ein bisschen verletzend, wenn die Verlobte am Hochzeitstag gesteht, dass sie in deinen Bruder verliebt ist. Andererseits, stell dir vor, wie viel schlimmer es gewesen wäre, wenn er die Wahrheit erst später herausgefunden hätte.«

»Später hätte ich es niemals zugegeben.«

»Dann wärt Ihr beide, Marmaduke und du, euch ein Leben lang aus dem Weg gegangen. Das wäre auf die Dauer auch aufgefallen. Ehrlich, mir ist nicht klar, wie du jemals auf den Gedanken kommen konntest, das durchzuziehen.«

»Das ist mir selbst auch nicht klar.« Sie nickte der Bedienung, die ihnen einen Teller mit Brot, Schicken und Pickles hinstellte, dankbar zu. »Ich nehme an, ich habe mir selbst etwas vorgemacht.«

»Man darf seine Meinung doch noch ändern, vor allem, wenn es etwas Wichtiges betrifft – zum Beispiel, mit wem man den Rest seines Lebens verbringen wird.« Felix griff begeistert zu. »Glaub mir, in ein paar Jahren ist der Duke mit einer anderen verheiratet und das alles hier ist Geschichte. Ihr werdet wahrscheinlich bei Familientreffen Witze darüber machen. Du und Marmaduke und eure zahlreichen Kinder.«

»Und was ist mit Mama und Papa? Meinst du, sie werden mir das jemals verzeihen?«

»Vater hat dir schon verziehen. Und was Mama angeht, das

wird wohl ein bisschen länger dauern, aber sie wird sich besinnen. Essie und Aidan sorgen wahrscheinlich jetzt gerade schon dafür. Sie bekommt dann zwar keinen Duke zum Schwiegersohn, aber sie hat ja schon einen Earl in der Familie. Das wird ihr ein Trost sein.«

»Danke.« Caro lächelte dankbar. »Nicht nur dafür, sondern auch dass du mich begleitest.«

»Ich lasse meine kleine Schwester doch wohl nicht achtzig Meilen allein übers Land fahren, oder? Außerdem wollte ich mir diesen Marmaduke gern persönlich ansehen.« Er drückte die Brust heraus. »Vor allem, weil ich weiß, wie sehr du mein gutes Urteilsvermögen schätzt.«

Die nächste Stunde verbrachten sie gefangen in den vier Wänden des Gasthauses, tranken Tee und tappten ungeduldig mit den Füßen, während sie darauf warteten, dass der Regen sich verziehen würde. Es erinnerte Caro an jenen anderen Aufenthalt in einem Gasthaus, als sie darüber nachgedacht hatte, wie sie ihr Leben bloß so hatte ins Chaos stürzen können, und an der Frage verzweifelt war, was sie denn jetzt tun sollte. Aber sie verdrängte die Erinnerung. Sie war nicht mehr derselbe Mensch. Sie war nicht mehr hilflos. Sie nahm ihr Leben selbst in die Hand – jedenfalls versuchte sie es.

Am späten Nachmittag fuhren sie wieder los. Eine wässrige Sonne drang durch die Wolken, aber sie kamen durch den Schlamm und die großen Pfützen weitaus langsamer vorwärts als zuvor. Schon bald wurde es dunkel, und sie waren gezwungen, erneut anzuhalten und sich in einem weiteren Gasthaus ein Zimmer für die Nacht zu nehmen. Wenigstens bot ihr das die Möglichkeit, endlich ihr Brautkleid auszuziehen und in eines der praktischeren Kleider zu schlüpfen, die schon für die Hochzeitsreise gepackt waren. Danach konnte sie nur noch ungeduldig darauf warten, dass es am nächsten Morgen hell genug für die Weiterreise war. Das Wetter schien sich über Nacht ein bisschen beruhigt zu haben, aber diese veränderten Bedingungen machten Caro erst recht nervös. Es war ruhig genug für eine Überfahrt, und die Wahrscheinlichkeit, dass Marmaduke noch vor ihrer Ankunft ein Schiff nach Frankreich nahm, war entsprechend groß.

»Ich habe dem Kutscher gesagt, er soll direkt zum Hafen fahren«, verkündete Caro, als sie endlich Dover erreichten. Mit einer Hand umklammerte sie bereits angespannt den Türgriff. »Wir finden heraus, welches Schiff als Nächstes ausläuft, und bitten um eine Passagierliste. Oder noch besser: Ich gehe an Bord und suche nach Marmaduke.«

»Das ist vielleicht gar nicht so einfach.« Felix bedachte sie mit einem vielsagenden Blick. »Ich hoffe, du hast ausreichend Geld dabei, um jemanden zu bestechen.«

»Wenn jemand versucht, mich aufzuhalten, sage ich ihm einfach, dass er sich der wahren Liebe in den Weg stellt.«

»Das klingt gut, aber ich hoffe trotzdem, dass du ein bisschen Geld dabeihast, und sei es nur für den Notfall.«

Als der Wagen vor dem Lion Inn ausrollte, sprang Caro sofort aus der Tür. Im Hafen gegenüber herrschte geschäftiges Treiben. Dicht gedrängt standen da Schiffe unterschiedlicher Größe. Zu ihrem Entsetzen hatte eins davon, ein Paketschiff, bereits die Segel gehisst und löste gerade die Taue.

Caro rannte los, über den geschotterten Platz. »Marmaduke!«, schrie sie und wedelte wild mit den Armen. Aber es war zu spät. Das Paketschiff trieb bereits von der Hafenmauer weg auf die offene See.

»Kann ich Ihnen helfen, Miss?« Ein Mann in Offiziersuniform näherte sich. Ihre Rufe und ihr wildes Gestikulieren hatten ihn offenbar beunruhigt.

»Das Schiff!« Keuchend deutete sie in die Richtung.

»Bald fährt das nächste, keine Sorge.«

»Nein, Sie verstehen das nicht.« Sie widerstand dem Drang, ihn am Kragen zu packen und zu schütteln. »Ich suche jemanden, Mr Marmaduke Holloway. War er an Bord? Haben Sie eine Passagierliste?«

»Es steht mir nicht zu, Ihnen das zu sagen. Derlei Informationen sind vertraulich.«

»Aber es ist dringend.« Der Mann wollte an ihr vorbeigehen, aber sie legte ihm eine Hand auf den Arm. »Ich muss ihn finden.«

»Es tut mir sehr leid, das zu hören, aber da gibt es Regeln.«

»Sie können doch sicherlich einen Blick in ihre Akten werfen und uns einen Hinweis geben?«, mischte sich Felix ein. »Wir können auch bezahlen.«

»Es geht hier nicht um Geld, Sir«, antwortete der Mann steif.

»Sie haben recht.« Caro umklammerte seinen Arm noch kräftiger. »Es geht hier um Liebe. Sehen Sie, ich liebe ihn – Marmaduke –, und wenn ich ihn heute nicht finde und es ihm sage, dann ist mein ganzes Leben zerstört und ich werde vielleicht nie wieder glücklich, also bitte, bitte, können Sie mir wenigstens sagen, ob er schon losgefahren ist?«

»Das muss er nicht.«

»Marmaduke!« Sie wirbelte herum, als sie seine Stimme hörte. Ihr Herz schlug so heftig, dass sie damit rechnete, es würde jeden Moment aus ihrer Brust herausplatzen und in hohem Bogen ins Hafenbecken stürzen. Es hätte sie nicht im Entferntesten überrascht, wenn sie das Aufklatschen im Wasser gehört hätte.

»Du bist hergekommen, um mir zu sagen, dass du mich liebst?« Er stand einige Schritte von ihr entfernt, aus seiner Miene war nichts zu lesen.

»Ja.« Sie nahm wahr, dass sowohl Felix als auch der inzwischen äußerst verstört wirkende Offizier sich diskret zurückzogen. »Das tue ich. Ich liebe dich seit Monaten. Es war mir nur nicht klar.«

»Und was ist mit Rafe?« Er runzelte die Stirn. »Bitte sag jetzt nicht, du hast ihn vor dem Altar stehen lassen.«

»Nein. So weit sind wir gar nicht gekommen. Er hat die Wahrheit über uns erraten. Als du abgereist bist, ist er zu mir gekommen.«

Seine Augen funkelten. »Hat er die Hochzeit abgesagt?«

»Irgendwie schon. Er hat mir die Wahl gelassen. Er hat gesagt, er würde mich immer noch heiraten, wenn ich das wollte, oder ich könnte hinter dir herfahren, mit seinem Segen. Er hat auch gesagt, das soll ich dir auf jeden Fall genau so weitergeben. Er hat mir sogar seine Kutsche geliehen.« Sie streckte ihm eine Hand entgegen, dann hielt sie inne, weil sie überrascht Nässetropfen auf ihrem Ärmel entdeckte. Sie hatte nicht bemerkt, dass es wieder angefangen hatte zu regnen. Offenbar wollte das Schicksal, dass sich alle dramatischen Szenen ihrer Beziehung bei schlechtem Wetter abspielten. »Ich weiß, ich habe euch beide schlecht behandelt, schlechter als schlecht, ehrlich gesagt, und wenn es zu spät ist, dann verstehe ich das, aber vielleicht … ist es noch nicht zu spät?«

Marmadukes Wangenmuskeln spannten sich an, seine Miene wurde weicher, aber dann verhärtete sie sich erneut. »Und wenn Rafe die Sache mit uns nicht erraten hätte? Dann hättest du die Hochzeit durchgezogen?«

»Ich weiß nicht«, antwortete sie ehrlich. »Vielleicht. Ich wusste nicht, wie ich mich herauswinden sollte, und ich wollte ihn nicht verletzten oder einen Bruch zwischen euch beiden herbeiführen. Und du hast mir noch Glück gewünscht.«

»Was hätte ich denn sonst sagen sollen? Er ist mein Bruder.«

Caro schüttelte den Kopf. Nein, sie wusste nicht, was er sonst hätte sagen sollen. Sie wusste auch nicht, was sie selbst jetzt sagen sollte. Sie hatte nur dieses schreckliche, herzzerreißende Gefühl, dass all ihre Hoffnungen gerade zerstoben.

»Hier.« Sie griff in die Falten ihres Capes und zog das Pergament hervor, das Rafe ihr anvertraut hatte. »Er hat mich gebeten, dir das zu geben. Was es ist, weiß ich nicht.«

Marmaduke streckte die Hand aus. Seine Finger streiften die ihren leicht, als er das Pergament an sich nahm. Er runzelte die Stirn, während er den Inhalt las, dann faltete er den Bogen wieder zusammen. Es dauerte ein paar Sekunden, bis er wieder etwas sagte.

»Ich habe eine Passage auf einem Paketschiff gebucht.«

»Ich verstehe.« Sie nickte ruckartig.

»Auf diesem da.« Er deutete auf das Schiff, das gerade durch die Lücken zwischen den Kaimauern segelte.

»Was?« Ihr Blick folgte seinem ausgestreckten Finger. »Ich verstehe nicht.«

»Ich wollte heute lossegeln. Doch im letzten Moment brachte ich es nicht übers Herz, an Bord zu gehen. Ich wollte erst sicher sein, dass keinerlei Hoffnung mehr bestand.«

Ihr Herz, das sich also offenbar doch noch in ihrem Brustkorb befand, machte einen angestrengten Versuch, in ihre Kehle emporzuklettern. »Du wolltest abwarten, ob ich doch noch komme?«

»Ich dachte, die Wahrscheinlichkeit ist gering, aber ich wollte es wissen.«

»Nimm mich mit.« Sie trat dicht vor ihn. »Ich möchte all die Dinge tun, von denen du bei deinem Antrag gesprochen hast. Ich möchte reisen und schreiben und den Genfer See kennenlernen und all deine wunderbaren Kompositionen hören. Du wirst es nicht bereuen, versprochen.«

»Na gut, in diesem Fall ...« Seine Miene verzog sich zu einem Lächeln. »Bald fährt ja wieder ein Schiff.«

»Marmaduke ...«

»Ähem.« Felix trat vor und zwängte einen Arm zwischen sie. »Es tut mir ja leid, dir diesen Moment zu zerstören, Caro, aber wenn ich dich ohne Ehering an Bord gehen lasse, wird Mama mich umbringen.« Er wandte sich an Marmaduke. »Und dann wird sie Sie verfolgen und ebenfalls umbringen. Das wäre ziemlich unromantisch.«

»Verstanden.« Marmaduke grinste. »Zum Glück hat mein Bruder an alles gedacht.« Er hielt Felix das Pergament hin. »Er hat uns eine Sondergenehmigung geschickt.«

Caro starrte das Dokument ungläubig an. »Das kann doch nicht sein!«

Felix stieß einen leisen Pfiff aus. »Eine Sondergenehmigung

erwirken, damit die eigene Verlobte am eigenen Hochzeitstag einen anderen heiraten kann. Das ist eindrucksvoll. So ein Duke hat größeren Einfluss, als mir klar war.«

»Er hat gesagt, du hättest einen beträchtlichen Vorsprung.« Sie spürte einen Kloß in der Kehle. »Darum hat er sich also in der Zwischenzeit gekümmert. Ihm war klar, dass ich mich für dich entscheiden würde.«

»Dann sollten wir seinem Vorschlag jetzt lieber folgen und uns eine Kirche suchen.«

»Warte. Ich muss dir erst noch etwas anderes sagen. Darüber habe ich auf dem ganzen Weg seit London nachgedacht.« Sie schob die Kapuze zurück, ohne den Regen zu beachten. »Marmaduke Holloway, willst du die Welt mit mir bereisen, Desserts verspeisen, Klavier spielen, mein bester Freund und meine wahre Liebe sein, solange wir beide leben?«

»Ich dachte schon, du würdest nie fragen.« Sein Blick wurde hitziger. »Aber nur unter einer Bedingung.« Er hob die Hand und streichelte über ihre feuchten Haare. »Mir fehlt das Rosa.«

»Ehrlich gesagt hatte ich für das nächste Mal violett geplant.« Sie lehnte ihren Kopf in seine Hand. »Man braucht dazu angeblich nur Rotkohl und Zitrone.«

»Das ist wohl das Romantischste, was ich je gehört habe.« Marmaduke griff in seine Tasche und zog ein wohlbekanntes Etui hervor. »Das hier müsste gut dazu passen.«

»Es ist perfekt.« Caro hielt die Luft an, als er den rosa Saphir über ihren Finger schob.

»Noch viel besser. Das bist du.« Er senkte den Kopf und küsste sie sanft auf die Lippen. »Aber wir sollten uns lieber beeilen. Uns bleibt nicht allzu viel Zeit, bis das nächste Paketschiff ausläuft.« Er streckte Felix eine Hand zum Schütteln hin. »Trauzeuge?«

»Selbstverständlich. Ich bin übrigens Felix. Zukünftiger Schwager.«

»Marmaduke. Ich freue mich, dich kennenzulernen.«

Caro wandte sich an den Offizier. »Hätten Sie etwas dagegen, als unser zweiter Trauzeuge aufzutreten? Wir wären ihnen so dankbar.«

Der Mann hob eine Hand an die Wange und wischte etwas weg, das verdächtig nach einer Träne aussah. »Es wäre mir eine Ehre, Miss.«

Kapitel 27

(AM TAG DER HOCHZEIT VON MISS CARO FOYLE
UND MR MARMADUKE HOLLOWAY)

Das Paketschiff lief ohne sie aus. Nach der Zeremonie und einem Festmahl im Lion Inn, bei dem sämtliche Gäste des Hotels sowie sämtliche Hafenoffiziere mit ihnen anstießen und ihnen gratulierten, stimmten alle darin überein, dass es weit sinnvoller war, noch einmal zu übernachten und am nächsten Morgen das erste Paketschiff nach Frankreich zu nehmen.

»Bist du sicher, dass du nicht auch hier übernachten willst?« Caro umarmte Felix ein letztes Mal auf der Schwelle ihrer Privatsuite. »In ein paar Stunden wird es dunkel.«

»Ich möchte lieber aufbrechen. Dann kann ich die Reise verschlafen.« Ächzend legte er sich eine Hand auf den Bauch. »Ich glaube, ich habe mich übernommen. Außerdem seid ihr beide jetzt offiziell auf Hochzeitsreise und drei sind da einer zu viel.«

Sie spürte, wie sie bei dieser Andeutung errötete. »In diesem Fall – sag Mama, dass es mir leidtut.«

»Mach dir wegen Mama keine Sorgen. Du weißt doch – Hunde, die bellen oder hysterische Anfälle bekommen, beißen nicht. Sei einfach glücklich und tu nichts, was ich nicht auch tun würde – das lässt dir jede Menge Freiheiten.« Er war schon halb aus der Tür, als er sich noch mal umdrehte. »Übrigens, ich weiß ja, dass du jetzt eine erfolgreiche Autorin bist, aber denk auch daran, ein paar Briefe nach Hause zu schreiben, ja? Und bleib nicht zu lange weg, sonst komme ich und besuche euch am Genfer See.«

»Du bist jederzeit willkommen.«

»Ich nehme euch beim Wort.«

»Ich komme mit dir zur Kutsche.« Marmaduke legte seinem frischgebackenen Schwager eine Hand auf die Schulter und zwinkerte seiner Braut kurz zu. »Ich bin gleich wieder da.«

Caro ging zum Fenster und beobachtete, wie die beiden Männer unter ihr auf die Straße traten, dann sah sie über den Hafen hinaus in den am Horizont rosarot schimmernden Himmel. Sie betrachtete ihr eigenes Spiegelbild im Fenster. Sie war verheiratet. Irgendwie klang das unwirklich, aber es war die Wahrheit. Sie hatte Marmaduke gefunden. Sie waren verheiratet. Und sie hatten ein Schlafzimmer, mit einem Bett.

Mit einem leichten Gefühl von Panik sah sie über die Schulter in Richtung Bett. Es sah riesig aus, einschüchternd, erinnerte sie an den einzigen anderen Abend in ihrem Leben, an dem sie sich in so einer Situation befunden hatte.

Sie schloss die Augen und ersetzte diese Erinnerung durch eine andere – das Bild eines Sommertags in Cleveland vor einigen Jahren. Es war windiger gewesen, als sie erwartet hatte, und sie hatte dummerweise ihren Sonnenschirm aufgeklappt. Ein Windstoß hatte ihn gepackt, in die Luft gehoben und davongeweht. Er hatte über ihrem Kopf gekreist und getanzt. Ganze zehn Minuten war sie ihm nachgelaufen, und dann war er plötzlich vor ihr zu Boden gefallen, als hätte er die ganze Zeit nur mit ihr gespielt. Er hatte nicht den geringsten Schaden genommen.

Langsam zählte sie bis zehn und wartete, bis ihr Geist zur Ruhe gekommen war. Sie stellte sich den Sonnenschirm vor, wie er sich im Himmel drehte, dann ließ sie ihn sanft zu Boden schweben. Sie schlug die Augen wieder auf, schloss die Vorhänge, griff hinter sich und öffnete langsam und systematisch die Knöpfe am Rücken ihres Kleides. Sie ließ es von ihren Schultern gleiten, bis es wie eine Pfütze um ihre Füße lag.

Sie sah darauf hinunter, überrascht, dass sie in einem schlichten blauen Musselinkleid geheiratet hatte. Sie hatte gar nicht darauf geachtet, was sie trug. Irgendwie war sie sich ziemlich sicher, dass es Marmaduke genauso wenig aufgefallen war. Bei diesem Gedanken musste sie lächeln. Sie machte einen Schritt über das Kleid und stellte sich mitten ins Zimmer, nur in Korsett, Unterhose und Strümpfen, und wartete.

Es dauerte nicht lang, bis sie sich nähernde Schritte hörte. Jeder davon löste das Flattern eines Schmetterlingsschwarms in ihrem Bauch aus.

»Er ist weg.« Marmaduke öffnete die Tür und erstarrte. Sein Blick ruhte auf ihr.

»Gut.« Sie senkte den Kopf, belustigt über die fassungslose Miene ihres Ehemanns. »Aber du solltest lieber die Tür schließen, bevor mich jemand anders sieht.«

»Was?« Er kam schlagartig zu sich und schlug die Tür hinter sich zu. »Entschuldige. Ich habe nicht damit gerechnet ... du bist ja ...«

»Ausgezogen?« Sie nickte. »Ja.«

»Du musst das nicht.« Er ging langsam auf sie zu. »Ich meine, wir haben keine Eile. Ich kann warten. Bis zum Genfer See und wieder zurück, wenn das wichtig für dich ist.«

»Nein.« Sie nahm seine beiden Hände in die ihren und flocht ihre Finger zusammen. »Ich bin nervös. Der Gedanke, ein Bett zu teilen …« Sie brach ab und biss sich auf die Lippen. »Aber ich möchte keine Angst mehr haben. Ich möchte nicht, dass die Vergangenheit mich daran hindert, vorwärtszugehen.«

»Bist du dir ganz sicher?«

»Ja. Ich habe keine Ahnung, was ich hier tue, aber ich weiß, dass ich es mit dir tun will. Aber wenn du warten willst …«

»Nein.« Er hielt ihre Finger fest, die durch die seinen glitten. »Vertrau mir. Ich bin mehr als bereit.«

Ihr Magen krampfte sich zusammen. Sie ließ sich gegen ihn sinken, drückte ihr Gesicht an seine Brust. Sie spürte, wie sein Herz reagierte – es schlug heftig, synchron zum Pulsieren in ihrer eigenen Brust. Es war der Klang des Begehrens, der ihren ganzen Körper zu durchdringen schien. Einen Moment lang konnte sie gar nicht glauben, dass sie so vertraut an ihn gelehnt dastand, an Marmaduke, den Mann, den sie kennengelernt hatte, als er in der Dunkelheit über eine Gartenmauer hinabgeklettert war. Aber dann wurde ihr klar: Natürlich war er es. Er war es immer gewesen.

»Beweg dich nicht.« Er riss sich unvermittelt los. »Bleib genau hier stehen.«

»Warum? Was tust du?« Sie sah zu, wie er die Kissen und Decken vom Bett zerrte und begann, sie vor dem Kaminfeuer zurechtzulegen.

»Du hast gesagt, es macht dir Angst, das Bett zu teilen, also tun wir das eben nicht. Jedenfalls noch nicht.« Er legte die Kissen zurecht und runzelte die Stirn. »Ich weiß allerdings nicht, wie bequem das sein wird.«

»Es sieht sehr kuschelig aus.«

»Das reicht aber nicht.« Er schüttelte den Kopf. »Es soll perfekt werden.«

»Perfekt ist überbewertet. Vertrau mir. Das Einzige, was im Moment nicht stimmt, ist, dass ich hier in Unterwäsche herumstehe und du noch vollständig angezogen bist.«

»Das lässt sich beheben.« Er grinste. »Gib mir zehn Sekunden. Höchstens zwanzig.«

Sie beobachtete, wie er seinen Mantel von sich warf, seine Krawatte und sein Hemd packte, sich wand und kämpfte, bis Kleidung in alle Richtungen zu fliegen schien. Als er endlich in Unterwäsche vor ihr stand, sah der Raum so aus, als sei ein Kleiderschrank darin explodiert.

»Das war … eindrucksvoll.« Caro genehmigte es sich, seinen Körper zu betrachten, von seinen muskulösen Schultern über den Bizeps bis zu seinen gebräunten Beinen, dann wieder nach oben zu einer breiten, mit dünnen dunklen Härchen gesprenkelten Brust, die nach unten in Richtung Unterhose schmal zuliefen. Sie nahm wie von fern wahr, dass ihre Lippen ein lautloses »O« formten.

»Ich möchte den Moment nicht verderben …« Marmaduke kam zu ihr, hob die Hände und vergrub sie in ihren Haaren, »… aber hat dir jemals jemand erklärt –?«

»Ja«, fiel sie ihm ins Wort. »Essie hat es mir gesagt.«

»Zum Glück.« Er drückte ihren Kopf leicht zur Seite, sodass seine Lippen nur noch um Haaresbreite vor ihren schwebten. »Heißt das, ich sollte jetzt aufhören zu reden?«

»Ich denke, das solltest du tatsächlich.«

»Darf ich nur noch eines sagen?«

»Nein.« Sie legte ihre Lippen auf seine und flüsterte in seinen Mund. »Ich liebe dich nämlich auch.«

Er lächelte, verschmolz ihre Münder mit einem Kuss, der sanft und leidenschaftlich und voller Verheißungen war. Funken der Erregung sprühten in jedem ihrer Nervenenden, erhitzten ihr Blut, zogen sengend durch ihre Adern, bevor sie in ihrer Brust ein leuchtend buntes Feuerwerk entzündeten. Und dann sanken sie und Marmaduke zusammen zu Boden, auf den Kissen- und Deckenberg, und jeder letzte Rest von Panik, den sie hätte verspüren können, schmolz einfach dahin. Auch wenn seine Arme sie eng wie ein Käfig umschlossen – sie fühlte sich nicht gefangen. Nein, sie fühlte sich geborgen – als gäbe es nirgendwo einen Ort, an dem sie jetzt lieber gewesen wäre.

Und den gab es auch nicht.

»Du hast rosa Strümpfe«, murmelte er in ihren Mund.

»Ja …«

»Sie gefallen mir.« Er unterbrach den Kuss und knabberte stattdessen an ihrem Ohrläppchen. »Deine Haarfarbe kannst du dir aussuchen, aber ich bestehe auf rosa Strümpfe.« Dann setzte er sich auf und zog ihre Beine über seinen Schoß und knöpfte langsam ihre Strumpfbänder auf. »Ich kaufe dir einen ganzen Laden voll. So viele, dass es ein Leben lang reicht.«

»Und was ist damit?« Sie stützte sich auf ihre Ellbogen und zupfte an ihrem Korsett. »Sollte ich auch rosa Unterwäsche kaufen?«

»Du würdest aus mir einen sehr glücklichen Mann machen.«

»Dann tue ich das.« Sie hielt die Luft an, als er ihre Strümpfe hinunterrollte und seine Finger dabei ihr Bein entlangstreichelten. Dasselbe, wurde ihr bewusst, hatte sie schon einmal empfunden, an jenem Tag in Campion Place, als sie sich geküsst hatten, aber nun war es noch stärker. Es erfüllte sie mit einem Begehren nach etwas, wofür sie noch nicht einmal Worte besaß.

»Caro?« Seine Lippen lagen wieder auf den ihren.

»Hmm?«

»Wenn ich irgendetwas tue, was du nicht magst, dann sag es mir.«

»Das werde ich.« Sie spreizte die Finger einer Hand über seiner Wange, gerührt von dem wachsamen Ausdruck in seinen Augen. Er sah ernsthaft besorgt aus, als blickte sie tief in seine Seele hinein und er gleichzeitig in die ihre, als wären sie im Geist bereits miteinander verbunden. Dieser Gedanke fachte das Feuerwerk in ihrer Brust erst recht an. »Ich werde nicht wieder weglaufen, versprochen.«

Er sagte nichts weiter, küsste sie erneut, seine Lippen glitten über ihre Wange und ihr Kinn, während seine Hände sich einen Weg über ihren Körper suchten. Sie legte den Kopf in den Nacken, und er folgte diesem Weg immer weiter und weiter hinunter, bis zu ihrem Korsettband. Er löste die Schleife, dann zog er den Stoff auseinander.

»Ist dir kalt?« Er hob den Kopf, als ein Schauer sie überlief.

»Nein.« Caro schüttelte den Kopf. Ihr Schaudern hatte nichts mit der Kälte zu tun. Da war doch das Feuer im Kamin, und da war das Feuerwerk in ihrem Innern – nein, sie hätte auch draußen am Hafen stehen und sich Frostbeulen holen können, ohne es zu bemerken.

»Gut.« Er küsste sie wieder, und ihr Herz verdoppelte sein angestrengtes Bemühen, aus ihrer Brust zu platzen. Wenn nicht bald etwas geschah, so kam es ihr vor, würde sie selbst einfach platzen. In diesem Moment konnte sie sich nicht vorstellen, dass sie sich jemals wieder auch nur entfernt normal fühlen könnte. Noch nie hatte ihr Körper so stark auf irgendetwas reagiert. Was, wenn das jetzt dauerhaft so blieb? Was würde sie denn dann tun? Wie sollte sie es schaffen, herumzulaufen, ihre alltäglichen Pflichten zu erfüllen, wenn sie sich so fühlte? Wie würde sie jemals wieder in der Lage sein, zu essen oder zu schlafen oder zu sprechen?

Plötzlich hielt Marmaduke inne. »Du kannst dich immer noch umentscheiden. Es ist in Ordnung, versprochen.«

»Nein. Ich will das.« Sie konnte spüren, wie sehr auch er sie wollte, auch wenn sich noch immer Stoffschichten zwischen ihnen befanden.

»Caro …« Er stöhnte ihre Namen, umklammerte ihre Taille mit den Händen. Sein Blick war dunkel und durchdringend.

»Marmaduke.« Sie erwiderte seinen Blick, sah ihm tief in die Augen. »Ich bin bereit.«

✼

Später, viel später, schlich Caro auf Zehenspitzen zum Bett, holte sich eine weitere Decke und legte sich dann wieder vor den Kamin. Sie breitete die Decke über Marmaduke aus, schlüpfte dann selbst darunter und kuschelte sich in seine Armbeuge. Sie konnte nicht schlafen, aber sie war auch nicht ruhelos. Sie fühlte sich ruhig und entspannt, atmete tief ein und langsam wieder aus. Ausnahmsweise war auch ihr Geist vollkommen ruhig und still. Alle eventuell vorhandenen Gespenster im Raum waren gebannt. Es gab nur sie beide: Caro und Marmaduke.

Irgendwann wälzte sie sich auf die Seite und betrachtete das

Gesicht ihres Ehemanns, dann wischte sie ihm die übliche Locke aus der Stirn.

»Bewunderst du die Aussicht?«, murmelte Marmaduke mit geschlossenen Augen.

»Ich bin fasziniert davon.« Sie lächelte, auch wenn er sie nicht sehen konnte.

»Das ist verständlich.« Er schlang einen Arm um ihre Taille, immer noch ohne die Augen zu öffnen, und zog sie auf seinen Bauch. »Kannst du nicht schlafen?«

»Ich will gar nicht.«

»Warum nicht.«

»Weil ich zu glücklich bin.« Sie stützte ihr Kinn auf seine Brust. »Wie fühlst du dich?«

»Kaputt. Erschöpft. So als müsstest du heute ohne mich losfahren.«

»Niemals.« Sie lachte. »Ich habe mich nur gerade gefragt … müssen wir eigentlich unbedingt direkt zum Genfer See fahren?«

»Nicht unbedingt. Wir könnten uns zuerst Paris ansehen, wenn du Lust hast.«

»Ich hätte große Lust. Ja, ich könnte Paris sogar zum Schauplatz meines nächsten Buchs machen. Ich habe eine Idee für eine Fortsetzung von Jezebel Joyce.«

»Wirklich? Jetzt sag nicht, sie trifft noch einmal auf einen ruchlosen Baron.«

»Nein. Der nächste Band wird eine Liebesgeschichte. Sie wird sich diesmal in einen echten Gentleman verlieben. Ganz zufällig …«, sie schob erneut die Locke aus seiner Stirn, »sieht er dir ziemlich ähnlich.«

»Ich fühle mich geehrt. Dann bleiben wir so lange in Paris, wie du möchtest.«

»Und nach dem Genfer See könnten wir vielleicht in den Süden reisen? Ich wollte schon immer Venedig sehen.«

»Und Verona? Das würde doch eigentlich zu Rosabelle Capulet passen.«

»Ja, wahrscheinlich.« Sie seufzte. »Ich bin mir noch nicht ganz sicher, ob ich das Pseudonym, das Granny für mich gewählt hat, gut finde, aber wenigstens hat unsere Geschichte ein glücklicheres Ende gefunden als *Romeo und Julia*.«

»Das ist sehr erfreulich. Allerdings ist das hier noch nicht das Ende.« Endlich schlug er die Augen auf. Sie glitzerten schalkhaft. »Denk daran, du bist außerdem auch Mrs Holloway.«

»Ja, das stimmt.« Sie hob den Kopf und presste ihre Lippen auf die seinen. »Weißt du, es ist gut zu wissen, dass ich die ganze Zeit recht hatte.«

»Womit?«

Sie lächelte selig und legte sich wieder hin, presste ihre Wange gegen seine Brust. »Ich wusste von Anfang an, dass es das beste Jahr meines Lebens werden würde.«

Jezebel Joyce stand am Bug des Schiffes, ihre scharlachroten Locken umwehten ihr Gesicht und sie sah verzückt auf den dünnen Streifen Land in der Ferne. Ihr Herz schwebte hoch wie ein Adler im weiten, offenen Himmel. Vor ihr lag eine ganze Welt, und sie hatte sich vorgenommen, alles darin kennenzulernen. Sie bahnte sich ihren eigenen Weg, gestaltete ihr eigenes Schicksal. Ein Freudenschrei entrang sich ihren Lippen. Sie wusste nicht, was sie erwartete, aber eines war gewiss – sie würde bis ans Ende ihrer Tage glücklich und zufrieden sein.

Die neuen Abenteuer der Jezebel Joyce,
der verliebten Lady

Danksagungen

Ich muss mit einem großen Dankeschön an Sara Jafari anfangen. Du bist zwar nicht mehr meine Lektorin, aber ich werde dir für immer dafür dankbar sein, dass du mir eine solche Chance geboten hast. Außerdem meinen herzlichsten Dank an Charlotte Moore, Katie Sinfield, Darah Connelly und Isabella Haigh für eure Hilfe und eure Ratschläge. Von ganzem Herzen danke ich meiner Familie für ihre Geduld, ihr Verständnis und die regelmäßige Versorgung mit Koffein und Zucker. Bitte macht weiter so. Außerdem grüße ich die East Yorkshire Romantic Novelists' Association! Unsere Treffen sind immer so schön! Und schließlich vielen Dank an meine Leser. Wenn ihr bis zu diesen Danksagungen durchgehalten habt, dann bedeutet das hoffentlich, ihr habt das ganze Buch gelesen, und das werte ich als gutes Zeichen. Danke schön!

Autorin

Jenni Fletcher, Autorin historischer Liebes-
romane, ist in Schottland geboren und lebt in
Yorkshire. Sie hat Englisch in Cambridge
und Hull studiert. Für ihre Romane wurde
sie mehrfach für die britischen Romantic
Novelists' Association Awards nominiert und hat 2020 den
Rose Award für die beste Liebesgeschichte des Jahres gewonnen. Ihre Freizeit verbringt sie am liebsten mit Backen – und
natürlich mit Lesen.

Übersetzerin

Bettina Obrecht wurde 1964 in Lörrach geboren und studierte Englisch und Spanisch.
Sie arbeitet als Autorin, Übersetzerin und
Rundfunkautorin und wurde für ihre Kurz-
prosa und Lyrik mehrfach ausgezeichnet.
Schon lange hat sie sich in die »Garde wichtiger Kinderbuch-
autorinnen hineingeschrieben« (Eselsohr).

Mehr zu unseren Büchern auch auf Instagram

Jenni Fletcher

Wer braucht schon einen Earl zum Glück?

384 Seiten, ISBN 978-3-570-31546-0

Von Geburt an steht fest, wen Essie heiraten wird: Aidan, den
Earl of Denholm, den begehrtesten Junggesellen der Londoner
Gesellschaft – den sie bisher nur einmal gesehen hat. Es gibt
nur ein Problem: Essie will mehr vom Leben, als nur zu heiraten.
Bald findet sie heraus, dass Aidan nur die Schulden seines Vaters
begleichen will. Also schließen sie einen Pakt: Essie hilft ihm,
eine gute Partie zu finden, und unterdessen spielen sie das
perfekte Paar. Doch bald vermischen sich Schein und Sein, und
der arrogante Earl scheint doch nicht so unattraktiv ...

www.cbj-verlag.de

30512